HÔPITAL DE L'ESPOIR

DU MÊME AUTEUR
CHEZ POCKET

L'enfant qui voulait mourir
Le choix du Dr Duncan
La clinique de l'espoir
Elvira
Le procès du Dr Forrester
L'infirmière

Henry Denker

HÔPITAL DE L'ESPOIR

PRESSES DE LA CITÉ

Titre original :
Mrs. Washington and Horowitz, too

Traduit de l'anglais
par Claire BEAUVILLARD

ISBN 2-266-08123-3

A Edith, ma femme

1

– Où voulez-vous que je vous conduise, monsieur ? demanda machinalement le chauffeur, quand un nouveau client monta dans son taxi jaune.

– A l'aéroport de La Guardia, marmonna l'homme d'un ton distrait et troublé.

Devant cette étrange réponse et la détresse qu'il décela dans la voix de son passager, le chauffeur se retourna et le fixa. C'était un homme d'une bonne soixantaine d'années, bien habillé. Mais il semblait perturbé.

– Je vous ai dit : où voulez-vous aller, monsieur ? demanda à nouveau le chauffeur.

– Et moi, je vous ai dit : à l'aéroport de La Guardia ! rétorqua Samuel Horowitz, irrité que l'on vienne troubler ainsi sa méditation.

– Monsieur, nous sommes à l'aéroport de La Guardia. Mais si vous voulez dire l'aéroport Kennedy, c'est une autre histoire.

Samuel Horowitz émergea brutalement de ses pensées et répondit avec une impatience mal dissimulée :

– Pourquoi me parlez-vous de Kennedy ou de La Guardia ? Je vous ai dit très clairement : Au coin de Central Park Ouest et de la 84e Rue. Et par pitié, ne me faites pas la conversation ! Entre les chauffeurs de taxi et les coiffeurs, on ne peut plus avoir un moment de paix. Ils parlent, parlent, parlent sans arrêt.

Sans discuter, le chauffeur se glissa dans la longue file de taxis qui, pare-chocs contre pare-chocs, démarraient, s'arrêtaient et redémarraient pour s'engager sur le parcours circulaire qu'ils devaient emprunter pour sortir de l'aéroport.

– Il faut plus de temps pour quitter cet aéroport que pour aller en Floride, grommela Horowitz, agacé par la lenteur du trafic. Pour peu que l'on soit assez fou pour aller en Floride !

Le chauffeur, un Noir d'une quarantaine d'années, tête nue et vêtu d'une veste de cuir élimée, ne répondit pas. Mais il ne put résister à l'envie d'examiner son passager dans le rétroviseur. Horowitz, qui aperçut son regard, estima aussitôt qu'il s'agissait là d'un acte d'hostilité.

– Je parie que c'est une idée de la compagnie ! le défia Samuel Horowitz qui n'était pas du genre à reculer face à ce qu'il considérait comme une insulte, qu'elle fût exprimée ou non. Ça coûte quatre ou cinq dollars rien que pour sortir de ce damné aéroport ! Mais donner au client le confort d'un taxi neuf, ça non ! Quel âge a ce véhicule ? Dix, quinze ans ?

– Quatre, l'informa le chauffeur.

– Seulement ? argumenta Horowitz. Si j'en crois les ressorts des sièges, qui me labourent les fesses, il paraît beaucoup plus vieux. Le problème, aujourd'hui...

– Écoutez, monsieur. Visiblement vous avez une dent contre le monde entier. Ce n'est pas une raison pour vous défouler sur moi.

– Une dent ? répliqua aussitôt Horowitz. Qu'est-ce qui vous fait penser que j'ai une dent ?

Avant que le chauffeur lui eût répondu, par simple respect de la vérité, Horowitz concéda :

– D'accord, j'ai une dent. Mais pas contre vous. Ni même contre ce taxi. Contre la vie. Vous imaginez un homme comme Phil Liebowitz faisant ses bagages et partant pour la Floride ? Ce doit être la faute de Rose, sa femme. C'est une véritable *nudnik*. Vous voyez ce que j'entends par là ?

– Pas exactement, répondit le chauffeur, plus attentif aux encombrements de la ville qu'aux griefs de son passager.

– *Nudnik* est un mot *yiddish*, qui qualifie une personne capable de vous harceler avec ses idées et ses suggestions diverses jusqu'à ce que vous vous rangiez à son avis. Or Rose Liebowitz était une *nudnik* de génie. J'ai dit « était » ? Vous vous rendez compte, ça fait une demi-heure que Liebowitz et Rose sont dans les airs et j'en parle déjà à l'imparfait. C'est vraiment une honte qu'un homme comme Phil Liebowitz (maintenant qu'il est parti, j'admets que c'était un remarquable joueur de bésigue) gaspille le reste de son existence en Floride. Comment a-t-il pu me faire une chose pareille ? Tous les jeudis soir, sans exception, nous faisions une partie. Sauf à l'époque où j'ai eu un petit... un petit problème. A vrai dire, les médecins appellent ça une attaque. Très bénigne. Maintenant ça ne se voit même plus. Dites-moi la vérité ! Quand je suis monté dans votre taxi, vous êtes-vous dit : voilà un homme qui a fait une crise cardiaque ? Honnêtement, hein ?

Le chauffeur, qui s'était d'autant moins préoccupé de cette question que Samuel Horowitz était le vingt-septième client de cette longue journée, décida néanmoins de modérer ses propos.

– Non, mon bon monsieur, je ne m'en suis pas douté un seul instant.

– Vous savez pourquoi ? demanda Horowitz, qui souhaitait visiblement poursuivre la discussion. Avez-vous entendu parler de Mme Harriet Washington ?

– Je ne crois pas, répondit le chauffeur, perplexe.

– Eh bien, vous devriez ! Une femme formidable ! Formidable ! s'exclama Horowitz. Et vous, tout particulièrement, vous devriez la connaître.

Puisqu'elle est noire, elle aussi. A moins que vous ne fassiez partie de ceux qui se font appeler Afro-Américains ?

Pour décourager tout débat sur ce terrain glissant, le chauffeur tenta de faire diversion.

– Nous arrivons au péage, indiqua-t-il. Vous avez de la monnaie ou faut-il que je paie ?

– J'ai, j'ai, rétorqua impatiemment Horowitz, agacé que l'on ait interrompu son discours.

Puis il chercha dans sa poche les deux dollars et cinquante *cents* pour le péage.

Après avoir payé, ils prirent la route nationale en direction du sud.

– C'est grâce à Mme Washington que je me suis miraculeusement rétabli. Ai-je dit miraculeusement ? Le terme est faible en comparaison de ce qu'elle a accompli. Elle m'a malmené, torturé, du matin au soir. Mais en fin de compte, elle m'a guéri. Et à présent, même vous, ne vous êtes pas aperçu que j'avais fait une attaque.

– Fantastique ! s'écria le chauffeur en espérant que cela mettrait un terme à leur conversation.

« Quoi que ce monsieur pense des coiffeurs et des chauffeurs de taxi, comment se fait-il que la plupart des clients nous considèrent comme des psychiatres à temps partiel ? Les gens me racontent des choses dont ils ne parleraient même pas à leurs amis les plus intimes. Et il faut que je les écoute. Tout ça pour le prix d'une course et, si je suis bon juge, dans bien des cas pour un maigre pourboire », songeait-il.

– Ce soir, enchaîna Horowitz, nous allons écouter Itzhak Perlman. Avez-vous entendu parler de lui ?

– Bien sûr, répondit le chauffeur.

Horowitz saisit la balle au bond.

– Vous êtes aussi amateur de musique classique ?

– Classique ? s'étonna le chauffeur. Je ne l'ai entendu qu'une fois, à un concert de jazz. Un gala de bienfaisance à l'Apollo Theatre de Harlem. Du vrai jazz. Pas un de ces trucs rock. Alors il joue aussi du classique ? C'est bon à savoir.

– S'il joue du classique ? reprit Horowitz. C'est l'un des meilleurs. Isaac Stern, David Oistrakh, Itzhak Perlman. Les trois meilleurs au monde. Tous juifs, cela va sans dire, plastronna-t-il, incapable de résister à une pointe de chauvinisme.

– Ah bon ?

Le chauffeur jouait la surprise.

Pour la première fois, Horowitz se rendit compte que son interlocuteur était en train de se payer sa tête.

– Vous savez, moi-même, je n'ai pas toujours été amateur de musique classique, plaisanta-t-il pour lui rendre la monnaie de sa pièce. La première fois que j'ai entendu les noms de Mozart, je me suis dit : « Ce n'est pas possible. Ce doit être un cabinet d'avocats, Wolfgang Amadeus et Mozart. »

Comme il ne fut gratifié ni d'un rire ni même d'un sourire, Horowitz poursuivit non sans quelque impatience :

– Pourquoi avez-vous donc aiguillé la conversation sur les violonistes ? Je disais en fait qu'un homme comme Phil Liebowitz n'a rien à faire en Floride. Que fera-t-il là-bas ? Lézarder au soleil ? Ce qui est mauvais pour la peau, tous les médecins vous le diront. Jouer à la grenouille ? Lui qui n'a jamais grenouillé de sa vie ? Se promener d'un pas de sénateur ? Attendre six heures du soir pour dîner au restaurant plus tôt que la masse des clients et économiser ainsi quelques centimes ? Un homme comme Liebowitz est fait pour cette ville, pour New York. Là où ça bouge. Ce n'est pas toujours très joli, ni très sûr, mais ça vit. C'est passionnant. Il se passe toujours quelque chose. Des concerts, des conférences, des expositions. La vie, quoi ! Vous comprenez ce que je veux dire ?

– Ouais, bien sûr, la vie, fit le chauffeur qui prit la file de droite en arrivant à la sortie de la 96e Rue qui menait vers Central Park.

– Hé, où allez-vous ? protesta Horowitz.

– Vous avez dit au coin de la 84e Rue et de Central Park Ouest, non ? Si nous ne sortons pas ici, la sortie suivante, c'est la 79e Rue.

– J'ai dit au coin de la 84e Rue et de Central Park Ouest ? contesta Horowitz. Un autre jour, j'aurais peut-être dit ça, mais aujourd'hui, j'ai envie de rentrer directement à la maison, rectifia-t-il. Alors... Emmenez-moi au coin de la 55e Rue et de la Onzième Avenue.

Légèrement surpris, bien qu'accoutumé aux brusques changements de programme de ses passagers, le chauffeur poursuivit sa route vers le sud avec une compassion croissante pour le trouble mental de son client.

2

Le taxi, qui avait pris la 55e Rue vers l'ouest, approchait de l'Hudson. Un transatlantique en cale sèche, la proue dressée vers le ciel, tel un immeuble de dix étages, surgit juste après l'embranchement de la voie express de West Side.

Le taxi se trouvait au milieu d'un pâté de maisons quand le chauffeur se retourna.

– Jusqu'où allons-nous ? demanda-t-il.

– Presque jusqu'au bout, lui indiqua Horowitz. Jusqu'au grand panneau où l'on peut lire S. HOROWITZ ET FILS. C'est moi. S. Horowitz. Quant au fils, il n'a rien à voir avec l'affaire. C'est un grand avocat. Il travaille dans un gros cabinet de Washington. Prenez n'importe quel escroc en col blanc, il y a de grandes chances pour que mon Marvin l'ait défendu. Mais une honnête affaire de papier et de ficelle, ce n'était pas assez bon pour lui. Bien sûr, aujourd'hui, ce n'est plus une affaire de papier et de ficelle. Chez S. Horowitz et fils, on est devenu conseillers en packaging. C'est du pareil au même. Mais peu importe, garez-vous là.

Le taxi s'arrêta devant un vieil entrepôt, sur une plate-forme de chargement sur laquelle s'était engouffré l'arrière d'un énorme camion de livraison. On apercevait le nom de HOROWITZ ET FILS sur le blason figurant sur le côté du camion. Une équipe composée de deux hommes et du chauffeur charriait des piles de cartons, de lourdes caisses de papier, de ficelle et de ruban adhésif dans le ventre du véhicule.

En sortant du taxi, Horowitz plongea une main dans sa poche et en sortit un billet de vingt dollars. Bien que le compteur n'indiquât que seize dollars soixante-quinze, Horowitz dit :

– Gardez le reste.

– Merci, fit le chauffeur, qui ne bougea pas.

Soucieux de l'état de son passager, il attendit pour s'assurer que tout se passait bien.

– Il y a quelque chose qui ne va pas ? s'enquit Horowitz, vexé de l'attention que lui portait le chauffeur.

– Rien, répondit ce dernier, convaincu que cet homme était vraiment perturbé, qu'il ne savait plus très bien où il en était, à en juger la manière dont il avait sauté du coq à l'âne durant leur conversation, la façon qu'il avait eue de changer brusquement de destination et, surtout, l'étrangeté de ses réactions.

Samuel Horowitz passa lentement devant l'énorme camion, leva les yeux, mais n'aperçut aucun visage familier. Il éprouva un petit pincement au cœur de déception. En d'autres temps, plus lointains, il aurait vu Sol derrière le volant. Ou Silvio, participant au chargement. Ou Manuel. Il connaissait bien chacun de ses chauffeurs et de ses manutentionnaires, leurs familles, leurs habitudes, leurs fêtes religieuses, leurs faiblesses et leurs forces. Ils lui étaient fidèles et il leur était fidèle. Quand il aperçut un visage inconnu derrière le volant, il hocha tristement la tête.

« Les choses changent, oui. Mais tout ? Et en six ans seulement ? »

Cela faisait six ans, juste après la mort de sa femme, Hannah, que Samuel Horowitz avait laissé l'entreprise à Irving Stiner et à Fred Brady, ses deux principaux assistants. Irving s'occupait de l'administration, Fred était à la tête des vendeurs.

Ensemble, les deux hommes avaient repris l'affaire et tenu le rôle de curateurs à l'égard de tous les employés. Sam Horowitz estimait que les hommes qui avaient participé à la création d'une entreprise devaient en profiter. Puisque cela n'intéressait pas son propre fils, au lieu de la vendre, il avait décidé de la laisser continuer à faire des bénéfices et à fournir du travail à son fidèle personnel.

Tout ce qu'il avait demandé pour lui-même, c'était, les bonnes années, qu'on lui reverse une somme déterminée à l'avance sur les bénéfices, ce qui faisait de ses employés les véritables propriétaires de l'entreprise. Il n'avait posé qu'une condition à cet accord : l'affaire porterait toujours le nom de S. Horowitz et fils. Il ne voulait pas qu'on l'oublie dans le commerce du papier et de la ficelle. Il espérait secrètement que, de temps en temps, quand ce nom apparaîtrait sur le bureau d'un client, l'on dirait : « Ah, Sam Horowitz, ça, c'était un homme ! Un homme de parole. Quand il affirmait que la marchandise serait là tel jour à telle heure, elle y était. Un homme sur lequel on pouvait compter, Sam Horowitz. »

Le jour où il avait remis ses clés à Irv et à Fred, il leur avait déclaré :

– C'est à vous maintenant, les gars. Je vous promets que je ne viendrai pas m'immiscer dans vos affaires. Ni vous dire si vous agissez en bien ou en mal. Vous ne me verrez qu'au dîner annuel de la société, si vous m'y invitez.

Ce n'est pourtant qu'après six ans seulement, ce jour-là, qu'il était de retour.

Les visages inconnus des hommes qui chargeaient le camion le frappèrent comme des poignards. « Bien sûr, on prend sa retraite, on meurt, mais une équipe entièrement renouvelée ? se demanda-t-il. Ces gens se souviennent-ils vraiment, parlent-ils parfois de moi ? »

Il entra dans les bureaux, dont la décoration avait été entièrement refaite. A la réception, toute neuve elle aussi, encore un nouveau visage. La vieille Ida avait été remplacée par une jeune femme rondelette, jolie, aux cheveux noirs et au teint olivâtre, manifestement d'origine hispanique. A sa grande surprise, elle le salua.

– Oh, c'est vous, monsieur Horowitz !

Elle se leva d'un bond et se mit au garde-à-vous.

– Vous... Vous me connaissez ? demanda-t-il. Comment est-ce possible ? Vous ne m'avez jamais vu.

– Votre photo, monsieur Horowitz, lui expliqua la jeune femme. Dans le bureau de M. Stiner.

Elle désigna l'une des portes qui se trouvaient derrière elle.

– Ma photo ? fit Horowitz, sans dissimuler sa curiosité. Et vous, comment vous appelez-vous, ma chère ?

– Filomina, répondit-elle. Filomina Cortez.

– Filomina, répéta Horowitz. Joli nom. Depuis combien de temps êtes-vous ici ?

– Oh, mais j'y suis née, protesta-t-elle.

– Je sais, je sais. Je veux dire, depuis combien de temps travaillez-vous chez Horowitz ?

– Un an et demi, fit-elle fièrement.

– Je devrais passer plus souvent, dit Horowitz, non sans une pointe de tristesse. Asseyez-vous, ma chère, asseyez-vous. Repos !

Elle se glissa de nouveau sur son fauteuil.

– Vous êtes si jolie ! Vous êtes mariée ?

– Non.

– Cela viendra, dit-il en tapotant doucement sa joue brune. Et Irving ?

– M. Stiner est là. Dois-je l'appeler ?

– Non. Je veux lui faire une surprise, répondit Horowitz.

« De mon temps, songea-t-il en son for intérieur, on appelait tout le monde par son prénom. Même moi. J'étais Sam pour les employés de bureau, pour les vendeurs, pour les camionneurs, pour les manutentionnaires et pour le commis. Maintenant c'est " M. Stiner ". Rien n'est pareil. »

Parvenu devant la porte, il hésita avant d'entrer, prit une inspiration et, ouvrant grand la porte, salua Irving d'un fort « Ah ! Ah ! » à la monsieur Loyal.

Stiner bondit de derrière son bureau.

– Sam... Sam ! Que faites-vous ici ?

Le président de S. Horowitz, un homme corpulent, d'âge moyen, s'avança vers lui, le prit dans ses bras et l'embrassa sur la joue. Puis il recula pour juger de sa mine.

– Sam, vous êtes mieux aujourd'hui que le jour où vous avez pris votre retraite. Pourquoi n'êtes-vous pas descendu en Floride ? Ou dans l'Arizona ? Que faites-vous dans cette ville sale, noire et dangereuse ? Venez, asseyez-vous. Un café ? Un verre ? Mademoiselle Cortez ! Un café pour M. Horowitz. Avec du lait écrémé et sans sucre. Vous voyez, Sam, je me souviens.

La sonnerie du téléphone interrompit Irving Stiner et, machinalement, Horowitz fit le geste de décrocher. C'était peut-être une commande, une grosse commande. Quand il dirigeait la maison, Sam Horowitz se précipitait et répondait en une seconde. Très calmement, Irving Stiner sortit de sa poche un petit téléphone portable, plat et noir, qui tenait dans la paume de la main. Il l'ouvrit, le porta à son oreille et parla à l'autre extrémité.

– Stiner à l'appareil.

« Vous imaginez ça, se balader avec un téléphone dans sa poche de chemise ! se disait Horowitz, tandis que Stiner écoutait son interlocuteur. De mon temps, j'étais attaché à mon bureau comme un chien à sa laisse. Chaque fois que le téléphone sonnait, je bondissais pour décrocher. »

Stiner poursuivit sa conversation, ce qui permit à Horowitz de jeter un regard circulaire dans ce qui avait été jadis son bureau. La première chose qu'il remarqua, ce fut une photographie de lui-même, accrochée au mur derrière Stiner. Juste sous sa photo se trouvait une série d'écrans d'ordinateurs.

Stiner conversait toujours.

– Heu, heu... je l'ai... heu, heu... pas de problème... Un moment.

Il se tourna vers la série d'ordinateurs et tapa quelques chiffres. Sur l'écran apparut un inventaire complet de tous les stocks disponibles et en attente de livraison de S. Horowitz.

– Ziggy, pour les 48-6, des quantités illimitées, dit-il dans son téléphone portable. Pour les 48-9, entre les stocks disponibles et les commandes en attente, nous pouvons livrer à la fin de la semaine. Des rubans adhésifs en plastique ? Pas de problème. Quant au papier kraft épais, comme toujours, si S. Horowitz n'en a pas, c'est que personne n'en a. Autant que vous voudrez. Écoutez, Ziggy, faxez-moi la commande dès maintenant et vous serez livré demain matin. Bon, bon. Le prix ? Comme la dernière fois, Ziggy.

Stiner remit le téléphone dans sa poche de chemise, puis appuya sur une touche de l'interphone posé sur son bureau.

– Luther, passez me voir avant d'aller déjeuner. Nous avons une grosse commande à préparer d'ici la fin de la journée.

Stiner prêta de nouveau attention à Sam Horowitz.

– Bien, Sam, je vous demandais donc : et la Floride ?

– Trop humide, expliqua Sam.

– L'Arizona ?

– Trop loin, dit Horowitz. Ziggy ? Ziegenfeld ? Il travaille toujours ? demanda-t-il.

– Son fils, fit Stiner. Où est le café de M. Horowitz ? Mademoiselle Cortez ! appela-t-il.

Un instant plus tard, la jeune réceptionniste entra avec un gobelet de plastique empli d'un café fumant.

– Merci, ma chère, dit Horowitz.

Elle lui lança un sourire timide et se retira.

– Asseyez-vous, Sam, asseyez-vous. Faites comme chez vous. Après tout, pendant combien de temps cet endroit a-t-il été le vôtre ?

– Trop longtemps pour que j'en fasse le compte, fit Horowitz, le regard rivé sur la chaîne d'ordinateurs. C'est avec ça que vous suivez la gestion des stocks ? De mon temps, j'appelais Luther : Hé, combien avons-nous de 48-6 là-haut ?

– Plus maintenant, Sam. Tout est informatisé. Quand on veut savoir quelque chose, il suffit d'appuyer sur une touche et tout apparaît. Sam, vous allez être content. Depuis que vous avez quitté l'affaire, notre chiffre a augmenté de trois cent douze pour cent. En six ans seulement. Pas mal, hein ?

– Pas mal ? Excellent ! Sensationnel !

Horowitz força son enthousiasme. Il n'était pas si ravi que cela. L'entreprise marchait mieux sans lui. Ce n'était pas le genre de chose qui vous faisait sauter de joie.

– Alors vous avez un téléphone qui tient dans la poche et avec lequel vous pouvez vous promener ? Et ce bureau tout neuf. Et très joli. Très joli. Et une réceptionniste que vous appelez « mademoiselle Cortez ».

– Il le faut bien, lui confia Stiner à voix basse. De nos jours, si on appelle une fille par son prénom, on risque de se voir accusé de harcèlement sexuel. Ici, tout est très convenable. Pas comme autrefois, où vous pouviez plaisanter avec votre secrétaire. Ou lui donner une petite tape ici ou là. Maintenant, c'est mademoiselle. Je veux dire mademoiselle ou madame, toujours très correct. Croyez-vous que j'oserais lui demander de *m'* apporter une tasse de café ? Les féministes n'aimeraient pas ça. Mais dans votre cas, comme vous êtes le fondateur de notre maison et que vous n'en faites plus partie, j'ai pu prendre la liberté de le lui demander. Croyez-moi, Sam, ce n'est plus du tout comme à votre époque. Tout a changé et bien changé.

– Je vois ça, dit tristement Horowitz. C'est gentil de votre part d'avoir mis ma photo sur le mur, Irving. Je vous en suis reconnaissant.

– Elle y est à sa place, rétorqua Stiner. Sans vous, cette entreprise ne serait rien. Savez-vous combien de familles vivent de cette maison ? Je l'ai découvert l'an dernier, à Noël, quand j'ai fait la liste des primes. Trente-neuf familles vivent grâce à S. Horowitz et fils. Oui, Sam, vous pouvez être très fier.

« Alors pourquoi est-ce que je me sens si vide et si triste ? fut-il tenté de lui répondre. Est-ce simplement à cause de Liebowitz ? Ou bien son départ n'est-il qu'un signe ? Et pourquoi suis-je venu ici justement aujourd'hui ? Qu'est-ce que j'attendais ? Qu'Irv me supplie : “ Sam, s'il vous plaît, revenez. Nous avons besoin de vous. Nous ne pouvons pas faire tourner cette société sans vous. ” Ils n'ont pas besoin de moi. Ils se débrouillent mieux sans moi. Avec tous leurs ordinateurs et leurs téléphones portables. »

– Oui, Sam, vous pouvez être fier. Très fier, répéta Stiner.

Horowitz s'efforça de minimiser les louanges de son successeur.

– Fier, *mon pauvre*, je ne voulais plus m'embêter à diriger une entreprise.

« Si seulement j'avais quelqu'un pour m'embêter à présent, songeait-il secrètement, des clients qui appellent, des commandes qui rentrent. Donner des instructions pour l'assemblage et la livraison. Comme autrefois. »

Le téléphone requit de nouveau l'attention de Stiner, qui se tourna vers son interphone.

– Ne me dérangez plus pendant que M. Horowitz est là, ordonna-t-il.

– Monsieur Stiner, nous avons un problème, l'interrompit une voix d'homme.

L'un des chauffeurs appelait de son véhicule pour annoncer que son camion, qui devait effectuer une livraison dans le quartier de Rockefeller Center, était tombé en panne. Stiner l'écouta, lui donna des instructions et désigna quelqu'un d'autre pour décharger la marchandise et achever la livraison. Tout cela sans quitter son bureau et sans utiliser autre chose que ses doigts prestes. Quand il eut envoyé du secours et averti le client que la livraison aurait sans doute une heure de retard, il put enfin se tourner vers Horowitz.

– Bien, Sam, où en étions-nous ? demanda Stiner. Ah, oui ! vous disiez que vous ne vouliez plus vous embêter avec une affaire sur les bras. J'ai d'abord pensé que c'était à cause d'Hannah, de sa maladie. Ensuite, j'ai bien vu à quel point c'était épuisant.

– Oui, Irving. La mort d'Hannah a contribué à ma décision de lâcher l'affaire, reconnut Horowitz. Rien n'a plus été comme avant... rien. Et puis je me disais : Donne donc leur chance aux jeunes. Après toutes ces années où vous vous étiez dépensés, où Fred et les gars de l'entrepôt comme Luther avaient tant donné d'eux-mêmes, pourquoi me serais-je mis en travers de leur chemin ? Ils ont des enfants qu'ils enverront à l'université. Peut-être souhaitent-ils avoir un meilleur logement, des vacances plus longues, une plus grosse voiture. Tant qu'ils font de bonnes affaires, ils le méritent. De plus, le vieux Sam Horowitz n'aurait jamais appris à faire fonctionner tous ces gadgets ultramodernes. Les ordinateurs, les téléphones portables et ceux qui sont installés dans les camions. Non, ç'aurait été trop lourd pour moi.

« Oh ! Si seulement je pouvais me lancer dans les affaires à présent, je réussirais beaucoup mieux. N'est-ce pas toujours ce que l'on dit quand on est vieux et qu'on regarde toutes ces filles qui portent des jupes au ras des fesses, avec de longues jambes et de belles cuisses : si seulement... Le reste de mon existence sera-t-il comme ça ? Si seulement ? La vie n'est sans doute pas faite pour être si longue. Je suis resté trop longtemps sur terre. »

Après avoir salué quelques vieux employés et échangé des souvenirs avec eux, après leur avoir demandé des nouvelles de leurs femmes, de leurs enfants et de leurs études, après s'être étonné que certains aient aujourd'hui des petits-enfants, après tout cela, Samuel Horowitz prit congé et remonta la 55e Rue, où il avait passé la majeure partie de son existence.

Bien que cette visite lui ait permis de raviver les liens qu'il entretenait avec ses vieux amis et employés, cela n'avait fait qu'accroître l'état dépressif dans lequel il se trouvait depuis qu'il avait dit au revoir à Phil et à Rose Liebowitz, au moment où ils franchissaient la porte qui devait les mener à un avion en partance pour la Floride.

S'il n'avait pas eu ce rendez-vous avec Harriet Washington pour le dîner et ce concert de Perlman au Lincoln Center, il serait rentré chez lui, se serait préparé un dîner tout simple et aurait ruminé ses idées noires toute la soirée.

Il tenta de se consoler. Bernadine ne l'attendrait pas. Puisqu'il sortait, elle lui avait demandé sa soirée pour assister à la fête de la paroisse. Il avait accepté avec soulagement. Dernièrement, il avait remarqué que, bien qu'elle fît de son mieux pour préparer son dîner, le plus souvent avec succès, il avait peu d'appétit. Aussi était-elle toujours déçue, et lui se sentait-il coupable. Ce soir, comme il dînait en ville, il n'aurait pas à l'affronter.

« C'est une chose terrible pour un homme que de ressentir le besoin de fuir son propre domicile ! » pensa Horowitz. Ce n'était que le reflet de son humeur présente. En fait, Bernadine était une excellente femme de ménage, qui avait toujours été fidèle à Hannah de son vivant et qui s'était occupée de lui avec beaucoup de sollicitude après sa mort. Elle prévenait tous ses désirs, même ceux qu'il n'avait pas.

Cherchant quelque apaisement, une once de plaisir en cette journée, Horowitz se consola donc : « Ce soir, au moins il y aurait Mme Washington. »

C'était grâce à elle qu'il était devenu ce qu'il était aujourd'hui. Une bonne soixantaine d'années, autosuffisant, il marchait sans canne, avec ce très léger déhanchement, que les cardiaques ont souvent. Seuls ceux qui le connaissaient depuis longtemps auraient été capables de déceler une différence. Et pour tenir un couteau et une fourchette, nul n'était plus habile que lui. Bien qu'il eût résisté pied à pied à Mme Washington, elle n'avait pas cédé d'un pouce.

« Clyde Beatty, la célèbre dompteuse qui dressait des lions avec un fusil et une chaise, s'était-il dit, plus d'une fois, est plus gentille que Mme Washington quand elle ordonne : " Ramassez ces boutons et ces billes ! ", ou bien " Froissez cette feuille du *New York Times* ! "

« Et quand elle vous réprimande par un simple " Monsieur Horowitz ! ", avec cette voix si particulière, cela suffit à instiller la peur dans le cœur d'un homme. Et cette femme-là sait faire la cuisine. Aussi bien qu'Hannah. Certains plats, Dieu me pardonne de dire une chose pareille, elle les fait même un peu mieux qu'elle. »

Le seul aspect positif de cette journée, par ailleurs totalement décourageante, était la perspective de revoir Mme Washington.

3

Samuel Horowitz était planté devant le miroir en pied qu'Hannah avait fait installer dans la chambre des années auparavant. Méticuleusement, il noua sa cravate, comme il avait réappris à le faire grâce aux conseils fermes de Mme Washington. Si elle ne l'avait pas forcé à ramasser des billes et des boutons pour retrouver l'usage de ses mains, il n'aurait pas pu nouer avec la même habileté que les hommes qui décorent les vitrines de Saks sur la Cinquième Avenue, comme il aimait s'en vanter. Il savait même faire ce pli au milieu, juste au-dessous du nœud.

S'habiller pour se rendre à un rendez-vous avec Mme Washington serait toujours pour lui l'épreuve ultime. Plaise à Dieu qu'elle ne remarque pas que sa cravate est légèrement décentrée ou que sa chemise n'est pas bien boutonnée ! A l'un de leurs rendez-vous, les boutons de son col n'étaient pas boutonnés. Le simple coup d'œil réprobateur qu'elle lui avait lancé lui avait donné le sentiment d'être un criminel, ou pire, un enfant désobéissant. Depuis ce temps, il était toujours tiré à quatre épingles en sa présence.

Ce soir, tout particulièrement, après cette affligeante journée, ce défi semblait exiger plus d'efforts que d'ordinaire. Néanmoins Horowitz persévéra. Ses chaussures reluisaient et, ce qui était tout aussi important, ses lacets étaient noués. Son pantalon sortait de chez le tailleur. Sa chemise avait été repassée par Bernadine le matin même. A présent sa cravate était parfaitement nouée et plissée, et son visage rasé de près avec le rasoir électrique auquel Mme Washington l'avait initié. Il ne lui manquait plus qu'un peu d'after-shave, comme on dit dans les pubs des magazines. Samuel Horowitz s'apprêta donc à retrouver sa très chère amie et son plus sévère critique.

« Mme Washington, me voilà ! »

Cette apostrophe était toutefois beaucoup plus solennelle que ne l'étaient leurs relations. Cela venait de leur première rencontre. Après son accident cardiaque, Samuel Horowitz en était aux premiers stades de la convalescence. Comme tous les cardiaques, il avait souffert de dépression et manifesté l'hostilité qui accompagne généralement les sursauts de cette maladie. Quand il voulut l'appeler par son prénom, tactique de sape, elle rectifia le tir avec autant de promptitude que de fermeté en imposant sa loi.

– J'ai été mariée à un homme charmant nommé Horace Washington et je n'ai pas l'intention de l'oublier. Je ne veux pas que quiconque l'oublie. Ce sera donc Mme Washington !

Et les choses en étaient restées là, bien qu'au fil des ans leur amitié fût devenue plus intime et plus chaleureuse.

Ils étaient assis à une table, chez Enrico's, un restaurant italien situé en face du Lincoln Center, dans l'Upper West Side de Manhattan. Il prétendait tenir son nom d'Enrico Caruso, le légendaire ténor italien du début du XXe siècle. A cette époque, Caruso était célèbre non seulement pour sa voix, mais encore pour son appétit pantagruélique. Les murs étaient couverts de fausses photos anciennes et de lithographies le représentant dans ses divers rôles. La plus en vue était une immense photographie du ténor tant révéré en costume de clown, le visage en larmes, dans le rôle de Paillasse.

Horowitz et Mme Washington étaient assis sous cette photo, à une table pour deux près de la grande baie vitrée qui donnait sur Broadway. Dehors, les voitures de ceux qui rentraient chez eux en ce début de soirée remontaient vers le nord, tortues résignées. Les bus monopolisaient la chaussée, tandis que les automobiles, tels des insectes, tentaient de se frayer un passage dans les ouvertures provisoires pour foncer jusqu'au feu rouge suivant.

Sam Horowitz étudia son menu, tandis que Mme Washington lorgnait au-dessus du sien, pour qu'il ne s'aperçoive pas qu'elle était en train de le soumettre à un examen en bonne et due forme. Depuis qu'il s'était levé pour l'accueillir, elle avait constaté un changement. Parmi tous les patients qu'elle avait soignés au cours de sa carrière de thérapeute, il s'était avéré l'un des plus sensibles. Bourru en apparence, assez soupe au lait, très susceptible, il était en réalité extrêmement vulnérable. Et ce soir, il semblait l'être plus que d'ordinaire. Ils commandèrent le dîner. Horowitz prit soin d'éviter son plat préféré : des aubergines au parmesan, bourrées de fromage, riches en cholestérol, ce que Mme Washington n'approuvait certainement pas. Il demanda même ostensiblement au serveur de remplacer le beurre par de la margarine.

– Eh bien ? fit Horowitz après les amabilités d'usage.

Entre eux, cette simple syllabe n'était pas qu'un simple préambule, mais un véritable discours. C'était ainsi qu'Horowitz lui demandait : « Alors dites-moi, comment se passent les études de votre petit-fils Conrad au collège de Columbia ? Et comment va sa sœur Louise ? »

C'était toujours la première question qu'il lui posait, car il aimait énormément les deux enfants.

Non seulement il avait insisté pour payer les droits d'inscription de l'école privée qu'ils fréquentaient, par gratitude pour ce que Mme Washington avait fait pour assurer son rétablissement, mais il avait aussi appris à les connaître, depuis six ans qu'il dînait et sortait le dimanche en leur compagnie. Il les avait donc vus grandir et embellir.

Conrad avait déjà soumis son dossier à quatre des meilleures universités de la côte Est.

– Conrad n'a pas encore obtenu de réponse. Mais il est encore un peu tôt, lui répondit Mme Washington.

– Pas encore ? s'enquit Horowitz, plus impatient qu'elle. Qu'attendent-ils ? Avec un dossier comme le sien, ils devraient répondre par retour du courrier !

– Avec toutes les candidatures qu'ils reçoivent, ils sont bien obligés d'attendre qu'elles leur soient toutes parvenues.

– Croyez-moi, si j'étais responsable des admissions dans l'une de ces universités, je prendrais un garçon comme Conrad avant que les autres ne mettent le grappin dessus ! déclara Horowitz avec énervement.

Mme Washington remarqua – ce qui ne fit que confirmer sa première impression – que M. Horowitz était encore plus impatient et prompt à s'émouvoir que d'habitude. Convaincue qu'il n'était pas au mieux de sa forme, elle décida de lui faire subir le test de ce qu'elle en était arrivée à nommer en privé le *syndrome Horowitz*. Ce test était plus révélateur que ne l'étaient encore le scanner ou la RMN pour déceler une quelconque maladie physique.

– Je lisais le *New York Times* ce matin, fit-elle comme si de rien n'était, tout en contemplant par la fenêtre les encombrements du soir, afin que cela parût plus naturel.

Le Samuel Horowitz qu'elle connaissait aurait dû, à cet instant, l'interrompre par un commentaire brutal, abrupt et sarcastique sur cet honorable journal. Il était toujours en désaccord avec le *Times,* sur tous les sujets : l'économie, la politique étrangère, la fiscalité, les élections, n'importe quelles élections, la ville, l'État ou la fédération, la Cour suprême, la criminalité, la morale, le Président, la religion. Il n'y avait pas un seul thème abordé par le *Times* qu'Horowitz ne commentât en manifestant une constante opposition. Tantôt d'une voix forte ou acerbe, tantôt d'une simple grimace sur son visage expressif. Sam Horowitz était un homme qui avait des convictions, des opinions tranchées, quel que soit le sujet abordé. Son agressivité intellectuelle ne se cantonnait pas au *Times.* Alors qu'elle veillait sur sa convalescence, Harriet Washington avait dû plus d'une fois lui conseiller de ne pas s'emporter contre les présentateurs du journal télévisé, redoutant une autre défaillance cardiaque.

Ce soir-là, quand elle mentionna le *New York Times,* Horowitz ne lui coupa pas la parole aussitôt. Elle décida donc de pousser l'examen plus avant.

– Je parcourais la page Idées et je suis tombée sur un article où l'on rapportait que, selon la Cour suprême, la nouvelle loi pénale, celle qui a été votée après l'affaire du fils de Sam, le célèbre meurtrier en série, était anticonstitutionnelle, contraire au premier amendement.

« Il est évident, se disait Mme Washington, que je vais avoir une des plus belles tirades de Sam Horowitz. Au minimum : “ La Cour suprême ? Des idiots. Tous. Où est-il écrit dans le premier amendement que, quand un homme commet un meurtre, c'est aux tribunaux de s'assurer qu'il a bien touché un million de dollars ? ” »

Mais Samuel Horowitz ne trouva rien à y redire. Pas un mot. Il continua de siroter le whisky-soda qu'il s'accordait avant chaque dîner.

« Très troublant, en conclut Mme Washington. Ce n'est pas mon Samuel Horowitz. Il y a quelque chose qui ne va pas. Qui ne va pas du tout. Il va falloir le surveiller. Et si je ne me trompe, il a un peu maigri depuis la dernière fois. »

Elle fit deux autres tentatives pour déchaîner une critique de sa part. Et par deux fois, elle fut déçue.

Dans la salle Avery Fisher, ils écoutaient, émerveillés, Itzhak Perlman faire vibrer son stradivarius avec une émotion doublée d'une éblouissante virtuosité. De temps à autre, le regard de Mme Washington se détachait de Perlman pour se poser sur Horowitz. Il n'y avait plus l'ombre d'un doute, il était perturbé. Mais par quoi ? Elle prit la résolution de le découvrir avant la fin de la soirée.

Pendant l'entracte, alors qu'ils se rendaient au foyer pour y prendre une tasse de café (à cette heure, décaféiné, cela allait de soi), Mme Washington lui exprima son inquiétude sans détours.

– Monsieur Horowitz, commença-t-elle.

– Oui, madame Washington ?

– Qu'est-ce qui ne va pas ?

– Qu'est-ce qui ne va pas ? Pourquoi y aurait-il quelque chose qui n'irait pas ? la contredit Horowitz.

– Votre hargne me manque. Les accents guerriers de votre voix aussi. Il y a quelque chose qui ne tourne pas rond. Ne le niez pas. Vous n'avez jamais réussi à me tromper et ce n'est pas aujourd'hui que vous commencerez. Alors ? fit-elle en adoptant son tic de langage.

– Alors quoi ? répliqua-t-il pour esquiver sa question.

– Alors dites-le-moi, sinon...

– Sinon quoi ? la défia Horowitz.

– Sinon je ne vous parlerai plus de Conrad et de Louise. Je ne vous accompagnerai plus ni aux concerts, ni aux conférences, ni dans les musées. Je ne vous prendrai même plus en ligne quand vous me téléphonerez.

– Vous ne feriez pas une chose pareille, protesta

Horowitz. Si, vous le feriez, concéda-t-il, se remémorant sa volonté de fer des premiers temps. Je me souviens. Je ne me souviens que trop bien.

Il se tut quelques instants et but une gorgée de café.

– Alors ? dit-il.

A quoi Mme Washington répondit :

– Alors ?

A contrecœur, en bougonnant et en espérant que la mise en veilleuse des lumières, indiquant la fin de l'entracte, viendrait à son secours, Samuel Horowitz s'expliqua :

– Cette journée est à marquer d'une pierre noire. Phil Liebowitz et sa femme, Rose, ont quitté, ont déserté devrais-je dire, New York. Ils ont pris l'avion, comme ça. Vous imaginez ça, un adulte sain d'esprit partant pour la Floride ? Je vous demande un peu si ça ne suffit pas pour vous déprimer un homme.

– Et avec Liebowitz, un des meilleurs joueurs de bésigue du monde occidental s'en est allé, n'est-ce pas ? ajouta Mme Washington, trop fine mouche pour s'en laisser conter.

– Meilleur ? fit Horowitz d'un ton hautain. Assez bon, reconnut-il néanmoins. Peut-être un peu plus qu'assez bon. Mais « meilleur » ? Pas Liebowitz. Disons juste...

Horowitz chercha le terme exact. Il opta pour un mot qu'il avait relevé dans les critiques théâtrales du *Times*.

– Disons qu'il est « d'un bon niveau ».

Les lumières du foyer clignotèrent plusieurs fois, les prévenant que la seconde partie du concert d'Itzhak Perlman allait commencer. Horowitz regagna son siège avec soulagement.

Après le concert, tout en dégustant un autre décaféiné et des petits pains au lait dans un salon de thé, qui se trouvait en face de Lincoln Center,

Mme Washington eut une intuition exacte du mal qui rongeait Sam Horowitz.

Il s'était lamenté des changements que l'on constatait dans la ville, de la grossièreté des gens les uns envers les autres, de l'accroissement de la criminalité, des enfants abattus à la sortie des écoles et de l'insécurité sévissant dans le métro.

– Mais, ma chère madame Washington, le pire, c'est la manière dont les êtres disparaissent. C'est le seul mot qui convienne. *Disparaître*. Quand j'étais jeune, qu'Hannah était jeune, tout le monde vivait à New York. La famille, les amis, tout le monde habitait en ville. Les gens restaient. Bien sûr, certains passaient du Bronx à Manhattan. Ou de Brooklyn au Bronx. Mais ils ne quittaient New York que pour le cimetière. A cette époque, quand on avait besoin de dix hommes pour un *minyan*... Vous savez ce qu'est un *minyan*, madame Washington ?

– Dix hommes pour célébrer un service religieux convenable, répondit-elle aussitôt, car elle avait appris à connaître le yiddish et nombre des coutumes juives des années auparavant, quand elle était cuisinière et femme de ménage dans une famille juive et qu'elle poursuivait ses études d'infirmière.

– Eh bien, en ce temps-là, continua Horowitz, quand il en manquait quelques-uns pour faire dix, on descendait dans la rue, n'importe quelle rue, et on les trouvait. Aujourd'hui c'est tout juste si l'on n'a pas peur de descendre dans la rue. Et si jamais on trouve quelques hommes, ils sont trop affairés pour donner une demi-heure de leur temps pour participer à la cérémonie. Croyez-moi, madame Washington, les choses ne vont pas seulement mal. Elles vont de mal en pis.

Habituée à un discours que tiennent la plupart des New-Yorkais, Mme Washington attribua les lamentations d'Horowitz au climat général d'insatisfaction, qui règne dans les grandes villes. Mais elle fut sidérée, quand, étalant la margarine sur son petit pain, Horowitz ajouta :

– Vous voyez, rien que ce soir, pendant que je m'habillais avant de vous rejoindre, je me disais : Pourquoi ne pas aller quelques semaines à San Diego, chez ma fille Mona ?

Mme Washington, qui portait sa tasse à ses lèvres, la posa avec une brusquerie qui lui était tellement inhabituelle qu'Horowitz lui demanda :

– Qu'est-ce qui ne va pas ?

– Oh, rien de grave. C'est ma tasse qui a glissé.

« Si Sam Horowitz en est à envisager de rendre visite à cette fille, aimante certes, mais autoritaire et dominatrice, et de séjourner aussi longtemps chez elle, et pas à l'occasion d'une grande fête juive comme la Pâque, c'est qu'il est vraiment déprimé. Il faut qu'il en soit à la dernière extrémité pour nourrir un projet semblable. »

Mme Washington l'observa aussi minutieusement que possible, sans éveiller ses soupçons.

« Quelque chose est mort en cet homme qui me combattait pied à pied pendant son traitement. Que lui est-il arrivé ? Est-ce simplement le départ de Phil Liebowitz ? Ou cela n'a-t-il fait qu'accélérer l'apparition de son état dépressif actuel ? Y a-t-il autre chose sous la surface ?

« La visite qu'il a rendue à son ancienne entreprise, le fait de découvrir que celle-ci était plus performante et plus importante aujourd'hui que de son temps, ont dû lui causer un choc.

« Tout compte fait, il a tout lieu d'être déprimé en un jour comme celui-là. Mais demain ? Ou pire, jeudi soir où Rose, la femme de Liebowitz, ne l'appellera pas, comme d'habitude, pour l'inviter à dîner et lui proposer une partie de bésigue ?

« A quoi va-t-il passer le temps ? A regarder la télévision ? Un homme ne peut pas passer sa vie à râler contre le *New York Times* ou à croiser verbalement le fer avec les commentateurs du petit écran.

« La situation est très périlleuse. J'ai vu des patients devenir dépressifs au point de jeter l'éponge et de perdre goût à la vie.

« Il faut faire quelque chose. Et vite ! »

Le lendemain, Harriet Washington passa sans se faire annoncer au bureau du Dr Herman Tannenbaum, spécialiste en gériatrie et médecin de Samuel Horowitz. Elle lui fit part des symptômes qu'elle avait décelés. Tout ce que Tannenbaum fut capable d'ajouter à sa description des faits fut que, oui, Horowitz avait maigri, mais que tous les indicateurs essentiels, tension artérielle, pouls, travail cardiaque, réflexes, étaient tout à fait normaux pour un homme de son âge. Tannenbaum n'avait aucune prétention en matière de psychiatrie, mais il avait observé un nombre suffisant de patients âgés pour tomber d'accord avec Mme Washington. La dépression nerveuse était devenue une maladie grave chez les personnes vieillissantes, une maladie qui, à une époque où les familles sont dispersées, peut se révéler mortelle.

Tannenbaum reconnut volontiers qu'il fallait faire quelque chose pour Samuel Horowitz. Mais il n'avait aucune solution à proposer.

Perplexe, Mme Washington en arriva à la conclusion que, quoi que l'on fît, il fallait qu'un homme aussi fier que Samuel Horowitz pût se sentir indispensable, important.

« Peut-être que si j'en touchais deux mots à Irving Stiner, si je lui expliquais qu'Horowitz a besoin qu'on ait besoin de lui, il lui trouverait quelque chose à faire. Peut-être inventerait-il une crise qui exigerait son retour dans l'affaire. Non, cela n'irait pas. Un homme comme Samuel Horowitz comprendra vite qu'il s'agit là d'un subterfuge. Il faut quelque chose d'authentique. Quelque chose qui résiste à l'examen de son esprit naturellement méfiant. Ce doit être une situation qui requiert vraiment ses efforts, son attention et sa compassion. En dépit de ses récriminations et de ses ronchonnements, au fond, c'est un homme bon et charitable. Il doit bien y avoir un moyen de mettre toutes ses qualités au service d'une bonne cause. »

– Il faut faire quelque chose, cria Mme Washington à sa fille, Elyse Bruton, qui s'habillait dans sa chambre avant de se rendre à l'hôpital de Harlem où, en tant qu'infirmière-chef, elle était de garde. Pendant ce temps Mme Washington supervisait le dîner de ses petits-enfants, Conrad et Louise, avant qu'ils fassent leurs devoirs.

– Ton lait, Conrad, insista-t-elle, puis elle s'adressa de nouveau à Elyse. Comme toutes les victimes de crise cardiaque, il est naturellement déprimé du fait même de sa maladie. Si je ne l'avais pas bousculé et si je ne lui avais pas donné la volonté de surmonter cela, il ne serait plus qu'un vieil handicapé.

A ce moment-là, Elyse pénétra dans la cuisine en enfilant le pull bleu marine qu'elle portait toujours sur son impeccable uniforme blanc.

– Maman, puisque tu résous les problèmes des autres, pense donc un peu au mien. Les infirmières ! Où vais-je en recruter avec le budget restreint dont je dispose ? se lamenta Elyse, qui se courba pour embrasser Louise. N'oublie pas tes maths, mon bébé, ajouta-t-elle doucement mais fermement. Il faut que tu t'améliores dans cette matière. Conrad, ton lait ! fit-elle quand elle remarqua qu'il n'y avait toujours pas touché.

– Mon lait ! répliqua Conrad. Grand-mère et toi, vous n'êtes donc pas au courant des dernières découvertes ? Les médecins affirment que le lait n'est pas bon pour la santé.

– Pas « les médecins », intervint aussitôt Mme Washington. *Certains* médecins seulement. Et ils parlent du lait entier. Ça, c'est du lait écrémé. Alors bois-le !

Tandis que Conrad levait son verre à contrecœur, comme s'il était empli d'un lait peu nourrissant, voire empoisonné, Mme Washington se tourna vers Elyse.

– Il a encore quelques étincelles de vie quand il est avec moi, mais ces derniers temps, je suis plus une béquille qu'une amie. Je ne veux pas de ça. Il faut faire quelque chose.

– Maman, de qui diable parles-tu ? demanda Elyse.

– De M. Horowitz, évidemment !

– Évidemment. Excuse-moi, mais je n'ai qu'une chose en tête : les infirmières. Les infirmières qualifiées. Comment les attirer ? Et que vais-je leur dire ? Tout ce que j'ai à vous proposer, ce sont des horaires surchargés, un travail de titan et un salaire de misère. Quelle infirmière saine d'esprit se porterait volontaire pour un poste pareil ?

Mme Washington prit la balle au bond.

– Mais voilà !

– Voilà quoi ? demanda Elyse, qui se détourna du miroir devant lequel elle était en train de brosser ses cheveux noirs comme du jais.

– Des volontaires, dit Mme Washington.

– Des volontaires ne peuvent pas prendre la place d'infirmières titulaires ni même de stagiaires. Il faut de l'expérience, plus d'expérience que n'en aura jamais aucun bénévole, fit remarquer Elyse.

– Pas des infirmières bénévoles. Je pense au groupe de volontaires chargés de l'assistance en pédiatrie, rectifia Mme Washington.

– Pour M. Horowitz ?

– Pourquoi pas ?

– Tu crois qu'un homme aussi colérique aurait la patience nécessaire pour accomplir une telle tâche ? fit Elyse d'un ton dubitatif.

– Il est peut-être facilement irritable, parfois même carrément colérique, répliqua Mme Washington, qui ne pouvait s'empêcher de voler au secours de son protégé, mais il est tellement sensible !

– Maman, maman, tu prends toujours sa défense. J'ai même parfois l'impression que tu es amoureuse de lui.

– Ne sois pas ridicule ! Si j'éprouve quelque chose pour lui, c'est uniquement parce qu'il me rappelle ton père. Qui était aussi quelqu'un de gentil, de très sensible. Il est mort le cœur brisé parce qu'il n'a jamais pu surmonter les préjugés raciaux auxquels il a été confronté, et qu'il n'a pu être, surtout, ce qu'il aurait pu être. Peut-être que maintenant, il aurait plus de chance. Mais autrefois...

Les yeux de Mme Washington s'emplirent de larmes, sa voix se brisa légèrement.

Elyse respecta cet instant de douleur. Sa mère put bientôt poursuivre son argumentation :

– Je vois en Sam Horowitz les mêmes symptômes qu'en ton père. Je considère donc qu'il est de mon devoir, amical et professionnel, de chercher à l'aider. Après tout, je ne l'ai pas sorti de sa maladie pour le voir tout abandonner à présent. Et si l'on peut améliorer les choses en lui donnant un travail bénévole, c'est exactement ce que je vais faire.

– Maman, je ne veux pas que tu te mettes dans tous tes états et que tu sois déçue, si ça ne marche pas.

– Ça marchera ! affirma Mme Washington d'un ton plus catégorique que ne l'étaient ses convictions.

Car, avec quelqu'un comme Samuel Horowitz, qui était devenu assez imprévisible, on ne pouvait exclure quelques déconvenues.

Le lendemain matin, alors qu'elle se rendait chez un nouveau patient, Harriet Washington passa à l'hôpital pour y consulter Catherine Flaherty, administratrice des activités de bénévolat.

Oui, reconnut Mlle ou Mme Flaherty, elle avait toujours besoin de volontaires pour prendre soin des malheureux bébés de ses nurseries. Oui, elle se sentait capable de travailler avec un homme sensible, même avec un homme aussi sensible que ce M. Horowitz que lui décrivait Mme Washington.

Cela valait au moins la peine de le recevoir, déclara Catherine Flaherty.

La seule question que se posait à présent Mme Washington était celle-ci : « Comment amener Samuel Horowitz à se porter volontaire ? »

4

Samuel Horowitz était assis dans son fauteuil préféré, dans le salon qui donnait sur Central Park. Il avait lu la moitié de l'article d'Anthony Lewis à la page Idées du *New York Times.* Au lieu du grognement sarcastique que lui inspiraient généralement les opinions de cet éditorialiste, Horowitz ronchonnait vaguement pour manifester son humeur maussade. Le téléphone interrompit sa lecture.

« Flûte ! pensa Horowitz. Qui peut bien appeler à cette heure de la matinée ? Quelqu'un qui vient encore m'annoncer la mort d'un ami ? Ce n'est que trop fréquent en ce moment. Au train où vont les choses, il va bientôt falloir que j'achète un autre costume bleu marine. Juste pour les enterrements. Ce pourrait être aussi une société de bienfaisance. »

Certains n'apprécient guère ce genre d'appels. Mais Horowitz devait bien reconnaître que, ces derniers temps, les rares fois où le téléphone sonnait, il en était heureux. Même si c'était sa fille, Mona, qui l'appelait de San Diego. Certains jours, c'était même un soulagement de recevoir un coup de fil l'invitant à un *minyan* chez des inconnus, qui venaient de perdre l'un des leurs.

« Ça vaut mieux que le silence, se disait-il, que ces heures où le téléphone semble me fixer. »

– Allô ? fit-il d'un ton morne.

– Allô ! Samuel Horowitz ? répondit la voix dynamique et pleine d'assurance de Mme Washington.

Face à une telle vigueur, il tenta de se montrer sous un meilleur jour.

– Ah, ma chère, à quoi dois-je le plaisir d'entendre votre voix suave à cette heure matinale ? Vous voulez sans doute me complimenter sur mon after-shave d'hier soir ? Il dégage un parfum entêtant, comme on dit dans ces spots publicitaires où des gens tout nus dansent dans la pénombre.

Mme Washington ne s'y laissa pas prendre. Il avait beau se mettre en quatre pour avoir l'air léger, il n'y avait aucune vraie joie en lui. Il ressemblait à ces chanteurs qui connaissent les paroles par cœur et qui chantent faux.

« Il va encore plus mal que je ne l'imaginais. Je ferais bien de me dépêcher », se dit-elle lucidement.

– Monsieur Horowitz, j'ai bien peur d'être obligée de vous prier de me rendre un service, fit-elle comme s'il s'agissait d'une affaire de la plus haute importance.

– Tout ce que vous voudrez. Que je me porte garant de la moralité de Conrad ? Accordé ! Une contribution financière ? Dites-moi combien ! Un conseil ? Ai-je jamais été avare de conseils ? Demandez, vous serez exaucée !

– Cette fois, je crains bien qu'il ne s'agisse d'autre chose que d'argent ou de conseils.

– Sérieusement ? s'enquit Horowitz, inquiet. Dites-moi ! Vite ! Je peux sûrement faire quelque chose.

– Tout à fait.

– Alors ?

– Je ne sais pas comment vous le demander...

Mme Washington fit mine de chercher ses mots.

– Depuis quand n'osez-vous plus me parler ? Après tout, ne sommes-nous pas amis ? De très bons amis. Et entre amis, il ne devrait pas y avoir de problèmes de communication. On devrait pouvoir se parler simplement. Alors respirez un bon coup et allez-y doucement.

Mme Washington se tut délibérément pendant quelques instants avant de poursuivre. Horowitz s'attendait au pire.

– Cela concerne-t-il les enfants ? Louise ? Racontez-moi vite ! Que s'est-il passé ?

– Il s'agit d'Elyse, commença Mme Washington.

Elle s'interrompit à nouveau pour donner à Horowitz le temps d'en déduire les conclusions auxquelles il devait naturellement aboutir.

– Ah ! s'exclama-t-il. A l'hôpital, un dingue a perdu la boule et s'est jeté sur elle ? Exact ?

– Faux !

– Elle a été attaquée dans la rue en rentrant ? Comment va-t-elle ? Où est-elle ?

– Elle n'a été ni attaquée ni violentée.

– Alors où est le problème ? Que puis-je pour elle ? Ne vous en faites pas, dites-moi ce dont elle a besoin.

– Elle a besoin de volontaires, répondit Mme Washington.

– De volontaires ? s'enquit Horowitz, perplexe. Que se passe-t-il ? Il y a la guerre quelque part ? Que puis-je faire pour elle ? Sommes-nous en train d'essayer d'empêcher des Arabes de tuer d'autres Arabes ?

– Ça n'a rien à voir avec les Arabes, ni avec les guerres. C'est à l'hôpital qu'il y a un problème, rectifia Mme Washington.

– Oh, l'hôpital a besoin de bénévoles ?

Horowitz venait de comprendre.

– Je ne suis pas chirurgien, ni même simple généraliste. Alors qu'y puis-je ?

– Les bébés, monsieur Horowitz, les bébés ! lui expliqua Mme Washington.

– Que voulez-vous que je fasse ? Que je donne mon sperme ? A mon avis, il y a déjà beaucoup trop de tripatouillages contre nature de nos jours.

– Non, monsieur Horowitz, ce n'est pas du tout à

cela que je pensais. Si vous m'écoutiez au lieu de m'interrompre sans arrêt pour jouer aux devinettes ?

– D'accord, je suis tout ouïe ! Un peu curieux aussi, si vous permettez. Allez-y !

– Aujourd'hui, des enfants naissent avec des problèmes de toutes sortes. Des prématurés au poids trop faible, des enfants d'adolescentes. Certains petits naissent même drogués.

– Je sais, je sais, compatit Horowitz. Je lis cela tous les jours dans le *Times*.

– En fait, la nursery de l'hôpital est pleine de bébés séparés de leur mère. Il faut que l'on s'occupe d'eux. Ils ont besoin d'attention. Mais avec toutes ces restrictions de budget, le personnel ne suffit plus à donner à ces pauvres enfants les soins qu'ils requièrent. Voilà pourquoi l'hôpital a besoin de bénévoles.

Comme à son habitude, Horowitz se hâta de conclure :

– Ah ! Évidemment, on doit aussi nourrir ces bénévoles, leur payer leur ticket de métro ou leur taxi. Combien faut-il ? Ne lésinez pas. Après tout, à quoi servirait l'argent si l'on ne pouvait pas le dépenser à bon escient ?

– En réalité, ce n'est pas une question d'argent, répondit Mme Washington, mais de temps.

– De temps ? répéta Horowitz, sans dissimuler son étonnement. Qu'est-ce que cela veut dire ?

– *Votre* temps, souligna Mme Washington.

– *Mon temps ?*

Mme Washington sentit immédiatement sa réticence. Il lui faudrait parler vite et de manière très convaincante.

– Samuel Horowitz, au lieu de bavarder, habillez-vous ! Prenez un taxi ! Je vous retrouve à l'hôpital ! lui ordonna-t-elle en adoptant une attitude des plus professionnelles.

– Vous voulez dire tout de suite ? s'étonna Horowitz en cherchant un faux-fuyant.

– Et même avant! ordonna Mme Washington sur le ton qu'elle adoptait au début de sa thérapie, quand elle avait décidé de le rudoyer un peu.

– Bon, si vous le dites... Mais franchement, je ne vois vraiment pas ce que je pourrais faire.

– Pas de bavardages inutiles! l'interrompit-elle. Rendez-vous à l'hôpital dans une demi-heure!

– Si vous prenez du temps sur vos consultations, c'est que ce *doit* être important, concéda Horowitz.

– Plus un mot! Habillez-vous! A tout à l'heure!

– Bon, d'accord, j'y serai. J'y serai, lui promit-il. Tyran! hurla-t-il dans le combiné, après que Mme Washington eut raccroché, bien entendu.

Une demi-heure plus tard, à la minute près, à bout de souffle, en nage, Samuel Horowitz entra en courant dans le bâtiment principal du centre hospitalier de Harlem. Comme promis, Mme Washington l'y attendait, l'œil rivé sur sa montre.

– Je ne suis pas en retard! se défendit Horowitz avant même qu'on lui eût reproché quoi que ce fût.

– Pas le temps de discuter. Suivez-moi! lui ordonna Mme Washington d'un ton cassant.

Elle se dirigea au pas de charge vers les ascenseurs. Horowitz n'avait pas le choix. Il lui emboîta le pas en se hâtant.

L'ascenseur bondé s'arrêta à chaque étage pour charger et décharger des visiteurs, des membres du personnel et quelques autres passagers. Il les déposa enfin au onzième étage. Sans un mot, Mme Washington sortit de la cabine. Docile, Horowitz la suivit. Il se retrouva devant un panneau indiquant NURSERY, avec une flèche pointant vers la droite. Mme Washington tourna aussitôt dans cette direction, Horowitz dans son sillage.

A l'entrée de la nursery, une infirmière en uniforme blanc attendait à l'accueil. Si curieux que fût Horowitz de ce que l'on avait bien pu dire de lui, il n'eut pas l'occasion de s'en enquérir.

– Allez-y, dit l'infirmière. Elle l'attend.

Cela lui rappela soudain un livre d'un certain Kafka qu'il avait lu jadis, dans lequel un homme se voyait arrêté, emprisonné et jugé sans savoir de quel crime il était accusé. On parlait de lui, on l'attendait. On faisait des projets pour lui sans qu'il eût été consulté à quelque moment que ce fût. Mme Washington ne lui donna pas le temps de méditer sur cette pénible situation. Elle franchit la porte d'entrée de son pas vif et s'engagea dans un long couloir. Soumis, bien que perplexe, Horowitz suivit.

Ils passèrent devant plusieurs salles, dont les baies vitrées laissaient deviner des nurseries réservées aux soins néonatals intensifs. Dans chacune d'elles se trouvaient un certain nombre de bulles renfermant de tout petits enfants, âgés de quelques heures ou de quelques jours, dont certains, des tubes et des fils attachés à leur pauvre corps, se tordaient de douleur. Des infirmières se penchaient sur ces malheureux nouveau-nés et leur apportaient le soin et la consolation qu'elles pouvaient. Il fallait parfois un médecin et plusieurs infirmières pour s'occuper d'un enfant en détresse.

« Pas étonnant, songea Horowitz, qu'il y ait pénurie de personnel, étant donné le travail que nécessite un seul de ces tout-petits pour rester en vie. »

Mais le rythme que lui infligeait Mme Washington ne lui laissait guère le temps de s'arrêter pour jeter un coup d'œil.

Ils arrivèrent enfin à une autre nursery, qui semblait plus calme, moins agitée. Mme Washington s'arrêta devant le bureau qui se trouvait à l'entrée. L'infirmière leva les yeux du tableau d'admissions qu'elle était en train de réaliser. Elle reconnut aussitôt la visiteuse.

– Ah, madame Washington !

L'infirmière la salua chaleureusement, puis observa Horowitz d'un œil qu'il jugea critique, ce dont il eut confirmation quand elle déclara :

– Alors c'est lui.

Horowitz était à bout.

– Je m'appelle Samuel Horowitz, si cela ne vous dérange pas, rétorqua-t-il d'un ton abrupt.

– Oui, on m'a prévenue, dit-elle sans tenir compte de sa protestation. J'espère qu'il est bien comme vous me l'avez décrit, ajouta-t-elle en se tournant vers Mme Washington, avant qu'il ait eu le temps de lui répondre. Sinon...

– Sinon *quoi ?* l'interrompit Horowitz.

– Sinon vous ne ferez pas l'affaire, répondit-elle franchement.

– Moi ? Je ne ferai pas l'affaire ? Toute sa vie, dans tous les domaines, Samuel Horowitz a toujours été à la hauteur de sa tâche ! déclara-t-il.

– Nous verrons, répondit calmement l'infirmière. A partir de maintenant, je m'en occupe, fit-elle en s'adressant à Mme Washington.

– Ne le ménagez pas, dit celle-ci.

Puis, sans un mot de plus, elle s'éloigna.

Horowitz allait l'appeler, mais l'infirmière le prit en charge avec un « suivez-moi, s'il vous plaît » plein de zèle.

« Du moins a-t-elle dit : s'il vous plaît », se consola Horowitz qui lui emboîta le pas, avec le sentiment de se retrouver à l'école primaire, quand, le matin, la maîtresse formait les rangs. A cette époque-là, il se rebellait. Il se sentait encore plus rebelle à présent. Mais ce jour-là comme jadis, il obtempéra respectueusement. L'infirmière le conduisit jusqu'à une porte close sur laquelle était inscrit en lettres d'or défraîchies : SERVICE DES BÉNÉVOLES. Elle ouvrit la porte, fit entrer Horowitz et cria dans son dos :

– Voilà le candidat dont nous a parlé Mme Washington !

« Alors maintenant je suis le candidat, fulmina intérieurement Horowitz. En fait, si j'avais un tant soit peu de matière grise, je prendrais mes jambes à mon cou. »

– Ah, oui ! dit la femme de l'accueil qui se leva en lui tendant la main.

« Enfin quelqu'un qui a une once de courtoisie », reconnut Horowitz avec soulagement en lui serrant la main.

– Eh bien, monsieur Horowitz, si nous faisions connaissance ?

– Chère madame, j'aimerais d'autant plus faire votre connaissance que vous êtes la première personne de cet endroit qui m'ait manifesté, comme on dit, un minimum de courtoisie et de respect. Même du temps où l'Union soviétique existait encore, le KGB vous traitait avec davantage de considération. Avant de faire connaissance, dites-moi quand même ce dont il s'agit.

– Ici, monsieur Horowitz, vous devez franchir le premier stade avant d'être accepté comme bénévole en pédiatrie.

– Il faut que je sois « accepté » ? Qu'est-ce que c'est que cette histoire ? Vous croyez que je ne serai pas à la hauteur ? Vous ne connaissez pas Samuel Horowitz !

– C'est le premier stade du processus : l'entretien.

– Bien ! Allez-y ! Posez-moi toutes les questions que vous voudrez. Je n'ai rien à cacher, la défia-t-il.

– Alors asseyez-vous. Et commençons, dit Catherine Flaherty.

Toujours écumant, Sam Horowitz se cala dans le fauteuil faisant face au bureau occupé par cette femme, qui avait une petite quarantaine et des cheveux, naguère d'un bel auburn, aujourd'hui striés de mèches grises.

Peu habituée à ce que les bénévoles se montrent si virulents, elle s'efforça de tempérer l'ardeur combative de son interlocuteur en baissant le ton.

– Monsieur Horowitz, puis-je vous demander ce qui vous a incité à poser votre candidature ?

– Chère mademoiselle... à moins que ce ne soit madame ? commença Horowitz, qui se tut en attendant qu'on lui réponde.

– Catherine Flaherty, l'informa-t-elle. J'ai été mademoiselle, puis madame, mais je ne le suis de nouveau plus. Alors choisissez.

Horowitz la fixa quelques instants en se demandant si elle plaisantait ou si elle disait cela sérieusement. Dans ce cas, il lui faudrait en effet choisir. Ce qu'il fit.

– Chère madame Flaherty...

Il observa son regard pour voir s'il avait fait le bon choix. Elle ne réagit pas, si ce n'est qu'une lueur provocante s'alluma dans ses yeux vert vif.

– Pour répondre à votre question, poursuivit-il, c'est le tyran le plus terrible au monde qui m'a incité à venir ici : Mme Harriet Washington. Qu'une femme puisse être si compréhensive et si compatissante un instant et si tyrannique l'instant suivant, cela me dépasse. Mais quand elle dit : « Allez-y ! », j'y vais. Elle m'a demandé de venir ici et me voici. Que voulez-vous savoir d'autre ?

Mme Flaherty, qui n'en attendait pas tant, réfléchit quelques secondes.

– Vous avez bien compris que cette activité est purement bénévole.

– J'imagine, puisque l'on fait appel à des volontaires, répliqua Horowitz, qui considéra qu'il avait marqué un point.

– C'est une activité dans laquelle nous dépendons de l'*attitude* des bénévoles dans une plus large mesure que dans toute autre.

– C'est mon attitude qui ne vous plaît pas ? demanda Horowitz. Je me suis levé tôt ce matin. Je me suis rasé, douché et habillé. Je n'ai même pas fini de lire mon *New York Times* pour me précipiter ici et arriver à l'heure, et mon attitude ne vous plaît pas ? Avez-vous songé que je pouvais, moi aussi, ne pas apprécier votre attitude, madame Flaherty ?

Si tout cela ne l'avait pas autant amusée, Catherine Flaherty aurait mis un terme à l'entretien. Mais Mme Washington l'avait prévenue. « Provoquez-le ! Provoquez-le ! »

Elle poursuivit donc cette petite discussion.

– Si l'attitude, telle que je l'entends, est si importante, c'est que nous avons affaire à des nouveau-nés qui, pour une raison ou une autre, sont privés de l'attention que requièrent tous les bébés à la naissance. Ils ont besoin de contacts humains. Il faut les prendre dans les bras, les câliner, leur parler, les nourrir, s'en occuper avec tendresse. Sinon ils souffrent d'une espèce de dépression infantile que l'on nomme « croissance déficiente » et qui peut se révéler fatale. Ce qu'ils vivent au cours des premiers jours influe grandement sur ce que sera le reste de leur existence.

– Ai-je dit que j'étais contre cela ? demanda Horowitz. Après tout, je lis le *New York Times* tous les jours. Je m'informe des derniers développements de la médecine. Entre les pages scientifiques du mardi et le numéro mensuel du *Reader's Digest*, j'en sais plus que bien des médecins. Nous sommes donc d'accord sur les bébés. Vous me disiez qu'un enfant de quelques semaines...

– De quelques semaines, le plus souvent de quelques jours, l'interrompit Mme Flaherty.

– Quelques semaines, quelques jours, quelle importance ? fit Horowitz, impatient de développer sa propre thèse.

– Tout d'abord, les enfants dont vous vous occuperez peut-être n'auront, pour la plupart, que quelques jours, reprit-elle avec insistance.

– Vous n'en avez pas de plusieurs tailles ? demanda Horowitz. Quand ils sont petits comme des poulets étiques pesant à peine trois livres, ils sont difficiles à manier, si vous voyez ce que je veux dire. Quand Mona est née, je m'en souviens, elle était prématurée, un kilo huit. Mais quel coffre ! J'avais du mal à croire que quelque chose d'aussi minuscule puisse faire un tel boucan. Et j'ajouterai qu'en ce qui la concerne, les choses n'ont pas beaucoup changé. Mais j'étais incapable... Disons que, pour la changer et même pour la tenir, je n'étais pas très à l'aise. Alors s'il s'agit de cela, je ne vous serai pas très utile.

Il s'apprêtait à s'en aller sur-le-champ.

– Monsieur Horowitz, vous pouvez nous être très utile. Mais nous tenons à ce que vous ayez l'attitude appropriée.

– Encore l'attitude ! s'écria Horowitz, offusqué. Ne peut-on laisser tomber cette question et me trouver une occupation qui me convienne ?

– Si nous insistons sur ce point, c'est que, jeunes comme ils le sont, malades comme ils le sont parfois, ou drogués, ils sont extrêmement sensibles. Sans que le bénévole en ait conscience, son attitude influe sur l'enfant. Le comportement que l'on adopte à son égard peut être vecteur d'amour et de tendresse, mais aussi de peur et d'inquiétude. Nous voulons que nos tout-petits sachent qu'ils sont aimés.

– « Aimés », railla Horowitz. S'ils étaient aimés, ils ne seraient pas là, mais à la maison, dans les bras de leur mère, qui les allaiterait, pardonnez-moi ma franchise. Pensez-vous qu'il soit bon de tromper des êtres si petits en leur faisant croire qu'ils sont aimés ?

– Monsieur Horowitz, vous venez de mettre le doigt sur le cœur du problème. Il ne s'agit pas de les tromper. Mais de les aimer vraiment. Car tant qu'ils relèvent de notre responsabilité, ils doivent être réellement aimés. Et vous en serez responsable. Si vous êtes accepté.

– *Si* je suis accepté ?

Pour la première fois, Horowitz songea qu'il pourrait bien ne pas se montrer à la hauteur de la tâche. Or, et Mme Washington ne l'ignorait pas, rien ne le stimulait autant qu'un défi. Rien ne déclenchait aussi vite une poussée d'adrénaline.

– Et qu'est-ce qui vous fait penser que je ne serais pas à la hauteur, chère madame ?

– Votre attitude.

– Oh ! Oh ! Encore l'attitude !

Face à cette femme coriace, Horowitz commençait à perdre patience.

– Alors mettez-moi à l'épreuve ! Vous avez sûrement une espèce d'appareil de radio ou plutôt l'un de ces scanners nouveau genre qui testent l'attitude des gens ! Servez-vous-en ! A moins que vous n'ayez un test d'intelligence spécialement conçu pour évaluer l'attitude ? Je n'ai jamais raté un examen de ma vie ! Faites-m'en voir de toutes les couleurs, madame Flaherty, je suis à votre disposition !

Elle ne répondit pas, mais ouvrit un tiroir et en sortit une carte orangée de vingt centimètres sur douze.

– Remplissez votre fiche de candidature, dit-elle. Il y a un stylo sur le bureau là-bas.

Samuel Horowitz prit la fiche et se dirigea vers le bureau en tenant intérieurement d'amers propos sur le zèle des femmes dans ce monde nouveau et tellement étrange.

5

Samuel Horowitz baissa les yeux sur la fiche orangée où était imprimé en caractères gras et noirs : SERVICE DES BÉNÉVOLES. Il regarda à travers la partie inférieure de ses lunettes à double foyer et prit connaissance des renseignements exigés à la première ligne du formulaire.

DOSSIER MÉDICAL. SÉCURITÉ. UNIFORME. VESTIAIRE. FORMULAIRE DE CONSENTEMENT PARENTAL. FICHE DE TRAVAIL.

Il reposa le papier et se tourna vers Catherine Flaherty.

– Cela ne s'applique pas à mon cas, annonça-t-il.

– Pourquoi ?

– En premier lieu, parce que pour obtenir l'autorisation de mes parents, il faudrait organiser une séance de spiritisme. Deuxièmement, pour ce qui est de ma carte de travail, cela fait cinquante-neuf ans que je n'en ai plus. Peut-être même plus. Ce formulaire est fait pour des enfants, pas pour des gens comme moi. Je ne vois vraiment pas ce qui me concerne là-dedans.

Il se leva, s'approcha du bureau et lui rendit la fiche.

– Monsieur Horowitz, avez-vous du temps libre ?

– Est-ce que j'ai du temps libre ? répéta-t-il tristement. Oui, j'ai du temps libre. Trop et trop souvent.

– Et désirez-vous accomplir un acte de compassion ?

– Personne, absolument personne n'a jamais reproché à Samuel Horowitz de manquer de compassion. Je donne de l'argent à toutes sortes de causes. L'Association d'entraide juive, Médecins sans frontières, les associations catholiques, l'Armée du Salut, la Croix-Rouge. Je passe la moitié de mon temps à faire des chèques à l'ordre des bonnes œuvres.

– Que faites-vous de l'autre moitié ?

– De l'autre moitié ? fit Horowitz, perplexe.

– De votre temps, précisa son interlocutrice.

– Chère madame Flaherty, vous avez visiblement envie de vous lancer dans une grande discussion, fit-il d'un ton accusateur, en se penchant vers elle. Eh bien, je ne vous le conseille pas avec Sam Horowitz. Parce qu'une fois que vous m'aurez lâché la bride, vous ne pourrez plus me retenir. Je serai comme un ouragan.

– Est-ce à cela que vous consacrez l'autre moitié de votre temps ? À faire l'ouragan ?

– Qui êtes-vous ? La présidente du MLF ? Ou quoi ? N'êtes-vous sur terre que pour tourmenter des hommes raisonnables et on ne peut plus gentils ? Je parie que votre mère ne vous ressemblait pas. Elle respectait votre père. Et elle savait tenir sa langue ! fulmina Horowitz.

– Ma mère était une jeune veuve. Elle avait deux emplois différents afin que mes deux frères et moi-même puissions faire des études secondaires et supérieures. Et elle ne s'en laissait conter par personne, homme ou femme.

– Et elle vous a élevée dans cet esprit-là, à ce que je vois, déplora Horowitz.

– Elle m'a aussi appris à attendre une réponse polie de ceux auxquels je pose des questions polies. Alors, monsieur Horowitz, je vous le demande à nouveau, que faites-vous de l'autre moitié de votre temps ?

Comme elle avait répété sa question d'une voix très douce, sans agressivité aucune, Horowitz se sentit contraint de répondre sur le même ton.

– L'autre moitié du temps, j'essaie de m'occuper, avoua-t-il. Écoutez, pourrions-nous considérer les choses différemment ? Pourriez-vous vous montrer moins hostile, ne pas contester chaque mot que je prononce ?

Bien qu'il l'accusât de ses propres turpitudes, Catherine Flaherty saisit la perche qu'il lui tendait.

– Je suis désolée. Je ferai tout mon possible pour être plus gentille.

– Voilà qui est mieux, rétorqua Horowitz, qui prit cela pour une excuse. Dites-moi simplement ce que je dois faire et je le ferai. Mais j'aime être traité comme l'homme charmant que je suis.

– Comme nous tous, reconnut Mme Flaherty. Alors remplissez cette carte et allons-y.

Horowitz reprit sa fiche et contempla les petits caractères qui lui demandaient les renseignements d'usage. Il commença à la remplir. *Nom, prénom, adresse personnelle, numéro de téléphone, numéro de sécurité sociale, nom de l'employeur.*

Là il s'arrêta net.

– Mon employeur ? Je n'ai pas eu d'employeur pendant quarante-sept ans. J'étais mon propre patron. Ensuite j'ai pris ma retraite.

– Ne remplissez que les cases qui vous concernent.

Il se remit à parcourir le formulaire. *Date de naissance :* facile. *Adressé par :* encore plus facile. Mme Harriet Washington, qui l'avait embarqué dans cette galère. Il poursuivit sa lecture. *Pourquoi avez-vous choisi cet hôpital ?* « Je ne l'ai pas choisi, fut-il tenté de répondre, c'est Mme Washington. » Il continua néanmoins. *Études et formation :* il s'interrompit une fois de plus.

– Mademoiselle, pardon madame Flaherty, j'ai

fait très peu d'études. J'étais un enfant d'immigré et j'ai suivi des études secondaires, c'est tout. Après j'ai dû travailler. Vous comprenez, mon père était phtisique. J'imagine qu'aujourd'hui on dirait tuberculeux. Quand on l'a envoyé en sanatorium, il a fallu que je gagne ma vie. S'il faut avoir fait des études pour ce genre de travail, je ne remplis pas cette condition. Surtout s'il exige une formation particulière. Je n'en ai suivi aucune. J'ai commencé en qualité de commis dans une entreprise commercialisant du papier et de la ficelle. Personne ne m'a formé. Tout ce qu'on me disait, c'était : « Hé, petit ! va chercher ci ou ça », ou bien : « Hé, petit ! apporte-nous donc une tasse de café. » Quelquefois : « Sammy, où diable sont passés les bons de commande ? » Mais pas de formation. J'ai appris le métier en me faisant héler : « Hé, Sammy ! », ou de temps à autre, c'est triste à dire, « Dis donc, petit juif, où étais-tu hier ? Encore une de vos fêtes religieuses ? » C'était une autre époque, madame Flaherty. Mais un garçon intelligent regardait et apprenait. Et ce qu'il apprenait, c'était à économiser ses sous jusqu'à ce qu'il en ait assez pour tenter sa chance, se mettre à son compte, réussir ou échouer tout seul. C'était ainsi que cela marchait alors. Et quand on est futé, c'est encore ainsi. Mais comment voulez-vous que je raconte tout ça dans la petite case réservée à *Études et formation* ?

– Laissez tomber cela et continuez, monsieur Horowitz, lui suggéra-t-elle.

Il se replongea dans la lecture de la fiche. La case suivante portait simplement la mention *Langues*. Il réfléchit un instant.

– Je parle anglais. Mais si ce sont les langues étrangères qui vous intéressent, je connais le yiddish. Est-ce que ça compte ?

– Indiquez-le. Cela peut servir.

La rubrique suivante était celle des *Compétences particulières et centres d'intérêt*.

– Vous savez, madame Flaherty, dit-il après un

moment de méditation, j'ai l'impression que nous faisons fausse route.

– Ah bon ? Vraiment ?

– On me demande : *Compétences particulières et centres d'intérêt.* Or mes compétences et mes centres d'intérêt se limitent à un seul et unique domaine : le papier et la ficelle. Ce qui, de nos jours, comprend bien entendu les cartons d'emballage, les bandes adhésives, et toutes sortes de choses comme le plastique à bulles et même le pop-corn. Si au lieu de parler de bébés, nous nous entretenions de tout ça ?

– Je ne comprends pas, répondit-elle.

– Qu'y a-t-il à comprendre ? Je suis un spécialiste de la question. Et cet hôpital, grand comme il est, doit acheter beaucoup de ces marchandises-là. Je parie qu'en m'occupant du service des achats je lui ferai économiser des milliers de dollars par an. Donnez-moi carte blanche, et vous verrez. Je connais toutes les ficelles du métier. Qu'en dites-vous ?

– Je ne crois pas qu'ils prennent des bénévoles au service des achats, répliqua Mme Flaherty.

– Ils devraient. Je serais une mine d'or pour cet établissement, protesta Horowitz.

– Monsieur Horowitz, restons-en aux bébés.

– Vous n'êtes pas raisonnable, mais allons-y pour les bébés ! accepta-t-il à contrecœur.

– Finissez de remplir votre fiche, s'il vous plaît.

Il se concentra de nouveau sur son formulaire. Il sauta la rubrique intitulée *Expérience du monde*, puis revint en arrière et inscrivit : LA MEILLEURE QUI SOIT ! Puis il poursuivit jusqu'à : *Êtes-vous sous traitement médical ?* Là, il hésita. La question suivante était encore plus embarrassante. *Handicaps physiques*, demandait-on.

– Chère madame Flaherty, certaines de ces questions sont, comment dire ? un peu imprécises. Prenons par exemple celle des *handicaps physiques*. Après tout, quelle est la définition d'un handicap physique ? Est-il grave ? Est-il gênant ? Contraint-il le sujet à rester à la maison ? Handicap physique, c'est un terme tellement vague que cela peut recouvrir presque n'importe quoi. N'est-ce pas, madame Flaherty ?

– A mes yeux, monsieur Horowitz, vous ne semblez atteint d'aucun handicap physique, répliqua l'administratrice que Mme Washington avait mise au courant de son état. Et certainement pas d'un handicap qui vous empêcherait de tenir un petit enfant dans vos bras, de le cajoler et de lui donner le biberon. Je crois donc que vous pouvez parfaitement inscrire : *Aucun.*

– Bien !

Il passa à la question suivante : *Maladies récentes.* Cela demandait réflexion.

– Chère madame Flaherty, si je vous demandais de me définir le terme récent, que me diriez-vous ? Je veux dire, hier, c'est récent. Non ?

– Très récent, admit-elle.

– La semaine dernière ? hasarda-t-il.

– Hum... On peut en effet dire que c'est récent.

– Le mois dernier ?

– Encore récent, fit-elle.

– Question : et quelques années ? Récent ? Oui ou non ?

Sachant parfaitement sur quoi il achoppait, elle prit tout son temps comme si elle réfléchissait avant de lui répondre.

– Eh bien, s'il y a eu un incident...

– C'est exactement le terme employé par les médecins, déclara Horowitz, saisissant la balle au bond. Un incident.

– Et si celui-ci n'a pas eu de graves conséquences et n'a pas laissé de séquelles, je pense que vous pouvez vous permettre de répondre non à cette question.

– Cette suggestion me paraît tout ce qu'il y a de plus sensée, chère madame, dit Horowitz.

Il compléta le reste du formulaire et en arriva enfin à *Médecin de famille. Nom et adresse.*

De nouveau, Horowitz réfléchit sérieusement avant d'inscrire quoi que ce soit.

« Tannenbaum, mon médecin, a tendance à exagérer l'état de ses patients. Comme ça, il se donne le rôle du héros qui a sauvé un individu en parfaite santé d'une mort imminente. Si on lui demande son avis, on aura l'impression que je suis à l'agonie et qu'il a le plus grand mal à me maintenir en vie. Il me fera passer pour un invalide. »

Finalement, avec une extrême réticence, il inscrivit le nom du *Dr Herman Tannenbaum, 945 Park Avenue*, et ne put s'empêcher d'ajouter : *dans un quartier aux loyers peu élevés, contrairement aux honoraires*.

Catherine Flaherty examina la fiche orangée, notamment le commentaire concernant le médecin de M. Horowitz. Elle hésita avant d'aborder le sujet suivant.

– Monsieur Horowitz, vous êtes bien conscient que nous allons devoir nous mettre en relation avec le Dr Tannenbaum.

– Je vous souhaite bien du courage ! J'ai essayé de le joindre au téléphone et il faut des heures, des journées entières, semble-t-il parfois, avant qu'il ne me rappelle. Le Président des États-Unis vous répondrait plus vite.

– Heureusement nous n'aurons pas à l'appeler. Nous avons un formulaire standard que nous demandons aux médecins de remplir. J'aurai donc besoin de votre autorisation.

– Un formulaire...

Horowitz ne s'attendait pas à cette requête. *« Ce Tannenbaum, dans sa bouche un petit rhume prenait des allures de triple pneumonie. »*

– Mon fils Marvin, l'avocat, dit toujours qu'avant de donner une quelconque autorisation, il faut lire soigneusement ce que l'on vous propose. Puis-je voir ce prétendu formulaire ?

– Voici ce « prétendu » formulaire, dit Mme Flaherty en lui tendant une feuille imprimée.

Horowitz rajusta ses lunettes pour y voir de plus près, puis s'éclaircit bruyamment la gorge avant d'examiner le formulaire en question. Les premières lignes ne lui parurent pas trop déconcertantes. Elles s'adressaient au médecin, en laissant un espace pour qu'il y inscrive son nom. On l'informait que son patient avait posé sa candidature au service des bénévoles de l'hôpital et que le code de la santé de l'État de New York exigeait que l'on dispose de certaines informations, avant qu'il puisse prendre ses fonctions. Le médecin acceptait-il de fournir les renseignements suivants ?

Après une question d'usage sur la relation entre ledit médecin et son patient commençaient les choses sérieuses. Horowitz eut beau faire un effort pour se maîtriser, le papier se froissa entre ses doigts moites. Il remonta ses lunettes sur son front et se racla une nouvelle fois la gorge.

– Chère madame Flaherty, déclara-t-il après avoir fait précéder son discours d'un petit rire décontracté, pour ne pas dire débonnaire, si c'est tout ce que vous voulez savoir, ce n'est pas la peine de déranger un homme aussi occupé que le Dr Tannenbaum. Tel que je le connais, il va vous envoyer une facture. Je peux parfaitement répondre à toutes ces questions. Et même mieux que lui.

– Monsieur Horowitz, nous avons besoin d'une déclaration signée d'un médecin.

– Vous voulez une déclaration signée, je vais vous en donner une. Je vais la remplir tout de suite. Vous avez un stylo ?

– Monsieur Horowitz, je vous en prie...

– Ne vous en faites pas. J'ai mon propre stylo.

De la poche intérieure de son veston il sortit le stylo incrusté d'or qu'Hannah lui avait offert pour son soixantième anniversaire et qu'il conservait pieusement. Il dévissa le capuchon et s'apprêta à remplir au fur et à mesure les cases du formulaire.

– Je cite : *Le postulant ou la postulante présente-t-il/elle un handicap qui constitue un risque potentiel pour lui/elle-même, les patients ou l'hôpital ?* Je suis heureux de constater, chère madame, que vous êtes pleins d'égards pour le sexe féminin. *Le postulant* ou *la postulante*. Charmant. La réponse est : absolument pas ! Je cite à nouveau : *Ou susceptible d'entraver l'exercice de ses fonctions ?* Cette fois, je vais vous répondre : Samuel Horowitz ne présente aucun handicap. Il va donc sans dire que cela n'est pas susceptible de l'entraver dans l'exercice de ses fonctions.

« Quant aux autres questions, voyons la suivante qui concerne toute dépendance à l'égard de la drogue ou de l'alcool. Chère madame, je ne suis dépendant de rien du tout. Quant à l'alcoolisme, je bois un whisky-soda avant le dîner. Sur recommandation du même Dr Tannenbaum. Mais cela n'affecte nullement mon comportement. Ça me rend tout doux, ronronnant, comme on dit dans les spots publicitaires, c'est le seul effet que ça me fait. Je suis encore plus charmant que d'habitude.

– J'espère bien, répliqua Mme Flaherty, songeuse.

Il faudrait qu'elle parle de ce candidat à Mme Washington.

– Continuons. La date de ma dernière visite ? Il y a exactement deux semaines et quatre jours. Mon état ? Parfait ! Tension artérielle, quinze/neuf. Impeccable pour un homme de cinquante ans. Peut-être même de quarante. Vous n'avez donc aucun souci à vous faire à mon sujet. Maintenant les deux dernières questions : *Le postulant peut-il travailler directement avec les patients ?* Qui ferait mieux ? Quant à la toute dernière question, chère madame, c'est du tout cuit, comme on disait à Brooklyn quand, enfants, nous jouions au basket : « faire un panier » était une évidence. Écoutez-moi bien, je cite toujours : *Le postulant peut-il transporter des patients en fauteuil roulant ou sur un brancard ?* Mais chère madame, c'est un expert que vous avez devant vous. Après ma crise cardiaque, j'ai été cloué dans un fauteuil roulant pendant des semaines. Je tourne en un clin d'œil. Je sais le diriger entre le sofa et le fauteuil de mon salon, au centimètre près. Si vous cherchez un spécialiste dans ce domaine, je suis votre homme. Si vous ne me croyez pas, demandez à Mme Washington. Elle vous le dira !

– Je vais certainement en parler à Mme Washington. Et le plus vite possible.

– Il n'y a évidemment aucune raison d'ennuyer un médecin aussi occupé que Tannenbaum, dit Horowitz sans tenir compte de la menace qui perçait derrière ces mots. Cela n'en vaut pas la peine.

Il plia la fiche avant de la déchirer, mais Mme Flaherty tendit la main. A contrecœur, il lui rendit son formulaire.

– Et maintenant ? demanda-t-il d'un air misérable.

– Je dois envoyer ceci au Dr Tannenbaum, fit-elle d'un ton décidé.

– Eh bien, puisque nous avons expédié cette affaire, y a-t-il autre chose que vous désiriez savoir ?

– Je crois que je sais tout ce que je dois savoir, monsieur Horowitz.

– Et alors ?

– Et alors ? répéta-t-elle, perplexe.

– Quelle est l'étape suivante ? Que dois-je faire maintenant ? Je suis prêt à me mettre au travail.

– Eh bien, il faut que je remplisse quelques papiers et que je consulte quelques personnes. Ensuite je vous appellerai.

– Ce sera long ?

– Au moins plusieurs jours.

– Si longtemps ? fit Horowitz, pensif. J'ai attendu soixante-neuf ans. J'attendrai bien quelques jours de plus.

Dès qu'Horowitz eut quitté son bureau, Catherine Flaherty décrocha son téléphone et demanda le numéro personnel d'Elyse Bruton, responsable des infirmières de nuit.

– Elyse, votre mère est-elle là ? demanda-t-elle.

– Non, elle s'occupe d'un nouveau patient qui vient de faire un infarctus. Pourquoi ?

– Je viens d'avoir un entretien des plus, comment dire ? intéressants, stimulants, avec un monsieur qu'elle m'a recommandé.

– Laissez-moi deviner, répondit aussitôt Elyse avec un léger grognement. Ce doit être... Samuel Horowitz.

– Exactement. Samuel Horowitz, confirma Catherine Flaherty.

– Il vaut mieux que vous ayez une conversation avec ma mère avant de prendre une décision, déclara Elyse. Dois-je lui dire de vous rappeler ?

– Le plus tôt sera le mieux.

A la fin de la journée, après avoir terminé sa séance, Harriet Washington se rendit dans le bureau de Catherine Flaherty.

Tout au long du récit que lui fit Mme Flaherty de son entretien avec Sam Horowitz, Mme Washington hocha la tête.

– Parfait, dit-elle quand l'administratrice, à bout de patience, eut terminé.

– Qu'entendez-vous par là ? rétorqua Mme Flaherty, abasourdie.

– Laissez-moi vous expliquer, reprit Mme Washington. C'est un être très doux, qui se protège en se donnant des airs de discutailleur et en affichant des manières quelque peu arbitraires. Il résistera à toute nouveauté, mais si vous parvenez à surmonter cette première réticence, il a, quand il a décidé d'entreprendre quelque chose, un orgueil du travail bien fait qui le rend deux fois plus efficace que quiconque. Si vous savez le prendre, vous aurez un bénévole qui aura la capacité et, ce qui est plus important, le désir d'être utile.

– Et s'il est déçu par l'un de nos bébés ? demanda l'administratrice.

– Il ne le sera pas, lui assura Mme Washington.
Catherine Flaherty eut l'air dubitative.

– Je le connais bien. J'ai passé des mois avec lui. J'ai vu un malade vaincu, amer dans son fauteuil roulant, se métamorphoser en l'homme que vous avez vu cet après-midi. Je me porte garante de lui, insista Mme Washington.

– Bon, dès que son médecin m'aura renvoyé ce formulaire... Heu, à propos, ce Dr Tannenbaum est-il vraiment l'ogre que m'a décrit M. Horowitz ?

– Bien sûr que non. Ici comme ailleurs, M. Horowitz a tendance à exagérer. Tannenbaum est un excellent médecin. Il est aussi très occupé en ce moment parce qu'il se spécialise en gériatrie. De plus en plus de gens vivant de plus en plus vieux, il a naturellement du pain sur la planche. Mais il trouvera certainement le temps de vous répondre. Quant à M. Horowitz, d'après ce que vous m'avez raconté, je suis sûre qu'il est prêt.

Quatre jours plus tard, Samuel Horowitz reçut un appel de Catherine Flaherty, administratrice du service des bénévoles.

– Monsieur Horowitz, voudriez-vous vous rendre demain à l'hôpital pour que l'on vous instruise ?

6

Durant tout le trajet parcouru par le bus qui le menait à l'hôpital, Samuel Horowitz ressassait le mot qui l'obsédait depuis que, la veille, Mme Flaherty l'avait prononcé. Sur le moment, cela l'avait troublé. Et depuis lors cela le tracassait :

Instruire.

Cette femme avait le toupet de le convoquer pour qu'on l'*instruise*. Si elle se figurait que Samuel Horowitz allait s'asseoir dans une salle de classe comme un gamin de huit ans et se laisser instruire, elle se trompait lourdement.

De plus, quelle instruction fallait-il pour prendre un bébé, lui donner le biberon, le garder dans ses bras, lui parler un peu et le remettre dans son berceau ? Il avait fait tout cela avec ses deux enfants, Marvin et Mona. Et tout s'était très bien passé. Pourquoi faire tant d'histoires ?

Bien entendu, le fait que Mona soit devenue une telle stakhanoviste demandait quelques explications. Quant à Marvin, c'était un homme très bien, un grand avocat de Washington. On en parlait dans les journaux chaque fois qu'un de ses clients, en col blanc, avouait un crime. Il n'en était pas moins le parfait reflet de ses parents et de l'éducation qu'il avait reçue. Le père de deux êtres irréprochables n'a pas besoin qu'on l'*instruise* de la manière dont on s'occupe d'un bébé.

S'apprêtant à s'opposer à toute suggestion, Samuel Horowitz se présenta au bureau de Catherine Flaherty, qui l'accueillit fraîchement.

– Suivez-moi, dit-elle d'un ton brusque.

« Encore ? songea Horowitz. Depuis que j'ai pénétré dans cet hôpital, les gens n'arrêtent pas de me dire de les suivre. De quoi ai-je l'air ? D'un mouton de Panurge ? Pas Samuel Horowitz ! Dans le commerce du papier et de la ficelle, j'avais une réputation de chef. Deux fois président de l'association professionnelle. Je ne suis pas un suiviste ! Certes non ! »

Cependant, il suivit Mme Flaherty, qui lui fit emprunter le couloir qu'il connaissait bien à présent. Il se retrouva une fois de plus dans le service des nurseries. Catherine Flaherty ralentit le pas, passant d'une baie vitrée à l'autre. De toute évidence, elle cherchait quelqu'un. Elle fit enfin halte devant la dernière salle, une petite pièce contenant quatre berceaux.

– Ah, oui ! fit-elle. Suivez-moi !

« Encore », se rebella intérieurement Horowitz. Néanmoins, il pénétra dans la pièce. Il remarqua alors une petite femme, vêtue d'une blouse rose impeccable, assise dans un rocking-chair. Elle tenait dans ses bras un tout petit enfant dont le visage noir disparaissait presque dans les plis d'une couverture blanche. Elle le berçait lentement, doucement, tout en lui maintenant dans la bouche un biberon rempli d'un lait maternisé couleur crème.

– Madame Mendelsohn, dit Catherine Flaherty. Nous avons ici un nouveau bénévole qu'il faut instruire. Cela vous ennuierait-il si je vous demandais de le prendre en charge ?

– Pourquoi cela m'ennuierait-il ? répliqua Molly Mendelsohn avec entrain. Je serai ravie de l'aider.

« Ne te réjouis pas trop vite, se dit Catherine Flaherty en son for intérieur, tu ne connais pas encore cette espèce de râleur patenté. »

– Bien, dit-elle tout haut. Je vous présente M. Samuel Horowitz.

– Comment allez-vous ? fit la charmante Mme Mendelsohn.

– Bien, répondit-il. Et vous ?

– Moi aussi.

– Je vous laisse faire connaissance, dit Mme Flaherty. Quand vous aurez terminé, monsieur Horowitz, passez à mon bureau avant de partir.

– C'est ça l'instruction ? demanda Horowitz, tandis qu'elle faisait volte-face.

– A quoi vous attendiez-vous ?

– Pas de classe, pas de professeur ?

– Mme Mendelsohn sera votre professeur, déclara l'administratrice avant de disparaître.

Mal à l'aise, Horowitz resta planté là. Il regarda Mme Mendelsohn qui s'apprêtait à donner le biberon à l'enfant. Il semblait endormi, les paupières non seulement closes, mais comme verrouillées. Pourtant, quand elle introduisit doucement la tétine dans sa bouche, l'enfant se mit à téter. Ainsi Samuel Horowitz put-il observer ce qu'elle faisait et la manière dont elle le faisait, mais aussi la femme qu'elle était.

« Une petite femme. Mais elle est assise, alors comment en être sûr ? Peut-être a-t-elle seulement l'air petite. Elle a, comment dire ? un visage doux. Ce n'est pas vraiment une beauté, mais elle a quelque chose de chaleureux. Quel âge ? sans doute une bonne soixantaine. Dans ces eaux-là. Oui, c'est ça, dans les soixante-cinq, puisqu'elle a les cheveux gris, bien qu'ils soient bien arrangés. De toute évidence, elle ne se teint pas. Hannah ne s'est jamais teint les cheveux. “ Laissez faire la nature ”, disait-elle toujours. “ Et puis, ajoutait-elle, qui allons-nous tromper ? ” C'est bon signe qu'elle ne se teigne pas. »

Quand Molly Mendelsohn eut nourri l'enfant, elle se leva et arpenta la pièce en murmurant des mots tendres.

– Jolie petite fille... jolie, jolie... tu grandiras et tu deviendras une belle femme. Souris-moi... allons souris. Jolie mignonne.

« Quand on connaît les bébés, pensait Horowitz, faisant peu de cas de ses efforts, on sait qu'un enfant de quelques jours ne sourit pas. C'est bien de leur parler. Mais qu'au moins cela ait un sens ! Cette femme a beaucoup à apprendre dans ce domaine. Et c'est elle qui va m'instruire ? Ridicule ! »

Après que Mme Mendelsohn eut maintenu l'enfant contre son épaule et lui eut fait faire son rot, elle l'installa sur un matelas à langer. Elle déplia soigneusement la couverture, changea la minuscule chemise qui était trempée et lui en mit une propre, puis elle enveloppa de nouveau le bébé dans sa couverture en prenant soin de bien la serrer. Elle déposa enfin le petit paquet humain dans son berceau et se pencha vers lui.

– Dors bien, Clarissa, murmura-t-elle, dors bien.

Horowitz avait observé le déroulement des opérations non sans s'accorder quelques commentaires silencieux.

« Pas mal. Voilà une femme qui sait s'occuper d'un bébé. Presque. Donner le biberon ? Je lui mets vingt sur vingt. Tenue de l'enfant pendant le rot ? Dix-huit. Changement de la chemise ? Dix-huit aussi. Babillage ? Seize. Mais la dernière opération ? Pas plus de dix. Peut-être même huit. Elle a beaucoup trop serré cette couverture. Et c'est elle qui va m'instruire ? Je vais d'abord lui *apprendre* deux ou trois choses. Et je vais lui montrer que je ne viens pas de débarquer dans la profession, qu'elle n'a pas affaire à un amateur. »

Quand elle s'écarta du berceau pour se consacrer de nouveau à lui, Horowitz lui dit avec ce qu'il considérait être d'une extrême diplomatie :

– Madame..., heu... Comment vous appelez-vous déjà ? Si vous voulez bien me permettre une petite critique constructive..., non, il ne s'agit pas vraiment d'une critique. Disons, juste une observation.

– Je m'appelle Mendelsohn, répondit-elle. Maintenant quelle est donc cette « observation » ?

– Étant moi-même père, et même grand-père, je ne me suis pas présenté ici sans quelque expérience. Ce que l'on appelle aujourd'hui dans les médias une expérience « pratique », déclara-t-il en guise de préambule. Or il semble que mieux vaut ne pas emmailloter un enfant en le serrant autant. Comme s'il s'agissait d'un morceau de corned-beef encore chaud, que l'on préparerait avant un long voyage à la campagne. Une couverture doit être serrée modérément afin que le bébé puisse respirer.

– Serrée modérément afin que le bébé puisse respirer, répéta lentement Molly Mendelsohn, comme si elle buvait chacune de ses paroles.

– Exactement, mais ce n'est qu'une observation, ajouta Horowitz pour atténuer le reproche qu'il pensait avoir énoncé avec le plus de gentillesse possible.

– Dites-moi, monsieur Horowitz, quand vous êtes-vous occupé d'un enfant pour la dernière fois ?

« Qu'est-ce que ça peut faire ? » faillit-il rétorquer, mais il maîtrisa cette impulsion.

– Il y a des choses, comme la natation ou la bicyclette, que l'on n'oublie pas une fois qu'on les a apprises. De plus les bébés ne sont pas comme les automobiles. On ne change pas de modèle tous les ans. Ils naissent toujours de la même manière. Ils tètent de la même manière. Ils dorment de la même manière. On doit donc les envelopper de la même manière. Logique, non ?

La petite femme leva les yeux vers lui, mais ne répondit pas à sa question.

– Suivez-moi ! dit-elle.

« Encore, suivez-moi ! » ronchonna Horowitz en son for intérieur. Mais il lui emboîta le pas et sortit de la nursery.

« Très susceptible, cette femme ! marmonna-t-il. Il y a des gens qui ne savent pas accepter les critiques constructives. J'espère qu'ils ne sont pas tous comme elle, ici. »

Mme Mendelsohn le conduisit dans une autre petite pièce, qui n'était équipée que d'un ustensile, un lavabo avec un robinet sans manettes visibles pour faire couler l'eau.

Sur le mur en face du lavabo étaient alignés des crochets métalliques auxquels pendaient des blouses de la même couleur et du même modèle que celle qu'elle portait.

Elle lui désigna le lavabo.

– Lavez-vous les mains, s'il vous plaît.

Horowitz regarda fixement le lavabo, puis se tourna vers elle.

– Comment peut-on se laver quand il n'y a aucun moyen de faire couler l'eau ?

– Regardez le sol, lui suggéra-t-elle.

Il baissa les yeux et découvrit l'existence de deux pédales. Il en essaya une. De l'eau froide sortit du robinet. Il essaya l'autre, ce qui produisit un flot d'eau chaude.

– Lavez-vous les mains, s'il vous plaît, répéta Mme Mendelsohn.

Horowitz laissa couler l'eau et, par habitude, tendit la main vers un savon inexistant.

– Si je puis me permettre une remarque aussi hardie, fit-il, je pense qu'on ne peut pas se laver correctement sans savon.

– Essayez le flacon, lui suggéra Mme Mendelsohn.

Il jeta un coup d'œil à l'étroite étagère installée au-dessus du lavabo. Il y trouva un flacon transparent qui portait une étiquette indiquant SAVON ANTISEPTIQUE. Il lança un regard plein de rancœur à Mme Mendelsohn, saisit le flacon et s'apprêta à le presser pour en faire sortir une solution quelconque.

– Ne croyez-vous pas que vous feriez mieux de retirer votre veste ? lui conseilla Mme Mendelsohn.

– Je me suis lavé les mains des millions de fois sans ôter ma veste, je vous remercie, lança-t-il.

– Au-dessus des poignets ? demanda-t-elle.

– Pourquoi au-dessus des poignets ? la défia-t-il.

– Vous verrez, répliqua-t-elle en accompagnant ses propos d'un geste ferme. *Retirez votre veste !*

Avec un soupir d'impatience ponctué d'un hochement de tête, Samuel Horowitz déboutonna lentement et laborieusement sa veste et l'ôta. Il regarda autour de lui, trouva un crochet libre au milieu des blouses. En manches de chemise, il se tourna de nouveau vers le lavabo et s'apprêta à se laver les mains, mais sa nouvelle collègue l'interrompit une fois encore.

– Si vous remontiez vos manches, vous ne risqueriez pas de mouiller les poignets.

– Jusqu'où dois-je me laver ? Jusqu'au coude ? demanda Horowitz.

Il se rendit compte qu'il avait élevé le ton.

– Bon, ajouta-t-il en modulant sa voix. Comme vous l'avez remarqué, je ne suis pas déraisonnable. Je vais donc remonter mes manches.

– Voilà qui est mieux !

Il fit un effort pour ne pas répondre et appuya sur les pédales tout en se versant un peu de savon antiseptique sur les mains. Il les lava prestement et commença à les rincer.

– Vous pouvez insister davantage, lui suggéra-t-elle alors.

– Pour qui me prenez-vous ? Pour un chirurgien qui va pratiquer une opération du cerveau ? fit-il, hérissé.

– Vous êtes un bénévole qui va s'occuper d'un petit enfant sujet à toutes sortes de maladies que, sans en avoir conscience, vous êtes susceptible d'introduire dans la nursery.

– Samuel Horowitz n'introduit nullement toutes sortes de maladies en quelque endroit que ce soit. Encore moins dans une nursery, répondit-il d'un ton mordant, sans chercher à dissimuler sa colère. Je suis quelqu'un de très propre, figurez-vous.

– Lavez-vous, c'est tout, répliqua-t-elle simplement, plutôt que d'engager la discussion.

Il recommença en exagérant délibérément chaque mouvement, examina ses doigts, ses ongles, tendit les bras pour les observer d'un œil critique. Puis il les lui présenta.

– Eh bien, madame le professeur, passeront-ils l'inspection ?

Elle ne prêta aucune attention à ses sarcasmes.

– Ça ira.

– Grand merci, chère madame, fit-il d'un ton encore plus ironique. La dernière fois que j'ai dû faire une chose pareille, j'avais neuf ans et j'étais en huitième. Tous les matins la maîtresse nous faisait passer l'inspection. Les mains, les ongles et les cheveux. Elle cherchait les poux. Eh bien, je n'avais pas de poux à cette époque et je n'en ai toujours pas. Vous souhaiteriez peut-être le vérifier ? ajouta-t-il avec insistance.

Puis il se pencha, inclina la tête d'un côté puis de l'autre, ce qui n'était guère utile étant donné la rareté de ses cheveux.

– C'est très gentil, monsieur Horowitz, dit-elle.

Horowitz, qui pensait avoir rempli toutes les consignes, tendit la main vers sa veste.

– Pas si vite ! l'interrompit-elle.

– Écoutez, madame, c'est *moi* qui décide du moment où je remets ma veste.

– Pas quand vous vous rendez dans une nursery où vous vous occuperez d'enfants et certainement pas en ma présence ! déclara-t-elle.

– Que vous faut-il encore ? s'enquit-il, exaspéré au-delà de toute mesure. Je suis raisonnable, mais trop, c'est trop.

– Au lieu de mettre votre veste, vous allez enfiler l'une de ces blouses, fit-elle en désignant les vêtements roses accrochés au mur.

– Vous voulez dire que je vais devoir porter ça. Quelque chose d'aussi féminin ? Sur vous, ce n'est pas mal. Mais pour un homme...

Elle hocha la tête d'un air catégorique.

– Monsieur Horowitz, je vous en prie.

– D'accord, d'accord. Harcelez-moi. Votre mari doit être bien content quand vous quittez votre domicile pour vous rendre à l'hôpital. Dites-moi la vérité : c'est lui qui vous a suggéré de faire du bénévolat, n'est-ce pas ?

– Je suis veuve, dit simplement Molly Mendelsohn.

– Je suis désolé.

« Encore une veuve, Dieu me garde des veuves ! Depuis la mort d'Hannah j'en ai eu mon compte. Elles ne me lâchent pas d'une semelle. Elles veulent me faire la cuisine. Elles m'invitent à dîner. A déjeuner. Elles veulent même me préparer le petit déjeuner. Les veuves ! C'est bien ma veine. Du moins celle-ci est-elle facile à haïr. Il faudra que je demande à Mme Flaherty si je suis vraiment obligé de la supporter une journée de plus. »

– Enfilez-la par le dos, fit-elle quand il eut décroché la blouse.

– Par le dos ? s'étonna Horowitz d'un air revêche.

Elle se retourna pour lui montrer que sa propre blouse ne s'ouvrait pas sur le devant, mais dans le dos, là où l'on apercevait des cordons bien attachés.

– Je vois, dit Horowitz. Comme les tenues des patients hospitalisés. Comme quand j'étais malade. Avec le... le derrière à l'air, pardonnez-moi l'expression. J'ai assez vu ça quand j'ai fait mon infarctus.

Il venait d'en dire beaucoup plus qu'il n'en avait l'intention.

– Évidemment, ça ne se voit pas, ajouta-t-il aussitôt. Grâce à Mme Washington. Est-ce que vous la connaissez ?

– Harriet Washington ? Oui. C'est la mère de l'infirmière-chef qui supervise l'équipe de nuit.

– C'est ça. Une femme très bien.

– Tout à fait, reconnut Molly Mendelsohn. A présent, enfilez-moi cette blouse, s'il vous plaît.

Il la retourna, glissa les mains dans les manches et s'arrêta brusquement.

– Il y a quelque chose qui cloche, déclara-t-il.

– Qu'est-ce qui cloche ?

– Les manches. Fermées. Je ne peux pas passer mes mains.

– Ces manches sont resserrées au poignet par un élastique, lui expliqua-t-elle tout en faisant une démonstration avec sa propre blouse, pour qu'au-dessus de cette ligne rien ne puisse entrer en contact avec les enfants. Vos mains, comme tout ce qui en vous est susceptible de toucher un bébé, doivent être bien aseptisées.

Horowitz n'y trouva rien à redire. Il enfonça soigneusement ses mains dans les manches, écarta les élastiques et les ressortit. Il tenta vainement d'attacher sa blouse dans le dos. Sans un mot, elle lui en noua les liens.

– Vous devrez refaire chaque fois les mêmes gestes, lui dit-elle.

– D'accord. Chaque fois, répéta Horowitz d'un ton soumis. Et maintenant ?

– Maintenant, je vous suggère de revenir demain.

Elle marqua une pause avant d'ajouter :

– Et probablement après-demain. Comme cela, vous pourrez observer le travail d'autres bénévoles. L'observation est le meilleur enseignement. C'est ainsi que les nouvelles recrues apprennent le métier.

Horowitz pesa les mots qu'elle avait utilisés.

– Quand j'allais à l'école à Brooklyn, il y avait ce que l'on appelait des « élèves lents ». On les mettait dans une classe spéciale. Est-ce que je fais partie de cette catégorie ? Suis-je un peu lent ?

– Je n'ai pas dit ça, répondit Mme Mendelsohn.

– Vous avez dit : « Revenez demain », puis vous avez ajouté : « Et probablement après-demain », ce qui, à mon sens, signifie que les autres apprennent en une journée, mais que moi, il me faudra probablement plus de temps. Donc, suis-je de ceux qui apprennent lentement ?

– Monsieur Horowitz, vous êtes tantôt lent, tantôt trop rapide.

– Lent *et* trop rapide ? la défia Horowitz. Lent, c'est lent. Et rapide, c'est rapide. Il faut choisir.

– Si vous insistez ! Vous êtes trop lent pour apprendre parce que vous opposez trop de résistance. Et trop prompt à vous offenser, même quand personne ne vous a insulté.

Elle le regarda droit dans les yeux, comme pour le braver.

Pris au dépourvu, Horowitz ne sut trop que dire et la fixa à son tour. Puis il quitta la pièce en marmonnant :

– Les veuves !

Quand il se retrouva dans le bureau de Mme Flaherty, elle était au téléphone.

– Oui, il faudra que je lui trouve autre chose pour demain, disait-elle.

« Ah ! supposa Horowitz. Ici, c'est la CIA et le FBI réunis. On dit deux mots à quelqu'un, et tout l'hôpital est au courant. Eh bien, moi aussi, je peux jouer à ce petit jeu-là. »

Quand Catherine Flaherty raccrocha et lui demanda : « Comment cela s'est-il passé aujourd'hui ? », il avait déjà préparé sa réponse.

– Chère madame Flaherty, je suis plutôt un homme accommodant.

– Je sais. Mme Washington m'a prévenue.

Il ne parvint pas à déterminer tout de suite si cette femme se payait sa tête ou si elle lui parlait avec sincérité.

– Cette dame, continua-t-il, cette Mme Mendelsohn, a sans doute l'air très gentille. Et c'est très bien de sa part de s'être portée volontaire pour s'occuper de bébés. Mais elle est très entêtée. Le pire qu'on puisse lui faire, c'est d'essayer de l'aider, de corriger ses erreurs. Il est très difficile d'avoir une conversation avec une femme aussi susceptible.

– Par exemple ? fit Catherine Flaherty pour l'inciter à poursuivre.

– Eh bien, je lui ai fait une petite suggestion tout à fait inoffensive. Attention, pas pour mon confort personnel, mais pour celui des bébés. Aussitôt elle m'en a tenu rigueur.

– Qu'a-t-elle dit ?

– Elle s'est tournée vers moi et m'a demandé : « Depuis quand ne vous êtes-vous pas occupé de bébés ? » Toute personne sensée voit bien que je ne viens pas d'être papa. Ni même grand-père. Mais je sais quand même m'occuper des enfants.

– Cette suggestion « inoffensive », de quoi s'agissait-il ?

– Madame Flaherty, vous n'allez pas me croire. Quand elle a remis cet enfant dans son berceau, elle l'a serré très fort dans sa couverture.

– Et quand vous lui avez montré votre désaccord ?

– Elle s'est encore tournée vers moi et m'a déclaré d'un ton très cassant, attention...

– Cassant ? Mme Mendelsohn ? J'en doute, s'étonna Catherine Flaherty.

– Alors pourquoi m'a-t-elle demandé depuis quand je ne m'étais pas occupé de bébés ?

– Parce que, monsieur Horowitz, depuis ce temps-là, les choses ont changé. Le monde a changé.

– Les bébés n'ont pas changé ! s'entêta Horowitz, persuadé qu'il venait de marquer un point.

– Monsieur Horowitz, vous avez vu certains de ces enfants dans la nursery. Des Noirs, des Blancs, des Métis. Tous égaux en un sens. Ils ne sont pas venus au monde dans ce que l'on appelle des circonstances normales. Certains sont nés drogués. D'autres ont une mère qui a douze ou treize ans. D'autres sont nés prématurément pour les mêmes raisons. Ce ne sont pas des bébés issus d'une grossesse normale, de neuf mois, pendant laquelle la mère a été convenablement surveillée. On ne leur a donné ni une vraie chance dans la vie, ni une famille décente, ni un bon départ. Aucun sentiment de sécurité. Nombreux sont ceux qui ne retrouveront pas leur mère. Soit parce que ce sont des droguées, soit parce que ce sont des prostituées ou bien encore des femmes incapables d'assumer la maternité.

Horowitz hocha tristement la tête.

– Ce dont chaque enfant a besoin... poursuivit Catherine Flaherty.

– Je sais, je sais, l'interrompit-il, c'est qu'on le prenne dans les bras, qu'on l'aime, qu'on lui parle, qu'on le nourrisse, qu'on s'en occupe. Et surtout, qu'il sente une présence. Vous m'avez expliqué tout cela l'autre jour.

– A un âge aussi tendre, souligna Mme Flaherty, ils ont avant tout besoin de se sentir en sécurité. Ce que malheureusement nous ne pouvons pas leur assurer vingt-quatre heures sur vingt-quatre. C'est pourquoi, quand nous les remettons dans leur berceau, nous les enveloppons bien dans leur couverture pour remplacer un peu les bras qui les réchauffent à l'heure du biberon.

– Vous voulez dire... Alors Mme Mendelsohn avait raison ? dut reconnaître Horowitz.

– Oui, absolument.

– Je vois, répondit-il, un peu gêné. Et donc cela signifie que je... que j'avais tort.

– Il ne s'agit pas d'avoir tort ou raison. Disons plutôt que c'est une question d'expérience ou de manque d'expérience, dit Catherine Flaherty, devant l'embarras manifeste de Horowitz. Je vais vous dire une chose. Il s'est établi une coutume parmi nos bénévoles. Un coin-café. L'hôpital fournit la cafetière et les bénévoles apportent le café et le gâteau. Cela leur permet de faire une pause agréable après le travail. Pourquoi ne pas vous joindre au groupe dès aujourd'hui ? Vous y trouverez peut-être une autre bénévole avec laquelle vous préférerez travailler demain.

« Un coin-café, songea Horowitz. J'imagine ce que cela doit donner. Un groupe de veuves qui se retrouvent pour prendre une tasse et grignoter des petits gâteaux. Et que font-elles ? Elles cancanent, évidemment. Et de quoi s'entretiendront-elles aujourd'hui ? D'une seule chose. Mme Mendelsohn leur parlera de ce Samuel Horowitz qui s'est comporté comme un imbécile, qui, une fois de plus, aurait mieux fait de tourner sa langue sept fois dans sa bouche avant de parler. Eh bien, je ne leur donnerai pas l'occasion de se moquer de Samuel Horowitz. »

Cette perspective le contraignit donc à déclarer :

– Merci de votre invitation, madame Flaherty, mais non merci. Je ne crois pas être fait pour ce genre de travail.

Il se leva et se dirigea vers la porte. Catherine Flaherty ne fit pas un geste pour le retenir.

7

– Qu'entendez-vous par : il a démissionné ? demanda une Mme Washington scandalisée, quand Catherine Flaherty l'informa de la décision de Samuel Horowitz.

– « Je ne crois pas être fait pour ce genre de travail », m'a-t-il simplement dit. Et il est parti.

– Et vous l'avez laissé partir ? fit Mme Washington. Vous ne vous êtes pas rendu compte que vous aviez affaire à un homme déprimé, qui traverse une période difficile de son existence ?

– Et un homme qui ne s'est entendu avec personne ici, releva Mme Flaherty. Pas même avec une femme charmante comme Mme Mendelsohn.

– Il a eu des ennuis avec *elle* ? s'étonna Mme Washington.

– Ce qui vous donne une idée des problèmes qu'il nous a posés.

– J'imagine également à quel point il a besoin de notre aide.

– Madame Washington, dois-je vous rappeler que je dirige un groupe de bénévoles au service d'enfants déshérités, et non de vieillards dépressifs.

– Catherine, répliqua Mme Washington d'un ton des plus sévères, quand vous serez aussi âgée que moi, vous apprendrez que parfois les devoirs des professionnels de la santé dépassent ce qui est inscrit dans la définition de leur poste. Nous sommes responsables des deux extrémités du cycle de la vie. Je veux que cet homme réintègre le service des bénévoles.

– Et s'il ne parvient pas à s'entendre avec les autres ? protesta la directrice.

Harriet Washington n'était pas d'humeur à accepter les protestations de quiconque.

– Catherine ! Vous allez lui trouver un travail qui conviendra à l'idée qu'il se fait de sa dignité et de son importance.

– Quel genre de travail ? s'enquit Mme Flaherty.

– Il doit bien y avoir quelque chose. Et il faut que cela ait l'air suffisamment important pour mériter son respect et susciter son enthousiasme, décréta Mme Washington.

– Bon, je vais y réfléchir, lui accorda Mme Flaherty.

– Et moi aussi ! conclut Mme Washington avec une grande détermination.

A peine trois heures plus tard, Mme Washington était en train d'initier un nouveau patient aux exercices de dextérité. L'un des éléments de cette thérapie consistait à lui faire ouvrir son courrier, tâche redoutable, qui le contraignait à écarter au maximum des doigts dont l'agilité avait été diminuée à la suite d'un infarctus. Il n'y parvint pas complètement et dut renoncer, à bout de souffle après l'effort qu'il venait de fournir. Elle l'ouvrit pour lui. L'enveloppe contenait une lettre de l'hôpital. Mais cette fois, ce n'était pas une facture, mais un questionnaire lui demandant son opinion sur les services dont il avait bénéficié pendant son séjour. Ils commencèrent à le remplir ensemble. Mme Washington posait les questions, son patient y répondait. Quand elle eut coché toutes les cases, ce fut à elle de répondre à la question qui lui trottait dans la tête depuis le matin.

Pendant l'heure de repos de son patient, elle décrocha son téléphone et composa le numéro de l'hôpital.

– Si vous avez un téléphone à touches et que vous désirez vous informer de l'état d'un malade, appuyez sur le 1, lui indiqua une voix à l'autre bout de la ligne. Si vous souhaitez contacter l'un des médecins de l'équipe, appuyez sur le 2...

La voix poursuivit son couplet pendant au moins quatre minutes, avant d'en arriver à :

– Si vous souhaitez joindre le service des bénévoles, appuyez sur le 1, puis sur le 6.

« Si l'électronique progresse encore un peu, songeait Mme Washington tout en écoutant ce long message enregistré, il n'y aura bientôt plus aucune possibilité pour deux êtres humains de se parler. » Avec obéissance, elle appuya sur les touches 1 et 6, et eut la joie d'entendre la voix efficace et bien vivante de l'administratrice du service.

– Service des bénévoles.

– Catherine, je viens de trouver, dit Mme Washington.

– Qu'avez-vous trouvé ? demanda Catherine Flaherty, perplexe.

– Quoi faire.

– A propos de quoi ?

– Pas à propos de *quoi*, mais de *qui*. Samuel Horowitz. Ne vous faites plus de souci pour lui.

– Madame Washington, si vous croyez que je n'ai eu que cela comme souci aujourd'hui, vous vous trompez lourdement.

– Peu importe. Vous allez l'appeler et lui proposer un bénévolat d'un nouveau type, lui expliqua Mme Washington.

– Ah oui ? fit Catherine Flaherty d'un ton sec.

– Tout à fait, insista son interlocutrice. Vous allez lui proposer un travail... Non, pas un *travail*, une *fonction* de...

Elle hésita tout en cherchant une dénomination qui pourrait séduire son protégé.

– Vous lui direz qu'en raison de certains changements de personnel, vous avez désespérément besoin d'un nouveau coordinateur bénévole chargé des relations avec les patients.

– Un *quoi* ? s'étrangla Mme Flaherty.

– Un coordinateur bénévole chargé des relations avec les patients.

– Et que signifie exactement ce titre ?

– Vous connaissez les formulaires que les hôpitaux envoient aux patients qui sont rentrés chez eux pour s'informer de leurs réactions ?

– Oui, bien sûr. Ils consistent à nous aider à assurer le confort de nos malades et à satisfaire leurs besoins à l'avenir, précisa Mme Flaherty.

– Il faut bien que quelqu'un les envoie, n'est-ce pas ?

– Évidemment.

– Eh bien, celui qui s'en charge se nomme le coordinateur chargé des relations avec les patients. Et à partir de maintenant ce sera M. Samuel Horowitz, décréta Mme Washington.

– Je suppose... Je suppose qu'on peut arranger cela, fit Mme Flaherty, songeuse.

– Catherine, vous vous souvenez des problèmes que vous a posés votre beau-père, qu'il nous a posés à nous tous, à la mort de votre mère ? Malheureusement nous n'avons pas réussi à l'en sortir. Mais là, nous avons l'occasion de faire quelque chose pour un homme plein de qualités, bien que très abattu. Allons-y ! Qu'en ditcs-vous ?

– Pour vous, madame Washington, je vais essayer, répondit Catherine Flaherty.

Le lendemain matin, Samuel Horowitz se leva très tôt, comme d'habitude. Il se doucha, se rasa et s'habilla au cas où le rabbin ou le bedeau appellerait. Il faudrait peut-être un dixième homme pour compléter un *minyan* matinal et permettre à une famille en deuil de remplir ses devoirs religieux tout en arrivant au travail à l'heure. Le rabbin savait qu'il pouvait toujours compter sur quelqu'un. Sur Samuel Horowitz. Il appelait donc souvent à la première heure. Ce jour-là il ne le fit pas. Sam Horowitz resta donc assis dans le vieux fauteuil confortable qu'il n'avait pas fait recouvrir depuis la mort d'Hannah, malgré les protestations de Bernadine. Chaque creux, chaque pli de la vieille tapisserie épousait les lignes de son corps comme un moule de sculpteur. Il parcourut le *New York Times* avec détachement. Sa combativité de jadis avait disparu. Il n'était plus qu'un vieux guerrier retiré sous sa tente pour ruminer en silence. Les nouvelles publiées à la une, si désespérantes fussent-elles, ne déclenchaient plus en lui de réactions d'inquiétude, de colère ou de réprobation. Il feuilleta les éditoriaux sans s'émouvoir davantage. Même l'article d'Anthony Lewis, il le lut sans rage ni condescendance. Il ne prit même pas la peine de consulter la rubrique financière.

Peu lui importait que ses actions aient monté ou baissé. Si elles avaient monté, il ne s'en sentirait pas plus riche. Si elles avaient baissé, eh bien ! Ses petits-enfants hériteraient moins, ce qui serait sans doute une bonne chose. Ils étaient beaucoup trop gâtés. Quant à Conrad, le petit-fils de Mme Washington, et à Louise, sa sœur, ils n'avaient guère de souci à se faire quant aux fluctuations du marché. L'argent qui devait subvenir à leurs études était sagement investi en valeurs exonérées d'impôts. Le marché pouvait bien aller au diable, il s'en moquait.

L'heure du coup de fil du rabbin était passée. Toujours d'humeur maussade, Horowitz considéra la sonnerie du téléphone comme une regrettable intrusion dans sa solitude. Il répondit en maugréant.

– Sam Horowitz à l'appareil. Qui est-ce ?

– Monsieur Horowitz ? s'enquit Catherine Flaherty, dont il reconnut aussitôt la voix.

– Ah ! Madame Flaherty, si je ne me trompe ? fit-il sur le ton du défi.

Mme Flaherty comprit que l'agressivité qu'il manifestait deux jours auparavant ne l'avait pas quitté. Mais elle avait en mémoire le vibrant plaidoyer de Mme Washington, et entreprit donc de l'amadouer avec toute l'habileté dont elle était capable.

– Monsieur Horowitz, j'ai un service à vous demander. Je comprendrais fort bien que vous refusiez. Après tout, je dois reconnaître que, l'autre jour, nous ne vous avons pas traité avec toute la considération que vous méritiez.

– Pas vous, madame Flaherty, mais cette méchante Mme Mendelsohn.

Flaherty s'abstint de prendre la défense de Molly.

– Elle n'a rien à voir avec ce dont j'ai besoin.

– Bon ! Alors quel est le problème ? Si je vous le demande, c'est que je résous des tas de problèmes depuis des lustres.

– On vient d'imposer une nouvelle tâche au service des bénévoles de l'hôpital.

– S'agirait-il, par hasard, d'assister le service des achats ? s'enquit Horowitz, plein d'espoir.

– Plus important que cela.

– Madame Flaherty, je crois deviner au son de votre voix et aux mots que vous choisissez que vous n'osez pas me le dire. Mais n'hésitez pas. Vous verrez que je ne suis pas homme à renâcler à la tâche.

– Si vous passiez à l'hôpital, nous pourrions peut-être en parler en tête à tête ?

– En tête à tête... C'est comme ça que j'aime traiter mes affaires. A quelle heure ? demanda Horowitz d'un ton sec et professionnel.

– Disons deux heures et quart ?

– Parfait. J'y serai, répondit Horowitz.

Avec une grande ponctualité, Samuel Horowitz franchit la porte de l'hôpital à deux heures et quart, monta dans l'ascenseur qui le conduisit au onzième étage et parcourut à grands pas le couloir des nurseries. Il jeta un coup d'œil à travers les baies vitrées, nota la présence de bénévoles qui donnaient le biberon, caressaient ou changeaient des enfants. Il passa devant la salle où Mme Mendelsohn s'occupait d'un autre bébé. Pour porter l'insulte à son comble, elle était en train de l'envelopper avec fermeté dans sa couverture. Horowitz l'ignora et se dirigea en traînant les pieds vers le bureau du service des bénévoles.

Mme Flaherty l'attendait. Après les politesses d'usage, Horowitz s'installa dans le fauteuil des visiteurs et ouvrit la séance d'un très professionnel :

– Quel est votre problème ?

Mme Flaherty lui expliqua que l'hôpital avait pour politique d'entretenir de bons rapports avec ses patients et, que, pour ce faire, il fallait connaître les sujets tant de mécontentement que de satisfaction qu'avait fait naître leur expérience hospitalière. Il était donc indispensable de garder le contact avec eux après leur sortie. Pour mener à bien cette tâche, on avait besoin de quelqu'un pour superviser l'envoi des formulaires que chaque malade devait remplir. Un tel service serait d'une grande utilité non seulement pour l'hôpital lui-même, mais aussi pour les patients. Car il permettrait d'améliorer leur confort et d'accélérer leur rétablissement.

– Et comment ! s'écria Horowitz. Quand j'ai été hospitalisé lors de mon dernier... petit ennui... C'est là que j'ai eu la chance de faire la connaissance de Mme Washington. Eh bien, croyez-moi, si ces gens-là m'avaient demandé mon avis, je leur aurais fait quelques suggestions.

« Ça ne m'étonne pas ! » faillit répliquer Mme Flaherty.

– Vous comprenez donc l'importance de ce travail, dit-elle à voix haute.

– Tout à fait ! approuva Horowitz sans l'ombre d'une réserve.

– Monsieur Horowitz, la question qui nous est posée à présent est la suivante : vous sentez-vous de taille à prendre en charge le poste de coordinateur chargé des relations avec les patients ?

Samuel Horowitz considéra cette question avec le minimum de gravité qu'exigeait un tel titre.

– Madame Flaherty, répondit-il après un instant de réflexion, je crois que je suis votre homme !

– Je vais donc vous faire faire une carte de bénévole avec votre photo d'identité, qui vous donnera accès à l'hôpital à tout moment, annonça Mme Flaherty.

Quand, en fin d'après-midi, Mme Washington eut regagné son domicile après sa séance quotidienne avec une dame âgée dont le cœur avait connu quelques défaillances, elle appela Catherine Flaherty à l'hôpital.

– Alors ? questionna-t-elle après avoir décliné son identité.

– Ça a marché, madame Washington. A merveille ! Il a accepté ce poste plus que de bon gré, avec enthousiasme !

– Bien ! Merci de vous être montrée si coopérative. Je suis certaine que vous ne le regretterez pas.

– Le Ciel vous entende ! Madame Washington, avez-vous remarqué que vous vous exprimez parfois comme M. Horowitz ? lui demanda Catherine Flaherty avant de lui dire au revoir.

– Ah oui ? fit Mme Washington, surprise.

– Cette façon que vous avez de dire : « alors ? » en pensant que votre interlocuteur sait exactement ce que vous avez en tête.

– Vraiment ? Je ne l'ai pas remarqué, répondit-elle.

– Vous avez beaucoup de points communs tous les deux. Ne vous en êtes-vous jamais aperçue ?

– Catherine Flaherty, si vous faites allusion à mes sentiments, vous vous trompez. Oh, j'ai des projets pour lui ! Mais pas de cet ordre, rétorqua Mme Washington, qui raccrocha avant que l'administratrice du service des bénévoles puisse s'étendre sur ce sujet.

« Est-ce à cause de ce que nous avons en commun que je me vois si bien dans la même situation dans quelques années ? s'interrogea Harriet Washington, la main posée sur le téléphone. Conrad partira bientôt à l'université. Et Louise est déjà si grande qu'elle a de moins en moins besoin de moi. »

8

Le mardi matin, jour où Samuel Horowitz devait prendre ses fonctions de coordinateur bénévole chargé des relations avec les patients, il choisit sa tenue avec beaucoup de soin.

Il avait d'abord envisagé de mettre son costume bleu marine, puis avait écarté cette tenue comme trop stricte dans le cadre d'un hôpital. Il avait aussi vaguement songé à sa veste grise à chevrons et à son pantalon noir, qu'il avait jugés trop décontractés pour son titre de coordinateur. Il se décida enfin pour son costume gris qui alliait le bon goût et un certain prestige.

Pour l'égayer d'une touche de couleur, il choisit une cravate bordeaux et une pochette assortie.

Ainsi vêtu, il se planta devant le miroir en pied de sa chambre et prit diverses poses. Après s'être félicité de l'excellence de son goût, Samuel Horowitz se sentait désormais prêt à assumer ses nouvelles fonctions.

Il se dirigeait vers la porte d'entrée quand le téléphone sonna. De manière assourdissante, lui sembla-t-il. Il fut alors saisi d'un soupçon, un soupçon troublant. Ce devait être Mona. Il n'avait beau être que sept heures du matin à San Diego, Mona ne s'arrêtait pas à un tel détail. Cette femme ne dormait jamais. Elle était debout avant le lever du soleil, prête à partir pour l'une des œuvres charitables qu'elle présidait. Et comme par une sorte de prescience électronique, chaque fois que Mona téléphonait, l'appareil ne se contentait pas de sonner, il faisait un bruit retentissant. Sa prémonition se révéla juste.

– Papa !

« Ma fille n'a pas besoin de téléphone, pensa-t-il devant une telle effusion. Une fenêtre ouverte suffirait, même depuis San Diego. »

La conversation se poursuivit normalement. Elle s'enquit de sa santé, de ses activités. Le doute s'insinua dans l'esprit d'Horowitz. Elle avait certainement, comme à son habitude, téléphoné au Dr Tannenbaum avant de l'appeler. Horowitz protesta de sa bonne santé. Cela faisait longtemps qu'il ne s'était pas senti aussi bien. Non, il n'avait pas l'intention d'aller à San Diego.

– En fait, ma chère Mona, même si je le voulais, je ne le pourrais pas. Je viens d'accepter un poste de haute responsabilité dans un hôpital de Harlem. Je suis coordinateur chargé des relations avec les patients.

– C'est vrai, papa ?

Mona eut l'air impressionnée, mais sa paranoïa chronique reprit vite le dessus.

– Papa ! Ce n'est pas possible !

– Pourquoi ? Je possède toutes les qualifications requises. L'hôpital est d'accord. Mme Flaherty, la femme la plus dure que j'aie jamais rencontrée, dit que c'est possible. Alors pourquoi prétends-tu le contraire ? demanda-t-il.

– Papa, écoute-moi, le sermonna-t-elle avec indulgence et sur le ton qu'elle adoptait quand la fille s'effaçait pour assumer un rôle de mère. Un homme de ton âge, qui a fait une crise cardiaque, ne peut pas remplir une fonction aussi éprouvante. Je ne le permettrai pas ! Je vais en parler immédiatement au Dr Tannenbaum.

– Mona, ma chérie, si tu appelles Tannenbaum,

je quitte la maison pour me mêler aux sans-abri qui errent dans les rues de New York. Sans téléphone ! Tu ne pourras plus jamais retrouver ma trace !

– Papa ! Tu ne ferais pas une chose pareille ! protesta-t-elle, atterrée.

– Mona, tu connais ton père et tu sais qu'il ne lance jamais de menaces en l'air.

Comme elle le connaissait, lui et ses sautes d'humeur, elle dut céder. Mais elle n'avait pas dit son dernier mot.

– A présent, papa, si tu persistes dans ta décision, je ne veux pas que tu prennes le bus.

– Tu veux que j'y aille à pied ? D'accord.

– A pied ? Dans les rues de Harlem ? Tu vas te faire attaquer !

– La dernière fois que l'on m'a attaqué, c'était dans la 84e Rue, pas à Harlem !

– Papa, je t'en prie ! Si tu veux absolument y aller, promets-moi de prendre un taxi.

– D'accord, d'accord, je te le jure.

Il n'avait nullement l'intention de tenir sa promesse. Selon lui, il y avait deux sortes de promesses que l'on pouvait ignorer sans craindre les foudres du seigneur. Celles que l'on vous arrachait sous une menace de mort et celles que l'on faisait à une fille telle que Mona.

– Si je ne veux pas être en retard, il faut que j'y aille, dit-il.

– D'accord, fit-elle. Je t'aime, papa.

« Je t'aime, répéta Horowitz en silence. Depuis que la mode veut qu'à la fin de chaque feuilleton télévisé, un fils ou une fille dise " je t'aime " à son père, on ne pouvait plus aujourd'hui terminer une conversation sans ces trois petits mots. Cela paraissait aussi sincère qu'un slogan publicitaire. " Je t'aime ", " Je t'aime. " Plus on le répétait, moins cela avait de sens.

« Passons, se dit-il à des choses plus importantes et plus intéressantes, monsieur le coordinateur chargé des relations avec les patients ! »

Pour la première fois depuis des semaines, Horowitz salua son concierge d'un « Bonjour, Juan. Quelle belle journée, n'est-ce pas ? » au lieu du « B'jour, Juan » grincheux qu'il lui adressait d'ordinaire.

Le gardien de l'immeuble en fut tellement surpris qu'il suivit Horowitz des yeux jusqu'à l'angle de la rue où il le vit monter dans le bus n° 10, qui menait vers le centre.

Samuel Horowitz se présenta devant Mme Flaherty.

– Bonjour, chère madame Flaherty, lui déclara-t-il avec bonne humeur. Mettons-nous au travail !

Elle attendait son arrivée et le conduisit devant un bureau parfaitement net sur lequel se trouvaient un paquet d'enveloppes, une pile de questionnaires et d'enveloppes-réponses, et une poignée d'étiquettes imprimées.

– Monsieur Horowitz, chaque ancien malade dont le nom est inscrit sur ces étiquettes doit recevoir ce courrier. Pliez bien le formulaire, placez-le dans l'enveloppe, insérez une enveloppe-réponse, puis collez l'étiquette à l'extérieur. Les étiquettes sont autocollantes, et il ne vous reste donc qu'à arracher la bande pour les poser.

– Plier le formulaire, insérer, enveloppe-réponse, étiquette, c'est ça ? répéta consciencieusement Horowitz comme un bon élève, rapide et efficace.

– C'est ça, dit Mme Flaherty.

– C'est comme si c'était fait, conclut Horowitz qui prit place devant le bureau pour s'atteler à la tâche.

Pendant deux semaines, le mardi et le jeudi, Samuel Horowitz se présenta au bureau de

Mme Flaherty. Chaque fois il répétait les mêmes gestes, insérant avec efficacité les questionnaires et les enveloppes-réponses, collant les étiquettes. Son travail terminé, il venait lui en rendre compte. Chaque fois, elle le remerciait et attendait avec impatience le rendez-vous suivant.

Quand il s'en allait, avant de regagner l'ascenseur, il passait devant les nurseries et ne pouvait s'empêcher de jeter un coup d'œil aux bénévoles qui donnaient tendrement le biberon et murmuraient quelques mots à de tout petits enfants qu'elles portaient avec soin, précieux paquets enveloppés de leur couverture blanche.

Il se sentait supérieur à elles. Alors qu'elles faisaient partie d'un groupe, il était le seul volontaire qui eût ce que l'on pouvait considérer comme une fonction de cadre. Il jouait un rôle important dans ce que les journaux et la télévision appelaient le système de la santé, un terme qui, en soi, donnait la mesure de l'importance de ses propres fonctions.

En passant devant les parois de verre des nurseries, il se demandait si les autres bénévoles savaient exactement qui il était. Si elles l'ignoraient encore, elles apprendraient très bientôt que ce Samuel Horowitz remplissait une tâche capitale. Et qu'il s'en acquittait fort bien.

Quand il en parlait au téléphone avec Mme Washington, ce qui se produisait fréquemment, il plastronnait en se donnant un air détaché.

– Même à l'époque où je dirigeais ma propre entreprise, j'avais coutume de dire qu'un homme qui convient parfaitement à son emploi vaut son pesant d'or. Je ne prétends pas être en or. Mais je ferai l'affaire tant que quelqu'un de mieux ne se sera pas présenté. Pour peu qu'il se présente.

Mme Washington constata avec joie qu'il avait bien accepté sa nouvelle situation. Cela cadrait parfaitement avec ses autres projets. Catherine Flaherty eut donc un beau jour la surprise de voir Mme Washington postuler à un emploi bénévole en pédiatrie.

– Vous, madame Washington ?

Celle-ci avait imaginé une histoire relativement plausible.

– Entre leurs devoirs et leurs activités diverses, Conrad et Louise ne rentrent pas à la maison avant l'heure du dîner. Ce qui me laisse une heure ou deux en fin d'après-midi, après le travail. Plutôt que de perdre mon temps, j'ai décidé de consacrer quelques heures par semaine à ces malheureux bébés.

Mme Washington ayant été infirmière diplômée avant de devenir kinésithérapeute, on ne pouvait mettre en doute son extrême capacité à apporter à ces nouveau-nés tout le soin, l'amour et l'attention dont ils avaient si désespérément besoin. Catherine Flaherty lui donna donc aussitôt son accord.

Mme Washington ne posa qu'une condition. Elle ne voulait être de service ni aux mêmes heures ni les mêmes jours que Samuel Horowitz. Ce fut une disposition d'autant plus facile à prendre que ses horaires se restreignaient aux fins de matinée du mardi et du jeudi.

Pendant plusieurs semaines cet arrangement fonctionna au mieux. Samuel Horowitz était de service le mardi et le jeudi matin. Mme Washington venait elle aussi le mardi et le jeudi, mais elle arrivait tard, jamais avant seize heures. Ils remplissaient tous deux leurs fonctions sans qu'à aucun moment leurs chemins se croisent.

Le soir, quand Mme Washington et M. Horowitz se retrouvaient pour dîner avant d'assister à une conférence au YMHA [1] de la 92e Rue ou à la Société de culture et d'éthique, ou pour aller voir l'un des derniers films du cinéma multi-salles de la Troisième Avenue ou du Upper West Side, il lui parlait en long et en large de son travail à l'hôpital.

Quant à Mme Washington, elle prenait bien soin

1. Young Men Hebrew Association, association culturelle et sportive.

de ne faire aucune allusion à ses propres activités de bénévole.

Elle constata avec satisfaction une nette amélioration du comportement de Samuel. Mais elle traquait ces instants où, ne se sentant pas observé, il laissait transparaître une tristesse profondément ancrée en lui. Une histoire que l'on pouvait lire dans ses yeux, sa posture, quand il était assis en face d'elle au restaurant, ou à côté d'elle au théâtre, ou dans une salle de conférences. Il n'avait toujours pas retrouvé cette bonne vieille agressivité qu'il manifestait dès que l'on abordait des questions politiques ou des sujets d'intérêt général.

Et ce qui était encore plus révélateur, il semblait s'être résigné à laisser le *New York Times* diriger la nation sans aide ni interférence de sa part. Tout n'allait pas encore pour le mieux. Il lui faudrait précipiter un peu les choses.

Elle espérait qu'il était encore temps.

9

Pendant plusieurs semaines, Samuel Horowitz se rendit chaque mardi et chaque jeudi dans le bureau de Catherine Flaherty, responsable du service des bénévoles.

Il pliait consciencieusement les questionnaires en s'assurant que les bords étaient parfaitement ajustés pour que la feuille glisse aisément dans l'enveloppe. Il pliait chaque enveloppe-réponse en trois, l'ajoutait à l'ensemble et fermait. Une fois qu'il avait collé les étiquettes, il déposait ses lettres dans le panier de courrier placé sur son bureau et qui serait ramassé par un employé.

Son ouvrage terminé, il était libre de s'en aller. Il lui fallait alors prendre le couloir des nurseries. Bien qu'il fît semblant de traverser cette zone sans prêter attention à ce que l'on y faisait, ce jour-là, il remarqua, pour la première fois, qu'il y avait deux hommes affectés à ce travail bénévole. L'un était noir, l'autre blanc. Tous les deux d'un âge qu'Horowitz jugea avancé, bien que l'un eût son âge et l'autre quelques années de moins.

« De toute évidence, marmonna-t-il dans sa barbe, des hommes qui n'ont aucune fierté, puisqu'ils parviennent à s'entendre avec les femmes autoritaires que l'on trouve ici, comme cette Mme Mendelsohn.

« Heureusement que je n'y suis pas obligé. J'ai mon propre travail. Je le fais bien. Mme Flaherty est très satisfaite. Et j'ai un titre qui convient bien à mon expérience. Quand les réponses arriveront, je serai en position d'influer sur la manière dont cet hôpital traitera ses patients à l'avenir. En fait, je peux même affirmer que je sers non seulement cet établissement, mais aussi ses malades. Mais est-ce suffisant ? Non !

« La semaine prochaine, je parlerai à Mme Flaherty des changements que j'aimerais apporter à ce formulaire. Nos questionnaires laissent certainement à désirer, puisque nous n'obtenons pas de réponses. Je lui ferai donc quelques recommandations. Et quand, elle les transmettra au conseil d'administration ou à qui de droit je suis certain qu'on en tiendra compte. Nous aurons de nouveaux formulaires et nous obtiendrons enfin des résultats.

« Le jour où j'ai été nommé coordinateur chargé des relations avec les patients marquera un tournant dans l'histoire de cet établissement. »

Fort de cette résolution, Samuel Horowitz quitta l'hôpital avec, dans la poche de sa veste, un questionnaire plié qu'il allait étudier tout au long des deux soirées qui le séparaient de son prochain rendez-vous, afin d'en déterminer les carences. Jeudi, il proposerait les améliorations qui, selon lui, devraient produire le résultat escompté.

Il attendait avec impatience son entretien matinal avec Mme Flaherty.

Le jeudi, ce fut une de ces matinées où le téléphone sonnait de bonne heure.

Il savait que le rabbin ou le bedeau de la synagogue avait l'intention de lui demander d'assister à un *minyan*. C'était un devoir auquel il ne se soustrayait jamais. Cela lui donnait aussi l'occasion de réciter un *kaddish* [1], pour sa chère Hannah. Bien

1. Prière des morts dans la religion juive.

que cela ne fût plus indispensable sauf lors de certaines fêtes et de l'anniversaire de sa mort, cela le réconfortait.

Après avoir tenu son rôle à la synagogue, il se retrouva devant sa porte et entendit sonner le téléphone. Il ouvrit et se précipita vers l'appareil. « Mais pourquoi je cours ainsi ? se dit-il. Écoutez-moi cette sonnerie ! Qui, à part Mona, ferait retentir ainsi cet appareil ? »

Il avait naturellement raison. C'était Mona.

– Dieu merci, je t'ai trouvé ! s'écria-t-elle, visiblement surexcitée.

– Pourquoi ? J'étais perdu ? fit-il.

– Papa ! s'exclama-t-elle, embarrassée. Je voulais simplement dire que j'étais heureuse de t'avoir avant ton départ pour cet hôpital.

– Qu'est-ce qui te déplaît dans « cet hôpital », si je puis me permettre ?

– Papa, je t'en prie ! répondit-elle, exaspérée une fois de plus par son attitude. J'ai réfléchi. Cela ne me plaît pas, c'est tout.

– Qu'est-ce qui ne te plaît pas ? demanda Horowitz d'un ton innocent.

– Cet hôpital.

– Ma chère Mona, la seule chose qui cloche dans cet établissement, c'est qu'ils n'obtiennent pas de réponses à leur mailing. Ils ont besoin d'une petite leçon dans ce domaine, leçon que je vais leur donner dès ce matin.

– Tu refuses de comprendre, papa. Cela me déplaît que tu te rendes dans cet hôpital de Harlem deux fois par semaine.

– Pourquoi ? Je fais une bonne action et ça m'occupe. Qu'y a-t-il de mal à cela ?

– Rien.

– Alors ?

– Moi, je dis qu'il faut que tu te trouves un autre hôpital. Un bel hôpital dans le centre ou dans un autre quartier.

– Ma chère Mona, il te faudrait un hôpital qui ne soit pas à Harlem ?

– Eh bien... oui, reconnut-elle à contrecœur.

– Pour une femme qui a toujours soutenu les causes libérales, qui s'est battue avec tant d'acharnement pour l'intégration des Noirs dans les bus et les écoles de San Diego, qui appartient à tous les comités de soutien aux laissés-pour-compte de la société, ce n'est pas beau de refuser que ton père fasse du bénévolat dans un hôpital uniquement parce qu'il est situé dans le quartier noir de la ville. Pas beau du tout !

– Papa ! s'écria-t-elle, au summum de l'exaspération. Mes activités publiques n'ont rien à voir avec le souci que j'ai de mon père ! Cela ne me plaît pas que tu ailles là-bas, que tu t'exposes...

– Je ne suis quand même pas une œuvre d'art ! rétorqua Horowitz.

– C'est bien le moment de plaisanter. Je ne veux pas que tu t'exposes, que tu coures des risques. Pour ce qui est du bénévolat, je suis certaine que tu peux trouver quelque chose dans un bon hôpital plus près de chez toi.

– Ma chère Mona, je t'en prie, ne monte pas sur tes grands chevaux ! Ton père n'est nullement en danger. Le trajet en bus n'est pas long. J'aime mon travail et je l'aimerai encore plus quand on aura mis en œuvre les améliorations que je vais suggérer. Alors vis *ta* vie et laisse-moi vivre la mienne.

Pendant quelques instants, Mona resta silencieuse à l'autre bout de la ligne. « Pour la première fois dans l'histoire de l'humanité, ma chère Mona serait-elle sans voix ? » se demanda Horowitz. Ce surprenant état de fait ne dura pas longtemps.

– Papa, promets-moi au moins de venir passer quelque temps chez nous. Bientôt.

– Je te le promets. Très bientôt, dit Horowitz. Ce « bientôt » s'applique à ma promesse, pas à ma venue, marmonna-t-il dès qu'il eut raccroché.

« Pauvre Mona ! Je sais bien qu'elle m'aime et qu'elle s'inquiète pour moi. Mais je ne peux pas la laisser régenter mon existence. Je suis adulte et je sais ce que je veux. Quand on y pense, il n'est guère étonnant que ses enfants aient choisi une université à Boston, à cinq mille kilomètres de San Diego. »

Mais il n'avait plus une minute à consacrer à Mona. Il était grand temps d'aller prendre le bus pour présenter ses quelques suggestions à Mme Flaherty.

Il attendit qu'elle eût terminé sa tournée d'inspection des nurseries et qu'elle fût revenue dans son bureau pour frapper poliment à sa porte.

– Bonjour, madame Flaherty, lui dit-il d'un ton aussi respectueux que cérémonieux, quand elle lui eut permis d'entrer. Je me demandais si vous auriez le temps de discuter d'une question de la plus haute importance concernant le programme des relations avec les patients.

Il avait lu le terme « programme » dans le *New York Times* et l'avait entendu dans les débats télévisés du dimanche matin.

– Bien sûr, j'ai le temps, lui concéda-t-elle, surprise, inquiète, mais déjà accoutumée aux divagations de Samuel Horowitz.

Celui-ci s'installa donc, en face d'elle, dans le fauteuil des visiteurs.

– Chère madame Flaherty, n'avez-vous rien remarqué d'extrêmement curieux dans ce service ?

– Pas vraiment, répondit-elle, de plus en plus perplexe.

– Eh bien, depuis maintenant plusieurs semaines, j'ai envoyé des formulaires et des enveloppes-réponses à plus de quatre cents anciens patients de cet hôpital, si j'ai bien compté.

– Vous faites un excellent travail, je dois l'avouer, le complimenta-t-elle.

– Merci, fit Horowitz avec ce qu'il considérait comme un sens très développé de la modestie. Mais cela n'a pas d'importance.

– Cela en a pour nous, protesta son interlocutrice.

– Le problème est le suivant, reprit Horowitz en sortant le questionnaire plié de sa poche.

Ce n'était plus la feuille propre et lisse qu'on lui avait remise. Elle était toute froissée et noircie d'annotations griffonnées devant les questions qu'il jugeait mal posées et de suggestions destinées à remédier à cet état de choses.

Catherine Flaherty se saisit de la feuille avec précaution.

– N'avez-vous pas remarqué, chère madame Flaherty, que sur les centaines de formulaires envoyés, nous n'avons pas obtenu la moindre réponse ? poursuivit-il, avec dans la voix des inflexions de procureur général.

– Oh ! s'exclama Mme Flaherty quand elle eut compris ce à quoi il faisait allusion. Qu'avez-vous en tête, monsieur Horowitz ? lui demanda-t-elle simplement, au lieu de se lancer dans une discussion ou dans des explications compliquées.

– Ça ! dit-il en désignant le formulaire qu'elle tenait en main. Il y a quelque chose qui ne va pas dans le questionnaire que nous utilisons. Je vais donc vous faire une proposition... ou plutôt quelques propositions pour l'améliorer. Sinon nous continuerons à pédaler dans le vide, comme on dit. Avez-vous déjà entendu cette expression, madame Flaherty ?

– Nous pédalons dans le vide ! répéta Catherine Flaherty.

– Comment voulez-vous appeler ça, puisque nous ne recevons jamais rien ? poursuivit Horowitz. Après tout, comment pouvons-nous améliorer le fonctionnement de cet hôpital si nous n'avons aucune nouvelle de nos anciens malades ?

Catherine Flaherty réfléchit à la manière la plus diplomatique de lui révéler la vérité.

– Cher monsieur Horowitz, votre hypothèse de départ est erronée.

– Erronée ? la défia-t-il. Est-ce que, oui ou non, nous envoyons des formulaires par centaines ?

– Oui, reconnut-elle.

– Et avons-nous reçu une seule réponse ? Bon, poursuivit-il sans attendre sa réaction. Il se trouve que pendant les nombreuses années où j'ai dirigé la société Horowitz et fils, j'ai eu l'occasion de superviser plusieurs campagnes de mailing. Et je peux vous l'affirmer, avec d'excellents résultats. Je sais donc parfaitement ce que l'on peut considérer comme un bon rendement en la matière. Or, j'ai le regret de le dire, nous n'avons pas obtenu un bon rendement. En fait, nous n'avons pas de rendement du tout.

– Monsieur Horowitz, je crois que vous avez mal appréhendé la question.

– Chère madame Flaherty, je ne suis pas quelqu'un qui appréhende mal.

– Dans ce cas précis, j'ai bien l'impression que si, lui expliqua-t-elle. Voyez-vous, nous envoyons les questionnaires, et c'est le bureau de l'administrateur qui reçoit les réponses.

Quand la vérité lui apparut enfin, Horowitz demeura silencieux pendant quelques instants.

– Vous êtes en train de me dire que je me contente de glisser des formulaires et des enveloppes-réponses dans d'autres enveloppes, et de les envoyer ? C'est tout ? demanda-t-il non sans une certaine incrédulité.

– Je ne dirais pas les choses ainsi, fit-elle pour atténuer le choc.

– Comment appelez-vous ça, puisque je ne vois jamais les réponses ? Dans ce cas, je ne fais rien de plus que les lycéens que j'engageais quand je dirigeais mon entreprise. A l'époque, on payait cinquante *cents* l'heure de travail. Est-ce pour cela que je viens deux fois par semaine ?

– Monsieur Horowitz, essayez de comprendre...

– Qu'y a-t-il à comprendre ? Je suis le garçon du courrier. Un remplisseur d'enveloppes à cinquante *cents* l'heure. Sauf que je le fais pour rien.

– Mais vous rendez un grand service à l'hôpital, protesta-t-elle.

– Je comprends tout, chère madame. Vous vous êtes moquée de moi. Vous m'avez donné un titre ronflant et pas l'ombre d'une responsabilité. Vous me décevez beaucoup, madame Flaherty. Et moi qui me vantais devant Mona! Et devant Mme Washington! reconnut-il d'un air penaud.

– Monsieur Horowitz, j'ai tout fait pour que vous ne renonciez pas au bénévolat, lui expliqua-t-elle.

– Que je ne renonce pas... marmonna-t-il. Madame Flaherty, vous avez induit en erreur un homme qui était venu ici avec les meilleures intentions du monde. J'ai bien peur de devoir renoncer à mon titre et à ce travail bénévole.

– Je suis navrée que vous réagissiez ainsi, monsieur Horowitz.

– Cependant, vous l'avez peut-être remarqué à présent, je ne suis pas du genre à laisser un ouvrage en plan. Je le terminerai aujourd'hui. Mais considérez qu'à partir de maintenant, je vous ai remis ma démission.

Sur ces bonnes paroles, Samuel Horowitz se leva et quitta les lieux en homme qui, bien que son amour propre eût été blessé, n'en gardait pas moins sa dignité.

Catherine Flaherty contempla quelques instants la porte close, puis elle décrocha son téléphone. Elle appela Elyse Bruton chez elle pour lui demander les coordonnées de sa mère. Elle trouva Mme Washington au domicile d'une patiente. Bien qu'on l'eût dérangée au beau milieu d'une séance de thérapie, celle-ci se montra très compréhensive, dès que Catherine Flaherty lui eut décrit la situation.

– Trouvez un moyen, n'importe lequel, de le retenir. Faites en sorte qu'il reste, insista Mme Washington.

– Étant donné les circonstances, je ne vois vraiment pas comment.

– Vous avez au moins une heure pour imaginer

quelque chose. Réfléchissez ! A moins que vous ne vouliez que tout mon projet tombe à l'eau !

– Tout votre projet ? Quel projet ? s'étonna Mme Flaherty.

– Si vous ne le faites pas revenir, vous ne le saurez jamais ! l'avertit Mme Washington.

10

Samuel Horowitz était assis à son bureau et pliait consciencieusement sa dernière pile de questionnaires avant de les introduire dans des enveloppes. Quand Mme Flaherty sortit et passa devant lui, il fit mine de l'ignorer, signe silencieux mais néanmoins manifeste d'une sensibilité blessée. Sa culpabilité lui sembla encore plus lourde à porter, ce qui accrut son empressement à s'acquitter de sa mission.

Elle parcourut le couloir qui longeait les nurseries, celui-là même que Samuel Horowitz devrait emprunter pour regagner l'ascenseur au moment de son départ.

Quand elle parvint devant les nurseries, elle jeta un coup d'œil rapide à travers les parois de verre, à la recherche de l'un des bénévoles. Si sa mémoire ne lui faisait pas défaut, le jeudi matin, Homer Wesley devait être de service. Le souvenir de sa confrontation avec une femme étant encore gravé dans la mémoire d'Horowitz, Homer Wesley était sa seule chance de rattraper le coup. Le premier constat était plutôt décevant. Elle ne vit nulle part, dans aucune salle, le visage noir, maigre et sympathique de Wesley. On le rencontrait souvent faisant les cent pas avec un bébé dans les bras. Il chantait de sa douce voix de basse et souriait en découvrant une dent en or sur le côté de sa mâchoire supérieure. Mais pas ce jour-là.

Elle serait peut-être contrainte de confier cette tâche capitale à une personne de sexe féminin. Or il était au mieux risqué, au pire catastrophique, de remettre Samuel Horowitz entre les mains d'une femme après la déconvenue qu'il venait de subir. Puisqu'elle n'avait pas le choix, elle se dit que mieux valait cela que de le laisser partir et de s'exposer à ne jamais le voir revenir. Elle en était arrivée à cette conclusion quand elle aperçut Homer Wesley qui franchissait en trombe la porte à double battant.

– Désolé, Maria, lança-t-il à l'infirmière de l'accueil, mais vous connaissez les maudits bus de cette ville. Quatre d'affilée, et puis pas un seul avant une demi-heure.

Catherine Flaherty se précipita vers lui et le prit par le coude pour l'entraîner un peu à l'écart et s'entretenir avec lui en toute tranquillité. Il la suivit de bon gré tout en protestant de son innocence :

– Je ne suis pas parti en retard, dit-il. Je suis juste arrivé en retard. Je suis navré. Cela ne se reproduira pas, madame Flaherty.

Une fois qu'elle l'eut rassuré et lui eut dit que ce retard ne l'inquiétait nullement, elle lui expliqua ce qu'elle attendait de lui.

La première surprise passée, Homer Wesley voulut s'assurer qu'il avait bien compris.

– Vous voulez que j'empêche cet homme de partir ? Que je le mette au travail ici ?

– Exactement, fit Catherine Flaherty.

– Je ne sais pas trop, répondit Wesley. A mon sens, quand un homme ne se porte pas volontaire, nous n'en avons pas besoin ici. Et moi moins que quiconque.

– Croyez-moi sur parole, M. Horowitz le souhaite, mais il ne le sait pas encore.

Le grand Noir hocha la tête d'un air dubitatif.

– Si vous le dites, concéda-t-il. Que vais-je lui raconter ?

– A vous de juger.
– Quand passera-t-il ?
– Dans une demi-heure, j'imagine.

Homer Wesley vaquait à ses occupations habituelles en surveillant du coin de l'œil la vitre devant laquelle le fameux Horowitz devait passer. Wesley nettoyait consciencieusement ses mains fines et habiles. Pendant les quarante ans et plus où il avait possédé et dirigé une petite quincaillerie-serrurerie d'Amsterdam Avenue, au coin de la 116e Rue, il avait gagné sa vie avec ses mains. Il effectuait aussi des réparations chez des particuliers, trop délicates pour les hommes à tout faire des immeubles du quartier.

Alors qu'il avait travaillé dur toute sa vie sans pour autant en souffrir, les hausses de loyer de son modeste magasin l'avaient contraint à prendre sa retraite. A présent, il partageait son temps entre l'église et l'hôpital, où il était bénévole.

Ayant perdu sa femme près de dix ans auparavant, il n'avait plus d'attaches, excepté sa fille et ses petits-enfants. Mais il ne voulait pas habiter chez eux. C'était un homme qui tenait à son indépendance, même si cela lui valait son lot de solitude.

Il était mince, si mince que l'on se demandait parfois comment son pantalon tenait. Il semblait ne pas avoir de hanches. Son visage au teint café au lait était si maigre que sur chaque joue s'était creusée une ride profonde, où coulait la sueur.

Du temps qu'il était au lycée, il jouait au football et, avant de se laver les mains, il retirait toujours sa montre et l'anneau qu'il avait gagné quand il appartenait à une équipe qui disputait le championnat.

Quand il eut bien frotté, Homer Wesley enfila la blouse qu'il avait décrochée de la patère. Il fit tout cela sans détacher son regard du couloir qui se trouvait derrière la baie vitrée.

Il pénétra dans la nursery, s'avança vers le berceau de l'enfant qu'on lui avait confié pour la première heure et prit le bébé dans ses bras avec le plus grand soin.

– Que tu es costaud ! murmura-t-il en souriant.

Tout en le tenant, il se baissa légèrement pour lire la feuille accrochée au pied du lit.

Comme le laissaient présager ses contorsions, celui-ci était né drogué.

« Pauvre enfant, songea-t-il, pauvre petit ! Venir au monde avec un tel handicap et sans y être pour rien ! »

Wesley prit le biberon que l'on avait déposé dans le berceau, se dirigea vers le rocking-chair et s'assit avec son fragile fardeau. Il eut du mal à introduire la tétine dans la bouche du bébé trop agité. Il y parvint enfin. Au bout de quelques instants, l'enfant se mit à téter. Mais il s'en désintéressa vite et s'endormit.

« Du moins a-t-il cessé de se tordre dans tous les sens », pensa Wesley.

Il garda le nouveau-né assoupi dans ses bras, se balança d'arrière en avant en adoptant une cadence apaisante. Il avait toujours les yeux rivés sur la baie vitrée quand un homme apparut. Ce devait être ce Samuel Horowitz que Mme Flaherty tenait tant à garder parmi ses bénévoles. Homer Wesley se leva, s'approcha vite du berceau dans lequel il allait déposer le bébé, mais se ravisa et se dirigea vers la porte.

– Dites-moi, mon ami, auriez-vous une minute ? lança-t-il en ouvrant la porte de sa main libre.

– J'ai une minute. Que puis-je pour vous ?

– J'ai un petit problème et je crois qu'un homme de votre âge peut comprendre, fit-il en baissant le ton pour feindre la timidité.

– Lequel ?

– Je m'occupe de ce bébé et je dois sortir. Franchement, j'aime mieux ne rien demander aux femmes. Vous comprenez ?

– Troubles de la prostate ? hasarda Horowitz.

Homer Wesley opina aussitôt du chef. Deux hommes vieillissants se comprenaient, compatissaient.

– Je me demandais si vous ne pourriez pas prendre la relève ? Juste pour quelques minutes ?

– Je n'ai pas les mains bien propres... Je ne suis pas vraiment prêt, protesta Horowitz.

– Allez vous les laver. Je peux attendre un peu.

Horowitz hésita.

– Je vous en prie, je suis quand même assez pressé, insista Homer Wesley.

– Bon, bon, j'en ai pour une minute, répondit Horowitz.

– Un peu plus longtemps, deux minutes pour chaque main, lui rappela Wesley. Et n'oubliez pas entre les doigts et les ongles, lança-t-il en direction d'Horowitz qui était déjà parti vers le vestiaire.

Au bout de cinq minutes, Horowitz, récuré et vêtu de la blouse rose qu'il détestait, se présenta à la nursery. Avec précaution, Homer Wesley lui mit l'enfant endormi dans les bras.

– Le biberon est dans le berceau, dit-il, puis il quitta la pièce.

Samuel Horowitz tint le petit être qu'on venait de lui confier comme un objet à la fois fragile et précieux. Quand celui-ci s'éveilla et se tordit à nouveau, le vieil homme s'avança vers le berceau, prit le biberon et le lui donna. Le bébé le repoussa. Il se contorsionna de plus belle et avec une force qui surprit Horowitz chez un enfant âgé de quelques jours. Il le maintint plus fermement en faisant bien attention de ne pas lui faire mal. Il se mit à pleurer. Mais ce n'était pas le cri d'un petit être de cet âge. Horowitz ne se souvenait absolument pas d'avoir entendu ses deux enfants ni ses petits-enfants crier ainsi. C'était un son suraigu, un hurlement déchirant plus qu'une plainte. Incapable de le nourrir ou de faire quoi que ce soit pour apaiser ses pleurs, Horowitz se sentit à la fois complexé et mal à l'aise. Il craignait d'avoir fait quelque chose de mal, de si mal que l'on pourrait l'*accuser* de l'avoir blessé.

« Ce Noir, où est-il passé ? Pourquoi lui faut-il tant de temps ? Il devrait être revenu. Il a dit qu'il en avait pour quelques minutes. Pendant ce temps-là, le petit ne va pas bien. Si seulement je pouvais faire quelque chose... Il n'y a rien de pire que d'entendre pleurer un enfant quand on ne sait pas comment lui venir en aide. Surtout quand il est aussi jeune et qu'il ne peut pas vous dire ce qui ne tourne pas rond. Il n'a sûrement pas faim, puisqu'il a repoussé le biberon. Est-ce qu'il a mal ? Où ? Je ferais peut-être mieux d'appeler une infirmière. Oh, comme j'aimerais que ce Noir soit déjà de retour ! »

Pendant que Samuel Horowitz se tourmentait, écrasé par le poids de sa faible charge, Homer Wesley était au téléphone, hors de portée des regards, et s'entretenait avec Mme Flaherty.

– Il est là. Avec l'un des bébés drogués au crack. Ce n'était peut-être pas idéal pour un début, mais je n'avais pas le choix.

– Laissez-le un peu, puis retournez-y et reprenez l'enfant.

– Je vais le faire, madame Flaherty, je vais le faire.

Samuel Horowitz gardait un œil anxieux rivé sur la vitre, l'autre sur l'enfant, déchiré entre le désir de guetter le retour du bénévole et celui d'apaiser son minuscule fardeau. Il essaya une nouvelle fois de lui donner le biberon. L'enfant se montrant récalcitrant, il introduisit la tétine en douceur mais avec fermeté entre ses lèvres pâles. Cette fois, elles la saisirent. Le bébé cessa de pleurer et se mit à téter.

« Enfin, se dit Samuel Horowitz, soulagé, il a cessé de crier et il mange. Dieu merci !

Rassuré, il se rappela la première fois qu'il avait vu une bénévole au travail, cette Mme Mandelbaum, non Mendelsohn. Elle s'était assise dans un rocking-chair pour donner le biberon. Peut-être devrait-il faire la même chose. Avec une extrême précaution, il se dirigea vers le fauteuil, s'y installa doucement afin de ne pas perturber le bébé. Lentement, tout doucement. L'enfant continua de téter.

Il observa le visage livide, pincé, fin, de ce nouveau-né qui connaissait déjà la souffrance. Il hocha tristement la tête. Il savait bien que tous les bébés qui se trouvaient dans ce service présentaient des troubles. Pour une raison ou pour une autre, ils étaient privés de la compagnie de leur mère naturelle. « Et ce petiot-là, quelle est son histoire ? » se demanda-t-il.

Il éprouva un grand soulagement quand le grand Noir entra dans la pièce. Sans prononcer un mot, Homer Wesley écarta la couverture blanche pour examiner le visage de l'enfant et vit qu'il mangeait avec appétit.

– Eh bien, vous avez du doigté, dit-il à Horowitz.

– Du doigté ? fit ce dernier. Quel doigté ?

– Vous ne vous êtes pas rendu compte que c'était un bébé camé au crack ?

– Oh, je vois, répondit Horowitz qui, en fait, n'avait pas compris toutes les implications de la remarque de Wesley.

– Ces enfants-là sont particulièrement difficiles à manier. Ils crient de manière bizarre, à des moments inattendus. Ils se tortillent, se retournent, se contorsionnent. Et ils ne mangent pas comme les autres. Or vous avez apaisé celui-là et vous l'avez nourri. Vous avez du doigté, ça, c'est sûr.

– Vous croyez vraiment ? demanda Horowitz, qui venait soudain de retrouver sa fierté.

– Absolument, lui assura Homer Wesley.

– Vous voulez que je vous le redonne ? fit Horowitz, qui s'apprêtait à lui remettre l'enfant.

– Mieux vaut ne pas le déranger, puisqu'il est si bien entre vos mains, déclara Homer Wesley, mais je veux bien le surveiller. D'accord ?

– Pourquoi pas ? dit Horowitz, fier d'exercer ces nouveaux talents qu'on venait de lui reconnaître.

Il se balança un moment, puis se sentit obligé de donner quelques explications.

– L'expérience, il n'y a que l'expérience qui vaille. J'en ai eu deux moi-même. Et vous ?

– Un seul. Une fille, répondit Wesley. Elle est directrice d'un lycée de Queens. Très capable.

– A ce propos, reprit Horowitz, si mon gendre n'était pas à l'aise financièrement, ma Mona serait présidente du Conseil de l'éducation. D'ailleurs je suis étonné qu'il ne lui ait pas acheté sa propre école. Ne vous méprenez pas, elle répand le bien autour d'elle. Si seulement elle pouvait le faire sans se montrer aussi autoritaire... Il faut qu'elle régente la vie de tout le monde.

– Ma fille aussi. Heureusement qu'elle a tout un lycée pour l'occuper. Comme ça, elle ne me pompe pas l'air.

– Je vois ce que vous voulez dire, compatit Horowitz. A propos, nous voilà en train de bavarder et nous ne nous connaissons même pas. Nous ne nous sommes pas présentés. Horowitz, Samuel Horowitz.

– Wesley, Homer Wesley, annonça le grand Noir.

Horowitz se sentit un peu mal à l'aise.

– Je suppose que nous devrions nous serrer la main, mais la mienne est occupée pour le moment.

– Il n'y a pas de plus noble occupation, déclara Wesley.

– Dites-moi, monsieur Wesley, demanda Horowitz, combien de fois par semaine venez-vous ici ?

– Deux fois. Le mardi et le jeudi.

– Moi aussi. C'est-à-dire que je *venais* le mardi et le jeudi.

– Vous *veniez* ? s'étonna Wesley.

– Monsieur Wesley, je suis un homme qui croit à la vérité. Je dis bien la vérité. Et je m'attends à ce qu'en retour on ait la même honnêteté à mon égard. Ce n'est quand même pas demander la lune.

– Vous voulez dire que quelqu'un, dans cet hôpital, vous a menti ? Je ne peux pas le croire !

– Monsieur Wesley, si je vous racontais le tour que l'on m'a joué, vous n'en reviendriez pas non plus, je vous assure.

Le grand Noir appuya un index sur ses lèvres, l'air songeur, avant de poursuivre :

– Horowitz, vous ne trouvez pas cette conversation étrange ?

– Étrange ? Qu'y a-t-il d'étrange ? Deux hommes se croisent dans un hôpital. Ils font la conversation. Et comme nous sommes tous deux âgés, de quoi parlons-nous ? De nos enfants, naturellement. Qu'y a-t-il d'étrange là-dedans, monsieur Wesley ?

– Je veux dire que je vous ai appelé Horowitz.

– Et alors ? C'est mon nom.

– Et moi, je m'appelle Wesley. Mais vous m'appelez *monsieur* Wesley. Pourquoi ? Avez-vous peur de me blesser, parce que je suis noir ? N'êtes-vous pas un peu paternaliste ? Ça ne se fait pas. Si vous voulez que nous soyons vraiment égaux, je vous appelle Horowitz et vous m'appelez simplement Wesley. D'accord ?

– D'accord ! Wesley et Horowitz. Hé ! Comme dans les vaudevilles d'autrefois. Dites-moi, Wesley, êtes-vous assez vieux pour vous souvenir des vrais vaudevilles ?

– Si je me rappelle ces duos ? On n'a pas fait mieux depuis lors, répondit le grand Noir qui fit un large sourire à l'évocation du bon vieux temps.

– Vous vous souvenez de ces duos ? De Block et Sully ? de Lewis et Doty ? De leur drôlerie ?

– Non. Mais je n'oublierai jamais Buck et Bubbles. Ce n'étaient pas seulement de grands comiques noirs, mais de remarquables danseurs, se souvint Wesley. Il y a une chose étrange, vous savez, ajouta-t-il. Prenez deux gosses qui grandissent dans la même ville. L'un n'aura que des souvenirs de Blanc, l'autre que des souvenirs de Noir.

– C'est triste que les hommes doivent atteindre notre âge pour se parler comme ça. Pour les enfants d'aujourd'hui, ce sera différent, j'espère.

Il prit soudain conscience que le bébé dormait dans ses bras.

– J'ai l'impression que nous l'avons tellement ennuyé qu'il s'est endormi. Vous voulez le remettre au lit ?

– Il s'est habitué à votre contact. Pourquoi ne pas le faire vous-même ?

– Bon, d'accord.

Avec le plus grand soin, Samuel Horowitz se leva du rocking-chair en berçant l'enfant. Il s'avança vers le berceau, dans lequel on avait posé une chemise propre. Il retira celle qui était mouillée en prenant garde de ne pas éveiller le nourrisson. Puis il glissa ses bras grêles dans les manches et tira l'étoffe sur son corps frêle. Il ouvrit la couverture et la replia sur l'enfant qui fut soudain pris d'un tremblement. Horowitz s'arrêta net, jeta un regard à Wesley, qui lui fit signe que cela n'avait rien d'inhabituel ni de grave. Alors il la serra fermement, comme il l'avait vu faire à Mme Mendelsohn le premier jour.

– Vous voyez, Wesley, observa-t-il, cela leur donne un sentiment de sécurité de les envelopper ainsi.

– Tout à fait, acquiesça Wesley.

Horowitz recouvrit l'enfant de la couverture légère posée dans le berceau. Il recula et baissa les yeux vers son petit protégé.

– Voilà, dit-il, satisfait, quand il eut constaté que celui-ci dormait paisiblement.

– Voilà, répéta Homer Wesley. Je ne vous remercierai jamais assez de m'avoir dépanné. Vous savez ce que sont les vieilles prostates. Quand il faut y aller, il faut y aller.

– J'ai été ravi de vous rendre service, Wesley, répondit Horowitz avant de s'en aller.

– J'espère vous revoir, hasarda Wesley.

– Je... Je vais y réfléchir.

– Ce serait dommage que vous ne reconsidériez pas tout ça, parce que, Horowitz, je vous assure que vous savez vous y prendre.

– Nous verrons... nous verrons.

Ce fut tout ce qu'Horowitz voulut bien lui concéder avant de lui tendre la main.

– De toute façon, je suis enchanté d'avoir fait votre connaissance, Wesley.

– Moi de même, répliqua ce dernier en lui serrant la main.

Sous la ferme poigne de Wesley, Horowitz remarqua l'anneau de champion qu'il portait au doigt. Il prit la main de Wesley.

– C'est un anneau d'athlète, fit-il alors. Vous avez remporté un championnat ?

– Avec l'équipe du lycée, reconnut Wesley.

– Au basket, n'est-ce pas ? s'enquit Horowitz. Du moins je l'imagine en voyant votre taille.

– Au football, rectifia Wesley. De mon temps, les joueurs de basket étaient tous juifs ou irlandais.

– C'est vrai, reconnut Horowitz. Vous vous souvenez des Celtics ? Quel nom pour une équipe presque entièrement composée de juifs ! Et de petite taille. Mon Dieu, comme les choses ont changé !

– C'est sûr, approuva Wesley. Quand j'étais enfant, on me disait grand. Aujourd'hui, avec des joueurs qui font plus de deux mètres, j'aurais l'air d'un nain. Alors on se reverra ? ajouta-t-il.

– Nous... Nous verrons, répondit Horowitz.

Samuel Horowitz prit place dans un bus à moitié vide qui roulait lentement en direction de Central Park West.

« Horowitz, c'est sûr que tu sais t'y prendre », se répétait-il sans cesse.

Ce soir-là, il retrouva Mme Washington pour dîner de bonne heure avant d'aller voir une pièce dans un théâtre situé à l'ouest de la 42e Rue, près de Broadway.

– Vous savez, à l'hôpital, il n'y a pas que des femmes bénévoles. Il y a aussi des hommes, dit-il.

– C'est ce que l'on m'a dit, fit Mme Washington.

– Un homme peut parfaitement y travailler sans être obligé d'adresser la parole à une veuve, ajouta Horowitz. Madame Washington, comprenez-moi bien, quand je m'en prends aux veuves, vous n'êtes pas visée. *Vous* êtes une veuve tout à fait à part. Mais les autres... Hou, là, là !

Mme Washington opina du chef, faisant mine de l'approuver.

– J'ai donc réfléchi. Ce ne serait pas si mal si j'y allais, disons une heure ou deux le mardi et le jeudi. Demain, j'appellerai sans doute cette Mme Flaherty pour lui dire que je passe l'éponge sur le petit tour qu'elle m'a joué et que je veux bien m'occuper des bébés à partir de mardi.

– C'est très généreux de votre part, déclara Mme Washington d'un ton catégorique.

« Le moment est venu de mettre en route la deuxième phase de mon plan », résolut-elle, rassurée par une telle bonne volonté.

11

Pendant deux semaines, Samuel Horowitz s'était rendu le mardi et le jeudi matin à l'hôpital de Harlem. Il avait passé des heures dans les nurseries, là où ses services étaient nécessaires.

Il s'était occupé de bébés noirs, de bébés blancs, de bébés d'origine hispanique. Tous étaient, pour une raison ou une autre, séparés de leur mère. Certaines d'entre elles étaient incapables de leur apporter les soins que nécessite tout nouveau-né pour partir du bon pied dans la vie. D'autres étaient des prostituées, des droguées, parfois assez âgées pour porter physiquement un enfant, mais pas assez mûres pour s'en occuper.

Il avait découvert que, quelles que soient leur couleur de peau ou leur origine, tous les petits avaient les mêmes besoins. Ils avaient tous besoin d'être nourris, de rester bien au chaud, d'être changés. Ils avaient tous besoin de la chaleur humaine et de la sécurité que seul un être attentionné pouvait leur apporter.

Horowitz se découvrit une certaine impatience non à l'égard des petits mais plutôt envers les adultes responsables de leur état.

– Des enfants qui ont des enfants, marmonnait-il dans sa barbe ou disait-il à Homer Wesley. Dans quel monde vivons-nous ?

Chaque fois qu'il venait, non seulement il se pliait consciencieusement aux consignes sanitaires, mais il en rajoutait.

Ce fut le mardi de la deuxième semaine qu'on lui accorda ce qu'il considéra comme un honneur insigne, mais néanmoins amplement mérité. Mme Flaherty en personne l'attendait.

– Monsieur Horowitz, puis-je vous imposer un service ?

Sa première réaction fut de penser : « Vous m'en avez déjà imposé bien assez, ma petite dame. »

– Chère madame Flaherty, répondit-il cependant avec ce qu'il tenait pour une extrême civilité, je suis ici en tant que bénévole et je suis prêt à faire tout ce qui peut être utile à cet hôpital.

– Merci, monsieur Horowitz.

– A présent, que puis-je pour vous, ma chère ?

– Cela vous ennuierait-il de former un nouveau bénévole ?

– Former un nouveau bénévole ? répéta Horowitz, que cette requête flatteuse laissait pensif. Oui, je crois que je saurai me débrouiller.

– Votre réponse me soulage grandement, répliqua Mme Flaherty.

– J'ai juste... juste deux questions à vous poser.

– Si je peux vous répondre.

– Ce nouveau bénévole, s'agit-il d'une veuve ?

– C'est un homme.

– Parfait ! s'écria Horowitz. Je ne suis pas sexiste, vous savez, mais je me sentirai, comment dire, plus à l'aise si l'on ne me confie pas de veuves.

– Je comprends. Et votre seconde question ? s'enquit Catherine Flaherty.

– Si c'est une information confidentielle, vous n'êtes pas obligée de me répondre, mais avez-vous déjà demandé à un bénévole qui n'est là que depuis deux semaines de former une nouvelle recrue ?

– Non, monsieur Horowitz.

– Eh bien, cela prouve que vous savez déceler le talent, chère madame. Envoyez-moi votre petit nouveau.

Benjamin Pringle était un homme d'une soixantaine d'années. On lui avait proposé de prendre sa retraite, ce qu'il avait accepté. Il se retrouvait donc en préretraite après des années passées dans une grosse entreprise d'informatique, qui faisait des coupes claires dans ses effectifs, par érosion naturelle plutôt qu'à coups de licenciement.

Veuf, habitant le quartier est de Manhattan et peu préparé à une existence qu'il n'avait pas prévue, il avait beaucoup plus de loisirs qu'il ne l'aurait souhaité. Comme beaucoup de retraités, il se consacrait à toutes les activités auxquelles il aspirait quand il était absorbé par sa vie professionnelle. Mais il s'aperçut vite que les balades, à l'aube, en bateau de pêche, dans le brouillard au large de Long Island, n'avaient pas le charme qu'on leur accordait volontiers quand on travaillait tous les jours. Le golf, qu'il aimait pratiquer le dimanche matin, était devenu une corvée, depuis qu'il pouvait jouer quatre ou cinq fois par semaine.

Surtout, il devait reconnaître qu'il lui manquait un endroit où l'utilité de sa présence et des services rendus serait reconnue, comme elle l'était du temps où il travaillait. Le prêtre de sa paroisse lui avait suggéré de chercher un emploi bénévole dans un hôpital. Il postula donc et, après enquête, sa candidature fut acceptée. Il s'apprêtait à suivre sa première séance de formation sous la houlette de Samuel Horowitz.

– Pringle, enchanté de faire votre connaissance, déclara Horowitz en lui tendant la main. En fait, comme on dit dans la marine, bienvenue à bord ! Wesley n'est pas là aujourd'hui. Obligations personnelles. Mais il vous plaira. Ici, on ne s'appelle pas monsieur. On dit Horowitz, Wesley et maintenant Pringle. Et on ne s'occupe pas non plus des différences de couleur, de religion ou de statut. Ici, nous sommes tous égaux.

Pringle hocha la tête, bien qu'un peu décontenancé par une telle entrée en matière.

– A présent, comme on dit, passons aux choses sérieuses. Tout d'abord, j'imagine que vous avez déjà pris connaissance des règles élémentaires auxquelles sont soumis les bénévoles.

– Oui, oui, répondit Pringle.

– Très important, poursuivit Horowitz. Comment se laver les mains à fond, comment tenir un enfant, comment le nourrir, comment le changer, comment établir un contact oculaire, tout cela est d'une importance capitale. Et vous allez l'apprendre si vous me regardez bien. Première étape, le nettoyage des mains.

D'un geste sûr et décidé, Horowitz dirigea la nouvelle recrue vers le vestiaire. Là il retira sa veste avec cérémonie et la pendit à la patère. Il tendit les mains, tourna les paumes vers le plafond, puis vers le sol.

– Allons-y !

Il mit un point d'honneur à lui montrer le fonctionnement des pédales et fit couler l'eau du robinet, les mains bien en l'air.

– Le savon antiseptique, dit-il en lui désignant le flacon. Vous ne le savez peut-être pas, Pringle, mais le savon ordinaire n'est pas assez antiseptique pour protéger les petits. Maintenant, regardez bien comme je frotte mes mains. Vous voyez ? Prenez la brosse et allez-y carrément ! Entre les doigts, comme ça. Ensuite, autour des ongles et au-dessus des poignets. Très important ! Selon moi, nous devons être aussi méticuleux qu'un chirurgien avant une opération.

« Dites-moi, Pringle, lui demanda-t-il tout en continuant de se récurer les mains, vous souvenez-vous des films du docteur Kildare ?

– Bien sûr, répondit Pringle.

– Je ne parle pas de la série télévisée. C'était pour les enfants. Ces jeunes freluquets prennent Richard Chamberlain pour le docteur Kildare.

Ridicule ! Chamberlain était un imposteur. Le vrai, je veux dire le vrai docteur Kildare, c'était Lew Ayres. Le seul authentique. Quant à Gillespie, il n'y en avait qu'un. Barrymore. Lionel Barrymore.

« Et maintenant, je me dis volontiers qu'il y a aussi Horowitz. Après tout, Barrymore n'a-t-il pas joué le rôle de Gillespie en fauteuil roulant ? Et moi, n'étais-je pas dans un fauteuil roulant jusqu'à ce Mme Washington, l'ange de mes tourments, m'ait montré la voie du rétablissement. Voyez comme je marche à présent !

Horowitz s'était maintenant parfaitement lavé les mains. Il se tourna vers le mur, décrocha une blouse de la patère et glissa les mains dans les manches.

– Vous voyez ? fit-il en les enfonçant bien dans les poignets. Ces manches sont conçues pour que vos vêtements n'entrent pas en contact avec les enfants.

Ayant revêtu sa blouse et l'ayant nouée dans le dos, il dit :

– Suivez-moi !

Puis il le conduisit à la nursery à laquelle il avait été affecté ce matin-là.

Quand il fut devant le berceau le plus proche de la fenêtre, il jeta un coup d'œil rapide à la feuille de soins.

– Je le connais celui-là, dit-il. Oui, Pringle, je m'en suis déjà occupé. Il est très mignon. Pas un gros appétit. Et il remue beaucoup. Il se tortille. Vous voyez ce que je veux dire ?

– Franchement, monsieur Horowitz...

Devant le regard réprobateur de ce dernier, Pringle se corrigea.

– Franchement, Horowitz, je ne sais pas ce que vous entendez par là.

– Le crack, répondit tristement Horowitz en hochant la tête. Ce pauvre petit a été contaminé, drogué, avant même d'être né. C'est pour cela qu'il est resté ici plus longtemps que la plupart des autres. Pauvre petiot ! Enfin, c'est aussi pour cela que nous sommes ici, Pringle. Mettons-nous au travail.

Horowitz sortit l'enfant de son berceau avec la plus grande douceur et, conformément aux instructions qu'il avait lui-même reçues, il attira l'attention de son élève sur l'opération suivante.

– Il faut bien le tenir. Le dos. La nuque aussi. Et qu'il reste bien enveloppé dans sa couverture. De la chaleur ! Ils ont besoin de chaleur.

Tout en tenant l'enfant dans son bras droit, il prit le biberon de la main gauche et se dirigea vers le rocking-chair. Il s'y glissa doucement pour ne pas déranger l'enfant. Mais ce simple mouvement le réveilla et celui-ci commença à se tordre.

– Observez, Pringle, voilà ce à quoi je faisais allusion.

Penché sur le fauteuil, Pringle examina le malheureux bébé et hocha la tête, une immense compassion peinte sur le visage.

Horowitz glissa doucement la tétine dans la bouche du nourrisson, qui se mit aussitôt à téter, et le berça lentement d'avant en arrière. L'enfant cessa alors de se tordre et avala le contenu du biberon avec une apparente satisfaction.

– Vous avez remarqué, Pringle, comme il me fait confiance ? Je crois qu'il me connaît. C'est un sentiment gratifiant, Pringle, très gratifiant, que vous allez bientôt éprouver vous-même. Et maintenant passons à ce que nous appelons la stimulation, déclara Horowitz quand l'enfant eut terminé son lait maternisé. Capital ! Établir le contact oculaire, le regarder droit dans les yeux, lui montrer que vous êtes là et que vous lui attachez de l'importance. Même si vous pensez qu'il ne vous connaît pas, regardez-le. Observez-le bien, Pringle, touchez-le. Prenez sa petite main. Laissez-le enrouler ses doigts autour de votre index. Caressez-lui les pieds. Jouez avec ses orteils. Le contact humain, Pringle, le contact humain ! Essayez de lui faire suivre votre main des yeux. Ou bien captez son regard avec un objet. Voyons, est-ce que ça va marcher, cette fois ?

Horowitz tenta d'attirer l'attention du petit Noir. Les paupières bien closes s'entrouvrirent et se fermèrent, s'ouvrirent à nouveau et se refermèrent, puis s'ouvrirent une nouvelle fois et restèrent ouvertes un bref instant, mais le regard ne suivit pas le lent mouvement de la main d'Horowitz.

– Non, ça ne marche pas, reconnut-il tristement. C'est l'un des problèmes que nous rencontrons avec les bébés drogués. Ils ne réagissent pas comme les autres. Peut-être la prochaine fois.

Mais Pringle sentit que son instructeur avait peu d'espoir d'obtenir une véritable réaction de ce petit-là.

Après qu'Horowitz eut accompli tous les gestes habituels, après qu'il eut parlé à l'enfant et chanté une berceuse d'une voix douce, il le remit dans son berceau en insistant sur la nécessité de bien l'envelopper pour lui donner un sentiment de sécurité.

– Voilà, Pringle. Tout le *bataclan.* Je veux dire tout le processus. Cela vous paraît peut-être peu, mais croyez-moi, cela leur fait le plus grand bien. Vous aimerez ce travail, tout comme moi.

– Merci à vous, Horowitz, de m'avoir consacré tout ce temps, dit Benjamin Pringle.

Ils se serrèrent la main.

– Oh, encore une chose que j'ai oublié de mentionner parce que cela ne s'est pas produit aujourd'hui. Quand vous changez les couches, vous devez toujours mettre des gants en plastique. Cela vous protégera, vous et le bébé. A cause du sida, je pense.

Quand Pringle alla faire son rapport à Mme Flaherty, Horowitz retourna au bureau des infirmières pour y prendre la feuille lui indiquant sa prochaine affectation. Il se rendit dans une autre nursery, y prit un autre enfant et s'en occupa avec tout le soin requis. Quand il eut terminé, il revint dans la première salle, s'approcha du berceau le plus proche de la fenêtre et baissa les yeux vers le bébé qui, âgé de quelques semaines, se tordait, se contractait, comme s'il se rebellait contre le destin qu'on lui avait assigné avant sa naissance.

« Pauvre petit enfant triste – Quel est le nom inscrit sur ta feuille ? –, pauvre Cletus Simon. Que vas-tu devenir ? » se demanda Horowitz.

Avant de se décider à partir, Sam Horowitz passa au bureau du service des bénévoles pour s'entretenir avec Catherine Flaherty. Elle interrompit son travail pour l'accueillir.

– Je dois vous dire que vous avez fait une excellente impression sur M. Pringle. Je crois que vous en avez fait un bénévole plein d'enthousiasme.

– Merci, chère madame, mais je ne suis pas venu ici pour recevoir des fleurs, comme on dit. La flatterie est une très bonne chose, cela fait toujours plaisir, mais aujourd'hui j'ai un problème.

« Quand n'avez-vous pas de problème ? » aurait répondu Catherine Flaherty si elle avait obéi à sa première impulsion.

– Si je peux vous aider, parlez-m'en, dit-elle pourtant.

– Madame Flaherty, que se passe-t-il ?

– Que se passe-t-il ? Où ? Dans quel domaine ?

– Il y a un petit dans la nursery dont la mère est, disons, droguée et il souffre du même mal. Cet enfant fait des progrès. J'ai remarqué que certains ne restent ici que quelques jours avant de s'en aller. Où vont-ils ? Que leur arrive-t-il ? Qu'adviendra-t-il du petit dont je vous ai parlé ?

Mme Flaherty fit signe à Horowitz de s'asseoir en face d'elle.

– Nous n'offrons, bien entendu, qu'une solution provisoire. Nous prenons ces enfants en charge le temps qu'on leur trouve une destination.

– Une destination ? demanda Horowitz, tout prêt à s'indigner.

– Ce mot signifie qu'ils finiront soit par être remis à leur famille, soit par être placés en nourrice jusqu'à ce qu'on puisse les renvoyer chez eux ou les présenter à l'adoption.

– Vous voulez dire qu'on les donne comme ça à une famille nourricière ?

– Monsieur Horowitz, on ne fait rien « comme ça » avec ces petits-là. On examine la situation sous tous les angles. Ensuite l'Agence des ressources humaines adopte ce qu'elle considère comme la meilleure solution pour l'enfant. Pourquoi me posez-vous cette question ?

– Eh bien, répondit Horowitz, il y a là un petiot qui me cause du souci. Je m'en suis déjà occupé plusieurs fois. Je l'ai vu se débattre quand il est en manque. Il semble aller mieux. Pas beaucoup, juste un peu. Mais son état s'améliore. Je crois qu'il me reconnaît. Entendons-nous, je sens une différence dans son comportement à mon égard par rapport à la semaine dernière. Il connaît mes caresses, ma voix. Il semble... Je sais, vous allez me dire qu'il est stupide de penser une chose pareille, mais j'ai l'impression qu'il aime bien quand je viens. Et je m'inquiète de ce qu'il adviendra de lui, si on le met brutalement entre les mains d'étrangers. Vous comprenez ce que je veux dire ?

Catherine Flaherty avait déjà constaté ce genre de phénomène, quand le bénévole s'attache à un enfant particulier et répugne à le laisser partir selon la procédure normale.

– Monsieur Horowitz, n'oubliez jamais que nous ne sommes qu'une phase intermédiaire dans un processus que nous ne contrôlons pas. Nous les bénévoles, nous les aidons, dans la mesure du possible, à un moment où il n'y a personne d'autre pour le faire. Nous tirons notre satisfaction du fait que nous étions présents quand on a eu besoin de nous.

– Bien sûr, dit Horowitz. Je voulais juste me renseigner.

– Et j'apprécie votre sollicitude, répondit Catherine Flaherty.

Il se dirigea vers la porte, puis fit volte-face.
– Alors Pringle trouve que je suis un bon professeur ?
– Tout à fait.
– J'en suis ravi, absolument ravi, dit Samuel Horowitz, puis il s'en alla.

Le mardi suivant, au beau milieu de la matinée, Samuel Horowitz arriva à la nursery avec un paquet long et mince, enveloppé d'un papier brillant et coloré sur lequel étaient imprimés des myriades de ballons de différentes tailles. Ce paquet provenait manifestement d'un magasin de jouets. Sally Haworth, l'infirmière qui dirigeait l'équipe de jour, faisait régner une discipline de fer dans le service. Elle se figurait que le destin de chaque enfant reposait sur ses seules épaules et attaqua donc Horowitz bille en tête.
– Qu'avez-vous l'intention de faire de ceci, si je puis me permettre ?
– C'est un petit jouet. En fait, pas exactement. Disons, une forme de thérapie ?
– De thérapie ? fit-elle d'un ton agressif. De quel genre de thérapie, s'il vous plaît ?
– Eh bien, il y a une librairie au coin de la Cinquième Avenue et de la 56e Rue et, hier, j'y suis entré par hasard. J'étais en train de parcourir des livres sur la manière de s'occuper des bébés quand l'un d'entre eux a attiré mon attention : *Les Six Premières Années*. Pour prolonger le travail que nous faisons ici, je me suis plus particulièrement intéressé à la partie consacrée à la période allant du premier jour au troisième mois. J'y ai trouvé des conseils pour stimuler les tout-petits. On y parle notamment de ce que l'on appelle les mobiles. On y dit aussi que le noir et le blanc sont les deux couleurs qui attirent le plus les enfants dans les premières semaines de leur vie. Or, par le plus grand des hasards, il se trouve que j'ai dû me rendre, un

peu plus tard, dans un magasin de jouets en haut de Broadway. Et croyez-moi, il n'est pas facile de nos jours de trouver un magasin de jouets digne de ce nom. Enfin il y a celui-là. J'y suis donc entré. Et par chance, il y avait là un de ces mobiles. Autre coup de chance, un noir et blanc. Je me suis dit : quel mal peut-il y avoir à apporter un tel jouet ? Surtout au petit Cletus Simon, par exemple. Alors pourquoi pas ? Si on tentait le coup, comme on dit.

Sally Harworth le fixa de ses yeux durs et réprobateurs.

– On ne tente pas le coup ? demanda-t-il, tout penaud, après une longue hésitation.

– Nous ne nous donnons pas la peine de nous frotter les mains, de porter des blouses protectrices, de nous assurer que nos bénévoles ne sont pas atteints de maladies contagieuses pour introduire dans la nursery un jouet susceptible d'être porteur de toutes sortes de virus et de bactéries.

– Est-ce que cela signifie... ?

– Je le crains, monsieur Horowitz, fit Sally Haworth.

– Mais la feuille d'instructions que m'a remise Mme Flaherty le premier jour dit très clairement que l'on doit leur faire suivre des objets du regard, de préférence noir et blanc. Et ce mobile est noir et blanc, argumenta Horowitz, doucement cette fois.

– Je suis désolée, monsieur Horowitz, mais je dois vous dire non.

– Je peux quand même m'occuper de lui ?

– Bien entendu.

Horowitz remit donc le paquet entre les mains tendues de Mme Haworth et prit le chemin du vestiaire. Après avoir consciencieusement suivi le rituel habituel, il enfila sa blouse rose, pénétra dans la nursery, s'approcha du berceau qui se trouvait près de la fenêtre et se pencha.

– Hé, Cletus Simon ! Regarde qui est là, murmura-t-il. L'oncle Sam.

Il prit l'enfant dans ses bras, saisit le biberon et commença à le nourrir.

– Gentil garçon, poursuivit-il à voix basse. Aujourd'hui, nous allons terminer notre biberon, n'est-ce pas ? Et comment !

Peu de temps après apparut Homer Wesley. Horowitz leva les yeux et le salua.

– Où étiez-vous passé depuis dix jours, Wesley ?

– J'ai rempli mon devoir de juré, répondit ce dernier avec un manque d'enthousiasme évident.

– Je vois ce que vous voulez dire, fit Horowitz, compatissant. Quand j'étais chef d'entreprise, je parvenais à y couper, la plupart du temps. Mais depuis que j'ai pris ma retraite, je suis bon à tous les coups. Où avez-vous siégé ? Aux assises ou en correctionnelle ?

– Aux assises, fit Wesley d'un ton morose. Pas marrant, pas marrant du tout. On perd foi en l'avenir.

– C'est pas comme quand on était jeune, hein ? rétorqua Horowitz.

– Oh, oui ! approuva Wesley, qui baissa les yeux vers le petit paquet que tenait Horowitz, écarta la couverture blanche et observa le visage noir et pincé.

– Il a l'air un peu mieux, n'est-ce pas ? demanda Horowitz, avec une nuance d'espoir dans la voix.

– Oui, oui, il est mieux, affirma Wesley pour ne pas le décevoir.

– Il faut que je le gave, que je fasse disparaître tout le malheur de ce petit visage pour qu'il soit prêt quand le jour viendra..., déclara Horowitz tout en introduisant doucement la tétine dans la bouche de l'enfant.

Paupières closes, celui-ci se mit à téter.

– En attendant, voilà ! l'exhorta-t-il. C'est bien, Cletus, mon garçon ! Mange bien et ça ira mieux.

« Peut-être que si je le dis comme si j'y croyais, pensa-t-il, il y croira lui aussi. Après tout, les petits sentent ces choses-là, même ceux qui n'ont que quelques jours. »

Dès qu'il avait remis Cletus Simon dans son berceau, Horowitz se rendait au bureau et demandait à Mme Haworth quel était le bénévole qui devait prendre la relève. S'il ne le connaissait pas, il attendait que la personne, en général une femme, arrive pour lui expliquer comment il fallait s'y prendre avec son protégé.

Certaines se sentaient d'autant plus vexées qu'elles avaient plus d'expérience que lui dans ce domaine. Mais il insistait bien sur le fait que c'était un enfant tout à fait particulier, qui avait besoin de soins tout aussi particuliers, dont Samuel Horowitz était spécialiste, sinon le grand spécialiste.

Une fois qu'il s'était assuré que l'on suivrait bien ses conseils, il quittait l'hôpital, puisqu'il s'était fait une règle de ne jamais participer au « coin-café ». Il ne partageait ni le café ni les gâteaux, ce que les autres bénévoles considéraient comme l'aspect social de leur activité. Certains apportaient des tonnes de café pour que le pot ne soit jamais vide. Les femmes avaient pris l'habitude de fournir des gâteaux ou des biscuits qu'elles avaient confectionnés elles-mêmes. Même si parfois, avec un peu de sens de l'observation, on s'apercevait que le fameux gâteau venait tout droit de la boulangerie du coin et que l'on avait retiré le carton d'origine, pour lui donner un petit air de pâtisserie maison.

Bien que Samuel Horowitz ne participât pas à ces réjouissances, il mettait un point d'honneur à fournir un nouveau paquet de café, quand il s'apercevait que les réserves s'épuisaient. De temps à autre, il apportait aussi des gâteaux dans le carton de leur pâtisserie d'origine, pour se moquer du subterfuge de ces femmes qui tentaient de les faire passer pour des produits de leur fabrication.

Mais, jamais il n'engageait la conversation avec les bénévoles qui se réunissaient autour de leur traditionnel café.

C'était du temps perdu, des potins de veuves, se plaisait-il à dire, pas à voix haute bien entendu. De toute façon, ce n'était pas du tout du goût d'un homme comme Samuel Horowitz.

12

Si Samuel Horowitz boudait la pause-café, Mme Washington, quant à elle, ne manquait pas une occasion d'assister à ces réunions de fin d'après-midi.

Quiconque l'eût bien observée au milieu de ce petit comité eût remarqué qu'elle ne prenait jamais plus d'une tasse et ne terminait jamais un morceau de gâteau, bien qu'elle en goûtât plusieurs. Même si ses collègues s'en étaient aperçues, jamais elles ne se seraient doutées qu'elle passait également les bénévoles en revue.

La pause-café présentait un intérêt particulier. Les nurseries étant de petites salles ne contenant au plus que quatre lits, l'occasion de faire connaissance avec d'autres bénévoles était limitée. En revanche, autour de la cafetière et du plateau de gâteaux, elle rencontrait des groupes de femmes, et dans des circonstances qui lui permettaient de mener à bien son projet.

Car, ces dernières semaines, en dépit de la satisfaction que tirait Samuel Horowitz du bénévolat, elle avait remarqué qu'en dehors de l'hôpital, il présentait toujours les mêmes symptômes dépressifs. Elle le décelait à son regard, quand il était à table en face d'elle. Elle le sentait à sa posture quand il était assis près d'elle au théâtre ou dans une quelconque salle de conférences. Dans la conversation, il ne faisait plus preuve de la même combativité quand on débattait de la marche du monde ou de la nation.

« On parle des “ problèmes de développement ” des enfants, mais je crois que cela vaut aussi bien pour les adultes. J'en ai vu qui dépérissent et, comme les enfants, finissent par mourir. Je ne veux pas que cela lui arrive », se dit-elle avec détermination.

En fin d'après-midi, Mme Washington s'était donc mise en quatre pour lier des relations amicales avec le plus de femmes possible. Tout en donnant le biberon ou en promenant les bébés, elle engageait la conversation avec celle qui se trouvait à ses côtés.

– Mon Dieu qu'il est mignon ! N'est-ce pas ? demandait-elle en montrant l'enfant qu'elle tenait dans ses bras. Il n'a qu'une semaine et son caractère est déjà bien dessiné. Il dévore comme un ogre. S'il dort ? Comme une souche, mais il ne ronfle pas. Tout va bien se passer.

Puis elle incitait les autres à se vanter de leurs succès. Elle les faisait parler avec une facilité déconcertante et, sans qu'elles s'en aperçoivent, Mme Washington se renseignait. Ainsi connaissait-elle leur nom, leur religion, leur situation familiale en général et leur vie conjugale en particulier.

Cependant le plus fructueux et le plus révélateur en la matière, c'était la pause-café. Non seulement les femmes étaient plus nombreuses autour de la cafetière, mais, veuves ou célibataires sans obligations pour la plupart, elles avaient aussi le temps et le goût de profiter de cette chaude ambiance de camaraderie.

Tandis que Samuel Horowitz continuait de bouder gâteaux et pâtisseries divers, Mme Washington, elle, goûtait à tout. Et ce n'était pas rien. La pause-café, qui n'était au début qu'une coupure permettant simplement de se rafraîchir, était devenue une sorte de compétition. Chacune s'efforçait de surpasser les autres dans l'art de la pâtisserie. Ce qui servait à merveille les desseins de Mme Washington, puisque cette rivalité culinaire lui révélait les racines et l'héritage culturel de chacune.

Ainsi découvrit-elle que Mme Veronica Brady, dont le mari avait été tué, il y avait des années de cela, dans l'exercice de ses fonctions d'agent de police new-yorkais, apportait invariablement ses *scones* irlandais. De temps à autre, elle les régalait aussi d'un pain de pommes de terre à sa façon, qu'elle accompagnait de confiture.

Mme Holochek, dont la famille avait émigré aux États-Unis dans les années cinquante, à la suite de la révolte hongroise contre la tyrannie soviétique, ne venait jamais sans ses *polichenken*, friandises fines, goûteuses et très sucrées.

Mme Washington la soupçonnait fort de tricher et de mettre beaucoup trop de beurre. Ce qui dans ce groupe de femmes plus ou moins âgées était considéré comme la violation d'une loi non écrite. On ne mettait pas en danger la santé de ses collègues en les incitant à grignoter des pâtisseries bourrées de cholestérol !

Il y avait aussi Mme Celia Klein, dont la fierté était un gâteau au café, fourré à la cannelle, aux raisins secs et aux noix pilées. Elle rivalisait avec Ida Steinman qui préparait également une succulente charlotte au café.

Il ne s'agissait pas non plus de sous-estimer les talents de Mme Braun, viennoise d'origine, qui apportait de temps en temps une *Sacher torte* glacée au chocolat noir. Elle ne manquait jamais de leur rappeler que la sienne était faite d'après la recette originale, que sa mère s'était procurée auprès du chef pâtissier de l'hôtel Sacher, établissement de renommée internationale. Elle épiçait quelque peu la légende en sous-entendant que sa mère lui avait extorqué sa recette pendant la brève liaison qu'elle avait eue avec ce lointain maître-queux.

– Ah ! Vienne à cette époque ! s'extasiait périodiquement Mme Braun.

On confondait souvent son nom avec celui de Mme Edna Brown. Mme Brown était veuve d'un homme qui avait travaillé dans la fourrure. Il était mort d'une crise cardiaque pour avoir acheté des visons à une vente aux enchères, une année où le prix de cet animal avait dramatiquement chuté, ce qui avait provoqué sa ruine.

Mme Washington découvrit que Mme Brown n'avait jamais été capable de s'adapter à la rigueur de sa situation actuelle. Elle évoquait à tout propos sa richesse d'antan avec une nostalgie qui ne manquait pas de lasser l'auditoire contraint de l'écouter. Il n'y avait que quand elle berçait des tout-petits dans ses bras, qu'elle leur donnait le biberon en chantant de sa voix grave, qu'elle paraissait oublier le passé pour s'intéresser au présent et à l'avenir.

« Voilà une femme qui profite plus du bénévolat qu'elle ne lui apporte », pensait Mme Washington. Elle ne faisait pas partie de celles qui satisfaisaient à ses impitoyables exigences. Harriet Washington avait en effet établi certains critères de sélection. La candidate devait être juive et non mariée. Et, ce qui était tout aussi important, elle devait être très humaine, bonne et généreuse, se donner pleinement et de manière totalement désintéressée aux enfants. Quand par un malencontreux hasard un bénévole manquait à l'appel, elle devait se précipiter à la nursery, répondant sur-le-champ à l'appel urgent de Mme Flaherty. Ainsi donnait-elle la mesure de sa patience, de sa bonne volonté et de son extraordinaire capacité à s'adapter à des circonstances exceptionnelles. Unc vertu indispensable à la réussite du projet de Mme Washington.

Harriet Washington passa donc un certain nombre de fins d'après-midi autour d'une cafetière à grignoter des friandises et à papoter avec des femmes pour apprendre à connaître leurs habitudes, leur vision de l'existence, et pour tenter de les comparer au portrait idéalisé que Samuel Horowitz lui avait brossé de son épouse bien-aimée.

« Est-il tout bonnement possible de trouver une telle femme ? » s'était plus d'une fois demandé Mme Washington et plus d'une fois, elle s'était dit que cela ne l'était pas. Elle persévéra pourtant, sachant que le bonheur futur, sinon la vie même, de son cher ami Samuel Horowitz dépendait de la réussite d'une entreprise dont il ignorait tout.

S'en tenant aux critères stricts qu'elle s'était fixés, Mme Washington avait restreint la liste des candidates éventuelles à trois femmes. Toutes trois possédaient les qualifications requises. Elles étaient veuves, juives, donc épousables. Elles avaient un âge qui convenait à Samuel Horowitz. Elles étaient manifestement de bonnes maîtresses de maison. Et, à en juger par la tendresse et l'affection dont elles faisaient preuve à l'égard des enfants, elles étaient extrêmement gentilles, attentionnées, indulgentes et ouvertes.

L'une de ces trois élues était Ida Kohn, grande spécialiste des petits sablés, même si elle les faisait parfois à la margarine.

La deuxième de la liste était Mme Selma Robbins, dont la crème renversée à l'ananas était délicieuse, quand elle la réussissait. C'était néanmoins une personne tout à fait charmante.

« La vie ne dépend quand même pas d'une crème renversée à l'ananas, se disait Mme Washington. Elle se débrouille certainement très bien dans les autres domaines. »

La troisième était Mme Molly Mendelsohn, que tout le monde appelait par son prénom. C'était une femme sympathique et très coopérative. Vive, gentille, d'un physique agréable, elle cuisinait à merveille des gâteaux roulés qu'elle appelait *ruggaluch*, qu'elle fourrait de cannelle et de noix et qu'elle saupoudrait de sucre. Non seulement ses *ruggaluch* étaient tout à fait exquis, mais elle n'hésitait pas à en donner la recette à toutes celles qui la lui demandaient.

Avec ces trois femmes en tête, Mme Washington s'apprêtait à affronter l'épreuve finale.

Le jour où Ida Kohn apporta une fournée de ses fameux sablés, Mme Washington en goûta un et en admira la finesse et la saveur.

– Dites-moi, madame Kohn, êtes-vous aussi fine cuisinière que pâtissière ?

– Mon Dave ne s'est jamais plaint, répondit Ida Kohn avec une modestie feinte.

– Vous devez certainement avoir une bonne recette de crêpes fourrées ? s'enquit Mme Washington, puisque c'était, parmi les plats que lui préparait son Hannah tant révérée, l'un de ceux que préférait Samuel Horowitz.

– Si j'ai une recette de crêpes fourrées ? fit Ida Kohn, rayonnante. Vous vous adressez à la reine des crêpes fourrées justement. C'est ainsi que m'ont surnommée mes petits-enfants.

– Cela vous ennuierait-il...

Mme Washington parut hésiter.

– Je n'ose pas vous le demander. Mais je soigne un vieil homme un peu grincheux, et celles que je lui prépare ne le satisfont pas. Pourriez-vous me donner votre recette ?

– Eh bien, ce n'est pas mon habitude. En fait, fit Ida Kohn en baissant le ton jusqu'à chuchoter, je ne l'ai même pas donnée à ma belle-fille. Comme ça, mon Jérôme vient me voir quand il a envie d'une bonne crêpe fourrée, puisque je suis la seule à savoir les faire.

Sur ce, Ida Kohn détailla la recette pour Harriet Washington.

– Vous êtes sûre ? Fourrées à la confiture ? demanda Mme Washington quand elle eut terminé.

– Mon Jérôme ne les aime que comme ça, persista Ida Kohn.

– Je vois, fit Mme Washington, qui tenta de dissimuler son inquiétude, car la recette de Mme Kohn ne correspondait absolument pas aux consignes données par celle d'Hannah Horowitz.

Or s'ils ne s'accordaient pas sur un plat juif aussi élémentaire que les crêpes fourrées, il y avait de fortes chances qu'ils entrent en conflit sur d'autres questions culinaires.

Elle ne pouvait pas s'en remettre, pour une décision aussi importante, au jugement porté sur un seul plat.

– Dites-moi, madame Kohn, persévéra-t-elle néanmoins, pour la farce... de la confiture ? Pas du fromage ?

Mme Kohn l'interrompit d'un ton on ne peut plus didactique.

– Chère madame Washington, il est évident que vous n'avez pas la moindre idée de ce qu'est la véritable cuisine juive hongroise. Croyez-moi sur parole. De la confiture, de la confiture. Une crêpe qui se respecte ne peut être fourrée qu'à la confiture.

« Ah ! Hongroise, comprit soudain Mme Washington. Le problème, c'est que l'héritage culinaire d'Ida Kohn provient d'une culture et d'une tradition différentes de celle d'Hannah Horowitz. Cela ne présage rien de bon pour leurs relations futures. Surtout avec un homme aussi pointilleux que Samuel Horowitz. »

Bien qu'Ida Kohn lui plût beaucoup, elle raya donc à contrecœur son nom de la liste, réduisant ainsi le nombre des candidates éventuelles à deux.

Pendant une grande partie de l'après-midi, Selma Robbins parut correspondre point par point aux critères de sélection de Mme Washington. Elle avait apporté l'un de ces gâteaux renversés à l'ananas, bien riche et bien gluant de sucre et de sirop de fruit. Il était si mou et si fragile qu'il fallait tenir les portions par-dessous afin qu'elles ne s'affaissent pas. Cela dit, il était délicieux, meilleur que la dernière fois.

En guise de préambule, Mme Washington lui en demanda la recette, que Selma hésita fort à lui donner. Nom qu'elle ne le désirât pas, mais elle aimait bien se faire prier. Ce que fit Mme Washington. De la recette du fameux gâteau, Mme Washington passa insensiblement à celle des crêpes fourrées, une épreuve que Selma Robbins réussit haut la main.

Mais quand on en arriva au bouillon d'orge au bœuf et aux haricots rouges de Lima, un plat qu'affectionnait particulièrement Samuel Horowitz pourvu qu'il fût cuisiné selon la recette de sa chère Hannah, Selma Robbins, malheureusement, échoua. La différence capitale résidait ici dans le choix du morceau de viande.

– Le faites-vous toujours avec de la poitrine ? demanda Mme Washington, feignant la curiosité pour ne rien laisser voir de l'importance de cette question.

– Jamais je n'utiliserai d'autres morceaux. Ma mère, Dieu ait son âme, et ma grand-mère avant elle disaient toujours. « Si tu ne peux pas te procurer une bonne poitrine, mieux vaut renoncer à ton bouillon d'orge au bœuf. » Ma mère et moi, nous nous en sommes toujours tenues à ces préceptes. Aucun autre morceau ne conviendrait, un point c'est tout. Du moins pas à une cuisinière fière de recettes qui nous viennent de la cuisine juive allemande, la meilleure du monde.

« Franchement, madame Washington, si je peux vous confier un petit secret, nous les Juifs allemands, nous ne nous sommes jamais sentis très à l'aise avec ceux qui viennent de Pologne ou de Russie. Ils ont des goûts trop... primitifs. Bien sûr, nous sommes tous juifs. Mais il y a Juif et Juif. Vous savez ce que c'est. Vous êtes noire, si vous voyez ce que je veux dire. Ou bien devrais-je dire afro-américaine ?

– Ça m'est égal, répondit Mme Washington.

– Je suis certaine qu'entre vous, il y a aussi des critères. Des Afro-Américains qui vous plaisent, d'autres pas. Est-ce que je me trompe ?

– Oui, dit Mme Washington, qui ne lui fit pas part de ce qu'elle pensait de tout cela.

« Il y a aussi des Blancs qui me plaisent, d'autres pas. Comme vous. »

Il ne resta donc plus qu'une seule candidate sur la liste d'Harriet Washington.

Elle aborda Molly Mendelsohn un après-midi où celle-ci avait apporté sa dernière fournée de *ruggaluch*. Elle les avait transportés depuis son appartement de West End Avenue sur un grand plateau recouvert d'un film plastique, qu'elle avait enveloppé d'une serviette à carreaux rouges et blancs. Elle avait disposé chaque gâteau avec soin pour qu'ils ne s'abîment pas dans le bus qui la conduirait jusqu'à l'hôpital.

Les *ruggaluch* de Mme Mendelsohn étaient tellement appréciés que lorsque Mme Washington vint prendre le café, il n'en restait plus que trois. Un hommage public à son talent, constata Mme Washington.

– Heureusement que je suis arrivée à temps, fit-elle observer en se penchant sur les parts restantes. Encore quelques minutes et le plateau était vide.

– La prochaine fois, j'en apporterai un peu plus, répondit Molly Mendelsohn. Chaque fois, j'en confectionne davantage, mais, apparemment, ce n'est jamais assez. Mais après tout, qu'ai-je d'autre à faire ? En réalité, madame Washington, j'aime beaucoup faire la cuisine et la pâtisserie. Pas vous ?

– Oh si ! répliqua Mme Washington. Rien ne me fait plus de plaisir que de voir Conrad, mon petit-fils, et sa sœur Louise se goinfrer de *cookies*.

– J'aimerais pouvoir en dire autant, fit Molly. Mais de nos jours, avec toutes ces familles éclatées, qui voit souvent ses petits-enfants ? Vous avez beaucoup de chance, madame Washington.

« Au rythme où ils grandissent, je me demande combien de temps j'aurai encore cette chance-là », pensa cette dernière.

Tout en feignant de se consacrer à son café, elle jeta un coup d'œil par-dessus le bord de sa tasse pour observer Molly Mendelsohn. Cette femme venait juste d'exprimer un regret qu'elle avait parfois entendu dans la bouche de Samuel Horowitz. Comme beaucoup de grands-parents actuels, à l'exception des rares fois où il se rendait chez sa fille Mona à San Diego, ou à Washington, chez son fils Marvin, il voyait fort peu ses petits-enfants. Ils avaient beau faire tous les deux des études dans des universités du Nord-Est, ils n'avaient jamais le temps d'aller voir leur grand-père à New York.

« Voilà un point commun entre Samuel Horowitz et Molly Mendelsohn, nota Mme Washington. C'est bon signe. Passons néanmoins à des tests plus probants. »

– Je me demandais, madame Mendelsohn, si vous pourriez me donner un coup de main ?

– Je peux toujours essayer. De quoi s'agit-il ?

– Il se trouve que je traite un monsieur juif très difficile, et tout particulièrement en matière d'alimentation. En fait, il refuse parfois de manger si je ne lui prépare pas certains plats exactement comme il l'exige. Je ne vous ennuierais pas si un régime nourrissant et équilibré n'était indispensable à son rétablissement.

– Comment puis-je vous aider ? demanda Molly Mendelsohn.

– Certains plats juifs ont sa préférence et je ne suis pas capable de cuisiner à sa convenance.

– Quoi, par exemple ?

– Eh bien, prenons un plat traditionnel comme le bouillon d'orge au bœuf et aux haricots rouges, reprit aussitôt Mme Washington. Il semble qu'il y ait à ce sujet différentes écoles. Quand je le prépare avec de la poitrine...

Molly Mendelsohn ne put s'empêcher de l'interrompre, comme si elle venait de commettre une faute de goût.

– Chère madame Washington, vous ne voulez quand même pas dire que vous mettez de la poitrine dans le bœuf aux haricots rouges ?

– Si, répondit Mme Washington, feignant l'ignorance. Pourquoi ?

Son large visage simula de son mieux l'inquiétude et la plus grande perplexité.

Molly Mendelsohn lui fit signe d'approcher.

– Madame Washington, lui dit-elle à voix basse, sur le ton de la confidence, d'après ce que j'ai entendu, j'imagine qu'ici, quelques-unes utilisent certainement de la poitrine. Elles ont tort, tout à fait tort. Il n'y a qu'un morceau possible.

– Lequel ? murmura Mme Washington.

– Les plates côtes, répliqua Molly Mendelsohn dans un chuchotement.

– Les plates côtes, fit Mme Washington, pensive, comme si cela la surprenait grandement.

C'était le premier ingrédient de la recette d'Hannah Horowitz.

– Pourquoi les plates côtes ?

– Les os, chère madame, les os, insista Molly.

– Les os ?

– Ils donnent à la soupe une onctuosité et une saveur que ne lui donnerait jamais la poitrine. Et puis le bouillon cuit si longtemps que la viande se détache des os. C'est tendre, succulent. Croyez-moi, il n'y a pas un homme qui résiste à ce mets. En tout cas, mon Phil n'a jamais pu y résister. Cher homme, il était tellement gentil !

Des larmes embuèrent ses yeux bleus, mais elle les refoula.

« Une femme heureuse en ménage, observa Mme Washington. Bon. »

– Bien, des plates côtes pour la saveur et l'onctuosité, répéta Mme Washington, telle une bonne élève. Il semble qu'il y ait aussi plusieurs écoles en ce qui concerne les crêpes fourrées.

– Je sais, dit tristement Mme Mendelsohn. Vous n'allez pas me croire, mais il y a même des Juifs qui pensent qu'une bonne crêpe doit être fourrée à la confiture.

– Pas vous ? s'enquit Mme Washington, pleine d'espoir.

– Bien sûr que non, fit Molly Mendelsohn. Voyez-vous, il y a crêpe fourrée et crêpe fourrée.

– Il paraît, répondit Mme Washington.

– Il y a des crêpes pour le dessert, d'autres qui servent de plat principal et qui doivent être fourrées de fromage. Fromage blanc, faisselle, n'importe quel fromage crémeux, auquel on ajoute de la crème aigre, un œuf et, si l'on veut, une pincée de sel.

Mme Washington répéta la liste des ingrédients, comme si elle cherchait à les mémoriser, tout en se délectant intérieurement puisque, jusque-là, Molly Mendelsohn semblait capable de rivaliser avec Hannah dans tous les domaines.

– Bien entendu, poursuivit Molly Mendelsohn, la pâte à crêpe est la même dans les deux cas. Farine ordinaire, lait et une pincée de sel.

– Il n'y a donc que la manière de les fourrer qui diffère, la gelée étant réservée aux crêpes servies pour le dessert.

Mme Washington faisait mine d'entendre tout cela pour la première fois de sa vie.

– Absolument, affirma Molly.

« Jusque-là, c'est parfait, songeait Mme Washington. A présent, la dernière épreuve. »

– Madame Mendelsohn, il existe une sorte de gâteaux de nouilles, qu'adore ce monsieur dont je vous ai parlé. Je n'ai jamais été vraiment capable de le faire à son goût.

– Vous voulez sans doute parler du *kigel*, devina Mme Mendelsohn.

« Enfin, enfin ! se dit Mme Washington avec soulagement. Une femme qui prononce ce mot comme Samuel Horowitz. Si seulement elle pouvait le faire comme Hannah... »

– Tout à fait, c'est comme ça qu'il appelle ce plat, lui confirma Mme Washington.

– Eh bien, c'est une recette très simple. Vous faites bouillir des nouilles, pas des minces, des moyennes, puis vous mélangez avec un œuf cru, vous salez et vous poivrez selon votre goût...

– Du sel et du poivre ? s'étonna faussement Mme Washington.

– Évidemment ! Vous n'auriez pas, par hasard, rencontré des cuisinières juives qui mettent du sucre et des raisins secs dans leur *kigel* ?

– J'en ai bien peur, avoua Mme Washington.

– Voilà, compatit Molly Mendelsohn. Je vois le genre. Elles le prononcent mal aussi. Elles disent *kugel*. Et en général, elles viennent de Hongrie ou de Roumanie.

– Je le crains, lui confirma Mme Washington.

– Comme disait Phil, il faut de tout pour faire un monde, déclara Molly Mendelsohn avec une pointe de tristesse. Mais croyez-moi, *kigel* est la seule prononciation correcte, et le sel et le poivre le seul assaisonnement possible.

Aux anges, Mme Washington couvrit Molly Mendelsohn de remerciements.

– Vous n'avez pas idée à quel point vous m'avez aidée !

– Je suis à votre disposition, ma chère, lui assura Molly.

– Nous en reparlerons, dit Mme Washington. Très bientôt.

– Avec plaisir, répondit Molly. S'il vous plaît, ajouta-t-elle d'une voix très douce, ne répétez pas aux autres dames ce que je vous ai dit des crêpes fourrées à la confiture et des gens qui dient *kugel*. Inutile de faire naître des rancœurs.

– Comptez sur moi, madame Mendelsohn, comptez sur moi, la rassura Harriet Washington.

« Je crois, se dit-elle avec une belle assurance que j'ai déniché la femme idéale. Maintenant, il va falloir trouver une manière habile de les rabibocher. Étant donné le caractère peu amène de leur dernière confrontation, il faudra du temps et beaucoup de diplomatie. »

13

Samuel Horowitz était descendu du bus n° 10 et avait pris la direction de l'hôpital. Il attendait avec impatience de reprendre ses activités bénévoles, car, la veille, l'un des pédiatres l'avait complimenté pour ses efforts, et plus particulièrement pour l'attention qu'il portait à l'enfant qui suscitait le plus d'inquiétude dans le service : le petit Cletus Simon.

– Ce bébé commence à se développer, à prospérer réellement.

C'étaient ces mots du médecin qui avaient le plus ému Horowitz.

« Se développer, le mot magique, se dit Horowitz. Plus personne ne pourra prétendre que mon petit Cletus ne se développe pas, phrase terrible, condamnation sans appel. »

Bien entendu, pendant les deux heures où il était de service, il se consacrait aussi à d'autres enfants. Des petits de toutes les couleurs de peau. A tous il manquait quelque chose. Tous étaient désarmés. Certains réagissaient plus vite que d'autres, avaient plus d'appétit, ou encore dormaient plus paisiblement. Quelques-uns semblaient fatigués de vivre au bout de quelques semaines ou même de quelques jours, comme s'ils n'avaient pas le courage ou la force de relever le défi.

Horowitz se consola pourtant, car la plupart de ces petits appréciaient ses attentions et ses soins méticuleux. Ils semblaient même lui répondre, quand il fredonnait pour eux la chanson que sa mère lui chantait en yiddish quand il était petit garçon et qu'il vivait en Europe. Parfois il décelait ou croyait déceler l'esquisse d'un sourire. Les autres pouvaient toujours prétendre que les bébés ne sourient pas. Samuel Horowitz, lui, savait.

Il attendait avec impatience de retrouver Homer Wesley. A eux deux, Wesley et Horowitz avaient formé un club très privé. Le vieux duo de vaudeville, c'était ainsi qu'ils se surnommaient. Ils avaient beaucoup d'idées communes, savaient comment il fallait gérer la ville, pour ne rien dire de la nation. Ils éprouvaient la même méfiance à l'égard des hommes politiques. Ils critiquaient tous deux les médias. Horowitz était en perpétuel désaccord avec le *Times*, Homer avec le *New York Post*.

Quand ils évoquaient des souvenirs, ils se disaient tous deux que « le bon vieux temps », dont on parlait toujours, n'était pas si bon que ça. Malgré tous les problèmes, l'époque actuelle était meilleure. Si seulement on laissait gouverner des hommes comme Homer Wesley et Samuel Horowitz...

Ce jour-là, Samuel Horowitz attendait de pied ferme la réaction d'Homer sur le dernier projet du maire visant à équilibrer le budget de la ville sans augmenter les impôts ni réduire les dépenses.

« Comment fera-t-il ? Par magie ? » se demandait Horowitz.

Il pénétra dans l'hôpital, prit l'ascenseur jusqu'à l'étage de la nursery, salua Mme Haworth comme d'habitude et se rendit directement au vestiaire. Il se lava les mains avec une méticulosité qui lui demandait à présent cinq bonnes minutes de plus. Prêt pour le service, et même pour une opération chirurgicale de la plus grande délicatesse, il enfila sa blouse.

Il prit le chemin de la nursery dans laquelle, ce jour-là, les quatre berceaux étaient occupés. Wesley n'était pas encore arrivé. Mais il y avait un autre adulte dans la pièce. Ce n'était pas un bénévole, mais une jeune femme noire.

« En réalité, pensa Horowitz, ce n'est même pas une jeune femme, tout juste une jeune fille. Seize ans ? Peut-être même quinze. Que fait-elle ici ?

« Elle s'est introduite dans la pièce quand Mme Haworth a tourné le dos. C'est peut-être une espèce de folle. Tous les jours on lit dans les journaux ou on voit à la télévision des histoires de dingues qui veulent des bébés et qui les kidnappent dans les hôpitaux.

« Eh bien, elle ne va pas s'en tirer comme ça ! Et certainement pas avec mon petit Cletus ! »

Horowitz ouvrit la porte de la nursery, avec une violence telle que la jeune femme se retourna.

– Mademoiselle, que faites-vous ici ? Et qui êtes-vous d'ailleurs ?

– Je suis venue voir mon fils, répondit-elle.

Puis elle se mit à trembler, ce qu'Horowitz prit pour un aveu de culpabilité.

– Et lequel est votre fils ? poursuivit-il.

La jeune Noire désigna le petit Cletus, qui dormait dans son berceau, sans se soucier de l'orage qui menaçait d'éclater au-dessus de sa tête.

– C'est votre fils ? fit Horowitz d'un ton agressif. Nous allons voir ça. Ne partez pas !

Il sortit de la pièce pour en informer l'infirmière chef.

– Madame Haworth, appelez immédiatement le service de sécurité !

– Le service de sécurité ? demanda l'infirmière, ahurie. Pour quoi faire ?

– Nous avons une kidnappeuse dans nos murs, l'une de ces fêlées qui enlèvent des bébés. Mais nous n'allons pas la laisser faire ! Pas cette fois !

– Monsieur Horowitz, par hasard, ne feriez-vous pas allusion à la femme qui se trouve dans la nursery A ? s'enquit Mme Haworth.

– Exactement, déclara Horowitz.

– J'aurais dû vous en parler, lui expliqua-t-elle : c'est la mère du petit Simon.

– Vous voulez dire que... c'est vraiment... Mais on m'a dit que sa mère était une cocaïnomane, qu'elle se droguait au crack, que c'est pour cela que ce pauvre petiot est dans cet état-là, fit Horowitz.

– Elle *était* droguée, rectifia Mme Haworth. Elle est en traitement. Maintenant elle est guérie.

– Guérie, railla Horowitz. Combien de fois ai-je vu dans les journaux ou à la télé des drogués prétendument guéris qui replongeaient ? Moi, je vous le dis, pour la sécurité du petit Cletus, il faut la mettre dehors.

– Je crains que ce ne soit impossible. Il a été décidé qu'après une période de formation, on lui rendrait son fils.

– Quoi ? explosa un Horowitz scandalisé. Vous allez remettre ce bébé sans défense entre les mains d'une camée ?

– Entre les mains de sa mère, rectifia une fois de plus Mme Haworth.

– Erreur, la prévint Horowitz. Grave erreur.

– La politique de l'Administration des ressources humaines de la ville vise à sauvegarder l'unité familiale quand c'est possible.

– La famille est une chose. Mais... cette fille et ce bébé..., se lamenta Horowitz.

– Monsieur Horowitz, tant qu'il est avec nous, cela fait partie de votre travail de lui apprendre à s'occuper de son enfant.

– Moi ? La former ? objecta Horowitz.

– Puisque vous connaissez l'enfant mieux que quiconque, je crois que vous êtes le mieux placé pour le faire. Ne pensez-vous pas ?

– Eh bien... j'imagine que... peut-être. Lui apprendre tout ?

– A se laver les mains à fond, à le tenir, à le nourrir, à le changer. Tout !

– D'accord, madame Haworth. Mais je vous

aurai prévenue. Et je suis un grand connaisseur de la nature humaine.

Sur ce, Samuel Horowitz retourna à la nursery.

– Mademoiselle, venez avec moi !

Il la conduisit jusqu'au vestiaire pour l'initier. Elle écouta, opina du chef, imita les gestes d'Horowitz, se frotta les mains avec le même air prétentieux. Quand elle fut enfin revêtue d'une blouse rose, il la ramena dans la nursery.

– Maintenant, regardez ! s'écria-t-il. Regardez bien, parce qu'il s'agit d'un enfant très particulier. J'imagine qu'il est inutile de vous dire pourquoi, ajouta-t-il en faisant lourdement allusion à son ancienne toxicomanie. Il faut s'occuper des petits comme notre Cletus avec beaucoup de compréhension.

Il souleva l'enfant, le prit contre lui et lui parla doucement :

– Cletus, me voilà ! L'oncle Samuel. On va prendre son biberon ? Se promener un peu ? Écouter de la musique ?

Il jeta un coup d'œil à la jeune mère qui l'observait avec une grande curiosité.

– Il aime quand je chante.

Soigneusement, en expliquant chaque détail, Horowitz poursuivit ses activités habituelles. Il le nourrit, le câlina, le berça, le promena et chanta de sa belle voix de basse.

– Voyez-vous, mademoiselle, pour qu'un bébé soit en sécurité, il faut qu'il se sente aimé et désiré, lui fit-il remarquer, sans lui cacher qu'il désapprouvait totalement ce qu'il redoutait qu'il se produisît ensuite.

Après avoir bien observé Horowitz qui, dans son rocking-chair, donnait à l'enfant la seconde moitié de son biberon, la jeune femme trouva le courage de lui demander :

– Puis-je... Puis-je le faire ?

Horowitz réfléchit à sa requête et y accéda.

– Faites bien attention, dit-il toutefois. Il est très sensible.

Il se leva et, avec précaution, remit l'enfant dans les bras tendus de sa mère. Il l'aida à s'asseoir dans le fauteuil, lui donna le biberon et resta penché, tel un maître sévère, prêt à fondre sur elle à la moindre fausse manœuvre.

– Non, non, non ! protesta Horowitz quand elle porta le biberon aux lèvres de son enfant. On ne fait pas comme ça, pas du tout comme ça ! Voilà. Regardez !

Il lui prit le biberon des mains et l'approcha en douceur des lèvres de Cletus. Comme sa petite bouche ne s'ouvrait pas, il l'introduisit et le tint jusqu'à ce que l'enfant se mette à téter.

– Vous voyez ? Comme ça, dit-il. Maintenant assurez-vous qu'il continue bien de manger.

A chaque étape, il critiqua et corrigea tout ce qu'elle faisait. Jusqu'à ce qu'il s'aperçoive qu'elle était au bord des larmes. Alors il se laissa attendrir.

– Maintenant, mademoiselle, voilà ce que je lui chante généralement. Il aime la musique. Tout au moins ma musique. Chantez donc quelque chose.

– Que dois-je chanter ? demanda la mère.

– Ce que votre mère vous chantait, dit Horowitz.

– Ma mère ne chantait jamais. Je ne la voyais jamais non plus.

« Mon Dieu, pauvre petite, pas de mère pour lui fredonner des berceuses. Il y a bien quelqu'un qui tenait ce rôle », se dit-il.

– Vous aviez peut-être une grand-mère ?

– Oui.

– Ne chantait-elle jamais ?

– Parfois, répondit la jeune femme.

– Alors chantez ce dont vous vous souvenez.

La jeune mère hésita quelques instants. Elle cherchait dans sa mémoire un vieil air enfoui depuis longtemps. Puis elle hocha la tête et se mit à fredonner doucement.

– Joli, très joli, dut reconnaître Horowitz.

– Vous pensez que ça lui plaît ?

Horowitz se pencha pour contempler le petit visage de son protégé.

– Cela lui plaît, je peux vous l'affirmer.

Pour la première fois, la jeune femme sourit au vieil homme.

Elle passa les deux heures qui suivirent dans la nursery. Pendant qu'elle s'occupait de son fils, Horowitz nourrit, berça, changea et endormit les trois autres bébés de la pièce.

Sa mission remplie, il s'apprêtait à partir. Il hésita, se méfiant encore de ce qu'elle pourrait faire après son départ. La crainte qu'elle ne s'en aille avec l'enfant ne l'avait pas quitté. Mais il n'avait pas le choix. La bénévole qui devait le remplacer était arrivée. C'était une femme qui se nommait Mme Collins, une veuve naturellement.

Non sans quelque appréhension, il lui fit un signe de la main et se dirigea vers la porte. Mais la jeune mère l'appela.

– Monsieur ?

Il fit aussitôt volte-face, alerté et soupçonneux.

– Merci, dit-elle. Merci de m'avoir montré comment faire.

– De... de rien, dit doucement Horowitz, puis il s'en alla.

Le soir, quand Mme Washington eut terminé son service bénévole, après qu'elle eut veillé au dîner de Conrad et de Louise et se fut assuré qu'ils étaient en train de faire leurs devoirs, elle alla retrouver Samuel Horowitz dans un grand cinéma de Broadway, où l'on donnait une comédie qui avait eu de bonnes critiques.

Horowitz, les billets à la main, l'attendait dans le hall. Ils passèrent devant la file des amateurs de popcorn, de boissons sucrées, de hot-dogs, des *nachos* [1] et autres gourmandises.

– Il fut un temps où les gens allaient au cinéma pour voir un film, dit Horowitz d'un air grincheux. Aujourd'hui ils viennent pour manger. Mais alors

1. Sorte de chips de maïs, spécialité mexicaine.

pourquoi diable ne vont-ils pas au restaurant ? Ou pourquoi ne restent-ils pas à la maison ? Bien sûr, à la maison, ils feraient exactement la même chose. Ils grignoteraient devant la télévision. C'est à croire qu'on ne peut plus manger ailleurs que devant un écran.

– C'est bien vrai, reconnut Mme Washington d'un ton ironique qui produisit l'effet recherché.

– C'est bon, c'est bon, j'avoue. Quand je me remettais de ma crise cardiaque, je refusais de manger si je n'étais pas planté devant la télévision. Mais ceux-là sont en bonne santé. Moi, j'étais malade.

– Bien sûr, approuva Mme Washington qui n'en pensait pas moins.

« Ce soir, il y a quelque chose qui le tourmente. Plus que d'habitude. Je me demande ce qui s'est passé aujourd'hui. »

C'est devant un café et quelques biscuits dans un restaurant de Broadway que Mme Washington en eut un premier aperçu.

– Comment l'Administration des ressources humaines peut-elle savoir si une femme fera une bonne mère ? demanda-t-il brusquement. Existe-t-il un test médical ? Une radio ? Un scanner ? Avez-vous déjà entendu parler d'un test semblable ? Moi, jamais !

Il lui suffit de le questionner habilement pour connaître enfin la cause de ce mécontentement.

Mme Washington comprit que les événements de la journée avaient fait surgir en lui une émotion et une inquiétude qui n'étaient guère justifiées. Visiblement, il s'était attaché à cet enfant beaucoup plus qu'il n'était raisonnable. Cela ne fit que confirmer ce qu'elle soupçonnait déjà. Le bénévolat était une thérapie au moins autant pour lui que pour les bébés dont il s'occupait.

Il lui faudrait accélérer la réalisation de son plan. Dans quelle mesure ? Elle n'en savait encore rien.

14

Cela faisait plusieurs jours que l'on avait rendu le petit Cletus à sa mère.

Samuel Horowitz était toujours fidèle au poste le mardi et le jeudi. De temps à autre, quand Mme Flaherty le lui demandait, il remplaçait ceux qui, pour des raisons personnelles, ne pouvaient pas assurer leur service. Deux fois, Homer Wesley fut retenu par des problèmes de santé réclamant des soins urgents. Une autre fois, il remplaça Mme Braun, qui devait se rendre chez sa fille, dans la banlieue de New York, pour l'aider lors de la naissance de son premier petit-enfant. Un jour, on appela Horowitz de bonne heure pour remplacer Pringle qui, ayant été témoin d'un accident dans la rue, était contraint d'aller au tribunal et peut-être même d'y passer plusieurs jours, le temps que l'on veuille bien écouter son témoignage. Or avant que son tour n'arrive, l'affaire se termina par un accord amiable. Pringle ne témoigna donc jamais. Durant son absence, Horowitz et sept autres bénévoles travaillèrent à sa place, ce qui perturba l'emploi du temps réglé comme du papier à musique de Mme Flaherty.

Mais, comme le pensait souvent Horowitz et comme il le disait parfois à Mme Washington, « à mon âge, c'est une chance que d'être utile ».

Ce dont elle convenait volontiers.

Au cours de ces divers remplacements, il avait fait la connaissance d'autres enfants, mais aussi d'autres bénévoles qu'il ne croisait pas sur son chemin le mardi ou le jeudi. Il rencontra deux fois Mme Mendelsohn. Tous deux se montrèrent polis, sans se départir pour autant de leur réserve. Aucun des deux ne semblait avoir l'intention de rayer de sa mémoire le souvenir d'une première rencontre explosive.

Mais ni ce travail supplémentaire ni ses propres activités ne remplaçaient l'enfant pour lequel Horowitz en était venu à éprouver un profond sentiment de responsabilité. Bien sûr, il y avait d'autres bébés qui réclamaient son attention, des Blancs, des Noirs, des Métis. Tous disparaissaient très vite. On leur trouvait le plus souvent des familles adoptives. Les autres retournaient chez leurs parents naturels. Il y avait, dans les nurseries, un va-et-vient constant. Heureusement Horowitz avait fini par s'y accoutumer. Un bénévole ne devait pas trop s'attacher. Il avait lu trop d'articles, vu trop de reportages sur des familles adoptives qui, tenant trop à l'enfant qu'on leur avait temporairement confié, s'étaient pourvues en justice pour faire annuler une décision de l'Administration des ressources humaines, après qu'on le leur eut enlevé. Ces affaires-là traînaient parfois des années devant les tribunaux. Non, s'était-il dit et redit, il n'est décidément pas bien de s'attacher démesurément à l'un de ces enfants. Mieux valait s'en occuper avec tout le dévouement et toute l'affection possibles, sans jamais oublier qu'on ne le reverrait jamais. Les aimer tous, mais ne s'attacher à aucun.

Il s'était donc peu à peu détaché du petit Cletus et l'avait chassé de son esprit. Quand il y fut totalement parvenu, son service à l'hôpital se déroula sans incident. Il arrivait à l'heure convenue, accomplissait sa tâche, se montrait courtois, bien que distant, avec les autres bénévoles et poursuivait son petit bonhomme de chemin. Quand, pour un remplacement de dernière minute, il devait faire des heures supplémentaires, il mettait un point d'honneur à se montrer aimable, même envers les veuves, tout en se comportant avec une retenue qui décourageait toute familiarité. Quand la conversation déviait sur des sujets plus personnels, par exemple un film que l'une des bénévoles présentes avait vu et dont elle avait très envie de parler, Horowitz prétendait tout en ignorer, même si ce n'était pas vrai. Quand l'une de ses collègues évoquait un restaurant où elle avait bien dîné et qu'elle était toute prête à lui recommander, il l'écoutait poliment.

– Intéressant, disait-il laconiquement.

La conversation s'arrêtait là.

Bien que la plupart des bénévoles entretiennent des liens intimes et amicaux et s'appellent par leurs prénoms, Samuel Horowitz mettait délibérément un frein à cette attitude qui manquait trop de réserve à son goût. Poli certes, mais pas trop familier, telle était la règle qu'il s'était fixée. L'intimité était une chose qu'il tenait à éviter.

Tout aurait continué ainsi s'il ne s'était produit deux événements qu'il n'avait pas prévus. L'un fut la conséquence directe d'un reportage qu'il avait vu au dernier journal télévisé. D'habitude, il n'attendait pas les actualités de onze heures pour se coucher. Mais ce soir-là, il avait assisté à une conférence à la synagogue, où l'on avait servi des rafraîchissements. Par erreur, il avait pris du vrai café et non un décaféiné, car le pot ne portait pas le rond orange qui le distinguait habituellement de l'autre.

Il se tourna et se retourna dans son lit puis finit par allumer la télévision. C'était l'heure des dernières informations de la ville de New York. Les crises se succédaient. Le métro était, comme d'habitude, sale et dangereux. Le budget était en diminution. Des bribes de reportage montraient de jeunes casseurs qui avaient commis quelque crime dans les rues et que l'on embarquait au poste de police. Et puis il y avait l'inévitable journaliste qui attirait l'attention du téléspectateur sur un autre problème grave.

« C'est toujours pareil, se lamenta Horowitz. Comme si ça ne suffisait pas qu'on repasse les mêmes programmes, on nous ressasse aussi les mêmes nouvelles. C'est toujours la même chose. Je parie qu'il pourrait nous repasser celles de la semaine dernière, du mois dernier ou même de l'année dernière. On n'y verrait que du feu. Ça ne change que quand ça empire. »

Il était sur le point d'éteindre le poste quand le sujet suivant attira son attention. Quelques mois auparavant, il s'en serait désintéressé en s'exclamant :

– Comment peut-on faire des choses pareilles ? Des bêtes ! Le monde est plein de bêtes féroces !

C'était le genre d'histoire qui se répétait si souvent dans les grandes cités que c'en était devenu un cliché, une sombre banalité. On avait rendu un enfant à des parents qui le maltraitaient, et tout cela, en principe, se terminait par le transport de l'enfant agonisant ou déjà mort à l'hôpital.

Quand on interrogea le porte-parole de l'Administration des ressources humaines, celui-ci se refusa à tout commentaire, se contentant d'annoncer qu'une enquête était en cours.

– C'est bien là le problème, cria Horowitz devant son poste de télévision. Tout le monde est tellement absorbé par ces enquêtes que personne n'a le temps de bien faire les choses.

Ce soir-là, Horowitz ne se contenta pas de laisser exploser sa colère et son dégoût. Il éteignit la télévision, se glissa hors de son lit, se rendit dans son salon qu'il arpenta à grands pas. Il était très perturbé.

« Petit Cletus, qui sait s'il ne pourrait pas t'arriver la même chose ? Ces gens de l'Administration des ressources humaines, qu'en savent-ils, bon sang ? Les tribunaux et les juges ne valent pas mieux. Qui rend les enfants aux parents qui les maltraitent ? Les juges et les gens de l'administration ! On ne peut pas leur faire confiance. Je parie que, maintenant, mon petit Cletus Simon est battu par sa mère droguée. Ou pire, par l'homme avec lequel elle vit très certainement. Ne vivent-ils pas tous comme ça pour toucher les allocations ? »

Il ne dormit pas de la nuit. Il fit les cent pas dans la salle de séjour pour essayer de passer le temps, s'efforça de chasser son inquiétude en feuilletant des magazines. Enfin, il se fit chauffer du lait dans la cuisine, espérant que cela l'aiderait à trouver le sommeil. En vain.

Ce fut avec joie qu'il vit l'aube pointer derrière les immeubles de l'autre côté de Central Park. Car, à ce moment-là, il avait établi un plan d'action. S'il fallait de la ruse et de la duplicité, tant pis. Puisqu'il s'agissait de la vie de Cletus, une petite chicane n'était qu'un détail. Samuel Horowitz savait ce qu'il lui restait à faire.

Le travail qu'il avait effectué dans le bureau de Mme Flaherty se révéla alors d'une grande utilité. Il en savait plus sur les dossiers des anciens malades que n'importe quel autre bénévole. Il attendit son heure. Quand on convoqua l'administratrice à une réunion, il se glissa dans son bureau, fouilla dans ses dossiers et trouva celui dont l'étiquette indiquait SIMON, CLETUS. Il ne lui fallut que quelques instants pour découvrir l'adresse de sa mère.

Armé de ce renseignement, Samuel Horowitz quitta l'hôpital après le service et marcha vers l'ouest et Lenox Avenue, puis vers le nord, en direction de la 117e Rue. En bas de la rue, il trouva l'adresse indiquée. Dans l'entrée de l'immeuble, il chercha les boîtes aux lettres et trouva le nom de SIMON. Appartement 3C. Puis, pour prendre la jeune femme sur le fait, tandis qu'elle accomplissait l'acte illégal et dangereux dont il la soupçonnait, il ne sonna pas et attendit qu'une vieille dame noire sorte du bâtiment. Avant même que la porte se fut refermée derrière elle, Horowitz se glissa à l'intérieur.

– Hé, monsieur, où allez-vous comme ça ?

Ignorant l'admonestation, il gravit l'escalier sombre. Parvenu à l'appartement, il tendit l'oreille puis se pencha pour la coller contre la porte. Il entendit des voix. Pas une voix, plusieurs.

« Ah ! Ah ! C'est bien ce que je pensais ! Elle vit avec un homme ! Un drogué, lui aussi, pas de doute possible. Je parie qu'en ce moment, ils sont en train de se partager – comment appelle-t-on ça déjà ? – un joint. Non, c'est de la marijuana. Ce n'est pas assez fort pour eux. Ils sniffent de la cocaïne, j'en mettrais ma main au feu. A moins qu'ils ne fument du crack. Dieu sait ce qu'ils ont fait au petit Cletus. Au mieux, ils le négligent. Il doit pleurer pour qu'on s'occupe de lui, ils le battent, ils l'ont peut-être même tué. Ils doivent l'avoir tué, parce que je n'entends pas de bébé là-dedans. Il n'y a qu'une chose à faire. Entrer en force ! Les prendre sur le fait. »

N'ayant jamais commis de crime auparavant, il réfléchit un instant pour arrêter une tactique. Appuyer sur la sonnette ? Comme le choix du moment lui semblait capital, il décida d'agir hardiment. Il appuya avec vigueur contre la porte, qui ne céda pas. Il poussa encore plus fort, sans plus de résultat. Il résolut enfin de se jeter en avant. Il fit deux pas en arrière et, rassemblant ses forces et surtout son courage, il se lança violemment contre la porte. Celle-ci ne bougea pas. Mais le bruit qu'il avait provoqué fit s'ouvrir brusquement les autres portes de l'étage. On jeta un coup d'œil. Des femmes, presque toutes noires, le fixèrent en grommelant avant de disparaître aussitôt.

Enfin la porte de l'appartement des Simon s'ouvrit. Une Noire d'une cinquantaine d'années, vêtue d'un peignoir à fleurs délavé, regarda sur le palier en disant :

– Rafe, combien de fois t'ai-je dit de ne plus remettre les pieds chez ma fille... ?

Elle ne termina pas sa phrase et contempla Samuel Horowitz d'un air ahuri.

– Qui êtes-vous ? lui demanda-t-elle. Et que nous voulez-vous ? Je pourrais vous faire arrêter pour avoir tenté de pénétrer par effraction dans la demeure d'une famille respectable.

Décontenancé, embarrassé et hors d'haleine, Samuel Horowitz ne savait que dire. Il tenta de retrouver ses esprits et de recouvrer une certaine dignité.

– Suis-je chez une jeune femme du nom de Simon ? demanda-t-il enfin.

– Peut-être bien. Vous venez de la part de la municipalité ? Du tribunal ? Je croyais que nous en avions terminé avec vous tous.

– Je ne viens pas de la part de la municipalité. Je ne représente que moi-même. Je suis très inquiet pour un petit enfant qui s'appelle Cletus Simon. Je tiens absolument à le voir. À vérifier que tout va bien.

– Vous tenez absolument ? Mais qui diable êtes-vous, monsieur ? s'insurgea la femme en colère.

– Si vous ne me laissez pas voir cet enfant, je reviendrai avec la police. Ou même avec une injonction de la Cour, la menaça Horowitz. Il y a déjà beaucoup trop d'enfants maltraités dans cette ville !

– Vous êtes le Blanc le plus dingue que j'aie jamais vu. Et pourtant j'en ai vu pas mal ! Maintenant, sortez ou c'est moi qui appelle la police !

Elle le poussa dehors de ses deux mains tendues. Il s'apprêtait à lui résister, quand il entendit une voix à l'intérieur de l'appartement.

– Grand-mère, tu as des ennuis ?

– Non, mon bébé, je peux me débrouiller. C'est juste un fou qui va nous ficher le camp, qu'il le veuille ou non !

Elle allait le repousser de nouveau quand la

jeune femme apparut à l'une des portes du couloir. Dans l'obscurité, Horowitz ne la reconnut pas. Mais elle, avec ses yeux plus jeunes, plus perçants, l'identifia aussitôt.

– Grand-mère, c'est l'homme dont je t'ai parlé, dit-elle en s'approchant d'eux.

Alors Sam Horowitz reconnut la mère du petit Cletus Simon.

– Lui ? C'est le même ? demanda la vieille femme.

– Monsieur Horowitz, celui qui m'a appris à m'occuper de Cletus. C'est un très bon professeur. Même si j'en ai vu de plus gentils, observa-t-elle d'un air critique.

– L'enseignement est une chose importante, protesta Horowitz, sur la défensive. La gentillesse est un luxe. Maintenant, je veux voir le petit.

– Vous n'avez pas le droit de faire irruption comme ça chez les gens ni d'exiger quoi que ce soit, se rebella la vieille Noire.

– Grand-mère, je t'en prie, intervint la mère de Cletus. Il l'aimait tellement, je t'assure. Quand on voyait la manière dont il s'occupait de lui. Il était exactement comme un grand-père.

– Bon, si c'est ce que tu penses... fit la grand-mère à contrecœur en laissant entrer Horowitz.

La jeune femme lui montra le chemin de la petite chambre où un berceau trônait parmi de vieux meubles. Horowitz s'approcha et baissa les yeux. Il était là, le petit Cletus Simon, endormi. Horowitz observa l'enfant, à la recherche de traces ou d'ecchymoses sur son visage. Il n'en décela aucune. Le bébé remua dans son sommeil et ses lèvres amorcèrent un mouvement de succion.

– J'ai l'impression, dit Horowitz, que notre petit Cletus a encore faim.

– Je viens de mettre son biberon à chauffer, répondit la jeune femme, qui se précipita pour aller le chercher.

Quand elle revint, elle se pencha pour prendre l'enfant dans ses bras.

– S'il vous plaît, si cela ne vous ennuie pas, fit Horowitz, j'aimerais bien lui donner le biberon une dernière fois.

La jeune femme lança un regard interrogateur à sa grand-mère. Puis elle s'effaça pour laisser la place à Horowitz.

Il berça l'enfant dans ses bras et lui mit doucement la tétine dans la bouche. Cletus Simon se mit à téter goulûment.

– Il mange bien mieux qu'avant, reconnut Horowitz.

Il nota que le bébé ne présentait aucun signe ni de négligence ni de mauvais traitements. Il portait des vêtements propres. Son corps minuscule n'était nullement contracté. Cela semblait lui avoir réussi d'avoir retrouvé sa mère.

Quand l'enfant fut nourri et qu'il eut fait son rot, Horowitz le lui rendit.

– Merci, ma chère.

Il se dirigea vers la porte, la vieille femme sur ses talons.

« Elle veut s'assurer que je fiche le camp, pensa Horowitz. Qui peut l'en blâmer ? »

Mais devant la porte, la femme lui murmura :

– Je sais. Quand je suis venue ici, j'ai eu le même sentiment. J'ai cru que ma petite-fille recommençait à se droguer. Ce n'est pas vrai. Parce que si c'était le cas, je lui enlèverais le bébé tellement vite qu'elle en aurait le tournis.

– Oui, confessa Horowitz. C'est ce que je craignais. C'est un grand soulagement pour moi d'apprendre que ce n'est pas le cas. Et un grand réconfort de savoir qu'elle a une grand-mère comme vous. Prenez bien soin du petit.

– Ne vous inquiétez pas, monsieur Horowitz, j'en prendrai le plus grand soin.

15

Quand elle entra dans son bureau, Catherine Flaherty, administratrice du service des bénévoles, trouva un grand écriteau rédigé à la main et accroché à sa lampe afin qu'on ne puisse pas l'ignorer en ouvrant la porte.

APPELEZ IMMÉDIATEMENT LE SERVICE SOCIAL !!!

Éberluée, elle arracha la feuille de sa bouée d'amarrage et, de colère, la froissa entre ses doigts. Que quiconque s'introduise ainsi dans son bureau, c'était déjà un scandale. Mais qu'on lui intime un ordre semblable, c'était absolument intolérable. Elle décrocha son téléphone et appuya sur la touche du service social de l'hôpital. La sonnerie retentit trois fois avant qu'Émile Perez l'accueille fraîchement d'un :

– Oui ?

– Monsieur Perez ? fit Catherine Flaherty. Est-ce vous qui avez eu l'audace de faire coller cette note sur ma lampe de bureau ?

– Non, j'ai eu l'audace de le faire moi-même, répliqua Perez.

– Puis-je vous demander pourquoi ? J'espère que vous avez une bonne raison, le menaça-t-elle.

– Et comment ! rétorqua Perez qui avait le plus grand mal à maîtriser sa voix pour ne pas hurler.

– Et quelle est au juste cette raison, si je puis me

permettre ? poursuivit Catherine Flaherty de son ton le plus glacial.

– Chère madame Flaherty, est-ce que, par hasard, vous n'auriez pas parmi vos bénévoles un individu se nommant Samuel Horowitz ?

« Seigneur ! Qu'a-t-il encore fait ? »

– Il se trouve que nous avons un bénévole de ce nom, déclara-t-elle d'une voix maîtrisée, très solennelle. Puis-je vous demander pourquoi vous me posez cette question ?

– Vraiment ? rétorqua Perez. Si je vous pose cette question, c'est qu'à lui tout seul, il est en train d'essayer de saper toute la direction des services sociaux de cet établissement. C'est tout.

– Que voulez-vous dire exactement ? insista Catherine Flaherty.

– Madame Flaherty, ce n'est pas un sujet dont nous puissions nous entretenir au téléphone. Pourriez-vous descendre dans mon bureau ?

Avant d'accepter, elle songea aux règles protocolaires et aux questions de statut que cela mettait en jeu.

– Monsieur Perez, puisqu'il est question d'un bénévole qui est de service en ce moment, il serait plus judicieux que vous montiez ici.

Perez accepta en maugréant.

Quelques minutes plus tard, Émile Perez, un petit homme rond avec une moustache noire et luisante, et Mme Flaherty le soupçonnait fort d'être un postiche, pénétra dans son bureau. Ils échangèrent quelques formules de politesse d'un ton sec et formel.

– Madame Flaherty ?

– Monsieur Perez ?

Debout derrière son bureau, elle avait adopté une attitude des plus combatives. Et quand elle lui fit signe de s'asseoir dans le fauteuil en face d'elle, il resta planté sur ses jambes.

– A présent, de quoi s'agit-il ? demanda-t-elle.

– Savez-vous ce qu'a fait cet homme ?

– Je pensais que vous étiez venu me le dire, répliqua Catherine Flaherty.

– Il a passé outre, ou plutôt il a piétiné les plates-bandes de l'Administration municipale des ressources humaines pour intervenir dans une affaire où l'enfant a été rendu à sa mère naturelle.

– Que dites-vous ? fit Catherine Flaherty, qu'une telle conduite, même de la part d'un franc-tireur comme Samuel Horowitz, surprenait.

– Dois-je répéter ? demanda Perez d'un ton sarcastique. Il est allé rendre visite, ou bien devrais-je dire faire irruption chez, ou encore faire une visite de contrôle chez l'une des femmes dont s'occupe l'Administration des ressources humaines.

– Vous voulez dire qu'il a suivi l'une de nos enfants à la trace jusque dans la maison où elle vit ?

– Où il vit ! rectifia Perez.

– Il... répéta Catherine Flaherty, qui eut soudain la puce à l'oreille.

Plus qu'une intuition, un soupçon. L'un de ces soupçons qui vous donnent froid dans le dos. Elle venait de faire le lien. L'affection qu'éprouvait Samuel Horowitz pour le petit Simon était bien connue dans la nursery. Il le considérait comme son protégé, un enfant tout à fait à part, dont il était très fier et auquel il attribuait des qualités dont il n'était vraisemblablement pas pourvu, tout comme un grand-père prête des dons extraordinaires à un petit-fils tout à fait banal.

– Eh bien, monsieur Perez, je ne peux rien dire tant que je n'aurai pas vérifié la teneur exacte des faits.

– Mettez-vous en doute la parole de l'Administration des ressources humaines ? Ou bien est-ce la mienne ?

– Je ne mets en doute la parole de personne. Mais il faut que je connaisse toute l'histoire. Et si ce que vous dites est vrai, vous pouvez être certain que je prendrai les mesures qui s'imposent.

– N'oubliez pas que cet hôpital dépend de la bonne coopération entre la ville et sa direction des ressources humaines. Sans parler de l'aide financière que nous obtenons pour nos services d'assistance gratuite, comme...

Il fit une pause pour bien marquer l'importance de ses propos.

– ... Nos nurseries pour enfants déshérités.

– Je suis pleinement consciente de l'aspect financier de la question, l'assura Mme Flaherty. Maintenant, j'aimerais bien trouver M. Horowitz avant qu'il s'en aille.

– Je vous en prie, répliqua Perez qui se dirigea vers la porte.

– Monsieur Perez, dit-elle avant qu'il ne fût sorti, vous ne m'avez pas dit comment cela vous était revenu aux oreilles. Je suppose que la mère s'est plainte ?

Perez parut embarrassé, hésita, s'éclaircit la voix avant de lui répondre.

– En fait, non.

– Alors que s'est-il passé ?

– Ça ne change rien au fait que l'un de vos bénévoles ait dépassé les limites de son autorité en intervenant dans une affaire qui relève de l'Administration des ressources humaines, déclara Perez.

– Que s'est-il passé ? s'obstina Catherine Flaherty.

Elle n'obtint pas de réponse.

– Je ne peux pas punir le fautif sans connaître tous les détails de l'affaire, fit-elle remarquer.

La face de Perez s'empourpra jusqu'à la limite de sa moumoute.

– Non, admit-il, la mère ne s'est pas plainte. Au contraire, elle était ravie de cette visite. C'est comme ça que j'ai découvert le pot aux roses. Quand la responsable chargée du dossier est allée vérifier comment se portaient notre cliente et son enfant, la grand-mère lui a dit qu'elle trouvait très prévenant de la part de l'hôpital d'avoir envoyé quelqu'un pour suivre l'évolution de la santé de son petit-fils. Vous imaginez bien qu'après avoir entendu ça, notre visiteuse a fait un foin de tous les diables en rentrant au bureau. Et ses services ont fait un foin de tous les diables dans le mien !

– Et tout cela pour une visite dont la mère ne s'est même pas plainte ? lui fit remarquer Catherine Flaherty.

– Le problème n'est pas là ! Les règles doivent être observées. Sans règles, il n'y a pas d'ordre. Et sans ordre, il n'y a plus que le chaos. Et Dieu sait que nous en avons assez comme ça dans cette ville ! Cet homme doit être châtié. D'une manière exemplaire et très officielle.

– De manière exemplaire ?

– *Débarrassez-vous de lui ! Immédiatement !* dit Perez avant de disparaître en claquant la porte derrière lui.

Catherine Flaherty se cala dans son fauteuil. Elle tendit la main vers le téléphone. Puis elle réfléchit à la façon dont elle allait mener ce qui promettait d'être une confrontation des plus traumatisantes pour un homme aussi sensible que Samuel Horowitz. Il ne fallait pas négliger non plus ses relations avec Elyse Bruton, l'infirmière en chef de l'équipe de nuit, et avec sa mère, Mme Washington. Peut-être Mme Washington pourrait-elle expliquer à Horowitz le motif de son renvoi. Non, se dit Catherine Flaherty, ce serait abdiquer sa propre responsabilité. Elle décida néanmoins de lui en parler avant d'affronter Samuel Horowitz. Responsable de son recrutement, Mme Washington avait au moins droit à cette petite courtoisie.

Quand Harriet Washington vint prendre son service en fin d'après-midi, elle trouva une note lui demandant de passer au plus vite chez Catherine Flaherty. Ce qu'elle fit. Elles prirent un café ensemble à la cafétéria de l'hôpital. Mme Flaherty lui exposa la situation et lui apprit que M. Perez lui avait intimé l'ordre d'interdire dorénavant toute activité bénévole à Samuel Horowitz.

– Oh non ! C'est impossible ! Il est indispensable qu'il continue à faire du bénévolat ! Sinon, tout mon plan tombera à l'eau ! s'exclama Mme Washington.

– Votre plan ? Quel plan ? demanda une Catherine Flaherty on ne peut plus perplexe.

– Peu importe, fit Mme Washington. Vous pensez donc que vous devez absolument vous en séparer ?

– Je ne « pense » pas qu'il faille m'en séparer. Si vous connaissiez Émile Perez aussi bien que moi, vous sauriez que je n'ai pas le choix. Il ne lance pas de menaces en l'air. C'est le parfait exemple du bureaucrate inquiet, qui a une peur bleue de perdre son boulot.

– Faut-il le faire tout de suite ? s'enquit Mme Washington.

– N'est-ce pas Shakespeare qui a dit : « Ce que tu dois faire, fais-le vite » ?

– Non, si j'en crois ma Bible, c'est Jésus. Au cours de la Cène, rectifia Mme Washington. Mais dans ce cas précis, la « rapidité » peut être relative. Donnez-moi quelques jours. C'est très important.

– J'aimerais bien, mais j'ai déjà reporté cette décision en n'agissant pas aujourd'hui. Alors quand il se présentera jeudi, j'agirai, déclara Catherine Flaherty.

Devant cet événement inattendu, Mme Washington hocha la tête de désarroi et de désespoir.

– Un si beau plan, si rondement mené...

Telles furent ses seules paroles avant de quitter la pièce.

Le jeudi matin, Samuel Horowitz arriva à l'hôpital. Comme d'habitude, il prit l'ascenseur jusqu'à l'étage des nurseries. Il passa devant le bureau de

Mme Haworth qui, pour l'instant, était vide. Il se rendit directement au vestiaire. Il était en train de se frotter les mains avec ardeur, l'une de ses activités favorites, quand il fut alerté par un coup frappé sur la porte de verre. Quand il se retourna, il aperçut Mme Haworth qui lui faisait signe d'approcher d'un mouvement d'index relativement autoritaire.

« Ah ! pensa-t-il. Un cas particulier. Sans doute un petit qui va très mal. Il a besoin d'un traitement spécial. Et qui appelle-t-on ? Samuel Horowitz ! Et qui répondra à l'appel avec alacrité, comme on dit dans les livres ? Le même Samuel Horowitz ! »

Il continua à se récurer les mains en lui souriant et hocha la tête pour bien lui faire comprendre qu'il était prêt à relever le défi. Mme Haworth ne semblait pas rassurée. Ses gestes se firent de plus en plus frénétiques, impérieux. Enfin, il se sécha les mains et ouvrit la porte en déclarant :

– Madame Haworth, inutile de vous énerver. Je suis prêt, j'arrive.

– Monsieur Horowitz, je suis navrée de ne pas avoir été dans mon bureau quand vous êtes arrivé. Cela nous aurait épargné bien des ennuis.

– Je suis prêt à faire face à n'importe quel problème, la rassura Horowitz.

– Vous ne comprenez pas, répliqua l'infirmière. Mme Flaherty veut vous voir. Tout de suite.

– Et c'est cela qui vous inquiète tant ? reprit Horowitz. Pas de problème, comme on dit. Je me laverai de nouveau les mains après notre entretien.

Mme Haworth ne répondit pas, considérant que ce n'était pas à elle de lui faire part de la mauvaise nouvelle qui l'attendait. Elle fut soulagée de le voir remettre sa veste et partir en direction du Service des bénévoles.

Samuel Horowitz s'avança vers la porte entrouverte du bureau de Mme Flaherty, s'arrêta et frappa doucement.

– Madame Flaherty, êtes-vous dans une tenue décente et propre à recevoir un visiteur ? plaisanta-t-il d'un ton enjoué.

– Entrez, monsieur Horowitz, lui fut-il répondu d'une voix ferme et posée.

Il aurait dû y voir un avertissement. Mais il ne vit rien du tout. Il entra, le sourire aux lèvres.

– Notre entretien doit-il se prolonger au point que je prenne la peine de m'asseoir ? demanda-t-il en désignant le fauteuil des visiteurs.

Le visage de son interlocutrice ne se défit nullement de la sévérité avec laquelle elle l'avait accueilli.

– Monsieur Horowitz, je ne sais pas comment faire ce à quoi je me vois contrainte, car cela ne m'est encore jamais arrivé.

– Ah, c'est donc d'un conseil dont vous avez besoin. Eh bien, Samuel Horowitz n'est jamais avare de conseils, sachez-le. Même si cela ne plaît pas à tout le monde. Alors quel est *votre* problème ?

– Monsieur Horowitz, je serai très directe : Vous êtes-vous ou ne vous êtes-vous pas rendu au domicile d'un enfant nommé Cletus Simon vendredi dernier ?

– Oh, c'est donc ça ! Oui, bien sûr. Et j'en suis très heureux. Croyez-moi, j'ai beaucoup mieux dormi ce soir-là, sachant que ce petiot était en de bonnes mains. Non seulement sa mère est en forme, mais de plus, sa grand-mère est une dure à cuire. Tout cela est très encourageant. En fait, si vous souhaitez un rapport écrit, je serai enchanté de vous en faire un.

– Monsieur Horowitz, vous ne vous êtes pas rendu compte qu'en agissant ainsi, vous violiez nos règlements ?

– Dès règlements stupides, pourvu que l'enfant soit bien traité. C'est cela qui est important, s'entêta Horowitz.

– Monsieur Horowitz, vous refusez de comprendre. Nos règlements ont une raison d'être. Et quiconque désobéit ne peut plus exercer d'activité bénévole.

– Ne peut plus... répéta Horowitz, décontenancé.

Qu'est-ce que cela veut dire exactement, « ne peut plus »... ?

– Cela signifie, monsieur Horowitz, que je dois vous demander de ne plus jamais revenir ici, dit Catherine Flaherty le plus simplement possible.

– *Jamais*... Jamais est un grand mot. Cela semble... si définitif. Avouez-le, madame Flaherty, vous êtes en train de me faire peur pour que je ne recommence pas. Est-ce que je me trompe ?

– Oui, monsieur Horowitz, vous vous trompez.

– Vous voulez dire que pour une peccadille pareille...

Horowitz luttait contre le sentiment de malaise qui commençait à l'envahir.

– Mais enfin, je peux faire tant de bien à ces petits, et ils m'aiment. Je sais bien que vous êtes persuadée qu'ils ne nous distinguent pas les uns des autres, mais croyez-moi, ils me connaissent. Ils se sentent en sécurité dans mes bras. Ils mangent quand je leur donne leur biberon. Ils m'écoutent quand je chante. Ils comprennent quand je leur parle. Pas les mots, le sens. Ils savent qu'ils ont un ami en ce monde. Quoi que vous pensiez de moi, vous leur causez du tort en m'éloignant d'eux, plaida Horowitz.

Mme Flaherty aurait souhaité qu'il fût en son pouvoir d'annuler l'ordre donné par Émile Perez, directeur des services sociaux. Samuel Horowitz avait à présent les yeux humides, et elle redoutait qu'il ne se mît à pleurer.

– Je suis navrée, monsieur Horowitz, dit-elle pour mettre fin à ce pénible entretien, mais j'ai des ordres.

– Oui, oui, bien sûr, vous avez des ordres, répéta-t-il d'un air désorienté. Pour aujourd'hui... fit-il d'un ton interrogateur.

– M. Perez a dit que cet ordre devait prendre effet immédiatement.

– Oui, bien sûr. Évidemment. Immédiatement.

– Je dois vous demander de me rendre votre laissez-passer, s'il vous plaît, ajouta-t-elle quand il se tourna vers la porte.

Les yeux embués de larmes, si profondément blessé qu'il n'osa pas regarder autour de lui quand il se retrouva près des nurseries, Samuel Horowitz se dirigea d'un pas traînant vers l'ascenseur.

Il sortit du bâtiment et s'engagea dans Harlem Street. Il était tellement abattu qu'il ne fit pas signe au bus qui approchait. Comme il n'y avait aucun autre passager, celui-ci continua sa route vers le centre-ville.

Horowitz marcha lentement en hochant la tête. Comment un acte aussi banal avait-il pu devenir un crime ? C'était seulement pour s'assurer que le petit Cletus était en sécurité, en bonne santé, que l'on s'occupait bien de lui. Après tout, n'était-ce pas l'objectif du groupe de bénévoles ? Leurs devoirs envers un enfant sans défense disparaissaient-ils simplement parce qu'on l'avait retiré de la nursery ? Ne comprenait-on donc pas qu'il aurait peut-être besoin de beaucoup plus de protection une fois sorti de l'hôpital ?

Il poursuivit son chemin en s'en prenant à l'hôpital, à Mme Flaherty, à ce M. Perez et à l'injustice du monde en général. Un autre bus passa. Cette fois, il le remarqua et fit un geste tardif et futile pour l'arrêter.

« Bon, et si je dois marcher dans les rues de New York... ? se dit-il en renonçant à le héler. Qui s'en préoccupe ? Mona ? Pas moi, en tout cas. On peut bien m'attaquer. De toute façon, ma vie est fichue. »

Il se remit à marcher en reniflant de temps à autre, le mouchoir à la main, et en maudissant l'air de New York. « La pollution. Il y a trop de pollution. »

Cela faisait longtemps qu'il ne s'était pas senti aussi déprimé. C'était encore pire que le jour où il s'était rendu compte que l'on n'avait plus besoin de lui dans l'entreprise qu'il avait fondée et à laquelle il avait consacré plus de quarante ans de sa vie.

16

Mme Harriet Washington appela Samuel Horowitz le soir même. Bernadine ayant interrompu les préparatifs du dîner pour répondre au téléphone, elle comprit que cela allait vraiment très mal. En temps normal, Horowitz, toujours avide de conversation, aurait décroché dès la première sonnerie.

– Bonsoir, Bernadine, dit-elle.

– Bonsoir, madame Washington.

Au ton consterné de Bernadine, elle comprit aussitôt qu'un lourd voile s'était abattu sur la maisonnée, car la fidèle servante se faisait souvent l'écho de l'humeur du maître de céans. Quand elle eut Horowitz lui-même au bout du fil, ses soupçons se confirmèrent. Tout au long d'une conversation où il lui demanda, comme à l'ordinaire, des nouvelles de sa famille, tandis qu'elle s'inquiétait de sa santé, il ne dit pas un mot de sa confrontation avec Mme Flaherty ni de son expulsion du service des bénévoles.

Elle prit le parti de ne pas mettre elle-même ce pénible sujet sur le tapis. Mais quand elle raccrocha, elle était extrêmement troublée.

Non seulement le projet auquel elle tenait tant était tombé à l'eau, mais, de plus, le destin de Samuel Horowitz s'annonçait des plus sombres. Il s'était tellement dépensé pour « ses bébés » que, maintenant qu'il en était privé, son état était encore plus désespéré que lorsque Mme Washington l'avait incité à faire du volontariat.

Quant à l'autre aspect du plan qu'elle avait si minutieusement mis au point, il ne pouvait plus se réaliser. Tout son travail d'éclaireur, tous les renseignements qu'elle avait récoltés sur le passé de ces femmes, leur art culinaire et leurs habitudes ménagères, tout cela n'était plus que temps et stratégie perdus. Horowitz ayant été renvoyé de l'hôpital, la rencontre de hasard, qu'elle avait si bien programmée, n'avait plus, semble-t-il, aucune chance d'avoir lieu.

Il n'y avait aucun doute dans l'esprit d'Harriet Washington : En s'immisçant – quel que fût le terme dont on pût qualifier son initiative, oui, il s'agissait bien d'une immixtion – dans le cours de son existence, elle avait créé une situation bien pire que celle qu'elle avait cherché à modifier.

Elle tenta de trouver des arguments en faveur de sa stratégie en faisant le compte des bienfaits qui avaient résulté du travail bénévole d'Horowitz. Il avait repris goût à la vie, trouvé une raison pour ne pas se laisser abattre, un endroit où aller régulièrement, où il était attendu et où l'on estimait les services qu'il rendait, enfin une activité dont il avait fini par être fier. C'était un plaisir rien que de le voir se frotter les mains. C'était prendre une leçon de dévouement que de le voir s'occuper de ses petits protégés. Même Mme Flaherty le reconnaissait. Le priver de tout cela, c'était jeter une bouée de sauvetage à un homme qui se noie pour la lui arracher dès qu'il l'a enfin saisie.

Cependant, Harriet Washington ne pouvait nier qu'il l'avait cherché. Il avait violé les règles. Il était clairement entendu que, le moment venu, les bénévoles comme les parents nourriciers devaient renoncer à tout lien et à tout contact. Mais tel était Samuel Horowitz. Il ne laissait aucun règlement se mettre en travers de son chemin. C'était un homme qui obéissait à son instinct, lequel, bien que généralement dénué d'égoïsme, n'était pas toujours de bon conseil.

Ironie du sort, c'était justement cet instinct protecteur à l'égard d'un enfant qui avait provoqué sa chute et conduit sa magistrale stratégie et son travail de détective au désastre.

Elle ne dormit pas bien cette nuit-là. Ni la suivante.

Au bout de trois nuits blanches, elle renonça.

Ce matin-là, elle était assise dans le bus qui traversait la ville et la conduisait chez un patient, quand elle sursauta, non parce qu'elle avait reçu un coup de coude, mais parce que des mots familiers lui étaient soudain revenus en mémoire.

« Harriet, mon enfant, ce monde est plein de citrons acides. Surtout pour les gens de couleur. Si tu ne veux pas être très malheureuse plus tard, tu ferais mieux d'apprendre à presser ces citrons et à y ajouter du sucre pour en faire de la citronnade. »

Les mots de sa grand-mère. Ainsi lui parlait-elle quand Harriet était petite fille. Et ces paroles-là l'avaient guidée et encouragée tout au long de son existence. Elles l'avaient aidée à surmonter les épreuves et à devenir non seulement infirmière diplômée, mais encore l'une des kinésithérapeutes les plus recherchées de la ville, après avoir été cuisinière et femme de ménage.

« Mais pourquoi ce souvenir a-t-il surgi si inopinément ? » se demanda-t-elle pendant le reste du trajet.

La journée fut difficile. Elle dut contraindre son patient à sortir en fauteuil roulant pour la première fois. Cela l'avait rendu grincheux pour le restant de la journée. Selon son habitude, elle l'avait aussi forcé à effectuer tous ses exercices de dextérité manuelle. Et pendant ce temps, elle n'avait cessé de penser à ces citrons pressés et au sucre qui devait adoucir ce breuvage.

Quand l'heure fut venue de regagner l'hôpital où

elle devait prendre son service bénévole, elle savait qui il convenait de presser et comment sucrer la potion. Demain, elle s'arrangerait pour arriver suffisamment tôt et croiser le chemin de Molly Mendelsohn.

Harriet Washington, cherchant à l'endormir, berçait un petit enfant qui n'était arrivé dans la nursery que deux jours plus tôt. On l'avait abandonné dans le hall d'un immeuble proche de l'hôpital, quelques heures après sa naissance. Il était en parfaite condition physique et son état ne justifiait aucun soin intensif ; on l'avait donc envoyé là en attendant de procéder à son identification et de lui trouver un foyer d'accueil.

Le petit avait mangé de bon appétit. A sa placidité on comprenait que rien ne le troublait, et certainement pas la drogue. Mme Washington était tout heureuse de le bercer et de lui gazouiller quelques mots à l'oreille. Pendant ce temps, Molly Mendelsohn, qui avait replacé l'enfant dont elle avait la charge dans son berceau, approcha. Elle se pencha pour observer le petit visage tout rose.

– Je me suis occupée d'elle hier, à son arrivée, lui expliqua-t-elle. Une jolie petite. C'est triste de penser qu'une mère soit capable d'abandonner son bébé comme ça. Nous vivons une époque terrible.

– C'est vrai, acquiesça Mme Washington d'un air triste.

– Bon, il faut que je parte. J'attends un coup de fil de mon petit-fils, Mark. Le vendredi soir, il appelle souvent entre sept et huit.

– Voilà un petit-fils très attentionné, dit Mme Washington.

– Il est à la faculté de droit de Yale, se crut obligée d'ajouter Molly Mendelsohn. Il connaît mes horaires. Il sait que le vendredi après-midi je suis ici. Alors il se dit que, le soir, je serai toute seule à la maison. Et c'est vrai, je suis toujours seule. Il m'appelle pour me remonter le moral.

– C'est un jeune homme très gentil, approuva Mme Washington, en faisant mine de se lever avec l'enfant dans les bras. Madame Mendelshon, pourriez-vous me rendre un service ? demanda-t-elle soudain, comme si une mouche l'avait piquée.

– Bien sûr. Tout ce que vous voudrez.

– Tenez-la le temps que je sorte de ce fauteuil à bascule. Si vous avez déjà eu mal au dos, vous me comprendrez. On a parfois besoin des deux mains pour se relever.

– Si je le sais ? Et comment ? compatit Mme Mendelsohn. Le mal de dos, ça va de pair avec l'âge. Donnez-la-moi, je vous en prie. Et prenez votre temps pour vous redresser.

Quand l'enfant fut passée de ses bras dans ceux de Molly Mendelsohn, Harriet Washington se leva en feignant une gêne beaucoup plus importante que celle qu'elle éprouvait réellement. Une fois qu'elle fut debout, elle se massa les lombaires tout en déclarant :

– Quelle pitié, n'est-ce pas ?

– Je ne m'inquiéterais pas à votre place, madame Washington. Un petit être en bonne santé comme elle va passer quelques semaines en nourrice le temps d'obtenir tous les papiers légaux. Ensuite on se battra pour l'adopter.

– Je voulais parler de M. Horowitz.

– Oh, mon Dieu, que s'est-il passé ? Une autre attaque ? Il essaie de le cacher, mais je sais qu'il a fait une crise cardiaque.

– Non, non, ce n'est pas cela, poursuivit Mme Washington.

– Alors quoi ? Un infarctus grave ? J'ai entendu dire que cela arrivait parfois après une attaque. Quand on y pense... nous avons perdu plus d'un bénévole ces dernières années. Et très soudainement. On les aperçoit un après-midi et puis on ne les revoit plus que dans le *New York Times.* A la rubrique nécrologique, dans ces annonces que font publier les familles et les œuvres de bienfaisance pour faire part d'un décès. Cela fait toujours un choc ! Même si, à notre âge, on peut s'y attendre. Alors que s'est-il passé ? A moins que... ? Avec son caractère, il a dû se mettre dans tous ses états pour une bagatelle et s'effondrer. C'est ça ?

– Il n'a pas fait de seconde crise cardiaque. Il est en très bonne santé.

– Alors qu'est-ce qui ne va pas ? demanda Molly Mendelsohn.

– On veut le renvoyer, dit Mme Washington.

– Le renvoyer ? fit Molly Mendelsohn, de plus en plus perplexe. Je ne savais pas qu'il faisait encore des études. Que suit-il, des cours à Columbia ou à l'université municipale ?

– Ils veulent l'expulser du groupe de bénévoles.

– C'est impossible ! Comment peut-on dire à quelqu'un : Vous n'avez pas le droit de faire du bénévolat ?

– C'est tout à fait possible. Et ils le feront. A moins qu'on n'agisse, fit observer Mme Washington.

– Qu'a-t-il donc fait pour qu'on veuille le mettre à la porte ?

Mme Washington lui raconta dans les moindres détails ce qu'elle savait du crime dont on avait reconnu Samuel Horowitz coupable.

– Il n'aurait pas dû faire ça.

Molly Mendelsohn hocha tristement la tête.

– Cela dit, je dois reconnaître qu'il était très attaché à ce petit. Un jour où je m'occupais de lui, M. Horowitz est revenu après son service pour me montrer ce que je devais faire exactement. Comme si ce n'était pas moi qui l'avais formé le premier jour. Mais il avait l'impression que ce petit nécessitait des soins particuliers. Il était tellement fier de son Cletus ! Il l'appelait tout le temps par son prénom. Il n'aurait quand même jamais, jamais, dû rendre visite à la mère. Ça non !

– Mais pensez-vous qu'il mérite d'être renvoyé pour avoir commis un acte aussi désintéressé ? Après tout, il faisait très bien son travail ici.

– Personne ne se frotte les mains avec autant d'ardeur, reconnut Molly Mendelsohn.

– Personne n'est plus tendre ni plus attentionné avec un bébé, ajouta Mme Washington.

– Il les enveloppe bien dans leur couverture pour leur donner une impression de sécurité, comme je le lui ai enseigné, dit Molly Mendelsohn. Dommage, dommage !

– Si seulement on pouvait faire quelque chose... se lamenta Mme Washington.

Puis elle parut saisie d'une brusque inspiration.

– Et pourquoi pas ? fit-elle soudain.

– Pourquoi pas quoi ?

– Organisons-nous ! s'écria Mme Washington.

– Organiser quoi ?

– Une protestation. Après tout, s'ils renvoient Horowitz aujourd'hui, demain ils peuvent tout aussi bien nous mettre à la porte. Je ne crois pas que nous devrions laisser passer ça. Et vous ?

Molly Mendelsohn réfléchit quelques instants avant de répondre :

– Ce n'est sans doute pas l'homme le plus facile à vivre qui soit, mais il a quand même des droits. Tout le monde a des droits. En fait, de nos jours, plus les gens sont difficiles à vivre, plus ils semblent avoir de droits.

« Samuel Horowitz n'aurait pas dit mieux. Comme j'ai bien fait de choisir cette dame ! »

– Ce n'est pas une question de personne, mais de principe, déclara Mme Washington. Nous ne pouvons pas les laisser faire, n'est-ce pas ?

– Nous devrions prendre des leçons des femmes plus jeunes, des activistes. Je sais bien. Nous allons rédiger une pétition ! Et nous allons la présenter à Mme Flaherty !

17

Molly Mendelsohn habitait un appartement au coin de West End Avenue et de la 82e Rue. Elle vivait maintenant seule dans ce lieu où elle avait passé toute sa vie avec Phil, son mari. Elle y avait élevé deux enfants, son fils, Lawrence, et sa fille, Sybil. Après la mort de son époux, elle y était restée pour deux raisons : elle n'avait pu se résoudre à quitter un endroit qui lui avait si souvent apporté la sécurité et le réconfort. Et puis son fils, associé d'un gros cabinet de comptabilité, lui avait fait remarquer qu'avec la stabilisation des loyers elle ne trouverait aucun appartement plus petit, bien situé, avec un loyer aussi bas.

Il y avait un portier et des ascenseurs qui étaient encore sous la surveillance d'êtres humains. Elle connaissait les commerçants auxquels elle avait affaire, l'épicier, le marchand de légumes, la boucherie kasher et le papetier du coin, qui lui livrait son journal chaque matin.

Depuis que Lawrence s'était installé en banlieue, pour que ses enfants puissent se rendre à l'école en toute sécurité, et que sa fille habitait Philadelphie en raison des activités professionnelles de son époux, Molly Mendelsohn était le plus souvent seule.

Sa famille ne se trouvait réunie au grand complet

qu'en de rares occasions, les funérailles d'un proche, un mariage de temps à autre, la remise de diplôme d'un petit-enfant et le soir de la Pâque, où, chez les Mendelsohn, la tradition était toujours observée. Le *seder* [1] du premier soir se tenait chez la grand-mère.

Pendant toute la semaine, elle s'affairait aux préparatifs, commandait poulets, bœuf et poitrine de veau, des œufs par douzaines, du pain azyme et de la farine pour les farces et pour les crêpes, des patates douces et des carottes pour les *tzimmes* [2], des pommes de terre, des salades, des haricots verts et des petits pois, du vin pour la table et surtout le radis noir, les herbes amères et le jarret d'agneau indispensable à la réussite de la cérémonie.

La veille de la fête, elle passait la journée entière à cuisiner petits plats et pâtisseries. Sa grande spécialité, le gâteau au miel qui faisait le régal de Phil et que Lawrence aimait tant qu'il emportait toujours le reste chez lui. Elle préparait tout à l'avance pour qu'il n'y ait plus qu'à faire rôtir les viandes et cuire les desserts au four l'après-midi du grand jour. Il fallait que tout soit prêt pour l'arrivée de ses petits, disait-elle.

Comme Sybil, son mari et leurs deux filles venaient tout droit de Philadelphie, Molly leur préparait des petits pâtés et des oignons frits pour les faire patienter jusqu'au dîner. Lawrence, sa femme et leurs deux enfants, arrivaient toujours en retard, pour une raison ou une autre, juste pour le début du *seder*. Lawrence, qui se considérait comme un connaisseur, tenait à apporter le vin adéquat à la célébration. Au fond, Molly aimait mieux les marques bon marché que l'on vendait pour la Pâque aux vins chers qui avaient la préférence de son fils, mais elle gardait cela pour elle. Ceux-là lui rappelaient les jours anciens, le temps où Phil était

1. Veillée pascale.
2. Plat à base de carottes et parfois d'autres légumes râpés, sucrés et accompagnés de raisins secs.

vivant et qu'il se chargeait de ces choses-là. A cette époque, ils buvaient des vins kasher de chez Mogen David ou Manischewitz. Ce n'étaient pas de grands crus, mais leurs noms leur étaient familiers. Si cela faisait plaisir à Lawrence de les régaler de vins français et même israéliens, il ne fallait pas l'en priver.

Pour Molly Mendelsohn, la Pâque était le grand événement de l'année. Le reste du temps, elle s'était accoutumée à son existence de veuve esseulée et se consacrait à des activités bénévoles, à l'hôpital, au groupe des auxiliaires de la synagogue, à la collecte de fonds pour les œuvres de bienfaisance, telles que l'Association de lutte contre le cancer, et les maladies cardio-vasculaires ou encore, celle s'occupant des timbres de Pâques pour les handicapés. Ces grandes causes exigeaient qu'elle rédigeât avec soin, de son écriture si particulière, des enveloppes destinées aux occupants de chaque appartement de son immeuble, et qu'elle demandât au liftier de les glisser sous les portes. Puis elle attendait le retour des enveloppes contenant la contribution de chacun. La plupart ne lui revenaient jamais. Mais Molly Mendelsohn avait fait son devoir.

Elle faisait aussi les mots croisés du *New York Times* en buvant son café du matin, regardait les débats à la télévision ou les écoutait à la radio. Un après-midi par semaine, elle suivait un cours de gymnastique dont Jane Fonda lui avait appris l'existence lors d'une émission télévisée.

Elle était moins entichée de son régime depuis qu'il était de notoriété publique que la célèbre actrice avait eu recours aux services de la chirurgie plastique pour augmenter le volume de ses seins.

« *Pas mal pour une femme qui a plus de soixante ans*, songeait-elle, plantée devant la glace de sa salle de bains. Et je n'ai pas besoin de me faire opérer comme certaines vedettes de cinéma ou certains mannequins. »

L'après-midi, Molly Mendelsohn allait au cinéma

au tarif préférentiel réservé aux personnes du troisième âge, en compagnie de veuves de ses amies ou des dames de la synagogue.

Mais il y avait surtout les longues heures de solitude, les plus nombreuses, le jour comme la nuit.

De toutes ses activités, ce qu'elle préférait, c'était son service à l'hôpital. Quand elle s'occupait de ces malheureux enfants, elle retrouvait sa jeunesse. Elle avait l'impression de tenir à nouveau Lawrence nouveau-né ou Sybil à quelques semaines. C'était un plaisir indescriptible de prendre ces petits êtres si fragiles. Elle les avait vus, elle aussi, retourner à contrecœur dans le monde d'où ils étaient issus, partir vers une destinée dont elle ne saurait jamais rien. Mais tel était le lot des bénévoles. Il fallait remplir sa tâche et se satisfaire du travail bien fait.

Étant donné ses sentiments à cet égard, elle plaignait Samuel Horowitz. Il était stupide et risqué d'avoir agi ainsi, mais elle le comprenait. Et elle était indignée de la punition qu'on lui avait infligée.

Ce fut donc avec une attention particulière et avec le plus grand dévouement qu'elle confectionna la pancarte qu'elle s'était engagée à rédiger. Courbée sur sa table de salle à manger, elle s'adonnait donc à une activité dans laquelle elle excellait à l'école, le tracé de belles lettres.

Avec un stylo à plume et de l'encre de Chine noire, elle avait déjà rédigé deux pancartes et s'attaquait à la troisième.

SAUVEZ UN BÉNÉVOLE
OU CE SERA PEUT-ÊTRE BIENTÔT
VOTRE TOUR.

Dessous, elle inscrivit en caractères plus petits mais non moins nets les principaux épisodes de la triste saga du volontaire Samuel Horowitz qui, pour s'être préoccupé du sort d'un malheureux enfant, victime de la toxicomanie de sa mère, avait été exclu du service des bénévoles.

Ainsi Molly Mendelsohn concluait-elle son œuvre.

Quand elle eut achevé cette troisième description du calvaire de la victime, elle se rendit compte qu'elle lui avait pardonné son attitude agressive lors de leur première rencontre. Elle lui avait même attribué des qualités supérieures à celles qu'il possédait réellement.

Elle tendit ses trois cartons à bout de bras et les trouva parfaits. Puis à l'aide d'un cordon elle attacha un stylo-bille bon marché à chacun d'eux pour qu'en signe de protestation, les lecteurs de ce texte vengeur y apposent leur signature.

Il ne restait plus qu'à les afficher, l'un sur le panneau accroché près de la cafetière, un endroit où les bénévoles ne pouvaient pas le manquer, les deux autres bien en vue.

Tout en admirant son œuvre, elle ne put s'empêcher de songer à l'ironie de la situation. Le seul bénévole qui ne verrait pas ce travail bien fait, mais néanmoins hardi, serait ce même Samuel Horowitz.

18

Le lendemain après-midi, avant de se rendre à l'hôpital, Molly Mendelsohn jeta un dernier coup d'œil aux trois pancartes avant de les envelopper dans du papier kraft.

Elle ne put s'empêcher de contempler son travail une dernière fois. Son talent ne s'était pas trop émoussé depuis la dernière fois qu'elle l'avait mis à contribution. Elle était alors en dernière année au lycée Julia-Richman, dans un cours d'économie domestique, comme on disait en ce temps-là, dont l'enseignement principal était la cuisine. On lui avait assigné la tâche de rédiger les recettes de base, dont on s'inspirerait pour poser les questions à l'examen final.

– Molly, vous avez l'écriture la plus belle et la plus nette de toute la classe, lui avait dit Mlle Tolbert, son professeur. Vous ferez donc les fiches.

Molly les avait confectionnées. Elle avait acheté le carton blanc, l'encre de Chine, les plumes à pointe large. Son travail s'était révélé si remarquable que Mlle Tolbert l'avait dispensée de l'examen final et lui avait mis la meilleure note possible.

« Qui aurait pu penser alors qu'après avoir été mariée, avoir porté des enfants et les avoir élevés, Molly Lefkowitz, devenue veuve et bénévole dans un hôpital, referait un jour les mêmes gestes ? se disait-elle en attachant une ficelle autour du papier kraft. Toute une vie contenue dans une simple phrase », songeait-elle encore avec tristesse. Et pourtant son existence n'avait pas été triste. Elle avait même été profondément satisfaisante. Toutes ces années passées avec Phil Mendelsohn avaient été bonnes et enrichissantes. De bien des manières.

Même les premiers temps, quand ils débutaient et que Phil travaillait comme styliste chez un fabricant de robes pour jeunes femmes. Il était à l'ouvrage six jours par semaine, parfois sept en saison. Il prenait ses congés avant Noël, entre deux collections de prêt-à-porter, et deux semaines en été, quand les enfants étaient trop jeunes pour partir en colonie de vacances et qu'ils les emmenaient à la campagne.

Quand Phil se fut mis à son compte, la vie fut encore plus trépidante. Il travaillait davantage. Pourtant il s'arrangeait pour que leur foyer, leur famille soit une réalité, avec elle et pour elle. Bien sûr, il y avait aussi ces moments où leurs amis partaient en voyage et invitaient les Mendelsohn à les accompagner. Des voyages en Europe ou sur la côte Ouest. Phil avait toujours trop à faire. « Un jour, quand je ralentirai mes activités ou quand je prendrai ma retraite », promettait-il toujours.

Mais quand Phil prit sa retraite, ce fut pour des raisons de santé. Comme il détestait s'éloigner de ses médecins et des grands hôpitaux de New York en lesquels il avait confiance, jamais ils n'avaient fait ces voyages, ni pris ces avions, ni passé de vacances en Floride ou en Arizona.

Quand elle regardait ses enfants, qui avaient réussi leur vie d'adultes et qui avaient désormais leurs propres enfants, elle ne regrettait rien.

Enfin, tout en se saisissant de son paquet bien ficelé, elle se souvint de ce que Mlle Tolbert lui disait :

– Molly Lefkowitz, vous êtes l'élève la plus soignée que j'aie jamais eue. Je reconnais toujours vos copies à la netteté de votre écriture.

Elle se sentit ridicule et même un peu puérile d'avoir attaché tant d'importance à ce souvenir jusqu'à ce jour. Cela expliquait peut-être que toute sa vie de mère et de ménagère ait été marquée par un soin extrême. On la complimentait souvent pour cette qualité. Chaque fois qu'il y avait une fête familiale en vue, une *bar mitzvah* ou une célébration comme la Pâque, la remise d'un diplôme universitaire ou professionnel, une grande occasion, la première rencontre des familles de deux fiancés par exemple, la jeune génération disait alors :

– Organisez donc ça chez tante Molly. Elle fait toujours très bonne impression.

En toute occasion, pour peu qu'on leur donnât le choix, Phil et toute la famille reprenaient en chœur :

– Demandez donc à tante Molly. Elle fait si bien les choses !

Elle comprit soudain qu'il était temps de se raisonner. « Il faut que je cesse de ressasser le passé. Si je ne me dépêche pas, la moitié des bénévoles ne verront pas mes affiches aujourd'hui. Et nous avons besoin de toutes les signatures, si nous voulons sauver cet Horowitz. Je me demande pourquoi une Noire comme Mme Washington se fait tant de souci pour lui. Qu'en est-il exactement ? Est-il possible... Non, certainement pas. Après tout, elle n'est pas juive. »

Prendre le bus, avec ses affiches encombrantes, se révélait impossible. Malgré l'augmentation des tarifs des taxis, elle décida donc de s'en offrir un ce jour-là.

« Dans cette ville, les choses sont de plus en plus incontrôlables », se dit-elle en hélant un taxi au coin de West End Avenue et de la 82e Rue.

Elle demanda à Mme Brown de lui tenir la pancarte devant le panneau du coin café.

– Plus haut, fit Molly.

Mme Brown obtempéra.

– Non, pas trop haut ! Remettez-la où elle était.

Tandis que Mme Brown la maintenait fermement en place, Molly Mendelsohn enfonçait les punaises rouges dans un panneau de liège. Puis elle retira le capuchon du stylo qui pendait au bout d'un fil de laine rouge.

– Maintenant, c'est à nous les bénévoles d'agir ! déclara Molly.

Elle afficha les deux autres sur la porte de la nursery et sur le placard des fournitures, deux endroits où les volontaires du service ne pouvaient les ignorer.

Dès la première heure, il y eut assez de signatures sur la pancarte placée près de la cafetière pour que l'on fût contraint d'écrire en toutes petites lettres.

Les affiches de la nursery et du placard à fournitures ne connurent pas le même succès, mais elles recueillirent néanmoins quelques signatures.

Entre deux bébés, Molly Mendelsohn allait jeter un coup d'œil à chacun de ses panneaux. Elle fut très satisfaite du résultat, jusqu'au moment où on la convoqua dans le bureau de Catherine Flaherty.

– En temps normal, jamais les choses ne seraient allées aussi loin, lui dit cette dernière. Mais j'ai passé la majeure partie de l'après-midi en réunion de direction. Maintenant, madame Mendelsohn, dois-je comprendre que c'est vous qui avez eu cette idée ? Que ce sont des affiches confectionnées par vos soins qui sollicitent des signatures pour M. Horowitz ?

– Oui, madame Flaherty, répondit Molly avec franchise.

– Vous rendez-vous compte que vous allez à l'encontre de la politique de l'hôpital ?

– Si l'hôpital a pour politique de punir un homme qui a accompli un acte extrêmement délicat, alors peut-être faut-il la changer, lui suggéra Molly Mendelsohn à sa manière, avec une douce fermeté.

– Vous avez donc pris sur vous de changer tout cela, répliqua Mme Flaherty.

– Étant donné le nombre de signatures que nous avons recueillies sur nos affiches, je ne dirais pas que j'ai pris cela sur moi, lui fit remarquer Molly. Mais je comprends bien dans quelle situation vous vous trouvez. Il n'est pas aisé de traiter avec ce monsieur Perez qui passe le plus clair de son temps à lisser sa moustache et à protéger sa carrière. Nous sommes tous dans le même bain, me suis-je dit : Mme Flaherty, M. Horowitz et tous les bénévoles. Et donc, pourquoi ne pas donner à Mme Flaherty quelques munitions pour le jour où elle retournera voir M. Perez pour lui demander de reconsidérer sa position.

– Vous voulez que j'apporte ces affiches à M. Perez ? demanda Mme Flaherty, non sans une certaine indignation.

– Cela vaudrait mieux que de désespérer toute votre équipe de bénévoles, lui fit observer Molly. Bien sûr, si vous préférez... ajouta-t-elle, tandis que Catherine Flaherty réfléchissait à sa proposition, je suis certaine que tout notre groupe irait très volontiers rendre visite à M. Perez en personne.

Elle avait lancé cette menace avec une douceur dont seule une diplomate de sa qualité pouvait détenir le secret.

– Non, non ! rétorqua aussitôt Mme Flaherty. Je ne crois pas que ce sera nécessaire. Mieux vaut que je me charge moi-même de cette affaire. Ce sera plus efficace.

Plus tard dans l'après-midi, les trois affiches furent décrochées, après que Catherine Flaherty eut annoncé que M. Perez allait reconsidérer la situation de M. Horowitz. A la fin de la journée, Mme Flaherty fut autorisée à appeler M. Horowitz pour lui demander de lui accorder un nouvel entretien.

Le lendemain matin, quand Horowitz pénétra dans le bureau de l'administratrice du service des bénévoles, il tomba sur les trois affiches où étaient inscrits en gros caractères, calligraphiés avec soin :

SAUVEZ UN BÉNÉVOLE
OU CE SERA PEUT-ÊTRE BIENTÔT
VOTRE TOUR.

Horowitz dut se pencher pour lire le texte placé sous ce titre et plisser les yeux pour déchiffrer la plupart des signatures.

– Ils ont fait ça pour moi ? demanda-t-il à Mme Flaherty.

– Oui, répondit celle-ci. Et c'est pour cette raison que l'on m'a autorisée à vous réintégrer sous condition.

– Sous condition ? fit Horowitz.

– La prochaine fois que vous violerez un règlement, quel qu'il soit, vous serez *renvoyé*. Pour de bon, cette fois !

Mme Flaherty s'efforça de paraître aussi sévère que possible quand elle lui rendit son laissez-passer de bénévole.

– Ne vous faites plus de souci pour moi, lui assura Horowitz. Dorénavant j'observerai les règles à la virgule près.

Il se retourna pour admirer encore une fois les pancartes salvatrices.

– De l'ouvrage soigné.

Il tâta le carton avec précaution.

– De la bonne qualité. Si ce n'est pas enfreindre le règlement, pouvez-vous me dire qui a fait ce beau travail ?

– Molly Mendelsohn, lui indiqua Mme Flaherty.

– Cette.. cette femme ! Elle a fait ça ! Pour moi ? s'étonna Horowitz, impressionné et touché à la fois. Eh bien, je... j'imagine que je dois la remercier d'avoir pris tant de peine.

Quand il retourna à la nursery, il apprit que

Mme Mendelsohn, ayant terminé son service, était partie. Elle ne devait revenir que le jeudi suivant. Il décida donc de rester un peu plus tard ce jour-là pour la remercier en personne.

Ce soir-là, quand Bernadine le quitta après avoir servi le dîner, débarrassé la table et rangé les assiettes dans un lave-vaisselle, Horowitz téléphona à Mme Washington.

– Chère madame Washington, si nous jouions un peu aux devinettes ?

Quand il avait une grande nouvelle à lui annoncer, surtout si celle-ci lui causait un plaisir tout personnel, il aimait prendre des chemins détournés. Elle accepta donc sa proposition.

– Mais cette fois, vous vous acquitterez de vos dettes jusqu'au dernier centime. Plus de tricherie ni de ces manœuvres malhonnêtes auxquelles vous aviez recours quand vous perdiez au bésigue.

– Madame Washington, reprit-il, feignant l'indignation, êtes-vous en train d'accuser Samuel Horowitz de ne pas régler ses dettes de jeu ? Ou ses dettes en général ?

– Bien sûr que non, abdiqua-t-elle immédiatement en espérant ainsi hâter ses révélations.

– Devinez ce qui m'est arrivé aujourd'hui ?

– Je ne sais pas par où commencer, dit Mme Washington, qui tenait à manifester la surprise la plus totale quand il lui ferait part de l'heureuse nouvelle.

– J'ai été convoqué. Non, disons invité dans le bureau de Mme Catherine Flaherty, administratrice du service des bénévoles. On m'a informé que j'étais réintégré comme bénévole de première classe.

– Mon Dieu, quelle excellente nouvelle ! s'exclama Mme Washington, qui laissa éclater son étonnement et son émerveillement.

– Non seulement j'ai été réintégré, mais j'ai un statut spécial, déclara Horowitz qui avait le don d'embellir la réalité. Et devinez comment tout cela est arrivé ? Mis à part le fait que M. Perez a enfin apprécié la valeur de mon travail.

– Comment ? s'enquit Mme Washington.

– Vous ne devinerez jamais. Qui en ce monde, qui parmi tous les volontaires aurait fait une chose pareille... Ce n'est même pas la peine d'essayer. Je vais vous le dire. C'est cette femme, cette veuve... Mme Mendelsohn. Elle a confectionné les plus magnifiques affiches que j'aie jamais vues et a demandé aux autres bénévoles d'élever les plus vives protestations contre le sort que l'on m'avait réservé !

– Ce n'est pas possible !

Mme Washington feignit l'étonnement le plus complet.

– Voyez-vous ça ! Cela montre simplement qu'il ne faut jamais juger une personne sur une première impression.

– Ne l'ai-je pas toujours dit, madame Washington ?

– Toujours, reconnut-elle volontiers. Évidemment, vous l'avez remerciée.

– Eh bien, en fait j'ai essayé. Mais elle était déjà partie. Je la verrai donc jeudi.

– Vous trouvez cela suffisant ? lui demanda-t-elle, tout en se disant qu'il était grand temps *de sucrer la citronnade*. Supposez qu'elle ne soit pas là jeudi ? Qu'elle ait attrapé un rhume ? ou qu'elle ait un problème familial ? Ces choses-là arrivent si vite.

Vous avez raison, madame Washington. Dites-moi, pensez-vous qu'il serait trop... trop entreprenant de ma part de l'appeler chez elle pour la remercier ? Je ne sais plus très bien ce qui se fait aujourd'hui.

– Étant donné les circonstances et considérant que vous voulez simplement la remercier de sa bonne action, je pense que ça va. Aucune femme ne se méprendrait sur un tel coup de fil.

– Bon, si vous croyez... fit Horowitz qui ne pensait qu'à remettre cela à plus tard.

– Oui, je le crois vraiment, déclara Mme Washington avec une fermeté renouvelée. J'ai entendu dire à l'hôpital, je m'en souviens, qu'elle habitait West End Avenue, ajouta-t-elle pour s'assurer qu'il suivrait sa suggestion. Entre le six cent et le six cent cinquante, dans ces numéros-là. Quand vous regarderez dans le bottin, n'oubliez pas qu'à New York, une femme seule ne met généralement que ses initiales, jamais son prénom.

– Je m'en souviendrai, lui promit-il.

« *Bien*, pensa Mme Washington, parce que moi, c'est sous cette forme que je l'ai trouvé dans le bottin. Mendelson, M. 643 West End, 726-0769. »

Par deux fois, Samuel Horowitz commença de composer ce numéro. Deux fois, sa détermination chancela avant qu'il eût terminé. Il se demanda pourquoi il était si nerveux, si peu sûr de lui.

« C'est sûrement parce qu'il faut que je lui présente des excuses. Lors de notre première rencontre, je n'ai quand même pas été l'homme le plus charmant du monde. Et le jour où j'ai voulu lui montrer comment elle devait s'occuper du petit Cletus, elle ne l'a pas vraiment bien pris. Mais cette femme a fait quelque chose de très beau pour moi. E puis ce n'est pas non plus facile de confectionner trois affiches avec autant de soin. Essayons encore.

« Mieux vaudrait d'abord savoir ce que je vais lui dire, surtout l'entrée en matière. “ Chère madame Mendelsohn... ” Non, c'est trop familier. Je ne veux pas lui donner l'impression qu'il s'agit d'autre chose que de lui dire merci. Il vaudrait sans doute mieux me présenter : “ Madame Mendelson, c'est Samuel Horowitz. ” Ou mieux encore : “ Monsieur Horowitz ! ” Oui, c'est ça, “ Madame Mendelson, c'est monsieur Horowitz. On m'a signalé que vous étiez à l'origine des trois affiches qui sont à l'origine... ” Non, non, non ! s'interrompit-il, c'est trop alambiqué. Et puis je me répète. Soyons simple et direct.

“ Madame Mendelsohn, je tiens à vous remercier du mal que vous vous êtes donné pour réaliser ces trois affiches qui m'ont valu... ” C'est encore trop compliqué. Il doit bien y avoir un moyen simple de dire merci. Après tout, il suffit d'un mot. Disons-le et voilà ! » Sa décision était prise.

Ainsi résolu, à la troisième tentative il réussit à composer entièrement le numéro. Il enttendit la sonnerie et éprouva un immense soulagement qu'on ne réponde pas. Il était sur le point de raccrocher quand il entendit une voix essoufflée :

– Allô ?

– Allô ? Madame Mendelsohn ?

– Oui, qui est à l'appareil ? répondit-elle, apparemment agacée et quelque peu sur la défensive.

– C'est Samuel... Je veux dire, monsieur Horowitz.

– Oh, monsieur Horowitz. Oui ?

– Je vous appelle pour vous remercier du très beau travail que vous avez fait pour ces trois affiches, que vous avez confectionnées pour moi et qui m'ont valu d'être réintégré dans le service des bénévoles de l'hôpital, débita-t-il d'une seule rafale.

« Oh, mon Dieu, tous ces mots ! se lamenta-t-il en lui-même. Trop nombreux, trop rapides. J'ai l'air d'un écolier qui récite sa leçon devant son professeur. Pourquoi suis-je si nerveux ? »

– Alors vous avez été réintégré ? J'en suis bien contente, répondit Molly Mendelsohn.

– Réintégré, lui confirma-t-il. Merci encore pour vos affiches. Savez-vous que vous avez une écriture splendide ? J'ai vu beaucoup d'affiches quand j'étais encore dans les affaires. Et les vôtres sont parmi les plus soignées qu'il m'ait été donné de contempler.

– Merci beaucoup, monsieur Horowitz.

– Et la qualité du carton ! Je m'y connais, voyez-vous, parce que j'étais du métier. Du moins dans une profession parallèle. Je suis un expert en papiers. Je sais donc également qu'on ne trouve pas couramment un tel carton dans les foyers, ni une telle encre de Chine, ni des plumes pour calligraphier. Vous avez dû vous donner beaucoup de peine pour vous procurer tout cela, sans parler des frais...

Molly Mendelsohn essaya de minimiser son effort.

– Ce n'est rien, je vous assure.

– De nos jours, il n'y a rien qui ne soit « vraiment rien », insista-t-il. Tout est trop cher. Surtout quand on est veuve. Je me souviens de vous avoir entendue dire que votre mari était décédé. Par conséquent, vous vivez avec un revenu fixe, la sécurité sociale et cetera. J'aimerais vous rembourser au moins les frais que je vous ai occasionnés.

– Je vous en prie, ce n'est pas nécessaire, protesta-t-elle.

– Si, si j'insiste ! Sinon je me sentirais coupable, s'entêta Horowitz.

– Je préfère que vous ne le fassiez pas, dit-elle, mettant un terme à cette discussion.

– Alors je vais vous proposer quelque chose, poursuivit Horowitz, prêt au compromis. Un jour où nous serons tous les deux à l'hôpital environ à la même heure, au lieu d'aller prendre un café, permettez-moi au moins de vous inviter à déjeuner.

– Bien... fit Molly Mendelsohn, pensive. Un de ces jours.

– Parfait ! dit Samuel Horowitz.

Dans l'heure qui suivit, Molly Mendelsohn appela Mme Washington.

– Madame Washington, vous ne devinerez jamais ce qui vient de m'arriver, déclara Molly en guise de préambule.

– Quoi donc ? demanda Harriet Washington d'une voix enjôleuse.

– M. Horowitz a appelé. Pour me remercier.

– Oh, comme c'est gentil de sa part ! répondit Mme Washington.

– Vous savez, au téléphone, il n’est pas du tout comme en tête à tête. Il a l’air très... très...

– Sympathique ? Attentionné ? suggéra Harriet Washington.

– Exactement, acquiesça Molly Mendelsohn. Et aussi un peu, comment dire ? Un tantinet nerveux.

– Vraiment ? s’exclama Mme Washington, comme si cela la surprenait.

– Oui. Mais comme vous l’avez si bien dit, gentil, attentionné. Une très agréable surprise.

– Pas possible ! conclut Mme Washington à l’autre bout de la ligne.

Sur l’île de Manhattan, trois personnes dormirent beaucoup mieux cette nuit-là.

« Tu avais raison, grand-mère, murmura Mme Washington dans son sommeil, tandis qu’elle se retournait entre ses draps. *Presser un peu, ajouter du sucre, et les citrons font une excellente citronnade !* »

19

Le lendemain mardi, Samuel Horowitz avait terminé son service à la nursery. Il s'était occupé de quatre enfants qu'il surnommait « mes Nations Unies », car l'un était blanc, l'autre noir, le troisième hispanique, et le dernier était un Oriental né dans un état de stress profond, en raison des dangers qu'avait encourus sa mère, au début de sa grossesse, alors qu'elle fuyait le Viêt-nam sur un bateau de fortune.

Au nom du statut d'expert qu'il s'était lui-même décerné, Horowitz décréta que cet enfant avait de bonnes chances de mener une vie normale. Consulté, son associé, Homer Wesley, confirma son pronostic.

C'était justement une journée où Samuel Horowitz avait grand besoin de se sentir soutenu, car il avait décidé de rester jusqu'à l'arrivée des bénévoles de l'après-midi. S'il ne s'était pas trompé d'horaire, il saisirait cette Mme Mendelsohn au vol avant le déjeuner. Si bien qu'au lieu d'éviter soigneusement le coin-café, comme à l'accoutumée, il l'attendit sans trop s'éloigner de la cafetière. Tandis que les autres partageaient café et pâtisseries, Horowitz se plongea dans une page du *Times* qu'il n'avait pas lue avant de partir. Le mardi, c'était la page des sciences. Horowitz la brandit très haut pour que chacun vît bien qu'il avait l'esprit scientifique et qu'il était donc parfaitement qualifié pour remplir des fonctions de bénévole en pédiatrie.

Il avait presque terminé l'étude d'un article sur les dernières techniques de diagnostic de troubles cardiaques extrêmement rares, quand Molly Mendelsohn apparut, un sac en plastique de couleur à la main.

« Trop grand pour qu'il s'agisse d'un sac à main, observa Horowitz. Qu'est-ce que ça peut bien être ? »

Sa curiosité fut vite satisfaite, car elle se mit à déballer plusieurs petits sacs qui contenaient une quantité exceptionnellement abondante de ces *ruggaluch* qui lui avaient fort justement valu sa réputation. Tandis qu'elle sortait le dernier spécimen de ces friandises parfumées, elle l'aperçut. Son sourire était une invite.

– Vous... Vous les avez faits vous-même ? s'enquit Horowitz.

– Bien sûr. Étant donné ce que sont devenues les pâtisseries de nos jours, on ne trouve plus de bonnes choses, répondit Molly Mendelsohn.

Elle connaissait bien la tête que faisaient les hommes quand ils étaient tentés mais trop timides pour demander.

– Voulez-vous en goûter un ?

– Si cela ne vous ennuie pas, fit Samuel Horowitz, feignant une discrétion de bon ton, comme si ce parfum de cannelle et de vanille ne lui avait pas chatouillé les narines.

Il examina le plateau avant de choisir l'un des petits gâteaux roulés. Avec un air de connaisseur, il en huma l'arôme avant de le croquer. Le goût riche de la pâte, le parfum acidulé de la cannelle associée aux noix pilées et aux petits raisins dorés eurent presque raison de son désir de paraître distant et hautain. Il observa la seconde moitié de son *ruggaleh* avec ce qu'il considérait être un regard d'expert.

– Pâte mise au réfrigérateur ? demanda-t-il avec la mine d'un critique gastronomique du *Times*.

– Oui, répliqua Molly Mendelsohn. Comment le savez-vous ?

Au lieu de répondre, il poursuivit sa critique détaillée :

– Fromage blanc *et* margarine ?

– Oui, reconnut-elle.

– Cannelle, noix pilées, raisins secs, cela va de soi, conclut Horowitz.

– Vous êtes vraiment un connaisseur en *ruggaluch*, déclara une Molly Mendelsohn admirative.

– Tout le monde peut *manger* un *ruggaleh*, mais rares sont ceux qui savent vraiment comment on doit les faire. Madame Mendelsohn, permettez-moi de vous dire que, en ce qui concerne les *ruggaluch*, vous êtes presque la meilleure pâtissière que j'aie jamais rencontrée, répondit Horowitz.

– Bien entendu, présuma Molly, la meilleure, c'était votre femme. Est-ce que je me trompe ?

Samuel Horowitz acquiesça en haussant les épaules.

– C'est gentil, très gentil, dit Molly Mendelsohn.

– Je ne vous ai pas blessée en vous disant que vous étiez presque la meilleure ? s'inquiéta Horowitz, surpris.

– Je sais que, pour mon mari, j'étais toujours la meilleure pâtissière de la terre. Alors je comprends, le rassura Molly.

« C'est soit une femme tout à fait charmante soit une veuve très retorse, se dit Samuel Horowitz avec circonspection. Elle sait exactement ce qu'il convient de dire. »

– Je suis content que vous m'ayez compris, dit-il simplement. Et maintenant pourrions-nous faire ce déjeuner dont nous étions convenus ?

– Je suis désolée, mais je dois prendre mon service.

– Oh, fit Horowitz, j'ai attendu en pensant que vous pourriez...

– Je suis libre demain, lui proposa Molly.

– Demain..., dit-il en réfléchissant.

Bien qu'il eût déjà décidé d'accepter sa proposition, il lui fallut néanmoins prétendre avoir certaines affaires à traiter.

– Demain, si je repousse mon rendez-vous avec mon comptable... Nous avons un petit problème fiscal, et puis il faudra que j'appelle ma fille à San Diego. Elle s'inquiète quand je ne suis pas à la maison. Mais je me débrouillerai. Oui, demain, c'est parfait. Voulez-vous que je passe vous prendre ?

– Il vaudrait peut-être mieux que nous nous retrouvions au restaurant, suggéra Molly.

– Bien sûr. De nos jours, on n'est jamais trop prudent, répondit-il. Connaissez-vous ce petit restaurant français de Broadway, entre la 81e et la 82e Rue ?

– Oh oui ! s'exclama Molly.

– Disons une heure ?

– D'accord.

Avant de partir, il jeta un regard concupiscent sur le plateau.

– Je vous en prie, servez-vous, lui proposa Molly.

Samuel Horowitz choisit un gâteau, en prit une bouchée et la savoura.

– Tout à fait, de la pâte rafraîchie au réfrigérateur, du fromage blanc et de la margarine.

– Alors prenez-en un autre. Pour la route, dirons-nous, fit Molly pour l'y inciter.

– Dirons-nous... répéta Samuel Horowitz en prenant un dernier *ruggaleh*.

En cette belle journée de début de printemps, Horowitz arriva tôt dans le restaurant situé tout en haut de Broadway pour réserver une table en terrasse. Il s'installa sur une chaise en face de la 82e Rue, puisque, connaissant son adresse, il savait qu'elle viendrait de cette direction. Quand elle apparut au coin de la rue, elle se dirigea aussitôt vers lui.

De loin elle semblait plus petite qu'il n'y paraissait. Mais elle avait une sorte d'aisance fragile qui seyait à sa taille. Il connaissait des femmes dont l'allure et la démarche trahissaient un embonpoint présent ou passé. Ce n'était pas le cas de Molly Mendelsohn. Quand elle arriva à la table, il se leva pour la saluer.

– Quelle belle journée ! J'ai pensé que nous pourrions déjeuner dehors. Cela vous ennuie-t-il ? demanda-t-il.

– Bien sûr que non !

D'un geste galant qu'il avait vu Cary Grant esquisser dans ses premiers films, il l'invita à s'asseoir en face de lui. Quand elle fut installée, il appela le garçon en claquant dans ses doigts, un geste de Humphrey Bogart. Quand le garçon se présenta, il lui réclama le menu.

– Je sais déjà ce que je veux, dit Molly presque en s'excusant.

– Dans ce cas, moi aussi, répliqua Horowitz. Alors ?

– Je prendrai une omelette aux blancs d'œufs, si vous n'y voyez pas d'inconvénient. Et un café décaféiné avec du lait écrémé, s'il vous plaît, commanda-t-elle.

– Et vous, monsieur ? demanda le jeune serveur.

– Je... la même chose, dit Horowitz.

– Quel beau jeune homme ! fit Molly Mendelsohn, quand il fut assez loin pour ne pas l'entendre. Encore un acteur qui cherche un rôle à Broadway, c'est certain.

– Aujourd'hui, il faut prendre des gants pour s'adresser aux serveurs. On n'a pas le temps de dire ouf que leurs films sont déjà dans la page des spectacles du *Times*. Dites-moi, vous lisez le *Times* ?

– Tous les jours, répondit Molly Mendelsohn.

– Très agaçant, non ?

– Certains jours oui, certains jours non, lui concéda Molly.

– Pour moi, c'est tous les jours, avoua Horowitz.

Comme il cherchait désespérément un sujet susceptible de les intéresser tous les deux, il se lança sur le seul terrain qui lui parut balisé.

– Quelle histoire à propos du petit Cletus ! Après tout, si l'on considère son passé, c'est-à-dire sa mère, la drogue et tout ça, que devais-je penser ? Je voulais simplement m'assurer qu'il allait bien. Quand ce fut chose faite, je n'avais nullement l'intention d'insister. C'était quand même très gentil de votre part d'avoir pris ma défense.

– Tout le monde aurait fait de même, dit-elle pour minimiser l'importance de son intervention.

– Tout le monde l'aurait peut-être fait, mais vous, vous l'avez fait. Toute la différence est là, souligna Horowitz. Et j'aimerais bien savoir pourquoi, étant donné les circonstances de notre première rencontre.

– Parce que j'ai ressenti la même chose. On s'occupe d'un petit, on essaie de lui montrer qu'il est aimé, désiré, et puis il disparaît. Il y a en a toujours un pour lequel on se pose des questions. Que va-t-il se passer ? Est-ce qu'il sera en bonne santé quand il grandira ? Ou bien finira-t-on par en entendre parler aux informations de six heures ?

Elle ne s'étendit pas sur cette triste fin, mais il savait à quoi elle faisait allusion.

– Ce que j'ai admiré chez vous, monsieur Horowitz, c'est que vous avez fait ce que j'avais souvent pensé faire sans en avoir jamais eu le courage.

– Merci, madame Mendelsohn.

Ils avaient épuisé le sujet. Un silence gêné s'abattit sur eux.

– Tannenbaum ? fit soudain Samuel Horowitz pour ranimer la conversation.

Prise au dépourvu, Molly Mendelsohn le regarda dans les yeux, tandis qu'une grande perplexité se peignait sur son joli visage.

– C'est votre médecin ? Le Dr Tannenbaum ? demanda Horowitz.

– Non. Pourquoi cette question ?

– J'ai fait attention à ce que vous aviez

commandé : une omelette de blancs d'œufs, un déca avec du lait écrémé, ce sont les prescriptions de Tannenbaum pour mon petit déjeuner. Entre nous, à la maison, je prends un œuf entier. Je ne crois pas à ces histoires de cholestérol. Et vous ?

Elle sourit. Il remarqua les petites rides qui lui creusaient des fossettes sur les joues et la rendaient encore plus jolie qu'il ne l'avait imaginé.

– Ai-je dit quelque chose de drôle ? s'enquit-il.

– Non, dit-elle. Mais, quand je suis seule chez moi, je fais comme vous. Je ne me conduis bien qu'en public. Là, je prends exactement ce que m'a prescrit le Dr Cleary. Cleary, c'est le nom de mon médecin.

– Un *goy* ?

– Oui, un jeune homme très gentil, pas plus de quarante ans. C'est un client de mon fils. Ils étaient ensemble à l'université.

– Votre fils est aussi avocat ?

– Comptable, rectifia-t-elle.

Horowitz, qui pensait que les avocats occupaient de droit une position plus éminente que les comptables, ne put s'empêcher de bomber le torse.

– Mon Marvin est avocat, plastronna-t-il. Dans un gros cabinet de Washington.

– C'est bien, répondit Molly Mendelsohn. Mon Lawrence, ajouta-t-elle, est associé dans un très gros cabinet d'experts-comptables de Park Avenue. Ils possèdent des succursales à Washington, à Chicago et à Los Angeles.

– Ce serait drôle que mon Marvin et votre Lawrence aient affaire l'un à l'autre pour telle ou telle affaire, n'est-ce pas ?

– Oui, oui, ce serait amusant.

– Dites-moi, votre Lawrence, sa société aurait-elle par hasard une succursale à San Diego ?

– Je ne crois pas. Pourquoi ? demanda-t-elle.

– Eh bien, j'ai aussi une fille. Albert, son époux, a une grosse situation dans l'immobilier à San Diego. C'est même l'un des personnages les plus importants de la ville, alors je me suis dit... Mais pas si votre Lawrence n'a pas de bureau là-bas.

Heureusement, le serveur arriva avec leur déjeuner. Ils purent consacrer les minutes qui suivirent à ce qu'ils avaient dans leur assiette, chacun observant minutieusement les habitudes et les petites manies de l'autre.

« Elle prend de toutes petites bouchées, nota Horowitz. Fait-elle toujours ça ou est-ce pour faire croire qu'elle est délicate ? Et ses mains, petites, mais très jolies, minces, non potelées. Elles ressemblent aux mains d'Hannah. Petites, mais très adroites. Elle ne se met pas de rouge sur les joues. Appelle-t-on encore cela du rouge ? Peu importe, elle ne se maquille pas comme certaines femmes de son âge, que j'ai vues dans la rue, au cinéma ou même à la synagogue. Vous imaginez ça, une femme qui porte du rouge à la synagogue ! Celle-ci met juste un peu de rouge à lèvres. Pas trop vif. De nos jours, c'est un véritable fléau. Jeunes ou vieilles, toutes les femmes ont les lèvres tellement rouges qu'on a l'impression qu'elles saignent. Une hémorragie de la bouche. Remarquez bien, quand elle boit une gorgée de café, elle ne laisse pas de marque sur la tasse. En fin de compte, une femme de goût, sympathique, tout à fait convenable. Comment ai-je pu être aussi grossier avec elle la première fois ? Evidemment, elle est veuve. Malheureusement, c'est ainsi. »

Parvenu à cette conclusion, il s'intéressa de nouveau à son omelette de blancs d'œufs. « Je me demande quel âge elle a, se dit-il encore après lui avoir jeté un coup d'œil. Non que ce soit important, mais juste par curiosité... »

Molly Mendelsohn mangeait, petite bouchée par petite bouchée, et levait de temps en temps les yeux vers son compagnon, presque imperceptiblement.

« Il n'est pas mal pour un homme de plus de soixante-cinq ans. A moins qu'il n'ait dépassé les soixante-dix ? Non, soixante-huit, peut-être soixante-neuf. Bien sûr, s'il a plus de soixante-dix, il est extrêmement bien conservé. Il a bonne mine. Et s'il a fait une attaque, comme je l'ai entendu dire, ça ne se voit pas du tout. Il s'est sûrement bien rétabli. Ce doit être grâce à Mme Washington. Il paraît qu'elle fait des merveilles dans ce domaine. En tout cas, il y a une chose sûre, c'est que je me suis trompée. Il n'y a rien entre Horowitz et elle.

« C'est un homme soigné, bien habillé. Il se rase bien. J'ai remarqué qu'il n'a pas de poils longs qui pendouillent dans le cou, ni au bord des joues, comme certains vieux messieurs. C'est un détail certes, mais aussi une marque de caractère. Le genre d'un homme, c'est important quand on cherche quelqu'un. Mais, Dieu merci, j'ai une vie qui me plaît.

« Il mange comme quelqu'un qui aime manger. Ce qui est bon signe. C'était une des choses qui me plaisaient chez Phil. Il aimait manger et se régalait de ma cuisine. Il n'y a rien de plus terrible pour une femme que de passer des heures à cuisiner ou à faire de la pâtisserie pour quelqu'un qui n'en tire aucun plaisir. Cet Horowitz apprécie mes *ruggaluch*, et même beaucoup plus qu'il ne le laisse paraître. C'est un drôle de bonhomme. Il dissimule ses sentiments. Je me demande... Sa femme, comment s'appelait-elle ? Anne... ? Non, Hannah. Quand elle était en vie, lui faisait-il comprendre qu'il l'aimait ? Ou bien ne l'a-t-il montré qu'après sa mort ? Je connais tellement de maris d'amies, qui ont pleuré devant moi quand leur femme est morte ou qu'elle les a quittés, mais qui ne lui disaient jamais un mot quand elle était encore là... Il y en a des centaines apparemment. Je me demande comment il était du temps d'Hannah. »

Le serveur arriva avec un pot à café en verre entouré de son anneau orange traditionnel.

– Qui désire encore du déca ? s'enquit le jeune homme d'un ton enjoué.

– Madame Mendelsohn ? fit Horowitz.

– Si cela ne vous ennuie pas, répondit-elle.
– Alors pour moi aussi, dit Horowitz.

Ils continuèrent à manger en silence et à s'observer de temps à autre, jusqu'au moment où, par hasard, ils levèrent les yeux ensemble. Leurs regards se croisèrent et, gênés, replongèrent aussitôt vers leurs assiettes.

20

Environ une semaine plus tard, Samuel Horowitz reçut les deux billets qu'il avait achetés au bénéfice du Fonds de soutien aux comédiens, pour un dimanche soir où des vedettes du spectacle avaient accepté de donner une représentation sans émoluments. La recette était entièrement reversée au profit de la Maison des acteurs, dans le New Jersey.

Quand Hannah était encore en vie, c'était l'un de leurs galas de bienfaisance préférés. Elle fréquentait assidûment les théâtres de Broadway du temps qu'elle allait au lycée et qu'elle caressait l'espoir de devenir comédienne. Depuis cette époque, elle se sentait chez elle au théâtre. Elle emmenait son mari voir de nombreuses pièces, alors qu'après une longue journée passée à travailler pour Horowitz et fils, il aurait préféré rester tranquillement à la maison.

Depuis la mort d'Hannah et par respect pour sa mémoire, il n'avait jamais refusé une proposition venant d'une œuvre de bienfaisance. Ces trois dernières années, il y avait emmené Mme Washington, qui en était enchantée. C'était devenu une tradition annuelle.

Cette année-là, quand il reçut les billets pour une nouvelle pièce qu'elle avait exprimé le désir de voir, Horowitz fut tout heureux de l'appeler. Sachant qu'elle rentrait de bonne heure pour préparer le dîner de ses petits-enfants et surveiller leurs devoirs, il décrocha son téléphone avec enthousiasme et composa ce numéro qu'il connaissait par cœur.

Comme on l'accueillit par un « Bonjour ! » pressé, il se dit qu'elle était devant ses fourneaux.

Il en vint immédiatement au fait.

– Chère madame Washington, le gala pour le Fonds des acteurs aura lieu le 3 mai. A sept heures et demie. Avant, nous dînerons chez Sardi à notre table habituelle. A six heures. A moins, bien entendu, que vous ne me permettiez de passer vous prendre chez vous. Comme vous voudrez.

– Vous avez dit le 3 ? entendit-il au lieu de la réponse attendue.

– Évidemment le 3, fit-il. Vous ne vous souvenez pas ? Je vous avais demandé de retenir cette date quand j'ai réservé les billets. C'est une tradition pour nous, comme dit la chanson du *Violon sur le toit*.

– Mais le 3 est un dimanche, répondit-elle.

– Chère madame Washington, le gala au bénéfice du Fonds des acteurs est toujours un dimanche, lui rappela-t-il.

– Bien sûr, j'aurais dû le savoir. Mais je crains bien d'avoir un empêchement.

– Un empêchement ? Quel genre d'empêchement ? Le dimanche soir, elyse ne travaille pas. Elle est donc à la maison et vous êtes libre. Le problème est résolu ! Alors à six heures, chez Sardi ! D'accord ?

– Il ne s'agit pas de cela. J'ai promis au pasteur de notre paroisse de l'aider à organiser une cérémonie exceptionnelle, pour apporter un peu de consolation aux familles qui ont perdu des enfants dans les derniers événements violents qui se sont produits dans les rues de la ville. C'est devenu un problème très préoccupant.

– Je sais, je sais, compatit Horowitz. Vous êtes

sûre que vous ne pouvez pas vous débrouiller autrement ?

– Cela m'ennuierait beaucoup de le lui demander, vous comprenez.

– Je comprends, bien sûr, dit Horowitz, visiblement désappointé.

– Il y a certainement quelqu'un à qui vous puissiez demander de vous accompagner, suggéra Mme Washington.

– Quelqu'un d'autre... fit Horowitz d'un air songeur. Ce ne sera pas la même chose. Vous et moi, nous y allions toujours ensemble. Et puis vous êtes la seule à savoir que je le fais en mémoire d'Hannah. A qui d'autre le dirais-je ?

– Je suis vraiment désolée, mais je ne peux pas laisser tomber mon pasteur.

– Évidemment, répondit Samuel Horowitz qui semblait mécontent de la décision qu'elle avait prise.

Quand Mme Washington raccrocha l'appareil et se tourna vers la cuisinière, sa petite-fille, Louise, qui, assise à la table de la cuisine, séchait devant un problème de trigonométrie, leva les yeux vers elle.

– Grand-mère, c'est la première fois que je t'entends faire une chose pareille, déclara-t-elle.

– Refuser une invitation de M. Horowitz ? Ce n'est pas vrai, ma chérie. Souviens-toi du jour où vous aviez la grippe, Conrad et toi, et où je me suis occupée de vous toute la semaine.

– Ce n'est pas ce que je voulais dire, grand-mère. C'est la première fois que tu lui mens.

– Oh, ma chérie, ce n'était pas un mensonge ! C'était un test, rectifia Mme Washington.

– Lui dire que tu dois donner un coup de main à l'église alors qu'il n'y a pas... qu'il n'y a aucune activité de ce genre, tu appelles ça un test ?

Mme Washington fit signe à sa petite-fille de venir près d'elle, devant les fourneaux, tandis qu'elle coupait des carottes et des pommes de terre avant de les plonger dans le ragoût de bœuf.

– Ma chérie, tu as appris au cours de biologie qu'un vaccin crée une immunité chez le sujet que l'on a vacciné. On lui injecte les germes contre lesquels on veut le protéger. Puis on attend pour voir si ça a marché.

– Oui. On attend pour voir si ça a marché, répéta Louise.

– Eh bien, je viens de faire à M. Horowitz une piqûre dont il avait bien besoin. Maintenant, j'attends le résultat.

– Pourquoi ? Tu crains qu'il ne tombe malade ?

– Il *était* malade. J'espère qu'il va guérir, déclara Mme Washington. Alors ce n'était pas tout à fait un mensonge. C'était un vaccin. Pour son bien.

Comme il se retrouvait avec deux billets sur les bras, Samuel Horowitz réfléchit aux différentes possibilités qui s'offraient à lui. Si Liebowitz avait été là, il aurait pu lui téléphoner. « Phil, est-ce que ça te dirait d'aller au théâtre avec moi ? lui aurait-il proposé. Un dimanche, quand Rose aime rester à la maison pour regarder son émission de variétés ? » Et Phil, qui avait toujours été un peu pingre, aurait été ravi de profiter d'une place qui ne lui aurait pas coûté un sou.

Mais Phil était parti. En Floride. Alors qui d'autre ? Il y avait bien cette femme de la synagogue qui avait essayé à plusieurs reprises de lui faire la conversation. Non, cela lui donnerait de faux espoirs. Tout comme à la veuve Rubel, celle de l'immeuble. Et puis elle habitait tout près, ce qui n'était guère rassurant. Au moindre encouragement, elle se croirait autorisée à l'inviter à dîner et Dieu seul savait où tout cela pourrait les mener.

« Oh, Phil, Phil, pourquoi diable es-tu allé t'installer en Floride ? Phil... Ce prénom fut soudain chargé d'une autre signification. *Phil. Philip.* N'était-ce pas le nom que citait Molly Mendelsohn quand elle évoquait son mari ? Bien sûr. Philip Mendelsohn. »

Il caressa cette idée. Après tout, se dit-il, c'était une femme très agréable. Ce qui l'avait le plus frappé et lui avait finalement plu en elle, c'était qu'elle n'était pas de ces veuves envahissantes et culottées. Elle semblait plutôt timide. Surtout au moment où leurs regards s'étaient croisés pendant le déjeuner. Voilà une femme sensible et discrète ! Elle ne se méprendrait pas sur le sens d'une innocente invitation au théâtre. Et puis, ils pourraient très bien dîner ensemble. Il suffisait de l'inviter avec doigté et délicatesse.

Il hésita longtemps avant de trouver le courage de le faire. Il s'assura d'abord que Bernadine avait terminé son travail et qu'elle était partie. Pour une raison inexplicable, cela l'aurait mis mal à l'aise si, pénétrant dans la pièce à l'improviste, elle l'avait surpris au téléphone avec une étrangère. Il n'avait pas éprouvé une telle gêne depuis qu'il avait appelé Hannah avant leur premier rendez-vous, alors qu'il était encore au lycée.

Il se décida enfin à composer le numéro. Elle lui répondit d'un joyeux « Allô ! »

– Madame Mendelsohn, c'est Samuel Horowitz, dit-il après s'être éclairci la voix.

– Oh, monsieur Horowitz, le salua-t-elle.

« Elle a l'air d'excellente humeur, pensa-t-il, comme si elle était contente de m'entendre. A moins qu'elle ne soit tout simplement heureuse d'entendre quelqu'un tout court. Je vis seul et je sais ce que c'est. Cela dit, passons aux choses sérieuses. »

– Madame Mendelsohn, j'ai un petit problème que je vais vous exposer. Je souscris depuis fort longtemps au Fonds de soutien aux acteurs. A vrai dire, c'était plutôt Hannah. Et je continue en son nom.

« Sam, s'admonesta-t-il, tu parles encore trop. Au fait ! »

– Je trouve cela très bien de votre part de soutenir une bonne cause en mémoire de votre femme, dit Molly Mendelsohn, qui avait senti son embarras.

– Le problème, chère madame Mendelsohn, poursuivit Horowitz, ainsi encouragé, c'est que j'ai dans la main deux billets pour un excellent spectacle, des places au sixième rang. Et je suis tout seul. Alors que vais-je faire de l'autre place ? Y poser mon chapeau et mon manteau ? Au mois de mai ? A-t-on jamais entendu parler de chapeau et de manteau en mai ?

– Monsieur Horowitz, dois-je comprendre que vous me demandez de vous accompagner au théâtre ?

– Précisément. Le 3 mai. Dimanche soir. Si vous êtes libre et que vous n'ayez rien d'autre à faire, j'ai pensé que nous pourrions peut-être dîner avant. D'après ce qu'on m'a dit, c'est un très bon spectacle. Nous passerions une soirée agréable, ajouta-t-il, enjôleur. Qu'en pensez-vous, madame Mendelsohn ?

Elle réfléchit un instant, un instant très pénible pour Samuel Horowitz qui se disait : « Erreur, Sam, grave erreur. Tu n'aurais pas dû lancer une invitation. »

Il fut donc grandement soulagé de l'entendre dire :

– Eh bien, j'aimerais énormément vous y accompagner.

– Formidable ! répondit Horowitz. Je passerai vous prendre à cinq heures et demie.

Le 1er mai, un vendredi après-midi, avant d'aller faire le marché pour le week-end, Bernadine trouva Samuel Horowitz dans son fauteuil habituel, tourné vers le parc. Il froissait son *New York Times* de rage.

« Mon Dieu, il est de nouveau de méchante humeur. J'ai été tellement inquiète ! Mais ces jours-ci, tout était redevenu normal. Dans une minute je saurai ce dont il s'agit. »

– Monsieur Horowitz... avança-t-elle, interrompant ainsi sa sombre méditation.

– Bernadine ! Avez-vous lu le *New York Times* ce matin ? lui demanda-t-il, s'apprêtant à croiser le fer avec elle.

Comme il savait qu'elle ne lisait jamais le *Times*, il n'attendit pas de réponse.

– C'était déjà affreux quand Tom Wicker y tenait une rubrique régulière. Mais maintenant qu'il est parti, c'est encore pire !

Bernadine attendit la fin de la diatribe du jour, dans laquelle il condamnait non seulement le nouveau critique, mais aussi un éditorial et même deux lettres adressées au rédacteur en chef. « Il est dans une forme rare aujourd'hui », songea Bernadine.

– Monsieur Horowitz, que dois-je vous préparer pour samedi et pour dimanche ? demanda-t-elle, profitant d'une première interruption de sa tirade.

– Préparer ? Pourquoi voulez-vous préparer quoi que ce soit ? J'aurai sans doute définitivement perdu l'appétit quand j'aurai lu le *Sunday Times*. Voyez-vous, je me suis souvent dit qu'à l'instar de ces régimes rapides où, en buvant un verre de telle ou telle potion miracle, on perd presque vingt-cinq kilos du jour au lendemain, le *Times* devrait sortir un numéro allégé. Il suffit de lire les éditoriaux et les articles d'Anthony Lewis pour perdre l'appétit pendant un bon mois.

Après avoir patiemment enduré cette diatribe, Bernadine s'entêta :

– Monsieur Horowitz, pour samedi et pour dimanche soir, que voulez-vous que je prépare ?

– Samedi et dimanche...

Il y réfléchit pour la première fois.

– Eh bien, samedi soir, je prendrai quelque chose chez le traiteur... que je commanderai moi-même. Un peu de corned-beef chaud, peut-être de la langue avec quatre cornichons, de la moutarde et de la salade de chou cru. Puisque je suis au régime, pas de salade de pommes de terre.

Bernadine le laissait toujours fantasmer au gré de ses délires gastronomiques avant de lui rappeler :

– Vous savez très bien que le Dr Tannebaum ne vous permettra jamais tout ça.

– Bernadine, vous êtes aussi méchante que Mme Washington. Si ce n'est pire !

– Alors que désirez-vous pour le week-end ? insista-t-elle.

– Pour samedi, quelque chose que je puisse faire réchauffer, répondit Horowitz qui, en retrouvant son calme, devint plus réaliste. Disons, un bouillon de poulet, du poulet bouilli et des nouilles. Et peut-être une ou deux galettes de pain azyme.

– Et pour dimanche ?

– Dimanche, je sors.

– Ah, vous avez un rendez-vous ? s'enquit Bernadine.

– Qui parle de rendez-vous ? Je vais simplement dîner avant de me rendre au théâtre, protesta Horowitz. C'est très simple, très banal. Et cela ne signifie nullement qu'il s'agit d'un rendez-vous !

– Désolée. Je n'avais pas l'intention de vous froisser, ajouta doucement Bernadine, surprise par la véhémence de ses dénégations.

– Moi, froissé ? fit Horowitz. Quand ce n'est pas Mona, c'est Mme Washington, et quand ce n'est pas elle, c'est vous ! Ma vie est entièrement régentée par des femmes ! Et s'il y a une chose dont je n'ai vraiment pas besoin, c'est d'une autre femme dans mon existence ! Je vais dîner, je vais au théâtre. Un point c'est tout !

– Bien, monsieur, dit Bernadine qui, en femme qui se respecte, quitta la pièce en songeant : « Alors il y a une femme dans sa vie. Sinon pourquoi aurait-il un comportement aussi bizarre ? »

21

Bernadine était en train d'écumer le bouillon de poulet quand Samuel Horowitz entra dans la cuisine avec dans une main une chemise rayée, dans l'autre sa cravate préférée.

– Bernadine, je me demandais si cela vous ennuierait de donner un coup de fer à cette chemise avant de partir ? Et à cette cravate ?

Elle se retourna, l'air interrogateur.

– Il y a quelque chose qui ne va pas ? questionna-t-il, un peu gêné.

– Non, non, monsieur Horowitz, répondit-elle d'un ton qui contredisait le fond de sa pensée.

– Alors, s'il vous plaît, repassez-les.

– Je ne peux pas, dit Bernadine.

– Qu'est-ce que cela signifie ?

– Je ne peux pas repasser une chemise sans la laver, lui expliqua Bernadine.

– Elle n'a pas besoin d'être lavée. Je ne l'ai pas portée depuis le dernier lavage, protesta Horowitz.

– Elle ne se repasse bien que mouillée.

– Vous voulez dire que vous devez la laver, la faire sécher pour la repasser ensuite ? s'étonna Horowitz.

– C'est le seul moyen d'obtenir un résultat correct, s'entêta Bernadine.

– Et... poursuivit Horowitz, pensif, il est déjà tard et nous sommes vendredi. Tant pis, je renonce !

– C'est impossible, répéta Bernadine.

– Encore ? fit Horowitz dont l'irritation se nourrissait de frustration et de culpabilité.

– Je ne peux pas non plus vous obliger à y renoncer. Si vous tenez absolument à porter justement cette chemise-là, laissez-la-moi. Je le ferai.

– Merci, Bernadine.

Quand il se retourna, il l'entendit marmonner.

– Qu'est-ce que vous avez dit, Bernadine ?

– Je disais que ça devait être quelque chose de bien particulier pour que vous vouliez mettre cette chemise et cette cravate, c'est tout, lui expliqua la domestique noire.

Cette chemise était la seule extravagance que s'était permise Samuel Horowitz depuis la disparition d'Hannah. C'était à cela qu'elle faisait allusion. Il l'avait aperçue alors qu'il était en train de fouiner au rayon hommes du magasin Saks de la Cinquième Avenue, dans la nouvelle boutique Charvet. Elle lui avait tapé dans l'œil. Bien qu'elle coûtât la modique somme de cent soixante-quinze dollars, son étoffe soyeuse et ses rayures bleues et rouges l'intriguèrent tant qu'il se dit : « Pour la première et la dernière fois de ma vie, j'aimerais bien savoir ce que l'on ressent quand on porte une chemise comme celle-là. » Il l'avait donc achetée. Mais il ne l'avait portée que dans les grandes occasions, une première fois quand il s'était rendu à Washington pour assister à la remise de diplôme du fils de Marvin, Elliot, à la fin du premier cycle universitaire, une deuxième fois lorsque l'on avait organisé une fête en son honneur, comme seul ancien président et doyen vivant de l'Association du commerce du papier et de la ficelle.

Le reste du temps, la fameuse chemise demeurait sagement dans son tiroir. Elle accumulait donc les plis, surtout autour du col. Or il voulait être impeccable dimanche soir.

En début de soirée, il trouva Bernadine dans la cuisine. Devant sa planche, elle repassait la chemise en grommelant.

– Vous avez dit quelque chose ? demanda-t-il.

– Je n'ai rien dit, répliqua-t-elle. Sauf que ça doit quand même être une très grande occasion pour que vous portiez cette chemise.

– Ce n'est absolument pas une grande occasion, Bernadine. Il se trouve que je vais au théâtre dimanche soir et que je veux être décemment habillé, c'est tout, protesta-t-il.

– Vous avez des tas de chemises décentes.

– Écoutez, si vous ne vouliez pas la repasser, vous n'aviez qu'à le dire, rétorqua Horowitz.

– Je n'ai jamais prétendu que je ne voulais pas le faire. J'ai juste dit que ce devait être très important.

– Ce n'est pas particulièrement important. Point final. Cette discussion est terminée.

Sur ce, il sortit de la cuisine et retourna dans le salon où il se plongea dans son journal, animé de sentiments particulièrement belliqueux. Quelques minutes plus tard, Bernadine apparut en tenant le cintre sur lequel pendait une chemise impeccablement repassée.

– Voilà, dit-elle.

– Merci, répondit-il d'un ton bourru.

– C'est quand même un grand événement ! Bonsoir, ajouta-t-elle. Passez un bon week-end.

– Ce n'est pas un grand événement, cria-t-il derrière elle. Je vais juste au théâtre.

Dans le bus qui la menait vers les beaux quartiers, Bernadine Vosper se répétait inlassablement : « Il y a sûrement autre chose. Il n'est plus le même. Il doit bien y avoir une femme quelque part dans sa vie. Et la première chose qu'elle va faire, c'est de se débarrasser de la bonne. Les nouvelles femmes ne veulent pas qu'on leur rappelle comment ça se passait avant elles. C'est déjà arrivé à Florabel. Et à Clara Dawkins. Du temps qu'elle travaillait pour ce type de la Cinquième Avenue. Ça ne marche jamais. Jamais. »

Le dimanche 3 mai, par un bel après-midi, à cinq heures et demie pile, Samuel Horowitz se présenta chez Molly Mendelsohn. Elle était fin prête. Il n'eut donc pas l'occasion de jeter plus qu'un coup d'œil à son appartement. Il lui parut bien tenu. Il s'en dégageait un parfum de maison propre. Il n'en attendait pas moins d'une femme aussi soignée.

Il fut mal à l'aise dans l'ascenseur, surtout quand la cabine s'arrêta au sixième étage et qu'une femme y pénétra.

– Ah, madame Mendelsohn ! s'exclama-t-elle. Je suis ravie de vous revoir. Où étiez-vous passée ces derniers temps ?

Pendant que l'ascenseur descendait, Horowitz s'était senti observé. Le col de sa chemise Charvet lui parut soudain bien serré.

« C'est une veuve jalouse, songea-t-il. Elle ne pardonne pas à une autre d'avoir un rendez-vous. Ai-je dit “ rendez-vous ” ? Ce n'est pas un rendez-vous galant. Simplement, on ne doit pas gâcher une bonne place pour un bon spectacle et pour une bonne cause. C'est uniquement parce que Mme Washington n'a pas pu venir. Allez expliquer cela à cette veuve si manifestement envieuse ! »

Ce fut le plus long trajet en ascenseur de son existence.

Chez Sardi, ils s'assirent l'un en face de l'autre à une table pour deux.

– Il y a beaucoup de plats italiens, fit remarquer Molly Mendelsohn, tandis qu'ils lisaient le menu.

– Il y en a d'autres. Poulet, steak, roastbeef, lui indiqua-t-il. Vous n'aimez pas la cuisine italienne ?

– J'adore la cuisine italienne ! protesta-t-elle. J'étais juste en train de me dire que, quand les Juifs sortent, ils vont toujours dans des restaurants italiens. Ou chinois. Je me demande bien pourquoi.

– Nous mangeons tellement de plats juifs à la maison que nous avons peut-être envie de changer, suggéra Horowitz.

– Les Chinois mangent de la cuisine chinoise chez eux, mais on ne les voit pas dans les restaurants juifs, répondit Molly Mendelsohn. Pourquoi ?

– C'est sans doute pour cela que l'on parle de l'insondable Orient, répliqua Horowitz.

– Je suppose, dit Molly en se replongeant dans son menu.

Pendant la pièce, Horowitz profita de ce que Molly Mendelsohn avait les yeux fixés sur ce qui se déroulait sur la scène pour l'observer du coin de l'œil. Comme ils étaient au sixième rang, bien que légèrement sur la gauche, la lumière lui éclairait le visage, ce qui lui permit de l'examiner. Comme tout le reste de sa personne, il était très soigné. Des traits fins, une peau lisse, bien que l'âge y ait creusé quelques rides.

« Rien d'étonnant chez une femme de plus de soixante ans, pensa-t-il. Mais tout cela semble très naturel, très seyant. Non pas exactement seyant, mais gracieux. Ce n'est peut-être pas non plus le mot juste. Mais il y a quelque chose... Comme Hannah, ce n'est pas une de ces femmes qui vont chez le médecin pour lui demander de leur rendre la jeunesse de leurs trente-cinq ans, afin que personne ne s'aperçoive qu'elles ne les ont plus. En fait, tout le monde le remarque. Et ces femmes-là n'en sont pas mieux pour autant. Non, celle-ci ne s'intéresse pas à des bêtises pareilles. Comme Hannah... Mon Dieu ! Ai-je dit comme Hannah ? Suis-je en train de la comparer à Hannah ? »

Pour ne plus trahir la mémoire de sa femme bien-aimée, Samuel Horowitz tourna les yeux vers la scène, où ils restèrent rivés jusqu'à la fin de la soirée.

Après le spectacle, ils trouvèrent aisément un taxi qui les ramena vers les beaux quartiers. Quand ils arrivèrent chez Molly, elle l'invita à prendre un café et des gâteaux.

– Des *ruggaluch*, le tenta-t-elle quand elle le vit hésiter en raison de l'heure tardive. Je viens d'en faire une fournée.

– Merci, ma chère, mais une autre fois, s'entêta-t-il.

– D'accord, une autre fois, dit-elle.

« Il ne m'aime pas, songea-t-elle quand elle se retrouva dans son appartement. J'ai dû dire ou faire quelque chose qui lui a déplu. Dommage ! C'est un homme si sympathique ! Et si seul ! »

Samuel Horowitz quitta West End Avenue pour s'engager dans la 82e Rue, se dirigea vers Broadway, puis vers la 86e Rue, qu'il traversa en direction de Central Park, et descendit vers la 84e Rue. S'il avait fait autant de détours, c'était pour marcher le plus possible dans les rues larges et bien éclairées de la plus grande ville du monde, une stratégie censée le protéger de l'agression ou du meurtre.

Ce long itinéraire lui donna aussi le temps de réfléchir. Il n'était pas encore remis de l'étonnante constatation qu'il venait de faire : il avait commis un péché presque aussi grave que l'adultère en comparant cette femme, cette quasi-étrangère, à son Hannah bien-aimée. L'attitude de Bernadine, ses soupçons seraient-ils justifiés ? Laissait-il paraître devant les autres des sentiments qu'il se dissimulait à lui-même ? Non, ce n'était pas possible ! S'il éprouvait quoi que ce fût pour une autre, il le saurait. Il nierait vigoureusement éprouver quoi que ce fût pour elle ou pour toute autre qu'Hannah.

« Hannah, ma chérie, écoute-moi. Aucune autre ne prendra ta place. Aucune ! »

22

Samuel Horowitz perçut consciemment qu'il était en train de prendre une habitude qui le mettait mal à l'aise.

Il s'adressait souvent à Hannah. Comme si elle était revenue à la vie. Sa présence lui était devenue plus proche que les premiers mois qui avaient suivi sa mort. Elle semblait toujours à ses côtés, lui prodiguait des conseils, le guidait, le préservait des réactions d'impétuosité et d'impatience auxquelles il était fâcheusement enclin.

A mesure que le temps passait, et surtout après son attaque, Hannah s'était un peu éloignée, tendre fantôme qu'il évoquait de temps à autre. Et maintenant, elle réapparaissait d'elle-même et venait le surprendre aux moments les plus singuliers.

« Hannah, oh, Hannah, tu te souviens ? se prenait-il à penser et même à dire à voix haute. Pourquoi cela ne doit-il plus jamais être comme avant ? »

Ce phénomène le troublait tant qu'un jour, à l'hôpital, alors que Homer Wesley et lui-même venaient de terminer leur service, il lui demanda :

– Wesley, avez-vous un peu de temps ?

– Trop. Pourquoi, Horowitz ?

– Si nous prenions un café ?

– Bien sûr, accepta Wesley. Mme Brown a

apporté un délicieux gâteau retourné à l'ananas aujourd'hui.

– Mme Brown ? Un gâteau à l'ananas ? Je croyais que c'était la spécialité de Mme Robbins, s'étonna Horowitz.

– Il semble que, la semaine dernière, Mme Robbins ait fait une réflexion désagréable sur la génoise de Mme Brown. Depuis c'est la guerre. Mme Brown a décidé de faire honte à Mme Robbins. Le plus grand combat depuis Mohammed Ali et Joe Frazier dans la Thrilla de Manille.

– Ça, c'était de la boxe ! approuva Horowitz. Mais j'aimerais bien avoir un peu de tranquillité. Loin des veuves. Entre hommes.

– D'accord. Il y a un petit café au coin de la rue.

Ils avaient emporté leur café et leurs biscuits jusqu'à une table située tout au fond de l'établissement. Wesley tendit le sucrier à Horowitz, qui refusa.

– Tannenbaum m'a conseillé de réduire ma consommation. Apparemment, j'ai pris trois grammes depuis mon dernier bilan.

– Le Dr Yerby m'a dit *à moi* que ça ne me ferait pas de mal de grossir un peu.

– Wesley, n'avez-vous jamais remarqué à quel point nous ressemblons à nos petits ? Nous nous faisons du souci quand ils ne prennent pas quelques grammes. Nos médecins s'en font parce que nous en prenons trop. Est-ce un avertissement ? Les bébés en sont au début de leur vie, nous à la fin, mais les médecins ont les mêmes inquiétudes. Y avez-vous déjà songé ?

– Oui, reconnut Wesley, mais ça ne m'obsède pas. C'est déprimant de penser à ce genre de choses.

Horowitz remuait lentement son café quand il aborda le sujet qui le préoccupait.

– Wesley, je ne suis pas du genre à fourrer mon nez dans les affaires des autres, mais j'imagine que nous venons tous au monde avec notre lot de misères, comme aurait dit ma mère, avec notre fardeau si vous voulez. Il n'y a pas deux êtres semblables. Mais je me demande s'il vous est arrivé à vous, qui êtes veuf depuis plus longtemps que moi, la même chose étrange.

– Laquelle ? s'enquit Wesley en coupant un morceau de sa tarte aux pommes.

– Avez-vous déjà vu resurgir plus forts que jamais un chagrin ou des souvenirs qui semblaient pourtant s'être estompés ?

Wesley mâcha longuement son morceau de tarte, puis le fit glisser avec une gorgée de café.

– Le chagrin et les souvenirs qui resurgissent ? fit le grand Noir émacié, pensif, à la m:anière d'un psychiatre.

– Oui. Cela vous arrive-t-il parfois ? demanda Horowitz.

– Bien sûr, quelquefois. Il y a des moments propices, quand l'un de mes petits-enfants fait quelque chose comme... quand il reçoit son diplôme, par exemple, je me dis : « Lydia, Lydia, quel dommage que tu n'aies pas vu ça ! Comme tu aurais pleuré de joie ! » C'est de cela que vous voulez parler, Horowitz ?

– Cela va de soi, enchaîna Horowitz. Mais moi, j'ai sans cesse l'impression qu'elle est à mes côtés, presque comme si elle était revenue.

Wesley se creusa la mémoire, prit une autre bouchée de tarte, avala une nouvelle gorgée de café avant de hocher la tête.

– Non, du plus loin qu'il me souvienne, ça ne m'est jamais arrivé. Alors qu'est-ce qui vous tracasse ? J'aimerais pouvoir vous aider. Vous avez envisagé d'aller consulter un psychologue ?

– Psychologue ? persifla Horowitz. Je n'ai pas besoin de psychologue !

– Quand les gens dépriment, surtout en vieillissant, ils ont parfois besoin de parler à quelqu'un, suggéra Wesley avec délicatesse, car il connaissait la sensibilité de Samuel Horowitz.

– Les gens peut-être, mais pas Horowitz !

Il écarta d'emblée cette proposition.

Wesley n'insista pas. Ils terminèrent leur café en silence, silence interrompu de temps à autre par quelques commentaires sur le début de la saison de base-ball, les Mets, les Yankees, et George Steinbrenner. Les pronostics de Wesley étaient tous des plus pessimistes.

– Horowitz, depuis le temps que je m'intéresse au base-ball, j'ai remarqué que, quand on parle plus des dirigeants que des joueurs, c'est qu'on a sur les bras une équipe qui perd.

– Tout à fait, Wesley, approuva Horowitz.

Mais cela ne résolvait en rien le problème qui le contrariait tant.

Ces derniers temps, Samuel Horowitz faisait de plus en plus fréquemment l'expérience d'un autre phénomène tout aussi troublant. Auparavant, qu'il eût des billets pour une pièce de théâtre ou pour une conférence ou qu'il fût attiré par une exposition au Muséum d'histoire naturelle ou au Metropolitan Museum of Art, il pouvait toujours compter sur Mme Washington. Si elle n'était pas disponible à l'heure qui lui convenait le mieux, c'était lui qui se pliait à ses horaires. De temps en temps, il était ravi que ses petits-enfants les accompagnent. Bref, d'une manière ou d'une autre, tout s'arrangeait.

Mais depuis deux semaines, il avait beau jongler avec les horaires, ça ne collait jamais. Si gentille et coopérative que parût Mme Washington, elle ne pouvait plus l'accompagner.

Il était allé une fois, seul, au Muséum d'histoire naturelle, mais ce fut une expérience très décevante. Son besoin de partager ce qu'il vivait était trop impérieux. Il s'était même adressé à une étrangère pour lui faire part de sa réaction devant la nouvelle espèce de dinosaure qui y était exposée. Celle-ci l'avait fusillé du regard avant de s'éloigner pour observer le géant sous un autre angle, tout en continuant de le fixer à travers les os factices de l'immense créature. Puis, quand un homme, qu'Horowitz soupçonna être son mari, la rejoignit, elle lui murmura quelques mots à l'oreille en le montrant du doigt. Son embarras fut tel qu'il quitta furtivement le musée.

Les visites de musées avaient perdu de leur charme, et il était beaucoup plus facile de s'en priver que de renoncer à un concert prévu à une date précise et où deux places réservées l'attendaient. Un soir, il y eut une conférence au YMHA de la 92e Rue. Or ces conférences passionnantes, qui donnaient souvent lieu à des controverses enflammées, étaient animées par des célébrités que l'on avait vues sur des plateaux de T.V., mettant leur grain de sel aux actualités. Quand le Y [1] annonça un débat sur la diversité culturelle par la doyenne d'une université du Midwest, Horowitz ne réserva pas de billets. Il profita d'une belle journée de printemps pour se rendre à Lexington Avenue et traversa Central Park à pied pour aller les chercher lui-même.

Les billets en main, il appela Mme Washington le soir même.

– Chère et fuyante madame Washington, lui déclara-t-il en guise d'introduction, évoquant avec humour sa récente et fréquente indisponibilité, j'ai dans la main deux billets pour une conférence qui vous semblera certainement, à vous qui êtes d'origine afro-américaine, des plus intéressantes.

– Vraiment ? Et qu'est-ce donc que cette conférence, monsieur Horowitz ?

– La diversité culturelle sur les campus, annonça-t-il.

– Tout à fait passionnant ! Quel soir ?

– Mardi prochain, répondit Horowitz.

– Mardi... répéta Mme Washington avec une pointe de regret. Hélas, vous ne pouviez pas savoir !

– Que se passe-t-il, madame Washington ?

– Mercredi matin Louise passe un examen de

1. Abréviation pour YMHA.

maths. Il faut que je la fasse réviser mardi soir. Vous savez ce que sont les deux dernières années de lycée. Chaque note compte pour l'entrée à l'université.

– Oui, oui, je sais, fit un Horowitz déçu.

– Comme ce n'est que dans cinq jours, lui suggéra Mme Washington, vous pouvez sûrement trouver quelqu'un d'autre pour vous accompagner.

– Oui, bien sûr, reconnut Horowitz sans grand enthousiasme. Peut-être la prochaine fois.

– La prochaine fois, promit Mme Washington.

Elle raccrocha le téléphone non sans regrets, mais avec beaucoup de détermination. Le bonheur qu'il trouverait plus tard, pour peu que sa stratégie se révèle payante, valait bien sa déception actuelle. « Pourvu que Molly Mendelsohn ne soit pas prise mardi soir ! » songea-t-elle.

Samuel Horowitz avait raccroché lui aussi. Il resta assis, les deux billets dans sa main moite. Son premier réflexe fut de les déchirer. Ces derniers jours lui avaient hélas inculqué la futilité qu'il y a à chercher à apprécier tout seul des impressions, des idées et des sentiments faits pour être partagés.

« Hannah, oh, Hannah, si seulement tu étais encore là ! Comme tu me poussais à sortir ! “ Samuel, allons voir cette pièce, assistons à cette conférence ! ” C'était toi qui décidais où et quand nous irions. Tu gouvernais notre vie culturelle. Depuis lors, tu peux me croire, j'ai essayé de faire tout ce que tu me faisais faire. Mais ce n'est plus la même chose. Ce le fut pendant un moment. C'était bien quand Mme Washington m'accompagnait. Pas comme avec toi, bien entendu, mais bien. Quelqu'un d'autre avec qui parler, à qui faire part de ses impressions. Il n'y a rien de pire que de manger seul, d'écouter seul, de n'avoir personne avec qui partager ses pensées. Je commence à détester le mot “ seul ”. Quatre lettres, une syllabe, mais ce petit mot contient tant de douleur !

« Hannah, cela ne t'ennuierait pas si... J'aimerais... Je veux dire... Écoute, t'opposerais-tu à ce que... Considérerais-tu comme un péché, comme un crime, si je demandais à cette Mme Mendelsohn de venir avec moi à cette conférence ?

« J'ai l'impression qu'elle est aussi très seule. Il me semble qu'elle m'a dit que son petit-fils l'appelait tous les vendredis soir, parce qu'il sait qu'elle est toute seule. C'est très significatif. Quand on est seul chez soi le vendredi soir, cela signifie qu'on l'est aussi le lundi, le mardi et tous les soirs de la semaine. On pourrait tout à fait considérer que j'accomplis là un acte de bonté et de charité envers une autre personne. Comme quand tu me disais : " Sam, puisque nous allons voir ce film, demandons à Mme Feldman de nous accompagner. Elle est si seule depuis que son mari est mort ! " Tu te souviens ? Et toutes ces fois où tu me disais : " Sam, quel mal y a t-il à demander à Mme Rubin de venir avec nous au théâtre ? " Et quand tu invitais Abe Fogel à dîner et que tu en faisais des tonnes pour qu'il soit content. Il arrivait, triste, le pas traînant, et il ressortait tout guilleret. Quel contraste ! Et ce n'était pas seulement l'effet de ta cuisine. C'était la manière dont tu t'occupais de lui. Il se sentait désiré. Il n'était plus seul.

« Oui, Hannah, ce serait exactement la même chose que de demander à cette pauvre Mme Mendelsohn de m'accompagner à cette conférence. Après tout, qui pourrait se méprendre sur une invitation pareille ? »

Quand il appela, Mme Molly Mendelsohn n'était pas chez elle.

Le lendemain, après une nuit agitée pendant laquelle il s'était donné du courage, Samuel Horowitz termina son service à la nursery. Mais au lieu de s'en aller avec Homer Wesley comme à l'accoutumée, au grand étonnement de ce dernier, Horowitz s'attarda dans le coin-café. En consultant souvent sa montre malgré l'énorme pendule accrochée au mur, Horowitz attendit ce qui lui parut des heures interminables, bien qu'il ne se fût écoulé qu'une heure et six minutes avant que Mme Mendelsohn, petite et toujours aussi soignée, arrive avec son paquet bien net de pâtisseries maison.

Elle parut heureuse de le voir.

– Bonjour, monsieur Horowitz !

– Bonjour, madame Mendelsohn. Des *ruggaluch ?* demanda-t-il quand elle souleva la feuille d'aluminium qui protégeait son assiette de gâteaux.

– Pas cette fois, murmura-t-elle d'une voix de conspiratrice. Elles commençaient à être jalouses. Mes *ruggaluch* étaient les seuls gâteaux qui disparaissaient totalement chaque fois que j'en apportais. Je ne veux pas semer la zizanie. Alors, pour quelque temps, ce sera du strudel au fromage blanc.

– Très délicat, très diplomate, répondit Horowitz avec des airs de sage.

– Désirez-vous le goûter ? lui proposa-t-elle.

– Si cela ne vous ennuie pas, dit-il en examinant le plat à la recherche d'un morceau qui ne soit pas le plus gros tout en n'étant pas le plus petit.

Il en choisit un et l'apprécia avec une mine de gourmet, expert en la matière.

– Léger, très léger. Cette pâte est d'une finesse !

– C'est le secret du strudel. C'est ma tante, elle s'appelait aussi Molly d'ailleurs, qui m'a appris à le faire.

– Votre crème a beaucoup de goût, conclut Horowitz après l'avoir dégustée lentement.

– C'est la pointe de citron dans le fromage qui fait toute la différence.

– Quelle coïncidence ! s'exclama Horowitz. Quelle coïncidence extrêmement significative !

– Comment cela ? s'étonna Mme Mendelsohn.

Hannah, c'est ma femme, faisait exactement la même chose. Une pointe de citron relève le gâteau le plus sucré.

– Ce devait être une très bonne cuisinière, dit Molly Mendelsohn. Sinon vous ne seriez pas aussi fin connaisseur.

– Vous me considérez comme un connaisseur ? demanda-t-il, secrètement enchanté de ce compliment.

– A la manière dont vous avez su apprécier mes *ruggaluch*, et maintenant mon strudel, j'ai vu tout de suite que vous aviez été formé à bonne école.

– Hannah aurait été ravie de vous l'entendre dire, répondit Horowitz. Madame Mendelshon, seriez-vous par hasard... si vous êtes prise, dites-le-moi franchement. Seriez-vous disponible mardi soir pour assister à une conférence au club ?

– Mardi soir... fit-elle, pensive, lui laissant craindre, un bref instant, un refus. Je peux m'arranger pour être libre mardi soir. Je serai enchantée d'assister à cette conférence.

– Parfait ! Je passe vous prendre pour le dîner, disons à sept heures et demie ?

– D'accord, dit-elle.

Il baissa les yeux vers le strudel.

– Reprenez-en, lui suggéra-t-elle. Il est à la margarine.

Il croqua dans le second morceau, s'interrompit, mâcha un peu et dit :

– Alors vous aviez une tante dénommée Molly. Ce qui est aussi votre prénom. C'est un joli nom, Molly, très joli.

23

Le jeudi après-midi, Mme Harriet Washington arriva à la nursery afin de remplacer quelques bénévoles n'ayant pas pu remplir leur office pour des raisons de santé ou de famille.

Que son arrivée coïncidât avec les horaires de Molly Mendelsohn eût pu être mis sur le compte du hasard. Quelle qu'en fût la raison, ce concours de circonstances donna aux deux femmes l'occasion de bavarder tout en vaquant à leurs occupations habituelles. Elles poursuivaient leur conversation entre deux bébés, deux biberons ou deux couches. Ainsi Molly Mendelsohn avoua-t-elle à Mme Washington que M. Horowitz l'avait invitée à une conférence au YMHA. Mme Washington accueillit cette nouvelle avec une surprise de bon aloi.

Plus tard, pendant la pause-café, Mme Washington lui suggéra discrètement d'inviter M. Horowitz à dîner chez elle, au lieu d'aller au restaurant.

– Vous ne croyez pas qu'il trouvera cela un peu trop entreprenant ? Après tout, quand une femme invite un homme à dîner chez elle, cela signifie qu'elle a des vues sur lui.

– Madame Mendelsohn, je le connais. Il a traversé une période très difficile. Je connais aussi Bernadine, sa femme de ménage, qui n'est pas le meilleur cordon-bleu de la planète, comme le dirait Horowitz lui-même.

– Oui, mais... protesta Molly.

– Il n'y a pas de « oui, mais », la coupa Mme Washington avec autorité. Cet homme en a assez de manger au restaurant, assez des recettes de sa femme cuisinées à la sauce Bernadine. Il a envie d'un bon repas familial.

– Un bon repas familial, dit Molly Mendelsohn, songeuse. Mais qu'appelle-t-il un bon repas familial ? Voilà le problème !

– Eh bien...

Mme Washington fit mine de réfléchir.

– Un jour, vous m'avez décrit votre bouillon d'orge au bœuf et aux haricots de Lima, vous en souvenez-vous ?

– Oui.

– Qui résisterait à un plat aussi consistant et délicieux ? demanda Mme Washington. Quant au dessert, vous pouvez lui servir une assiette de vos *ruggaluch*, avec une tasse de décaféiné, bien sûr. Ce serait parfait.

– Vous pensez que ça lui plairait ?

– J'ai de bonnes raisons de le croire, déclara Mme Washington avec une belle assurance.

– A dire vrai, un bouillon d'orge au bœuf me ferait grand plaisir à moi aussi, car faire la cuisine pour moi seule, cela représente vraiment trop de tracas !

– Allez-y ! insista Mme Washington. Il m'a suffi de bavarder avec vous et de goûter vos *ruggaluch* et votre strudel au fromage blanc pour savoir que vous êtes une remarquable *ballabusteh* [1].

– Madame Washington, comment se fait-il que vous connaissiez un mot comme *ballabusteh* ? Et que vous sachiez ce qu'il signifie ?

– Il y a bien des années... commença Mme Washington.

1. Excellente maîtresse de maison, doublée d'un cordon-bleu.

Mais Molly Mendelsohn la devança.

– C'est vrai, je me souviens à présent, vous avez travaillé chez des Rosengarten.

– Exactement. Et puisque vous parlez des Rosengarten, je me rappelle que Mme Rosengarten servait un *kigel* bien épicé comme accompagnement de ce plat, puisque les légumes sont déjà dans le bouillon.

– A votre avis, ce serait une bonne idée ?

– « Ça ne peut pas faire de mal », comme disait Mme Rosengarten.

Tôt ce soir-là, Molly appela au domicile de Samuel Horowitz.

– Monsieur Horowitz, c'est Molly, Molly Mendelsohn, annonça-t-elle.

Une pensée traversa aussitôt l'esprit de son interlocuteur, vive comme l'éclair.

« Ha ! Ha ! c'était à prévoir. Elle a changé d'avis. Elle m'a trouvé trop entreprenant de l'inviter à cette conférence. Un billet de théâtre, ça coûte cher. On n'a pas envie de le gâcher. Pour une fois, cela passait. Mais deux ? Non, elle doit penser que je lui fais du gringue, comme on dit aujourd'hui. Avant on disait des avances. De toute façon, c'est pareil. J'ai eu tort. Enfin, si elle ne veut pas y aller, je ne peux pas la forcer. »

– Madame Mendelsohn, dit-il alors, quelle bonne surprise d'entendre votre voix ! Que puis-je pour vous ?

– Monsieur Horowitz, je... Je me demandais si... si... Pour... si... mardi soir... fit-elle en hésitant visiblement.

« J'avais raison. Nous y voilà ! Je suis prêt. »

– Oui, madame Mendelsohn, dit-il en s'attendant au pire, qu'y a-t-il pour mardi soir ? Si cela vous pose un problème, dites-le-moi.

– Ce n'est pas vraiment un problème pour moi, à moins que cela n'en soit un pour vous.

– Et quelle est exactement la nature de ce problème problématique ? Après tout, entre adultes, que ne peut-on régler en parlant franchement ?

Il considéra qu'il était allé aussi loin que possible pour lui permettre de faire marche arrière.

– Eh bien, je me demandais si, au lieu d'aller au restaurant, vous n'aimeriez pas dîner chez moi, lui proposa Molly Mendelsohn, grandement soulagée d'avoir pu dire tout cela d'une seule traite.

Elle attendit sa réponse, osant à peine respirer.

– Dîner ? fit Horowitz, qui éprouvait lui aussi un immense soulagement. Chez vous ? Je ne vois pas pourquoi je refuserais.

– Parfait, lui confirma-t-elle d'un ton joyeux. Si la conférence est à huit heures, tâchez de venir vers six heures. Cela vous convient-il ?

– Six heures ? Mais madame Mendelsohn, cela me convient à merveille.

Il raccrocha, le cœur plus léger. Tout comme Molly Mendelsohn.

Le mardi soir, à six heures pile, Samuel Horowitz se présenta devant l'immeuble de West End Avenue où habitait Molly Mendelsohn. Comble de malchance, quand il pénétra dans l'ascenseur, il tomba de nouveau sur la femme qu'il avait croisée lors de son unique visite. Elle lui sourit. Un peu trop gentiment, pensa-t-il.

– Encore vous, je vois, dit-elle avec dans le regard l'étincelle malveillante des pipelettes et des colporteuses de ragots.

Il lui rendit son sourire en songeant : « Demain, tout l'immeuble, tout West End Avenue et tout le West Side de Manhattan seront au courant. Samuel Horowitz a rendez-vous avec une autre femme. Une veuve, en plus. »

Il s'était arrêté chez un fleuriste de Broadway pour y acheter deux roses rouges et quelques branches d'asparagus, ce qui accrut sa gêne. Il s'était rappelé son enfance et sa mère qui disait : « Quand tu es invité à dîner, n'arrive jamais les mains vides. » A cette époque, sa mère apportait toujours une boîte de chocolats, dont la taille dépendait de la situation financière de la famille Horowitz.

Plus tard, leurs contemporains ayant considérablement restreint leur régime alimentaire, Hannah avait pris l'habitude d'offrir des fleurs. Il avait donc acheté des roses.

« Deux malheureuses petites roses, songeait-il, est-ce un crime ? A la manière dont cette femme me fixe, on croirait que ce sont les preuves matérielles d'un meurtre. Combien de temps faut-il à cet ascenseur de malheur pour atteindre le sixième étage, où elle descendra ? »

Il était un peu confus de redemander du *kigel* aux nouilles de Molly Mendelsohn, car il avait déjà repris du bouillon de bœuf aux haricots. Mais elle comprit à la lueur qu'elle décela dans son regard qu'il ne se ferait pas prier très longtemps.

« Après tout, quand une femme se donne tant de mal pour préparer un dîner pour deux, se dit-il afin de se justifier à ses propres yeux, le plus beau compliment qu'on puisse lui faire, c'est de se resservir. Et un tel repas mérite vraiment des compliments. »

Il considéra qu'il avait fait preuve d'une remarquable retenue en ne prenant que trois *ruggaluch*. En fait, ils étaient assez petits.

Pendant tout le repas, Molly Mendelsohn l'observa tout en faisant des commentaires en son for intérieur.

« Apparemment, il aime le bouillon. Ou bien est-il simplement poli ? Un homme reprend-il d'un plat par pure politesse ? Non, décidément, je crois qu'il apprécie mon bouillon de bœuf. Quant au *kigel*, Mme Washington avait raison. Quand j'y pense, elle a toujours raison lorsqu'il s'agit de ce monsieur. Elle le connaît si bien ! Ils doivent être amis intimes. Oh ! Il est en train de lorgner mes *rug-*

galuch. Il en a pris deux. En prendra-t-il un troisième ? Oui ! Je me demande s'il n'a pas trop mangé. Ne sera-t-il pas mal à l'aise pendant la conférence ? Et s'il s'endort ? Phil s'endormait souvent dans ce genre d'endroits. De toute façon, il est trop tard pour y songer. Au moins s'il s'assoupit, il ne se réveillera pas avec la faim au ventre. »

Samuel Horowitz ne s'endormit pas pendant la conférence. Tandis que la doyenne de l'université du Midwest poursuivait son discours sur la diversité, les cours bilingues et multi-ethniques des Américains autochtones, des Afro-Américains et des Hispaniques, qu'elle expliquait pourquoi l'on ne devait pas utiliser le terme « Oriental » pour parler des Asiatiques, Samuel Horowitz semblait de plus en plus agité. Molly vit qu'il bouillait d'impatience. Au début, elle crut qu'il ressentait les effets du repas trop copieux qu'il venait d'absorber. Mais quand elle l'entendit grommeler, elle comprit que la très dogmatique conférencière qu'ils avaient devant eux accroissait sa fureur de minute en minute.

– Des âneries que tout ça ! marmonna-t-il. Des âneries dangereuses !

Les personnes assises autour d'eux se mirent à lancer des regards sévères dans leur direction. Molly commençait à éprouver une certaine gêne, contrairement à Horowitz qui protestait de plus belle. Il attendait avec impatience la fin de la partie magistrale de la conférence.

Il vit apparaître une lueur d'espoir quand la présidente déclara :

– Ainsi ces améliorations nouvelles et créatives apportées à l'éducation permettront de donner à nos élèves, tant dans les écoles primaires et dans les lycées que dans les universités, la connaissance de leurs racines propres, de leur histoire. Ils comprendront pourquoi ils sont différents. Ils auront tout lieu d'être emplis de fierté et de respect pour leur origine, leur histoire et leur langue. Et maintenant, s'il y a des questions...

La main d'Horowitz se leva belliqueusement avant même qu'elle ait terminé sa phrase.

– Oui ? Le monsieur âgé sur la droite, demanda la présidente qui l'avait repéré.

« Je t'en ficherai des " messieurs âgés " », fulmina Horowitz, puis il lança :

– Madame, ou Présidente, si vous préférez, j'ai une question à poser. Enseignez-vous vraiment de telles âneries aux étudiants de votre université ?

– Ah, vous êtes de ceux-là... répliqua-t-elle avec un sourire condescendant, déclenchant une vague de rires dans le public.

– Je ne sais pas ce que vous entendez par là, rétorqua Horowitz du tac au tac. Je ne suis pas de « ceux-là ». Je suis un citoyen de ce pays. Bien sûr, comme je ne suis pas né ici, je ne peux pas prétendre au qualificatif d'autochtone. Et comme je suis né en Europe, je ne suis pas non plus un Afro-Américain. Mais il y a certaines choses que je sais par expérience personnelle.

– S'il vous plaît, nous n'allons pas y passer la soirée, tenta-t-elle de l'interrompre.

– Chère madame, je vous ai écoutée pendant une heure et sept minutes. Vous pouvez au moins me rendre la pareille pendant cinq minutes. Donc, comme je le disais, je parle d'expérience. Contrairement à vous. Quand je suis arrivé dans ce pays, mon père et ma mère n'avaient qu'un rêve pour le petit garçon que j'étais alors. Que je devienne américain. Par conséquent, ils m'ont envoyé dans une école publique. À cette époque, il n'y avait pas d'éducation bilingue. On ne m'a donc pas appris le yiddish. Pourquoi l'aurait-on fait ? Je le savais déjà. On m'a enseigné ce que je ne savais pas : l'anglais.

– Monsieur, le réprimanda le présentateur, ce n'est plus une question, mais un discours.

– Eh bien soit, c'est un discours, reconnut Horowitz, et vous allez l'écouter. Vous apprendrez peut-être quelque chose. On m'a appris l'anglais, à moi et à tous les autres enfants. En ce qui concerne l'histoire, ce n'est pas parce que je venais de Pologne que l'on m'a enseigné l'histoire polonaise. Encore une chose que l'on ne m'a pas apprise. Pourquoi nous sommes tous différents les uns des autres... Dites-moi, chère doyenne, quand vous soulignez ainsi les différences entre vos élèves, où voulez-vous en venir ?

– Monsieur, c'est évident, reprit la doyenne du Midwest de son ton le plus glacial, vous êtes de la vieille école et, quoi que je dise, je ne vous convaincrai pas.

Puis elle se tourna vers une autre partie de l'assistance.

– Madame ! cria Horowitz. D'après le programme, vous êtes professeur d'histoire. Avez-vous jamais vu un seul pays qui ait intégré plus d'immigrants que celui-ci, qui en a absorbé des millions en un siècle ?

– Vraiment, monsieur, d'autres questions m'attendent et je n'ai pas le temps...

– Pourquoi ? Vous êtes pressée de retourner dans votre université enseigner de nouvelles balivernes ? s'enquit Horowitz.

A ce moment-là, une partie de l'assistance manifesta son mécontentement. Il reporta alors sa colère sur eux.

– Demandez-vous s'il y a un pays au monde qui ait mieux su faire des citoyens de ses immigrés ? Et ce système, a-t-il fonctionné ? C'est un exemple inégalé dans l'histoire ! Alors pourquoi avons-nous rejeté un système efficace pour adopter des idées bidon comme l'éducation bilingue, la diversité et tous ces termes d'une bêtise sans nom ?

– Silence ! cria quelqu'un à l'autre extrémité de la salle.

Horowitz tourna son attention et son agressivité dans cette direction.

– A qui le dites-vous ! Avons-nous amélioré notre éducation ces dernières années ? Les résultats aux examens sont là pour en témoigner. Non ! Pourquoi ? Très simple. Vous voulez qu'un enfant connaisse l'histoire ? Apprenez-la-lui. Vous voulez qu'il ait de bonnes notes en géographie ? Enseignez-la-lui ! Ne l'abrutissez pas de propagande sous couvert d'études sociales ! Mes chers amis, nous avons « amélioré » notre éducation en en faisant une honte nationale !

– Monsieur ! Monsieur !

L'animateur tenta d'interrompre sa diatribe.

Mais Horowitz passa outre.

– Ne perdez pas votre temps à leur apprendre d'où ils viennent. Dites-leur plutôt où ils doivent aller.

Sa tirade déclencha un tollé général de hurlements et de sifflets. Cela ne l'empêcha nullement de continuer.

– S'il vous plaît ! Y a-t-il quelqu'un dans cette grande salle qui soit capable de m'expliquer comment on peut aider un enfant noir à trouver du travail si on ne lui apprend que ce qui s'est passé en Afrique il y a cinq cents ans ? Comment un hispanophone apprendra-t-il l'anglais avec un professeur qui aura un fort accent espagnol ?

– Cher monsieur, je ne peux que constater que vous êtes aveuglé par votre ignorance et que vous ployez sous le lourd fardeau de vieilles idées préconçues.

– Et moi, chère madame, je ne peux que constater que vous ployez sous le lourd fardeau de nouveautés complètement absurdes !

De tous côtés, on se levait pour le huer. Cela ne le troubla pas pour autant.

– L'école était un lieu où des enfants de tous les horizons, de toutes les religions, des enfants venant du monde entier, apprenaient à devenir des Américains. A présent, c'est un endroit où ils viennent apprendre à être différents. Ce pays n'est plus un creuset. C'est un champ de bataille où s'affrontent divers groupes. Et vous appelez ça de l'éducation ?

A ce moment-là, au signal de la doyenne, deux huissiers se dirigèrent vers le perturbateur. Samuel Horowitz refusa de se laisser bâillonner. Il s'indignait encore quand ils lui firent remonter l'allée centrale, tandis que Molly Mendelsohn les suivait en protestant avec véhémence.

– Arrêtez ! Lâchez cet homme ! Lâchez-le immédiatement !

– Des gangsters ! Voilà ce que vous êtes ! Les troupes de choc de la Nouvelle Gauche ! criait-il encore dans la rue, à l'adresse des huissiers.

Les passants s'arrêtèrent pour contempler ce vieux monsieur en colère, accompagné d'une petite femme proprette, qui tentait de l'amadouer tout en redressant sa cravate et sa veste, dont la bonne tenue avait quelque peu souffert de cette altercation.

Les huissiers avaient battu en retraite à l'intérieur du club. Samuel Horowitz et Molly Mendelsohn se retrouvèrent seuls sur Lexington Avenue. Sans très bien savoir où ils allaient, ils marchèrent vers le sud.

Quand ils arrivèrent au coin de Lexington et de la 87e Rue, Samuel Horowitz s'était suffisamment calmé pour dire, tout penaud :

– Je vous ai mise dans l'embarras, n'est-ce pas ?

– Non, pas du tout, nia Molly Mendelsohn.

– Reconnaissez quand même que je me suis donné en spectacle.

– Je ne le pense pas. Vous aviez quelque chose à dire et vous l'avez dit.

– Il faut que je vous avoue une chose. J'ai tendance à me laisser emporter par un caractère trop fougueux. Je suis ce qu'on appelle un « impulsif ». Ce que j'ai en tête, je l'ai aussi sur les lèvres, disait Hannah. Et elle avait raison. Franchement, je ne comprendrai jamais comment elle a pu me supporter.

– Je suppose que vous n'étiez pas tout le temps en colère, hasarda-t-elle avec délicatesse.

– Pas tout le temps, mais assez souvent. Plus que cela même. Pour ce soir, je suis navré. J'espère simplement qu'il n'y avait là personne de votre connaissance.

– Ça m'est égal, répondit-elle.

– Ça vous est égal ? Vous voulez dire que cela n'a pas d'importance pour vous ? demanda-t-il.

– Ce que vous avez dit, je l'aurais dit si j'en avais eu le courage. Même à l'époque où j'étais au lycée, j'étais toujours trop timide pour me lever en classe et réciter mes leçons. J'étais à l'agonie. Quand je devais faire un exposé, j'étais terrifiée. J'imagine que c'est pour cela que je me suis intéressée au dessin et à la calligraphie. Des choses que je pouvais faire toute seule.

– Moi, lui confia Horowitz, j'avais le problème inverse. J'étais toujours le premier à lever le doigt, le premier à répondre, pas toujours bien, mais j'étais le premier. Hannah, c'était une timide. Comme vous.

Quand il prit brusquement conscience de la comparaison qu'il venait de faire entre Hannah et Molly Mendelsohn, il se tut. Ils poursuivirent leur chemin.

– Il y a un bus qui attend, lui fit remarquer Molly, quand ils atteignirent l'angle de la 86e Rue. Nous avons tout juste le temps de monter dedans.

Non, nous allons prendre un taxi, dit-il d'un air décidé.

– Mais c'est de l'argent gaspillé. Le bus me conduit presque devant ma porte.

– Un taxi ! insista-t-il.

Ils se retrouvèrent devant son appartement.

– Voulez-vous entrer pour prendre un café ? lui demanda-t-elle en ouvrant sa porte.

– Je crois que je vous ai causé assez d'ennuis comme ça dans la soirée, dit-il.

– Pas du tout, répliqua-t-elle. En fait, je suis très fière que vous ayez pris la défense du bon sens.

Tout en reprenant l'itinéraire compliqué qui le menait de la 82e Rue et de West End Avenue à Central Park et à la 84e Rue, il passa en revue les événements de la soirée.

« Elle a dit : " Ne levez pas la main sur lui ! Lâchez cet homme ! " Elle a dit ça. Elle m'a défendu. Et elle n'était pas gênée. " Lâchez-le immédiatement ! " a-t-elle crié. Elle a pris mon parti. »

24

Le lendemain après-midi, Samuel Horowitz se trouva confronté à un dilemme. Cela ne lui était jamais arrivé. En lisant le *Times*, comme tous les matins, il parcourut la critique d'un nouveau film.

« C'est le genre du film qui plairait à Mme Washington. Je l'appelle dès ce soir pour le lui demander », aurait-il dû se dire.

Telle était généralement sa réaction instinctive et automatique.

Pas cette fois, il venait de s'en rendre compte. Cette fois, pour une raison qu'il lui fut difficile de déterminer, il se dit : « Molly Mendelsohn aimerait peut-être ce genre de film. » Non seulement c'était elle qui lui était d'abord venue à l'esprit, mais il l'avait appelée *Molly*.

Un puissant sentiment de culpabilité l'assaillit. Il examina sa conduite des derniers jours. Depuis quelques semaines, il n'avait pas dîné une seule fois avec Mme Washington. Il ne l'avait pas non plus emmenée à une conférence ou à un spectacle quelconque. Bien entendu, il lui avait téléphoné deux fois, et par deux fois, elle avait déclaré avoir autre chose à faire. Il n'était donc pas entièrement fautif. Le sentiment de culpabilité qui l'habitait ne disparut pas pour autant. Ce soir, il lui proposerait de l'emmener au cinéma.

Samuel Horowitz se préparait à se rendre chez son agent de change, dont le cabinet se trouvait sur la Cinquième Avenue. Non qu'il eût l'intention de vendre les actions de son modeste portefeuille. Mais quand cet expert en finance lui demandait : « Monsieur Horowitz, à votre avis, comment le marché va-t-il évoluer ? », cela lui donnait le sentiment de sa propre importance. Il se lançait alors dans un grand discours sur le marché boursier, puis analysait avec vigueur l'économie nationale et internationale. C'était un exercice physique et psychologique à la fois. Une demi-heure de marche, d'un bon pas, voilà qui vous mettait en forme ! Il n'était pas moins stimulant de voir que l'on tenait votre opinion en haute considération.

Il nouait sa cravate avec grand soin quand le téléphone sonna. Il se précipita pour répondre, espérant que ce n'était pas encore Mona. Depuis le début de la semaine, elle avait déjà appelé deux fois et, pour une raison qu'il avait du mal à imaginer, ses appels l'irritaient plus que d'habitude. Ces derniers temps, il semblait y avoir une légère pointe de reproche dans sa voix. Si le ton et le propos de Mona n'avaient pas été différents, cela ne lui serait jamais venu à l'esprit. C'était sa perception des choses qui avait récemment changé.

Heureusement, ce n'était pas Mona. Il entendit la douce voix de Molly Mendelsohn.

– Monsieur Horowitz ?

– Le Président des États-Unis, n'est-ce pas ? plaisanta-t-il pour dissimuler la joie qu'il éprouvait.

Comme elle ne rit pas, il fut un peu embarrassé.

– Ma chère, que puis-je pour vous ?

– Je voulais juste vous remercier pour notre dernière soirée. C'était passionnant. Et cela faisait bien longtemps que je n'avais pas assisté à une telle conférence.

– Tout le plaisir fut pour moi, je vous assure, répondit Horowitz. A vrai dire, j'avais l'intention de vous appeler. Pour vous remercier non seulement de votre excellent dîner, mais aussi d'avoir pris ma défense. C'était très gentil de votre part. C'est exactement ce qu'aurait fait Hannah, laissa-t-il étourdiment échapper.

« Voilà que je recommence ! se gronda-t-il aussitôt. Je répète sans cesse le nom d'Hannah. Si gentille soit cette femme, ce ne sera pas une autre Hannah. Il n'y aura jamais d'autre Hannah. »

– Ce devait être une femme merveilleuse, entendit-il à l'autre bout de la ligne.

– Oh oui ! acquiesça-t-il.

– Je connais ce sentiment, répondit-elle.

– Votre Phil était aussi quelqu'un de gentil ? demanda Horowitz.

– Oui.

– C'est bien. A notre âge il ne nous reste plus que des souvenirs. Comme il est agréable d'en avoir de bons !

– A mon avis, nous avons eu tous les deux beaucoup de chance, dit Molly. Eh bien... poursuivit-elle avec dans la voix une intonation qui lui indiqua qu'elle allait mettre un terme à leur conversation.

– Madame Mendelsohn, Molly, j'ai lu dans le *Times* de ce matin la critique d'un film qui vient de sortir, ne put-il s'empêcher d'ajouter. Ça a l'air très intéressant. Je me demandais si cela vous plairait d'y aller un après-midi ?

– Du moment que je ne suis pas à l'hôpital, répondit-elle.

– Bien sûr. Jamais je ne me permettrais d'entraver vos activités de bénévolat. Disons mercredi ?

– Mercredi, c'est parfait ?

– A la séance de trois heures et demie ? lui proposa-t-il. Ça se joue au Loew's, au coin de Broadway et de la 84e Rue.

– Je vous y retrouverai.

– Franchement, j'aurais aimé venir vous chercher, lui avoua-t-il en toute honnêteté. Mais il y a cette femme que je croise sans cesse dans votre ascenseur et qui semble connaître l'heure de chacune de mes visites. Elle a l'air de m'attendre pour me lancer son sourire mauvais. Personnellement, je crois qu'elle est jalouse de vous.

– C'est Mme Berkowitz.

– Elle est veuve, elle aussi, présuma-t-il.

– Non, mais je pense qu'elle aimerait bien l'être, fit Molly. Son mari n'est pas vraiment l'homme le plus charmant de la planète.

– Alors elle est jalouse, conclut Horowitz. De voir une autre femme reprendre goût à la vie.

– Je ne savais pas que c'était évident à ce point-là, répondit Molly Mendelsohn d'une voix douce.

– Est-ce que vous êtes... Je veux dire, est-ce que... bredouilla Horowitz.

– Est-ce que *vous* voulez dire... balbutia Molly à son tour.

– Qu'est-ce que je voulais dire ? fit-il.

– Quand vous avez dit : « Elle est jalouse de voir une autre femme reprendre goût à la vie. »

– Est-ce que... vous reprenez goût à la vie ? osa-t-il enfin lui demander.

– Ces derniers temps, oui, reconnut-elle d'un air effarouché.

– Voulez-vous que je vous dise une chose ? Moi aussi.

Il y eut un long silence. Ce n'était pas de la gêne, mais une prise de conscience.

– Puisque nous en sommes aux confessions... Quand je vous ai demandé de venir voir un film avec moi, il faut que vous sachiez qu'en général je ne m'exprime pas comme ça. Moi, je vais au cinéma. Les « films », c'est pour les jeunes qui apportent du popcorn ou des chips, qui parlent pendant la projection, qui croient que d'aller au cinéma, cela leur donne le droit d'être grossiers, bruyants et vulgaires. A partir de maintenant, nous irons au cinéma, tout simplement. D'accord ?

– D'accord. Puisque nous en sommes à établir des règles, en voici une autre : ne comparons jamais nos petits-enfants.

– Je comprends à quoi vous faites allusion. J'appelle cela le bridge juif. On se renvoie les exploits de ses petits-enfants comme des balles de ping-pong, et chacun surenchérit tour à tour. Et c'est celui dont le petit-fils ou la petite-fille a les meilleurs résultats à Harvard, à Yale ou au MIT [1] qui gagne.

– Oh ! Je connais bien ce bridge-là ! s'exclama Molly.

– Puisque nous devons nous retrouver devant le cinéma pour la séance de trois heures et demie, pourquoi ne pas passer l'après-midi ensemble ? Il se trouve qu'il y a un petit café à l'Européenne un peu plus bas.

– Vous voulez parler de cet endroit au coin de la 84e et de West Broadway ? demanda Molly.

– Si nous nous y retrouvions pour le déjeuner ? A une heure et quart, par exemple ? Comme ça, nous n'aurions pas à nous presser, suggéra Horowitz.

– Excellente idée, répondit Molly. Une heure et quart.

Quand Samuel Horowitz raccrocha le téléphone, il ressentit un petit pincement d'excitation. Cela ne lui était pas arrivé depuis longtemps. Cela ressemblait à l'impatience qu'il éprouvait, du temps qu'il allait encore au lycée, quand il avait rendez-vous avec une fille qui lui plaisait.

« Horowitz, se gronda-t-il, pour qui te prends-tu ? Pour un petit garçon ? Tu n'es même plus un homme jeune. Ni même un homme mûr, dut-il

1. Massachusetts Institute of Technology, grande université américaine.

reconnaître. Tu es un vieux monsieur de plus de soixante-cinq ans. De quel droit éprouves-tu des sentiments pareils ? Si demain tu te faisais agresser dans la rue ou renverser par une voiture et si l'on en parlait dans le *Times* ou à la télévision, ne dirait-on pas : “ Un homme âgé du nom de Samuel Horowitz a été renversé, etc. ” un vieil homme, voilà ce qu'on dirait. Alors ressaisis-toi !

« Il se passe une chose très simple. Mercredi, au lieu de déjeuner seul ou d'aller seul au cinéma, tu seras en compagnie d'une veuve plutôt sympathique. C'est tout. Il n'y a pas de quoi en faire un plat ! Ce n'est pas la grande *gedillah*[1]. En fait, si l'on y réfléchit, ce n'est rien de plus que ce que tu faisais très souvent avec Mme Washington.

« Mme Washington ! où avais-je la tête ? Expression inappropriée. Où n'avais-je pas la tête ? serait plus juste. Comment ai-je pu l'oublier dans toute cette histoire ? Ce n'est pas très gentil. Elle a tant compté pour moi. C'est presque comme si cette nouvelle personne, cette femme que je ne connaissais pas il y a deux semaines, avait pris sa place. Mme Washington l'a sûrement remarqué. Elle doit en être blessée. Comment l'en blâmer ? Je lui dois des explications. Non, je lui dois des excuses. Il faut absolument que je l'appelle. Tout de suite. Ce soir, dès qu'elle sera rentrée chez elle. »

Le mercredi soir, comme ils en étaient convenus, Mme Washington le rejoignit à l'hôtel Stanhope, en face du Metropolitan Museum of Art. C'était l'une des meilleures tables de la ville, l'une des plus chères aussi. Mais Samuel Horowitz considérait qu'un événement d'une telle importance exigeait un décor somptueux.

Ils commencèrent la soirée par un cocktail. Après que la commande eut été prise, mais avant que leurs plats n'arrivent, Horowitz s'expliqua.

1. Joie, réjouissance.

– Je suppose, chère madame Washington, que vous vous demandez ce que cette soirée a de si particulier. Comme on dit lors de la Pâque, pourquoi cette nuit est-elle différente de toutes les autres ? Eh bien, je me trouve confronté à une situation toute nouvelle. Enfin, pas exactement une situation. Disons une... situation. Finalement, ce n'est pas un aussi mauvais terme que cela.

Mme Washington tripotait ses lunettes à la monture dépolie, inquiète de le voir s'emberlificoter pour trouver les mots qui traduiraient sa pensée. En général, Samuel Horowitz était très direct. Souvent même plus que direct quand il s'agissait d'exprimer ses sentiments ou ses réactions. Elle fut tentée d'intervenir, de voler à son secours, mais elle savait qu'il suffisait d'attendre, qu'il finirait bien par lui dire ce qu'il avait sur le cœur.

– Voilà, il y a un changement, un changement en ce que...

Heureusement pour lui, le premier plat arriva.

– Excellente salade, tout à fait excellente, déclara-t-il quand ils furent servis et qu'il put écarter tout sujet préoccupant pour se consacrer à ce qu'il avait dans son assiette.

Mme Washington acquiesça et lui jeta un coup d'œil en se disant : « Allons, allons, vous pouvez me le dire. Vous pouvez tout me dire. J'étais près de vous quand vous avez traversé les moments les plus pénibles de votre existence. Quelle que soit la nouvelle que vous avez à m'annoncer, elle ne peut pas être aussi terrible. »

Une pensée lui effleura soudain l'esprit, qui la fit frémir. Au début de sa carrière, elle avait traité un patient qu'elle avait presque complètement guéri après une grave attaque cardiaque. Et tout cela pour qu'on vienne lui annoncer, quelques mois plus tard, qu'il était atteint d'un cancer inopérable.

« Mon Dieu, j'espère qu'il ne va pas m'apprendre une chose pareille ! » pensa-t-elle, ce qui lui coupa l'appétit.

Horowitz remarqua son émoi.

– Madame Washington, cette salade ne vous plaît pas ? Je vais demander au serveur de la changer immédiatement.

– Non, non, tout va bien. Vous disiez... fit-elle pour l'inciter à poursuivre.

– Pour en revenir à ma situation... Vous avez peut-être remarqué que nous, vous et moi, ne nous voyons plus aussi souvent depuis quelque temps.

– J'ai été très occupée, plus que d'ordinaire, répondit Mme Washington.

– Moi aussi, j'ai été très occupé, « plus que d'ordinaire », déclara-t-il. Et j'espère que je ne vais pas vous heurter, parce que je m'en voudrais énormément. Vous avez trop compté pour moi pour que je prenne le risque de vous blesser, vous, Conrad ou Louise.

– Je le sais bien, monsieur Horowitz, dit-elle pour le mettre à l'aise.

– Voilà... Il y a... Vous la connaissez, cette femme qui travaille à l'hôpital... Molly Mendelsohn ?

– Oui, oui, je crois la connaître. Une petite femme, très jolie, toujours très bien habillée. Une excellente pâtissière. Il me semble qu'elle fait...

Mme Washington fit mine de chercher le terme exact pour définir cette sorte de gâteau.

– Est-ce que ce sont des *schnecken* ?

– Des *ruggaluch* ! rectifia Horowitz.

– Bien sûr, voyons, des *ruggaluch* ! s'écria Mme Washington, comme si elle venait soudain de recouvrer la mémoire. Comment ai-je pu l'oublier ? Qu'avez-vous à me dire à son sujet ?

– Madame Washington, il s'est produit quelque chose de très étrange, quelque chose de très inattendu. Vous vous rappelez ces affiches qu'elle avait accrochées partout pour que l'on me réintègre dans le service des bénévoles ? Vous m'aviez conseillé de la remercier ? Eh bien, je l'ai fait. Et cela nous a menés à... à une sorte de... disons d'amitié. Quand vous n'avez pas pu m'accompagner ni au théâtre ni à cette conférence, je l'ai invitée. Et il se trouve que... nous avons certains points communs. Comme le soir de la conférence, quand on m'a demandé de sortir. En fait, on m'a jeté dehors et elle m'a défendu. Demain nous allons ensemble voir un film qui vient de sortir au Loew's de la 83e Rue. Enfin ce que je voulais vous dire, c'est que...

Comme elle savait qu'il aurait beaucoup de mal à lui décrire clairement cette nouvelle amitié, Mme Washington résolut de l'aider.

– Je sais, monsieur Horowitz. Ce ne sera plus la même chose entre nous.

– Oh ! protesta-t-il. Mais si, ce sera la même chose. Ce sera juste un peu différent, si vous voyez ce que je veux dire.

– Je vois très bien ce que vous voulez dire, monsieur Horowitz. Vous avez un nouveau centre d'intérêt dans votre existence. Franchement, je ne vous en veux pas du tout.

– Vraiment ? demanda-t-il avec autant d'étonnement que de soulagement.

– Nous sommes amis et nous le serons toujours, du moins je l'espère.

– Bien sûr ! Bien sûr ! fit-il avec conviction.

– Mais dans la vie, il existe des relations différentes de l'amitié, certaines peuvent être plus intimes, hasarda-t-elle.

– Non, protesta-t-il. Nous sommes simplement amis avec Mme Mendelsohn. Je vous assure que je n'ai pas d'autres intentions. Et elle non plus. De l'amitié, c'est tout.

Mme Washington ne fit rien pour le contredire. Puisque son plan avait si bien marché jusque-là, elle était tout à fait certaine que cela continuerait. Ayant retrouvé l'appétit, elle attaqua sa salade.

« Elle a pris cela beaucoup mieux que je ne m'y attendais », observa Samuel Horowitz.

« Entre nous, il y a de l'amitié, songeait Harriet Washington tout en se dirigeant vers le centre ville. Mais il a besoin d'autre chose. C'est un homme habitué à la vie d'un foyer. Il lui faut une femme, une épouse. Et j'ai l'impression que c'est en bonne voie. »

25

Pendant plusieurs semaines, Samuel Horowitz suivit un nouvel emploi du temps. Deux matinées par semaine, il se consacrait à ses activités de bénévole. Il tirait une immense satisfaction du succès qu'il remportait auprès de ceux qu'il appelait « ses bébés ». A eux deux, Horowitz et Wesley dirigeaient la nursery avec amour et efficacité. Quand il fallait former de nouveaux volontaires, Mme Flaherty savait qu'elle pouvait compter sur eux.

Le reste du temps, Horowitz cherchait des prétextes pour inviter Molly Mendelsohn. Une nouvelle exposition dans un musée, un film, une pièce de théâtre qui avait obtenu de bonnes critiques, tout était prétexte à sortie. Mais tout se terminait toujours de la même façon. Devant sa porte. Et il se retrouvait tout seul.

Il fallut l'agression de Mme Robbins pour changer le cours des choses. Un après-midi, cette dernière se rendait à l'hôpital avec son sempiternel plateau à gâteau à l'ananas, quand elle fut attaquée par des adolescents. Grâce au Ciel, ses cris attirèrent l'attention des passants, de sorte que les voyous prirent la poudre d'escampette en n'emportant que son sac à main.

On la conduisit au service des urgences à l'hôpital, où l'on ne détecta que des blessures superficielles avant de lui administrer un sédatif. Quand Mme Flaherty apprit la nouvelle, elle se précipita au service des urgences, pour s'occuper de l'une de ses volontaires les plus assidues. Bien qu'elle lui eût proposé de la faire raccompagner chez elle en ambulance, Mme Robbins voulut absolument monter jusqu'à la nursery et prendre son service à l'heure habituelle.

Toute la journée et le lendemain dans la nursery, on ne parla que de ce qui était arrivé à Mme Robbins. A chaque équipe de bénévoles qui venait prendre la relève on racontait la terrible histoire. Homme et femme, chacun était scandalisé et quelque peu effrayé. L'hôpital était situé dans un quartier où le taux de criminalité était élevé.

Quand Samuel Horowitz arriva le lendemain matin, cette nouvelle le choqua et le mit en colère. Il attendit avec impatience l'arrivée de Homer Wesley pour lui parler de ce scandale.

– Il faut agir ! s'exclama-t-il. Après tout, ce sont des femmes. Des femmes sans défense !

– Que pouvons-nous faire ? Organiser un comité de vigilance ? Nous n'aurions pas la moindre chance, fit remarquer Wesley. Le problème avec les hommes comme nous, Horowitz, c'est qu'ils ont l'indignation de la jeunesse et la faiblesse de la vieillesse.

Samuel Horowitz bougonna un peu, mais dut déposer les armes devant le réalisme de son compère.

– Souvenez-vous, quand nous étions jeunes, des choses pareilles n'arrivaient pas, se lamenta Horowitz. Quand Hannah et moi, nous avons commencé à nous fréquenter sérieusement, le samedi, nous allions parfois à Harlem en métro. Nous nous rendions au bal du Savoy pour écouter les meilleurs jazz-bands du monde. Nous rentrions à deux heures du matin, toujours par le métro, et nous nous sentions en sécurité.

– Je suis payé pour le savoir ! compatit Wesley. Quand nos petits grandiront, ça ira mieux.

Mais aucun des deux ne le croyait vraiment.

En fin de matinée, quand vint l'heure du départ, au lieu de s'en aller comme d'habitude, Samuel Horowitz se porta volontaire pour faire des heures supplémentaires. Bien que l'on n'eût besoin d'aucun remplaçant, il expliqua à Catherine Flaherty qu'il consacrerait un peu plus de temps à un enfant qui, en manque, était dans les affres de la douleur.

Elle lui déconseilla de s'attacher à lui comme au petit Cletus. Mais Horowitz avait retenu la leçon. Elle n'avait rien à craindre. Il resta donc pour bercer le bébé qui se débattait, pour le promener, lui fredonner à l'oreille des berceuses, surtout cette vieille ballade yiddish qu'il affectionnait tant. Après lui avoir donné le biberon et l'avoir changé, il l'enveloppa dans sa couverture et le remit dans son berceau. Il se pencha vers lui et l'observa en espérant qu'il cesserait de gigoter et se reposerait un peu. Bien que son état se fût considérablement amélioré, il présentait encore ces réflexes de torsion et d'agitation si caractérisques du sevrage.

« Maudite sois-tu, femme, qui que tu sois ! J'aimerais que tu voies ce que tu as fait à la chair de ta chair », s'indignait intérieurement Horowitz. Mais il ne pouvait rien faire de plus. Il jeta un coup d'œil à la pendule. Il était presque deux heures.

Il ôta sa blouse rose, remit sa veste et s'en alla. Au lieu de traverser la rue pour attendre le bus n° 10 qui le ramènerait à Central Park West, il traversa deux rues et marcha jusqu'à l'arrêt du 11. Là il attendit. Tantôt il regardait sa montre, tantôt il scrutait la rue, dans un sens puis dans l'autre. Il leva les yeux une fois de plus, et aperçut au loin le 11.

Elle serait sûrement dedans. Sinon comment viendrait-elle ? De la West End Avenue, elle se rendait à pied jusqu'à l'avenue d'Amsterdam pour monter dans le bus qui la conduisait à Harlem. Après ce qui était arrivé la veille à Mme Robbins, peut-être avait-elle eu trop peur de prendre le bus et avait-elle hélé un taxi. Ou pire, peut-être avait-elle décidé de ne pas venir du tout ?

Dans le doute, il traversa la rue en direction de la cabine publique, où il perdit sa première pièce de vingt-cinq *cents*. Le téléphone avait été endommagé par des vandales. Mais à la seconde pièce, il obtint la tonalité. Il appuya sur les touches correspondant au numéro de Molly. Il laissa sonner, sonner, sonner. Pas de réponse. Elle devait être en route. Il allait revenir à l'arrêt du bus, quand une pensée lui traversa brusquement l'esprit. Si elle avait pris un taxi, elle pouvait être arrivée par un autre chemin, sans qu'il l'aperçût. Il fallait donc retourner à l'hôpital pour voir si elle y était. Mais s'il y allait et qu'elle fût dans le bus, il la manquerait. Il sentit la sueur perler à son front.

Cela lui rappela le jour, il y avait bien des années de cela, où en approchant de la maison il avait vu des lances d'incendie à l'angle de la rue. Le quartier ouest de Central Park était bloqué par des voitures de police, gyrophares allumés. Nul n'avait le droit d'approcher. Il s'était mis à courir. « Hannah, Hannah, pensait-il. Il y a le feu dans notre immeuble et Hannah est à l'intérieur. » Il s'était frayé un chemin entre les véhicules de police, avait écarté d'un geste le policier qui lui barrait le passage en criant : « J'habite ici. Ma femme est là-haut ! Vous n'avez pas le droit de m'empêcher d'y aller ! » Il s'était éloigné au pas de course et, à la porte de l'immeuble, le portier l'avait salué. « Tout va bien, monsieur Horowitz, lui avait dit ce dernier. Ce n'est pas notre immeuble. Ça flambe un peu plus bas. » Il avait eu envie de l'embrasser. Mais il était resté planté là, dégoulinant de sueur, hors d'haleine. Il était exactement dans le même état à présent. Moite, terrifié, le souffle court.

Il se dirigeait vers l'hôpital quand il vit enfin venir le 11 et se porta à sa rencontre. La porte s'ouvrit. A son grand soulagement, Molly Mendelsohn en descendit avec à la main un plateau de friandises de sa confection.

Quand elle l'aperçut, elle comprit aussitôt que quelque chose ne tournait pas rond.

– Monsieur Horowitz... Samuel... Que s'est-il passé ?

– Rien. Heureusement ! répondit-il.

– Mais vous êtes en nage... Et vous avez l'air bouleversé. Il a dû se produire quelque chose, insista-t-elle.

– Je l'ai cru, avoua-t-il.

– Quoi ? Dites-le-moi. S'il y a une chose que je ne supporte pas, c'est bien le suspense.

– Moi non plus, déclara Horowitz, enfin rasséréné. Laissez-moi porter votre plateau.

– Cela fait plus de deux ans que je le porte deux fois par semaine, répondit Molly, surprise par ce qu'elle considérait comme une étrange requête. Je peux très bien le faire moi-même.

– Cette fois, c'est mon tour, insista Horowitz.

Elle lui tendit donc le plateau.

Quand il se fut assuré qu'elle était en sécurité à l'intérieur de l'hôpital, il lui fit promettre de le retrouver le lendemain. S'il faisait beau, ils iraient se promener dans Central Park.

Rentré chez lui, il trouva Bernadine qui passait l'aspirateur sur la moquette de la salle à manger. Elle l'accueillit, comme d'habitude, par un : « Personnc n'a appelé ! »

Du vestibule Horowitz contempla le parc et s'interrogea sur la sagesse de ses intentions. Finalement, il décida de s'cn tenir là.

– Bernadinc, demain, c'est vendredi. Et comme vendredi précède samedi et dimanche, pourquoi ne prendriez-vous pas un long week-end ?

– Monsieur Horowitz, qu'entendez-vous par un long week-end ? Qui va vous préparer votre dîner de dimanche ?

– Ne vous inquiétez pas de ça. Demain, prenez une journée de congé.

– Comme vous voudrez, monsieur Horowitz.

Elle poussa de nouveau l'aspirateur sur l'épaisse moquette tout en ronchonnant.

Horowitz se rendit au salon reprendre la lecture de son courrier et de ses journaux du matin, qu'il avait interrompue pour se rendre à l'hôpital. Mais il était distrait par les grommellements incessants de Bernadine.

« Elle vous rendrait fou avec ses marmonnements, maugréa-t-il lui-même. Quand on a quelque chose à dire, qu'on le dise ! Mais pas Bernadine. Elle commence par vous faire tourner chèvre en vous forçant à deviner ce qui ne va pas, et elle finit par vous dire que ce n'est rien. Comme la dernière fois. Elle était contrariée parce que j'étais allé faire les courses au supermarché du coin et que j'avais rapporté du lait avec un pour cent de matière grasse au lieu du lait écrémé. Elle a grogné pendant deux journées entières. Tout ce que j'ai pu en tirer, ce sont quelques bribes d'explication, un mot par ci, un mot par là : “ C'est pas moi qui aurais fait ça, tout le monde le sait bien... le docteur va me disputer, et c'est pas ma faute... Comment peut-on... ”

« Jusqu'à ce que je la fasse asseoir et que je lui demande très directement : “ Bernadine, regardez-moi ! Si vous avez quelque chose à dire, dites-le. Mais ne ronchonnez pas quand je suis loin. Ni dans les placards. Ni dans le lave-vaisselle. Ni dans le réfrigérateur. Dites-le-moi en face. Alors qu'est-ce qui ne va pas ? ” »

Il se souvint du masque impénétrable qu'elle arborait. Elle s'était blindée avant de lui répondre.

– Tout le monde sait qu'un homme dans votre état... Et ne venez pas me dire que vous n'êtes pas malade, parce que je sais de quoi je parle. Bref, un homme dans votre état ne devrait pas prendre du lait à un pour cent. Il ne lui faut que du lait écrémé. Mais vous avez rapporté l'autre. Alors, s'il vous arrive quelque chose, c'est à moi qu'on fera des reproches. Le Dr Tannenbaum, votre fils Marvin et surtout votre fille. Cette Mona, je la vois d'ici en train de pleurer en me montrant du doigt. Comme si c'était moi qui vous avais tué !

– Bernadine, je vais vous faire une déclaration écrite stipulant que c'est moi qui ai acheté ce lait à un pour cent, mais cessez de grommeler et faites gentiment votre travail en silence.

Ainsi avait pris fin cette confrontation cataclysmique. Aujourd'hui elle s'était remise à bougonner. Sans l'ombre d'une justification. Il lui avait simplement proposé de prendre sa journée. Les employés se plaignent-ils quand on leur donne un jour de congé ?

Il était sans doute temps d'avoir un autre tête-à-tête avec Bernadine.

– Bernadine, venez ici, s'il vous plaît.

Elle approcha en se tordant les mains, un geste de lavandière qu'elle adoptait dès qu'elle était tendue. Il lui fit signe de s'asseoir sur le fauteuil en face de lui.

– Bernadine, quand vous marmonnez sans cesse, c'est qu'il y a quelque chose qui ne va pas. Qui ne va pas du tout. Alors, dites-moi, de quoi s'agit-il ? Qu'est-ce que j'ai encore fait ?

Elle ne lui répondit pas tout de suite, mais renifla en se tordant les lèvres, mais sans ronchonner.

– Allons, Bernadine, qu'est-ce qu'il y a ? Vous estimez que vous êtes surmenée ? Ou sous-payée ? Dites-moi ce qui vous tracasse.

– Ça a commencé avec cette chemise, fit-elle.

– Une chemise ?

Elle l'avait pris totalement au dépourvu.

– Quelle chemise ? De quoi parlez-vous ?

– Le jour où vous êtes entré dans la cuisine en me demandant de repasser cette chemise, j'ai compris que c'était la fin, déclara-t-elle.

– La fin ? La fin de quoi ? s'étonna Horowitz, sidéré.

– Vous n'allez plus vouloir de moi ici.
– Qui a dit une chose pareille ?
– *Elle*, répliqua Bernadine.
– Elle ? On vous a dit quelque chose ? Mon Dieu, attendez une minute, ajouta Horowitz qui venait d'avoir une idée. Dites-moi la vérité. Est-ce que ma fille Mona vous a appelée ?
– Personne n'a appelé. Personne n'a à m'appeler. J'ai tout de suite compris, dès le moment où vous m'avez dit : « Bernadine, pouvez-vous me repasser cette chemise ? »
– Et qu'avez-vous compris exactement ? demanda-t-il.
– Elle.
– Encore « elle » ? fit-il. Qui est-elle ? Que fait-elle ? De qui parlons-nous ?
– C'est arrivé trop souvent à trop d'amies. Une fois que monsieur se met avec une autre femme, la première chose qu'elle réclame, c'est qu'on renvoie la bonne, laissa échapper Bernadine. Quand vous m'avez demandé de repasser cette chemise-là, j'ai compris qu'il y avait anguille sous roche. Et quand j'ai vu tout ce qui changeait ces derniers temps, ça m'a mis la puce à l'oreille. Et maintenant que vous me dites de prendre une journée de congé, j'en suis sûre comme deux et deux font quatre !
– Sûre de quoi ? s'enquit Horowitz.
– Elle va venir demain et vous ne voulez pas de moi dans les parages.
Pour la première fois, Samuel Horowitz se rendit compte à quel point cette femme était intuitive. Elle avait su ce qu'il avait dans la tête et dans le cœur bien avant lui. Alors qu'il lui avait fallu le traumatisme de l'agression de Mme Robbins pour le comprendre, il y avait des jours et des semaines qu'elle l'avait pressenti.
– Bernadine...
Il lui prit la main.
– Bernadine, depuis combien de temps êtes-vous dans cette maison ?

– Onze ans avec Mme Horowitz et six ans après.

– Eh bien, je vous donne ma parole d'honneur, déclara Horowitz, vous resterez ici aussi longtemps que vous le souhaiterez. Personne ne viendra vous dire le contraire.

Elle se mit à hocher la tête et de grosses larmes coulèrent sur ses joues.

– Demain, prenez une journée de congé et revenez lundi matin, comme d'habitude. A partir de maintenant, *tout* redeviendra comme avant.

Elle opina du chef sans cesser de sangloter. Mais quand elle quitta la pièce, il l'entendit marmonner à nouveau.

– Bernadine ! cria-t-il. Je ne veux plus que vous marmonniez ! Quand on a quelque chose à dire, on le dit. D'accord ?

Elle se retourna pour l'affronter. Elle hésita, se demandant si elle oserait. Puis elle lui dit franchement ce qu'elle avait sur le cœur.

– D'abord, elle voudra recouvrir les meubles du salon.

– Voulez-vous cesser ! rétorqua Horowitz, qui avait de plus en plus de mal à maîtriser son irritation.

– Et elle aura raison. Ça fait neuf ans que le salon n'a pas été refait. J'ai élimé ces fauteuils et ce canapé rien qu'en les époussetant.

– Bernadine, quand j'aurai besoin d'un décorateur, je vous ferai signe. Et ne bougonnez plus !

Il était tellement contrarié qu'il reposa ses journaux et décida d'aller se promener.

« *Les femmes*, grommelait-il en se dirigeant d'un bon pas vers Central Park, elles savent toujours tout des affaires des autres. Je n'avais nullement l'intention d'inviter Mme Mendelsohn dans mon appartement. Demain, quand nous irons nous promener au parc, je veux seulement lui expliquer pourquoi j'étais allé l'attendre à l'arrêt du bus. C'est tout. Rien de plus.

« Bien entendu, si par hasard il pleuvait, mieux vaudrait lui dire tout cela dans le confort de mon salon. C'est la seule raison pour laquelle j'ai demandé à Bernadine de prendre sa journée. La seule et unique raison ! »

26

Le samedi matin, Samuel Horowitz se leva de bonne heure, se précipita au salon et releva le store de la baie vitrée d'où l'on avait une vue dégagée sur le parc et sur les immeubles de la Cinquième Avenue et des quartiers plus à l'est. Les premiers rayons du soleil levant lui annoncèrent qu'il avait devant lui une belle journée de printemps. Exellentes conditions pour une promenade dans le parc... et pour la conversation.

Il prit un petit déjeuner très simple, un de ces cachets vitaminés qui comblent toutes les carences possibles et imaginables, un jus d'orange pour le potassium, comme le lui avait vivement conseillé le Dr Tannenbaum, un petit pain avec de la margarine sans cholestérol et une tasse de café décaféiné. Avec du lait écrémé, grâce à Bernadine.

« J'aurais quelques observations à faire sur notre vie actuelle, se lamenta-t-il intérieurement. Tout ce que nous mangeons et tout ce que nous buvons est censuré, si ce n'est par notre médecin, par les articles que nous lisons dans les journaux ou les commentaires que nous entendons à la télévision. Autrefois on pouvait faire un petit déjeuner copieux. Des petits pains avec du beurre et du fromage frais, des œufs brouillés au saumon fumé et aux oignons, du café, du vrai café avec de la crème.

La médecine nous a vaincus et réduits en esclavage ! »

« Un jour, gronda-t-il en son for intérieur, je vais prendre la clé des champs et je m'offrirai un petit déjeuner d'antan. Un jour ! »

Il savait qu'il ne le ferait jamais.

En tout cas, pas aujourd'hui. Aujourd'hui il avait d'autres chats à fouetter. Des choses importantes l'attendaient, si importantes qu'il ne consacra au *New York Times* qu'un atome de son dédain habituel.

Il rangea les assiettes et la tasse du petit déjeuner dans le lave-vaisselle. Quand il voulut le mettre en marche, il se rendit compte que depuis le temps que cet engin était apparu dans sa cuisine, il n'avait jamais appris à le faire fonctionner. Bernadine le ferait lundi, conclut-il.

Il s'aperçut qu'il regardait souvent sa montre, trop souvent. Il attendait que les heures passent. Pourtant, il redoutait un peu le moment de leur rendez-vous.

« Comment dois-je m'y prendre ? Je sais ce que j'aimerais lui dire, mais comment ? Les mots ! Comme c'est curieux ! Samuel Horowitz est capable de se lancer dans de longues diatribes sur l'économie, le Président, le Congrès, le *Times* et les journalistes de la télévision. Mais dès qu'il s'agit d'exprimer des sentiments, il ne trouve plus ses mots.

« C'est presque comme la première fois que je suis allé à l'école. Je ne parlais que yiddish. Quand le professeur m'a appelé, j'étais incapable de lui répondre. Je suis resté debout et je me suis mis à pleurer. Je ne possédais pas les mots en ce temps-là. Et aujourd'hui les possédant, je ne sais toujours pas les dire.

« Bien sûr, à cette époque, il y avait cette gentille Mlle Corbin, qui n'était pas juive. Elle m'a quand même compris. Elle m'a demandé de rester après la classe. Je me suis dit que j'allais vraiment me faire houspiller. Mais elle m'a pris la main, elle m'a assis sur ses genoux et elle m'a dit : “ Samuel Horowitz, quand on ne sait pas quelque chose, ce n'est pas une raison pour pleurer. Tu pleureras le jour où tu auras renoncé à apprendre. Alors, pour l'instant, pas de larmes. Parce que nous n'allons pas renoncer. Tu resteras plus tard l'après-midi et nous apprendrons de nouveaux mots jusqu'à ce que tu les connaisses tous. ”

« Elle a tenu parole. A la fin du trimestre, j'ai réussi mes examens, avec de meilleures notes que certains qui parlaient anglais au berceau.

« Mon Dieu, comme j'aurais besoin d'une Mlle Corbin aujourd'hui ! Pour m'apprendre à exprimer ce que j'ai sur le cœur. »

Il essaya diverses entrées en matière.

« Molly... Je sais bien que je prends des libertés en vous appelant Molly tout court et non madame Mendelsohn, mais je prends de toute façon des libertés en vous parlant comme je vais le faire. Après tout, je n'ai aucun moyen de connaître vos sentiments. Mais c'est un risque que je dois prendre. Je vais donc vous dire ce que je ressens et, si vous en avez envie, vous me direz ce que vous en pensez.

« Non. Trop solennel, trop raide. D'abord, pas besoin de t'excuser parce que tu l'appelles Molly. Dis-le, c'est tout. Tu verras bien comment elle réagira. M'appellera-t-elle Samuel ou monsieur Horowitz ? Ce sera un indice.

« Et puis pas besoin non plus de lui dire que tu n'as aucun moyen de connaître ses sentiments. Cela va de soi. C'est pour cela que nous avons cette conversation. Pour le découvrir. Quant à lui exprimer les miens, il n'est pas nécessaire de l'annoncer. Il suffit de le faire. Pas la peine non plus de lui déclarer qu'elle pourra me donner son opinion à ce sujet. Elle le fera de toute façon.

« Alors où en sommes-nous ? Je ne sais toujours pas par où commencer. Revenons au point de départ, comme on dit à la radio et la télévision. Comment faire ? »

Il en était à sa quatrième formule d'introduction quand le téléphone sonna.

– Plus tard, Mona ! cria-t-il instinctivement. Je suis occupé !

A la cinquième sonnerie, il décrocha.

– Oui, Mona, ma chérie ? fit-il.

– Ce n'est pas Mona, lui répondit Molly Mendelsohn d'une voix crispée qui ne présageait rien de bon.

– Je suis désolé, mais à cette heure-là, c'est généralement Mona.

« Elle a changé d'avis, se dit-il. Elle ne viendra pas aujourd'hui. »

– Belle journée pour une promenade, n'est-ce pas ?

– J'espère que vous comprendrez, mais je vous appelle pour... pour vous dire que je ne pourrai pas venir cet après-midi.

« Je le savais, je le savais. A la dernière minute, elle a changé d'avis. Si les Juifs ont un avantage, c'est bien celui de s'attendre toujours au pire. Comme ça, on n'est jamais déçu. »

– Eh bien, aujourd'hui, c'est aujourd'hui, répondit Horowitz. Il y a demain. Et si demain ce n'est pas possible, nous verrons la semaine prochaine.

– Nous verrons, fit Molly Mendelsohn d'une voix si troublée qu'Horowitz lui demanda :

– Dites-moi... Y a-t-il un problème quelconque ?

– Non, non, pas de problème, répondit-elle très vite, trop vite au goût de son interlocuteur. Nous verrons la semaine prochaine, répéta-t-elle. Je suis désolée. Je vous prie de me pardonner.

Elle raccrocha.

Samuel Horowitz resta le combiné à la main, bouleversé par cette étrange conversation qui s'était terminée de manière si abrupte.

« Elle n'a pas compris, se lamenta-t-il. Elle s'attendait à un cataclysme... à Dieu seul sait quoi.

Au mariage ? Non. A moins qu'elle ne m'ait devancé. Non, il y a autre chose. Le ton de sa voix me fait penser qu'il y a autre chose. Certainement.

« D'une certaine façon, j'aurais préféré que ce soit Mona. Il m'aurait été plus facile de me débrouiller avec elle qu'avec ce qui vient de m'arriver. A propos, que dirait Mona si je lui annonçais que je vois une autre femme ? J'imagine la panique ! D'abord les hauts cris, puis les pleurs. Mona est une grande pleureuse, quand elle s'en donne la peine.

« Mais ce coup de fil, ce coup de fil de Molly... Cela ne me plaît pas du tout. Si j'ai fait quoi que ce soit qui l'ait contrariée, mieux vaut réparer les dégâts. »

Il composa deux fois son numéro et raccrocha deux fois avant la sonnerie. « Elle ne m'aime pas, songea-t-il. C'est peut-être aussi simple que cela. Nous nous sommes vus plusieurs fois. Elle a réfléchi. Elle a décidé de ne plus me revoir. Elle en a le droit. Si elle a décidé de ne plus me voir, il n'y a rien à faire. Laisse tomber, Horowitz.

« Laisse tomber... Facile à dire. Mais cela signifie également que l'on tire un trait sur le plaisir, la joie d'avoir quelqu'un avec qui aller au cinéma, au théâtre, au concert. Plus personne avec qui partager un repas ? Se retrouver aussi seul qu'avant de la rencontrer ?

« Évidemment, il me reste mes bébés. Pendant quatre heures par semaine, j'ai quelque chose d'utile et de constructif à faire. Quatre heures sur une longue semaine. C'est mieux que rien. Je vais demander à Mme Flaherty si je ne peux pas faire un jour de plus. »

Mais rien ne put apaiser son désir de connaître la raison de la brusque décision de Molly Mendelsohn. Ce fut donc avec une grande détermination qu'il composa de nouveau son numéro et, cette fois, il attendit que le téléphone sonne. La ligne était occupée. Il raccrocha. Il recomposa son numéro. Il entendit la sonnerie. Dès le second coup, on décrocha.

– Allô ? fit Molly Mendelsohn avec empressement, comme si elle attendait un coup de fil, mais pas le sien.

Dès qu'il se fut présenté, sa voix se fit plus grave et moins impatiente :

– Oh oui.

– Je ne veux pas vous embêter, mais je voudrais savoir si je vous ai offensée d'une manière ou d'une autre.

– Oh non ! Cela n'a rien à voir avec vous, croyez-moi, protesta-t-elle.

– Il a dû se passer quelque chose, insista-t-il. Jamais vous ne m'avez parlé sur ce ton.

– Non, je vous assure. Je vais... Je vais bien. Tout va bien, fit-elle d'un ton qui se voulait convaincant. Écoutez, je vous rappellerai dans quelques jours et nous en reparlerons.

Elle semblait avoir hâte de raccrocher, mais il l'en empêcha d'autant plus qu'il sentit bien son impatience.

– Pourquoi ne pas en parler maintenant ? s'entêta-t-il.

– Nous ne pouvons pas en parler parce que... parce que...

A ce moment-là Molly Mendelsohn fondit en larmes.

– Madame Mendelsohn... Molly... qu'est-ce qui se passe ? Qu'est-ce qui ne va pas ? Dites-le-moi.

Elle ne répondit pas à ses questions et sanglota de plus belle.

– Écoutez, restez où vous êtes. Je suis là dans cinq minutes.

– Non, je vous en prie, non... résista-t-elle à travers ses pleurs.

– J'arrive ! dit Samuel Horowitz.

Avant qu'elle ait eu le temps de dire quoi que ce soit, il raccrocha.

Cette fois, quand il entra dans l'ascenseur de l'immeuble, il était fort heureusement vide. Il n'était pas d'humeur à affronter les voisines jalouses et curieuses. Quand il appuya sur la sonnette de Molly, il s'écoula un certain temps avant que celle-ci ne se décide à lui ouvrir sa porte. Au premier coup d'œil, il vit qu'elle venait de se poudrer pour tenter d'effacer les traces de larmes.

– Vous n'auriez pas dû venir, lui dit-elle en guise de bienvenue.

– Vous n'allez même pas me laisser entrer ?

Elle s'aperçut alors qu'inconsciemment, elle était en train de bloquer la porte. Elle s'écarta.

Quand ils furent assis dans le salon, il comprit à ses yeux rougis qu'elle avait longuement pleuré avant son coup de téléphone. Il éprouva alors la même gêne et la même impuissance que lorsque Hannah pleurait. Mais elle pleurait rarement.

– Chère Molly, si j'ai fait quoi que ce soit qui vous ait fait pleurer, je vous présente toutes mes excuses, fit Horowitz.

– Non, je vous l'ai déjà dit, vous n'y êtes pour rien, protesta-t-elle.

– C'est parce que j'ai insisté pour vous donner rendez-vous aujourd'hui. Un rendez-vous un peu particulier. Vous aviez donc toutes les raisons d'imaginer toutes sortes de choses. Je dois vous avouer que l'on me considère parfois comme quelqu'un d'impulsif. En affaires, certains trouvaient même que je me décidais trop rapidement. Heureusement, je prenais le plus souvent de bonnes décisions. Mais avec les gens, je fonce dans le brouillard comme un écervelé et je commets des erreurs. La manière dont je me suis disputé avec Mme Washington les premières semaines montre bien à quel point je peux me tromper. Alors je me suis peut-être trompé à votre sujet. Dans ce cas, je suis désolé. Je vais vous proposer une chose. Si j'ai été importun, ne nous voyons pas pendant quelque temps. Je ne sais pas comment appeler cela... Les gens mariés parleraient de séparation à l'essai, mais dans notre cas, disons juste que nous ne nous verrons pas. Est-ce que cela vous facilite les choses ? demanda-t-il.

Sans lui répondre, elle se remit à pleurer.
– Je vous en prie, madame... Molly... je vous en prie. Cela me fait mal de vous voir pleurer. Si cela peut vous aider, je m'en vais et je ne vous embêterai plus.
– Vous n'y êtes pour rien, répéta-t-elle à travers ses larmes.
– Vous êtes sûr ? fit-il, sceptique.
– Oui.
– Une femme ne pleure pas comme ça sans raison, insista-t-il.
– J'ai... J'ai un problème.
– Un problème, reprit-il, pensif. Vous pensez à votre mari ? Comme moi à Hannah. Vous avez l'impression de lui être infidèle ?
– Ça n'a rien à voir.
– Alors c'est sûrement très grave, conclut Horowitz.
– Oui, grave, lui concéda-t-elle après quelque hésitation.
– Si vous le voulez, ce problème deviendra le mien, déclara-t-il.
– Qu'entendez-vous par là ?
– Dites-moi ce dont il s'agit. Je pourrai peut-être vous aider. Comme ça, ce sera aussi mon problème.
– Ce sera... répondit-elle d'un air songeur. Ce ne serait pas juste.
– C'est à moi de décider ce qui est juste ou non, protesta Horowitz, qui s'excusa aussitôt. Vous voyez à quel point je suis impulsif. Disons les choses autrement. Quand on a un problème grave, ça ne sert à rien de se demander ce qui est juste et ce qui ne l'est pas. Ce qui est juste, c'est d'aider. Pas de bavardage inutile. Alors racontez-moi.
Elle était manifestement très mal à l'aise. Elle ne pleurait plus. Elle se tamponna les yeux, puis se décida à tout lui dire.
– Hier soir, après le dîner, j'ai pris mon bain. Comme me l'ont conseillé mon médecin et tous ces spots télévisés, je... fit-elle, hésitante. Je me suis

palpé les seins. Hier j'ai... j'ai cru sentir quelque chose.

– Quelque chose qui n'était pas là auparavant ? demanda Horowitz.

Molly Mendelsohn acquiesça.

– Alors j'ai fait un nouvel essai. Et cette fois, je l'ai vraiment bien senti.

– Eh bien, il faut appeler un médecin, prendre rendez-vous et faire une mammographie. Immédiatement ! s'écria Horowitz, prenant la direction des opérations.

– J'ai appelé. J'ai pris rendez-vous. Pour cet après-midi.

– Ah ! C'est pour ça que vous ne pouviez pas venir avec moi !

– Mon médecin a pris contact avec son radiologue. J'y vais à trois heures, lui précisa-t-elle. Et j'ai peur, tellement peur ! ajouta-t-elle dans un murmure.

– Il n'y a pas de quoi avoir peur, dit-il pour lui remonter le moral.

– Un homme ne peut pas comprendre. Mais quand une femme sent ou croit sentir fût-ce une toute petite boule, ça défile à toute allure dans sa tête. Elle pense à toutes celles qu'elle connaît... à toutes celles dont elle a entendu parler... et pour qui ça a commencé comme ça. Une petite boule, puis l'opération, la chimiothérapie et tout ce qu'évoque ce mot. Tout cela vous traverse l'esprit comme un éclair dans un film d'horreur et on se répète sans cesse : non, pas moi. Hier, j'allais bien, tout était merveilleux. J'attendais le lendemain, plein de lendemains, avec impatience. J'avais même fini par m'habituer à ma vie solitaire. Pourquoi cela m'arrive-t-il maintenant ? Tout à coup on voit sa propre notice nécrologique et les membres de la famille qui disent : « Elle est morte d'un cancer. »

Elle tremblait. Emporté par son élan, Horowitz l'aurait volontiers prise dans ses bras pour la consoler et lui donner du courage. Mais il n'osa pas prendre le risque d'une telle intimité.

– Écoutez, je suis une sorte de spécialiste pour tout ce qui est médical, lui dit-il en prenant sa main froide dans la sienne. A force de lire la page scientifique du *Times* et le *Reader's Digest* j'ai appris beaucoup de choses dans ce domaine. Tout d'abord, vous avez toutes les chances de vous en sortir. La plupart de ces excroissances sont bénignes, comme ils disent, et même celles qui ne le sont pas ne sont plus dangereuses. Avec tous ces nouveaux traitements, si c'est pris à temps, ce n'est plus qu'un problème mineur. Très mineur.

Il pensait avoir réussi à la rassurer, du moins un peu, quand elle lui déclara :

– Je lis, moi aussi. Et tout ce que vous venez de dire ne s'applique pas à mon cas.

– Comment cela ? demanda Horowitz, presque indigné que l'on mette en doute son savoir.

– Ma mère et l'une de mes tantes ont eu la même chose.

– Certes, cela augmente le taux de risque, dut reconnaître Horowitz. Écoutez ! fit-il d'un ton décidé. A trois heures nous irons. Ensemble. Quand vous aurez passé cette mammographie, nous en aurons le cœur net.

– Vous voulez m'accompagner ? lui demanda-t-elle.

– Oui, je vais vous accompagner.

– Avant votre coup de fil, lui avoua-t-elle, j'ai appelé mon fils, parce que je redoutais d'y aller seule. Puis j'ai raccroché. Il est tellement occupé que j'hésite à le déranger. Et si ce n'était rien ?

– N'est-ce pas mieux comme ça ? Nous ne voulons jamais être source d'inquiétude ou d'embêtement pour nos enfants. D'une certaine façon, je suis content que vous ne le lui ayez pas demandé. Nous irons ensemble, vous et moi. En attendant, comme il est encore tôt, nous allons même déjeuner sur le pouce. Si vous en avez envie, bien entendu.

Elle n'avait pas faim, mais il parvint quand même à lui faire accepter un café. A trois heures moins le quart ils se présentèrent au cabinet du radiologue, au coin de Park Avenue et de la 88e Rue. Comme d'habitude, la salle d'attente était bondée. Les patients, seuls ou accompagnés d'un parent, attendaient tous le diagnostic de l'un de ces instruments modernes devenus la voix du destin : radiographie, échographie, mammographie, scanner, appareil à résonance magnétique. Mais si belles que fussent les prouesses techniques et médicales, tous n'avaient qu'une pensée en tête : *Serai-je celui que l'on va condamner à mort ?*

Samuel Horowitz et Molly Mendelsohn prirent place sur un canapé dans un coin de la grande salle, ce qui leur donna un peu d'intimité pour bavarder tranquillement.

– C'est un cabinet très couru, dit Horowitz.

– Le Dr Neary m'a dit que c'était le meilleur radiologue de la ville.

– Alors ça vaut la peine d'attendre, répondit Horowitz d'un ton qui se voulait enthousiaste.

Puis ils se turent quelques instants.

– Ils rentrent, ils subissent l'examen, ils sortent, ils attendent le résultat, on les appelle. Et là, quand ils réapparaissent, on distingue parfaitement ceux qui sont porteurs d'une bonne nouvelle et les autres, dit-elle enfin.

– Je connais ce sentiment, répliqua Horowitz.

– Vous avez déjà passé une radio ? demanda-t-elle.

– Non. Mais Hannah... Avant qu'elle... euh, la dernière année, elle a passé plusieurs radios.

– Phil aussi, avoua Molly. Qu'avait-elle, votre Hannah ?

– Madame Mendelsohn ? appela une infirmière, avant qu'il ait eu le temps de lui répondre.

Molly se leva. Avant qu'elle ne s'en aille, Horowitz lui saisit la main et la serra fort pour lui donner du courage.

« Il en faut du temps ! » songeait-il. D'après ce qu'il avait lu, la mammographie, n'était pas un examen exploratoire, et donc, ne durait pas longtemps. « Cela fait presque une demi-heure. Pourquoi ? Ont-ils trouvé quelque chose ? Recommencent-ils pour s'assurer du résultat ? Ou bien le radiologue a-t-il appelé son médecin avant de la laisser sortir ? » Horowitz commençait à sentir un léger filet de sueur lui couler dans le cou, là où son col de chemise lui collait à la peau. Il prit un magazine pour se distraire, mais s'aperçut que c'était un numéro abîmé du *Sport Illustré*, qui datait de plusieurs mois, avec une photo de foot-ball en couverture, alors que la saison était terminée depuis longtemps. Il reposa le magazine d'un geste brusque et regarda de nouveau sa montre.

« Quarante-deux minutes. Que peut-il bien se passer ? »

Horowitz, qui n'était pas homme à rester sur une frustration ou une incertitude, s'approcha du bureau.

– Je suis venu avec Mme Mendelsohn. Pouvez-vous me dire pourquoi cela dure si longtemps ? Après tout, ce n'est qu'une mammographie.

– Si vous voulez bien patienter un peu, monsieur Mendelsohn...

– Je ne suis pas M. Mendelsohn ! protesta-t-il. Je suis un ami de Mme Mendelsohn. Et j'aimerais bien savoir pourquoi c'est si long !

– Monsieur, s'il vous plaît, le médecin est très occupé. Et puis il fait les choses à fond. Cela prend donc du temps. A présent, asseyez-vous. Je suis certaine que votre amie sortira bientôt.

En bougonnant, Horowitz revint vers le canapé et s'assit tout au bord pour bien montrer son impatience. Huit minutes plus tard, la porte s'ouvrit. Molly Mendelsohn émergea de la salle de radio. Il observa attentivement son visage, mais se trouva devant un véritable masque. « Les nouvelles ne sont pas bonnes, en conclut-il. Je vais essayer de ne pas accroître son désarroi. »

Il se leva pour venir à sa rencontre et lui prit la main. Elle se laissa tomber sur le sofa, et resta assise, toute raide.

Il ne put s'empêcher d'intervenir.

– Alors ? Qu'a-t-il dit ?

– C'était une femme. Son assistante.

– Comment ça, son assistante ? Quand on vient consulter le meilleur radiologue de la ville, on n'a pas affaire à une assistante.

– Chut ! fit Molly. Ne faites pas d'histoires. Elle savait ce qu'elle faisait. Elle est très compétente.

– Alors qu'a-t-elle dit ? insista-t-il.

– Elle veut d'abord le consulter. Ensuite ils me donneront les résultats.

– Attendons, fit Horowitz. Puisque vous avez eu l'impression que c'était un bon médecin... La confiance, c'est ce qu'il y a de plus important, surtout la confiance en son médecin.

Il se rendit compte que, n'ayant pas grand-chose à dire pour la réconforter, il parlait beaucoup trop. Il se tut. Quelques instants plus tard, il lui prit de nouveau la main.

« Elle a la main froide, très froide, constata-t-il. La mienne l'est aussi d'ailleurs. Je me demande si, en ce moment, elle pense à son mari, si elle ne préférerait pas l'avoir auprès d'elle, plutôt qu'un étranger comme moi. »

La porte s'ouvrit. Une autre infirmière passa la tête dans l'embrasure et annonça :

– Madame Mendelsohn, le docteur va vous recevoir.

Molly se leva. Il était sur le point de lui lâcher la main, quand il changea d'avis. Il se leva à son tour.

– Nous irons ensemble, dit-il.

On les conduisit dans un couloir, flanqué de chaque côté de petits vestiaires, de cabinets de consultation et de salles plus grandes contenant les appareils compliqués qui permettaient d'établir un diagnostic. On les fit enfin pénétrer dans un bureau plongé dans une semi-pénombre, la seule source de lumière étant une paroi de verre opaque éclairée par-derrière et sur laquelle étaient alignés des clichés de divers organes.

La femme qui avait procédé à l'examen se trouvait là, près du bureau d'un homme immense, vêtu d'une blouse blanche. Il avait une tignasse de cheveux blancs et une moustache épaisse et grisonnante. Il leva les yeux vers eux.

– Madame Mendelsohn, monsieur Mendelsohn, entrez !

Aucun des deux ne prit la peine de corriger son erreur.

– Virginia ici présente m'a informé qu'il s'agissait de votre première mammographie. C'est très négligent de votre part. Une femme de votre âge, avec de tels antécédents familiaux, devrait se faire examiner une fois par an, au moins.

Molly Mendelsohn se sentit soudain faiblir. Horowitz le comprit et lui saisit la main pour la soutenir.

– Écoutez, docteur, intervint-il, si vous avez quelque chose à nous montrer, faites-le !

Il désigna les clichés accrochés à la paroi.

Le médecin lui lança un regard sévère.

– Monsieur Mendelsohn, ces clichés ne concernent nullement le cas qui nous occupe. Je suis en train d'essayer de faire comprendre quelque chose à votre femme.

– Avez-vous trouvé quelque chose, oui ou non ? s'entêta Horowitz.

– Oui, nous avons trouvé quelque chose, déclara le médecin. Heureusement...

Quand elle entendit ce mot-là, Molly respira à nouveau. Horowitz lui pressa la main.

– Heureusement, ce que nous avons trouvé n'a rien de grave. Un kyste. La fribrosite est une affection rare chez une femme de son âge. Cela peut engendrer des tumeurs malignes. Mais ce n'est pas dangereux, si madame est bien surveillée. Tout est là. Elle doit s'examiner elle-même assez souvent, effectuer une mammographie tous les six mois. La plupart des femmes ont besoin d'une belle frayeur avant de prendre ce genre de conseil au sérieux. Je me dis parfois que l'action la plus constructive que l'on puisse accomplir, c'est de leur faire une peur bleue.

« Et vous réussissez cela à merveille », faillit lui rétorquer Horowitz.

– A présent, madame Mendelsohn, je vais appeler le Dr Neary pour lui faire mon rapport, mais n'oubliez pas ce que je viens de vous dire.

– Je ne l'oublierai jamais, soyez-en sûr, dit Molly qui était grandement soulagée.

– Ne vous inquiétez pas, docteur, promit Horowitz. Je veillerai à ce qu'elle vienne vous voir tous les six mois.

– Parfait, monsieur Mendelsohn, répondit le médecin qui les reconduisit à la porte de son cabinet.

Au moment de partir, Samuel Horowitz s'arrêta dans l'embrasure de la porte et se retourna.

– Horowitz, dit-il, je m'appelle Horowitz.

27

Ils traversèrent la Cinquième Avenue et entrèrent dans Central Park au niveau de la 84e Rue. Ils passèrent devant l'aile égyptienne du Metropolitan Museum of Art, dont la façade est agrémentée de nombreuses fenêtres, et poursuivirent leur chemin vers l'ouest.

Ils n'avaient pas ouvert la bouche depuis qu'ils avaient quitté le cabinet du radiologue, savourant l'immense soulagement qu'ils éprouvaient tous deux.

– Cela ne vous ennuie pas de marcher un peu ? demanda Horowitz.

– Par une belle journée comme celle-ci et après ce qui vient de se passer, je pourrais marcher jusqu'au bout du monde, dit Molly.

– Je vous comprends.

– Le soleil ne m'a jamais paru aussi brillant. Les cris des enfants n'ont jamais autant ressemblé à de la musique. Il faut avoir eu une peur pareille pour apprécier vraiment la vie, poursuivit Molly.

Ils se promenèrent dans l'allée qui faisait le tour du terrain où les élèves de deux écoles primaires jouaient bruyamment au ballon.

– Ils nous ont pris pour un couple, dit soudain Horowitz. Pas seulement l'infirmière, le docteur aussi.

– Oui, acquiesça-t-elle, un peu plus tendue à présent.

– Et vous, vous pensez que nous avons l'air d'un couple ?

– Je n'ai jamais vu les choses comme ça, avoua Molly.

– C'est drôle... dit-il, mais il s'interrompit soudain. Voudriez-vous vous asseoir un peu et bavarder ?

– Pourquoi pas ?

Ils s'assirent quelques minutes sur un banc, regardèrent les jeunes mères de famille pousser leurs landaus et les enfants plus turbulents grimper sur les rochers. Horowitz se leva pour ramasser un ballon perdu et le renvoyer aux gamins qui jouaient devant eux.

– La vie est étrange, dit-il après un long silence et mûre réflexion. Hier, quand je vous ai proposé de venir vous promener dans le parc, je voulais vous demander si cela vous ennuierait que je change d'horaires à l'hôpital.

– Pourquoi cela m'ennuierait-il ? s'étonna Molly.

– Je voulais aussi vous demander si je pouvais venir vous chercher le mardi et le jeudi. Nous ferions le trajet ensemble. Comme ça, vous ne seriez pas seule et vous ne risqueriez pas de vous faire agresser comme Mme Robbins.

– Vous êtes très attentionné, monsieur Horowitz. Je ne vois pas pourquoi ce ne serait pas faisable.

– C'était tout ce que j'avais en tête *hier*. Mais il vient de se produire une chose à laquelle je ne m'attendais absolument pas.

– Que l'on nous ait pris pour un couple ? hasarda Molly. Qu'y a-t-il là de si bizarre ? Nous avons à peu près le même âge. Nous sommes tous deux juifs. Nous sommes bien habillés. Je suis plus petite que vous. Et vous êtes plus autoritaire.

– Vraiment ? fit Horowitz, légèrement contrarié.

– Vous avez l'habitude de prendre les choses en

main. Comme Phil. Il se comportait de la même façon, dit Molly. Il était donc tout à fait naturel que l'on se trompe et que l'on nous prenne pour un couple.

– C'est bien de cela qu'il s'agit, fit Horowitz.

– De quoi s'agit-il au juste ? demanda Molly, un peu perplexe.

– Et si ce n'était pas une erreur ? questionna-t-il en la regardant droit dans les yeux.

Elle se contracta brusquement, presque terrifiée par cette idée.

« Cette fois, j'ai vraiment fait une bourde. Une gaffe. Je l'ai prise au dépourvu. Je l'ai choquée. J'ai été trop brutal. Surtout après la peur qu'elle vient d'avoir. A vrai dire, je suis moi-même choqué. Je n'aurais jamais pensé que je lui proposerais une chose pareille. Il faut que j'essaie de l'apaiser. »

– Pardonnez-moi cette pensée soudaine, elle est sans doute prématurée. Mais elle m'est venue à l'esprit quand nous attendions dans le cabinet de ce médecin. Tous les ans, les amis se font de plus en plus rares. Ils meurent, ils déménagent. Alors je me suis dit qu'un homme n'avait pas seulement besoin de quelqu'un qui compte sur lui. Sinon tout semble vide.

« Dès que vous m'avez dit pourquoi vous pleuriez et ce que vous deviez faire aujourd'hui, je me suis dit non, ce n'est pas possible. Ce ne peut pas être fini. Nous sommes devenus amis tous les deux. Peut-être qu'un jour nous serons encore plus proches. Je dois vous avouer que ces derniers temps, il y a eu des instants, comme ce matin, où, alors que je n'étais pas encore bien réveillé, je pensais à certaines choses. Je... J'ai même parlé de vous à Hannah. Ne croyez pas que je sois fou. Je lui parle souvent.

– Je sais. Je parle aussi à Phil, reconnut Molly. Je... je lui ai même dit une fois que vous étiez un homme charmant.

– Ah oui ?

– Oui. Et j'ai eu l'impression que cela ne le contrariait pas tellement. Bien que dans la vie il ait été très jaloux. En fait, c'est à cause de cela que nous avons commencé à sortir ensemble.

– Il était jaloux avant que vous ne soyez ensemble ? demanda Horowitz.

– A cette époque, rares étaient les filles qui envisageaient de faire des études supérieures. Au lycée, j'ai donc appris la sténographie et la dactylographie. Puis j'ai travaillé dans une entreprise spécialisée dans la confection de robes pour jeunes filles. Phil débutait, lui aussi, comme styliste de la collection. Un jour, un acheteur s'est présenté sans avoir pris rendez-vous. Le mannequin n'était pas là. Phil avait tellement hâte de lui montrer sa nouvelle collection qu'il m'a demandé de la présenter. Ce que j'ai fait. Les modèles ont dû plaire à notre client. Car il n'en a pas commandé quelques dizaines, mais bien plus encore. Bien entendu, Phil était ravi, et moi aussi. Quand j'ai eu terminé le défilé, je suis entrée dans le vestiaire pour me rhabiller. Mais j'entendais leur conversation.

« Vous avez très bon goût, jeune homme », disait l'acheteur.

« Merci, lui a répondu Phil. Si vous saviez le temps que j'ai passé sur cette collection... »

Mais le client l'a interrompu.

« La collection ? Mais non ! Je voulais parler du mannequin. Une beauté. Pas mal faite non plus. Alors ? »

« Alors quoi ? » dit Phil.

Et l'acheteur lui a rétorqué :

« Je suis seul à New York et je suis libre pour le week-end. Si vous m'obteniez un rendez-vous avec cette fille ? »

Pendant un instant, un bref instant, Phil n'a pas dit un mot. « Je ne fais pas d'affaires de cette façon », lui a-t-il répliqué.

Le client a éclaté de rire. « Allons, petit, ne me racontez pas de bobards. » Alors Phil l'a attrapé par le col et l'a reconduit *manu militari* jusqu'à l'ascenseur. Il ne l'a pas lâché tant que la porte ne s'est pas ouverte. Puis il l'a poussé dedans en hurlant : « Ne remettez jamais les pieds ici ! » Et cela lui a coûté la plus grosse vente de la saison.

Ensuite il est revenu à la réception pour me présenter des excuses. C'est après cet incident que nous sommes sortis ensemble. Et je suis devenu le mannequin de sa collection de petits modèles.

– Alors vous étiez mannequin ? dit Horowitz.

– A cette époque, si je puis me permettre de dire une chose pareille, j'étais assez jolie, fit-elle modestement.

– Et aujourd'hui, en plein soleil, avec cet éclat qui illumine vos yeux depuis que nous avons quitté le cabinet du médecin, croyez-moi, vous l'êtes toujours.

– Vous le pensez vraiment ?

– Oui.

– C'est la première fois que l'on me dit ça depuis que Phil est parti, reconnut-elle.

Un peu confuse, elle se détourna et regarda le soleil couchant qui disparaissait derrière les immeubles à l'ouest de Central Park.

– Écoutez, reprit Samuel. Je sais bien que j'ai été un peu brutal. Vous avez besoin de réfléchir. Alors je vais vous confesser deux ou trois choses que vous garderez à l'esprit et qui nourriront votre réflexion. D'abord, je ne suis pas cultivé. Vous avez votre bac, moi je n'ai jamais terminé mes études secondaires. C'était en 1935, en pleine Crise. La petite mercerie de mon père a fait faillite. Il fallait que j'obtienne ma carte de travail. Je n'avais que quinze ans et je devais subvenir en partie aux besoins d'une famille. Si c'était dur pour moi, ce le fut encore plus pour mon père. Ça lui a fendu le cœur. Il avait de tels projets pour moi, voyez-vous. C'était pour cela qu'il nous avait emmenés dans ce pays. Pour que je puisse avoir une bonne éducation, apprendre un métier, réussir dans la vie. Et puis voilà, j'avais quinze ans et j'étais grouillot dans une entreprise de papier et de ficelle de Broom Street.

« Vous n'imaginez pas le nombre de fois où, des années plus tard, j'aurais aimé lui dire : " Papa, j'ai fini par avoir ma propre affaire. S. Horowitz et fils. Je suis un homme cossu. Tu n'as pas à avoir honte. Nous avons accompli ce pourquoi nous étions venus. " Mais bien sûr, on ne peut pas dire ces choses-là à un père mort.

Il était gêné d'en avoir tant dévoilé sur lui-même à un moment où il lui avait déjà beaucoup donné à réfléchir.

– Je ne veux pas vous ennuyer, s'excusa-t-il.

– Cela ne m'ennuie pas. J'ai l'impression que je commence à vous connaître, ajouta-t-elle.

– Ce que j'essaie de vous faire comprendre, c'est que je suis un homme simple. Je n'ai aucune prétention. Je lis beaucoup. Je discute beaucoup. Mais c'est peut-être justement parce que je ne suis pas très cultivé. Cependant j'ai toujours été d'une grande honnêteté. Parlez de Samuel Horowitz dans le commerce du papier et de la ficelle, et vous verrez que ma réputation est excellente. J'ai été marié à la même femme pendant quarante et un ans. Nous avons élevé deux beaux enfants. Mon Marvin – il s'appelle Hammond à présent – travaille dans un grand cabinet d'avocats de Washington, Hotchkiss, Stuart and Hammond. Quant à ma fille Mona... Pour Mona, il faut que vous compreniez une chose. Elle n'est pas plus mal qu'une autre, non. Après tout, elle a épousé l'un des plus gros agents immobiliers de San Diego. Elle a deux enfants superbes, Bruce et Candy Fields. Fields vient de Feldstein. Mona et son mari ont changé de nom. Elle est comme ça. Quand Mona a décidé quelque chose, personne au monde ne peut lui résister.

« C'est comme Bruce et Candy. Bruce s'inspire du nom de mon père, qui s'appelait Baruch, et Candy de celui de ma mère, Chana. C'est comme ça que Samuel Horowitz a deux petits-enfants dénommés Bruce et Candy Fields. Dans quel monde vit-on ? Enfin, Mona est ainsi faite !

« Je n'avais pas l'intention de vous raconter l'histoire de ma vie, conclut-il, qui n'est pas passionnante, comme vous le voyez. Je voulais juste que vous sachiez la vérité.

Molly hocha pensivement la tête.

– Bien entendu, ajouta Horowitz, pour être parfaitement honnête, je veux aussi que vous sachiez que je ne suis pas en parfaite santé. J'ai fait une attaque, mais je suis presque complètement rétabli, grâce à Mme Washington. Un ange, cette femme ! Je dois aussi vous avouer, si vous ne vous en êtes pas déjà aperçue, que je suis un peu coléreux. Cela dit, je ne me suis jamais mis en rogne contre Hannah. C'est surtout la nation et la manière dont elle est gouvernée qui me font enrager. Disons que je ne suis pas l'homme le plus facile à vivre de la terre. Pas non plus le pire. Je me situe dans une bonne moyenne, pourrait-on dire. Un homme bien. Et maintenant un homme très solitaire.

– Je suis contente que vous m'ayez dit cela. Mieux vaut savoir. C'est beaucoup mieux.

– Bien.

– A vrai dire, ajouta Molly Mendelsohn, mon histoire n'est pas plus originale que la vôtre. J'ai deux enfants, moi aussi. Lawrence, le comptable. Et Sybil. Quelque chose me dit que ma Sybil et votre Mona se ressemblent un peu. Peu importe. Phil s'est associé à un partenaire pour fonder une affaire, *Petites, inc*. Ils ont connu des années de vaches grasses et des années de vaches maigres. Mais nous nous en sommes sortis. Les enfants sont allés en colonie de vacances, puis à l'université. Ils ont tous deux bien réussi. Que demander de plus à la vie ? fit Molly.

– Quoi de plus ? répéta Horowitz. Pendant que nous attendions chez le médecin, je me suis posé exactement la même question. Tout à coup j'ai trouvé la réponse : passer le reste de ma vie avec vous. “ Peu importe, ce qui lui reste à vivre me suis-je dit. Je veux passer ce temps avec elle. ” Il se trouve que nous avons eu de la chance. Il ne nous reste pas des mois, mais des années. Des années ! Réfléchissez-y ! Des années seuls ou des années ensemble. A vous de choisir. »

28

Horowitz passa une mauvaise nuit, l'une de ces nuits où aucune des positions auxquelles on est habitué depuis des années ne vous paraît plus confortable.

Il dormait le plus souvent en chien de fusil, sur le côté droit. Pas ce soir-là. Il fit un essai du côté gauche, se coucha sur le dos, le nez au plafond, et se retrouva les yeux grands ouverts à contempler le reflet de la lumière des réverbères qui filtrait à travers les lamelles du store vénitien.

De désespoir il alluma la radio. Toute la nuit il y avait des émissions où des hommes et des femmes, que l'on nommait « invités » et qui avaient à peine assez de culture et d'expérience pour proférer une opinion intelligente, pontifiaient sur les problèmes mondiaux, nationaux ou municipaux.

« Quel univers de grands problèmes et de petits esprits ! se lamenta Horowitz. Et on ose se demander pourquoi le monde et le pays sont en si piteux état. »

Ce qui ne fit qu'accroître son insomnie. Il se tourna et se retourna entre ses draps. « Pourquoi diable emploie-t-on toujours l'expression “ se tourner et se retourner ” pour décrire la situation dans laquelle je me trouve ? Se tourner, d'accord. Mais se retourner en plus ? Pourquoi un tel acharnement ? Depuis onze heures, cela fait une éternité – quelle heure est-il à présent ? Trois, quatre heures du matin ? – que je me tourne et que je me retourne. D'où cela vient-il ? »

Il renonça finalement à trouver une explication. Il se leva, se rendit dans la cuisine, se fit chauffer du lait, s'installa à la table où il prenait son petit déjeuner et l'avala lentement. Cela lui rappela d'autres nuits où il se retrouvait exactement dans la même situation parce qu'il ne parvenait pas à s'endormir.

Comme le jour où, en cours de gymnastique, Mona était tombée des barres parallèles et qu'on l'avait conduite d'urgence à l'hôpital du Mont-Sinaï où les médecins avaient essayé de déterminer l'ampleur et la gravité d'éventuelles lésions vertébrales. Et le soir où Marvin s'était perdu, avec sa troupe de scouts, dans un brouillard à couper au couteau, alors qu'il gravissait le mont Washington dans le New Hampshire. Deux nuits de cauchemar. Il y en avait eu d'autres.

Mais la différence entre ces soirs d'inquiétude et celui-ci, c'était qu'Hannah était là. Ils se consolaient mutuellement. A présent il était seul. Aussi seul que les nuits où Hannah était à l'hôpital pour ce qui devait être sa dernière maladie.

Hannah, Hannah, si seulement tu étais là... Il se rendit brusquement compte que si elle avait été là, il n'aurait pas passé la moitié de la nuit à redouter que Molly Mendelsohn ne repousse la demande en mariage hâtive et mal formulée qu'il lui avait faite, ni l'autre moitié à s'inquiéter en se demandant si elle l'accepterait.

Dans les deux cas, cela posait des problèmes.

« Si elle accepte, se dit Horowitz, ma vie sera certainement différente et meilleure. C'est un être délicieux. Je retrouverai l'agrément d'avoir une femme à la maison, une compagne, une amie, quelqu'un que j'aimerai et qui, si cela ne s'appelle pas exactement aimer, m'aimera bien. Elle a apprécié la manière dont j'ai pris la parole à cette réunion. Et maintenant elle trouve que je me débrouille très bien avec les bébés.

« Apparemment nous aimons les mêmes films. Et les mêmes plats. Elle est de nature accessible et intelligente. En fait, elle est d'accord avec moi, la plupart du temps.

« C'est une femme d'intérieur, une *ballabatish*. Elle aime avoir une maison belle et propre. Elle est bonne cuisinière, presque aussi bonne qu'Hannah. C'est une grande chance que de rencontrer quelqu'un comme elle à mon âge et dans ma situation. Et puis je l'intéresse, du moins assez pour qu'elle prenne ma proposition en considération.

« Évidemment, il y a le revers de la médaille. » Le débat se poursuivait dans son esprit talmudique : « J'ai le droit de penser qu'elle cuisine presque aussi bien qu'Hannah. Mais si, par inadvertance, il m'arrivait de dire une chose pareille, cela la blesserait. Et qui pourrait l'en blâmer ?

« Et puis, il y a d'autres choses, des souvenirs de ma vie avec Hannah, qui susciteraient des comparaisons. Et les comparaisons ne valent rien.

« Si elle disait oui, nous devrions établir une règle, comme nous l'avons fait pour nos petits-enfants. Pas de comparaisons. Aucune. Mais comment respecter pareille règle ? Même avec les meilleures intentions.

« Il y a aussi la vie quotidienne, songea Horowitz, morose. Les petites habitudes que l'on prend au fil des ans. Par exemple, quand je m'asseyais dans le salon pour lire le *New York Times*, Hannah le savait et respectait ma tranquillité. Jamais elle ne m'aurait interrompu. Sinon, elle aurait fort bien pu devenir la cible involontaire de la colère que m'inspiraient Tom Wicker ou Anthony Lewis.

« Le matin, quand je me rasais, Hannah répondait vite au téléphone pour que je ne risque pas de me couper la joue ou le cou. Bien sûr, depuis que Mme Washington m'a converti au rasoir électrique, ce n'est plus vraiment un problème.

« Il y a encore la soupe. Certains l'aiment chaude. Pour moi, Samuel Horowitz, la soupe chaude, c'est comme les baisers mouillés de la grosse tante Shoshana le jour de ma *bar mitzvah*. Moi, j'aime que ce soit brûlant. Si elle est trop chaude, je me charge de la refroidir à mon goût. Que se passera-t-il la première fois que je devrais demander à Molly de rapporter la soupe pour la faire chauffer ? S'en offensera-t-elle ? Après tout, elle est très sensible. Dieu sait que je m'en suis rendu compte aujourd'hui ! Mais ça, c'est une autre paire de manches.

« Nous ne sommes plus jeunes ni l'un ni l'autre. L'un de nous pourrait tomber malade, gravement malade. A-t-elle envie de s'attacher à un vieil homme mal portant ? Bien sûr, elle m'a dit qu'elle était au courant de mon attaque. L'éventualité d'une autre crise n'avait pas l'air de l'effrayer. Mais dire, c'est une chose, le vivre jour après jour, c'en est une autre. Qui sait si, la prochaine fois, Mme Washington pourra renouveler un tel miracle ?

« *Mme Washington*, conclut-il, voilà à qui je dois en parler. Je peux être honnête avec elle. Et je sais qu'elle le sera avec moi. Je vais l'appeler ! »

Ce fut cette décision, plus que son bol de lait chaud, qui lui permit de s'endormir quand il eut retrouvé son lit. Il dormit tard de sorte qu'au moment où il lui téléphona, Mme Washington était déjà partie chez son client. Ce fut son petit-fils, Conrad, qui décrocha, puisque sa mère n'était pas encore rentrée de l'hôpital.

– Conrad à l'appareil, annonça-t-il.

– Petit, ta grand-mère est-elle là ?

– Elle vient de partir. Voulez-vous lui laisser un message, m'sieur ? demanda Conrad.

« M'sieur, pensa Horowitz. *Quand il était enfant, il m'appelait oncle Samuel.* »

– Oui, demande-lui de me rappeler. Je serai chez moi toute la soirée. Conrad, maintenant que les Mets ont décidé de payer des millions de dollars pour s'offrir quelques joueurs médiocres, si on allait y jeter un coup d'œil un dimanche après-midi ? Qu'en penses-tu ?

– Super ! fit Conrad avec enthousiasme.

« Super ! rumina Horowitz. Si ce jeune homme n'avait pas d'aussi bonnes notes au lycée de Columbia, on pourrait penser qu'il a un langage bien peu châtié. »

Horowitz raccrocha. Il avait une longue journée devant lui avant de pouvoir consulter celle qui était devenue son amie la plus intime, sa confidente. Il fut tenté d'appeler Molly, d'essayer de la voir. Mais cela ferait échouer son plan. Il avait besoin de réfléchir, loin d'elle. Il avait besoin des conseils mesurés et intelligents d'une femme comme Harriet Washington qui, bien qu'elle fût le plus souvent aimable et gentille, savait se montrer, si nécessaire, franche et sévère.

« Si elle n'avait pas été stricte avec moi, Dieu sait que je serais infirme aujourd'hui. Ou ce que l'on appelle de nos jours une personne handicapée. »

Elle l'avait même aidé à traverser une crise très pénible, quand Mona avait bel et bien décidé de le déraciner pour le faire venir à San Diego, où il aurait très certainement terminé ses jours dans une maison de retraite.

Le simple fait d'évoquer Mona ne fit qu'ajouter aux peines de la journée. Si Molly et lui décidaient de se marier, comment diable allait-il annoncer cette nouvelle à sa fille chérie ?

Cette journée serait longue, très longue.

Mme Molly Mendelsohn passa une mauvaise nuit. Elle ne parvint pas à trouver une position confortable dans son grand lit double. Elle essaya de dormir du côté gauche, en vain. Quand elle se tourna du côté droit, elle se retrouva dans la position qu'elle adoptait quand Phil était à ses côtés.

Elle songea à se lever pour avaler un Valium,

puis décida de s'en passer. Il fallait prendre ces cachets avec parcimonie et uniquement pour lutter contre l'arythmie cardiaque à laquelle elle était sujette en période de stress. Au bout de quelques heures, elle alluma la télévision, zappa de chaîne en chaîne et ne tomba que sur de vieux navets pas très réjouissants. Elle éteignit donc la télévision.

Puis elle se leva, enfila sa robe de chambre de coton et se dirigea vers la cuisine. Elle se prépara une tasse de décaféiné chaud, s'assit à la table où elle prenait son petit déjeuner et analysa la situation.

« Voilà, j'ai soixante-huit ans, songea-t-elle. J'ai vécu, je me suis adaptée. J'ai fait assez de sacrifices pour Phil et pour les enfants. Et les deux fois où l'entreprise familiale a été menacée, quand les deux partenaires ont décidé de se séparer et que *Petites, inc.* est devenu la propriété d'un seul homme, nous avons frôlé la banqueroute parce que les modèles qu'il concevait ne se vendaient plus.

« Nous n'avions plus de revenus, et les dépenses ne cessaient pas pour autant. On a dû financer notre train de vie et l'entreprise avec nos économies. Mes bijoux ont été mis en gage contre de gros emprunts.

« J'ai connu les maladies habituelles des enfants et leurs problèmes de croissance. Heureusement, aucun ne s'est jamais drogué. Mais Sybil est allée s'installer avec un jeune homme de l'université, ce qui a provoqué une crise avec Phil. Et Lawrence qui a mis cette fille dans l'embarras... On s'est demandé s'ils devaient se marier et renoncer à leurs études. Le père de la demoiselle ne voulait plus entendre parler de Lawrence et avait interdit à sa fille de le revoir. Lawrence, qui l'aimait vraiment, a mis un an à s'en remettre. Nous n'avons jamais su ce qu'elle était devenue.

« Il s'est passé des tas de choses dans ma vie. Mais tout cela, c'est du passé. Je l'ai vécu et, pour cette raison, j'estime que je n'ai pas volé le confort dont je dispose aujourd'hui. Croyez-moi, il vaut beaucoup mieux être grand-mère que mère. C'est très agréable de recevoir ses petits-enfants pendant quelques jours. J'aime leur cuisiner des petits plats et leur préparer des gâteaux. J'aime quand ils s'écrient avec fierté : “ Ma mamie est la meilleure cuisinière du monde ! ” Tout cela est parfait. Du moment qu'ils s'en vont à la fin des vacances ou du week-end. Alors je ferme ma porte à double tour, je prends un bon bain chaud et relaxant, je lis le journal ou mes magazines préférés dans le creux de mon lit. Quand j'allume la télévision, c'est pour regarder les émissions qui m'intéressent et non les clips assourdissants de MTV avec ces rythmes qui vous donnent la migraine, ces filles à moitié nues qui se tortillent et ces jeunes gens qui font l'amour à l'écran. Oui, il y a aussi la solitude. La paix et la tranquillité sont des choses merveilleuses, de véritables droits de la personne auxquels on accède naturellement en vieillissant. »

Mais elle se posait quand même une question. Allait-elle renoncer à cette paix et à cette tranquillité en changeant complètement de vie ? En acceptant un homme qui, tant qu'ils n'auraient pas vécu quelque temps ensemble, serait encore un étranger ?

« Samuel Horowitz est sans aucun doute un monsieur charmant. Il est bien élevé. Ou semble l'être. C'est au fil de la vie quotidienne que se révèlent les tempéraments. Phil n'était pas le même homme selon que les affaires marchaient bien ou que la saison était mauvaise.

« Évidemment, M. Horowitz n'est plus en activité. Il n'est donc plus sensible à l'évolution en dents de scie de l'économie. Il ne sera pas non plus sujet à ce genre de stress. Mais, n'ayant pas de travail qui l'occupe régulièrement, il sera tout le temps à la maison. Et je ne sais que trop bien ce qui s'est passé quand Phil a pris sa retraite et qu'il s'est retrouvé dans cet appartement.

« Tous les jours, il exigeait un repas chaud pour le

déjeuner. Il en avait assez de manger dans les cafétérias, chez les traiteurs et dans les restaurants du quartier de la confection. Il désirait les plats que j'étais la seule à lui préparer. Cela fait des années que je n'ai pas fait de déjeuner, si ce n'est pour mes petits-enfants, quand ils me rendent visite. Le Samuel Horowitz qui m'invite en ce moment, se comporterait-il comme Phil si nous étions mariés ?

« Je renoncerais à ma liberté, songea Molly. Je vais chez le coiffeur quand j'en ai envie. Je me couche et je me lève quand je veux. Je mange à la maison ou au restaurant selon mon bon plaisir. Je ne dépends ni des goûts ni des souhaits de quiconque. Et surtout pas de ceux d'un étranger.

« Ce mot me trouble. Mais que peut-on savoir d'un autre être quand on n'a pas partagé son existence jour après jour, nuit après nuit ? Quand on ne l'a pas vu malade, qu'il s'agisse d'une légère indigestion ou de troubles plus graves et plus durables ? C'est là que le caractère se révèle, que la personne véritable apparaît.

« Bien sûr, de nos jours, tantôt pour des raisons économiques, tantôt pour d'autres motifs, les gens âgés ne se marient pas. Ils vivent ensemble tout simplement.

« Mais, moi, Molly Mendelsohn, je ne pourrais jamais faire cela. Ni pour moi, ni pour mes enfants. Qu'en penseraient-ils ?

« Donc, se dit-elle, pensive, j'ai enfin retrouvé un équilibre depuis la mort de Phil. Dois-je m'exposer à de nouvelles difficultés ? A de nouvelles blessures ? La solitude a ses avantages. Et la liberté en est un, une liberté trop grande pour que je la sacrifie à ce stade de mon existence. »

Elle retourna au lit et s'endormit aussitôt. Mais elle se réveilla à peine une heure plus tard. En sursaut. Dans son sommeil elle s'était tournée du côté droit et, par une vieille habitude, elle avait tendu le bras vers Phil. C'était l'absence qui l'avait éveillée.

« Cette liberté à laquelle je m'accroche, se

demanda-t-elle, étendue dans l'obscurité, le regard fixe, est-ce de la liberté ou de la solitude ? Comment trouver un équilibre entre les deux ? Ou ne peut-on y parvenir ? Une femme doit-elle choisir entre l'une et l'autre ? N'y a-t-il pas de juste milieu ? Ne peut-on être courtisée toute la vie ? Une femme ne peut-elle tout avoir ? »

Elle tenta de se rendormir, mais n'y parvint pas. Elle se leva à l'aube, toujours troublée, indécise.

29

Samuel Horowitz était assis sur un banc du parc, en face de l'immeuble de la Cinquième Avenue où habitait le patient de Harriet Washington. De temps à autre, plus souvent qu'il n'en avait conscience, il regardait sa montre.

« Elle devrait être sortie à présent, s'impatientait-il. A moins qu'elle ne soit partie plus tôt et que je ne l'ai manquée. Je devrais peut-être appeler chez elle pour voir si elle est arrivée. Mais le temps que je déniche une cabine téléphonique, elle risque de passer et je la louperai. Comme le jour où j'attendais Molly. Toute ma vie, j'ai l'impression de prendre des décisions auxquelles je ne me tiens pas. Je vais rester ici et attendre. Elle sortira bien à un moment ou à un autre.

« Sinon on me prendra pour un de ces pauvres hères sans domicile fixe et on me traînera dans un abri quelconque. Je les laisserai faire. Qu'y a-t-il de pire que ma situation actuelle ? Ai-je envie ou non d'épouser cette femme ? Je ressemble à Hamlet. Être ou ne pas être ? Bien sûr, je ne suis pas tout à fait Hamlet. Ni même Richard Burton, qui lui non plus n'arrivait pas à se décider. N'a-t-il pas épousé Elizabeth Taylor pour divorcer et se remarier avec elle avant de divorcer à nouveau ? Je ne suis même pas capable de prendre une décision, alors deux... Madame Washington, où êtes-vous ? »

Au bout de vingt interminables minutes, il vit le portier en uniforme ouvrir la porte d'entrée. Et Mme Washington apparut. Toujours élégante, elle portait une robe imprimée verte avec une veste de demi-saison, d'un vert plus sombre, Horowitz lui fit un signe de la main. Elle ne le vit pas, car elle se dirigeait vers l'angle de Madison Avenue où se trouvait l'arrêt du bus. Au mépris du feu, Horowitz traversa la Cinquième Avenue au pas de course.

– Hé ! Mon vieux, tu veux te faire écraser ! le héla un automobiliste furibond.

– C'est ça, écrasez-moi ! lui lança Horowitz.

Ce fut sa voix forte et agressive qui fit se retourner Mme Washington. Elle reconnut ce ton provocateur. Elle ne s'était pas trompée. Elle s'arrêta et le regarda d'un air sévère jusqu'à ce qu'il l'ait rattrapée.

– Pourquoi diable traversez-vous une rue encombrée comme celle-ci sans respecter le feu ?

Pour apaiser sa colère, il lui sourit.

– Avez-vous remarqué, madame Washington, comme je cours vite ? demanda-t-il d'une voix enjôleuse. Plus de pied qui traîne. Vous avez accompli un miracle aussi grand que Moïse lors du passage de la mer Rouge.

– Ne changez pas de sujet ! le réprimanda Mme Washington. Et ne traversez plus jamais une rue comme ça ! Compris ?

– Oui, madame Washington, j'ai compris, répondit un Samuel Horowitz repentant.

– D'ailleurs, que faites-vous ici ? demanda-t-elle.

– Il faut que nous parlions, insista Horowitz.

– Parler ? Maintenant ? Je dois rentrer et préparer le dîner des enfants, lui rappela Mme Washington.

– Bien sûr. Nous allons donc prendre un taxi. Et puis nous emmènerons les enfants dîner quelque part. Chez Sylvia, par exemple. Ensuite, quand ils feront leurs devoirs, nous bavarderons tranquillement tous les deux.

Il continua de plaider sa cause, tandis qu'elle débattait intérieurement de l'opportunité de sa suggestion.

– C'est très important pour moi. Et puis vous savez que j'adore le poulet frit de Sylvia.

– Puisque cela semble aussi urgent, allons-y ! déclara Mme Washington.

Ils dînèrent chez Sylvia, le meilleur restaurant de Harlem. A table, la conversation se limita au sermon qu'Horowitz infligea à Conrad et à Louise sur la nécessité d'avoir de bonnes notes pour être accepté plus vite à l'université. Du moins dans les meilleures.

– Et n'oubliez pas, leur déclara-t-il à leur retour avant qu'ils ne regagnent leurs chambres pour faire leurs devoirs, que plus tard, cela peut se révéler très utile. Quand un petit malin vous dira : « C'est parce qu'ils ont décidé de respecter des quotas que tu es entré ici », vous pourrez lui rétorquer : « Tu veux comparer nos notes ? » Et alors vous lui montrerez votre dossier.

Quand ils se retrouvèrent dans l'intimité, Mme Washington et M. Horowitz s'attaquèrent au problème récent qui avait rongé ce dernier pendant toute la soirée.

Comme s'il se préparait à faire un discours solennel, il lui désigna gracieusement l'un des sièges de son propre salon.

– Chère madame Washington, déclara-t-il enfin, le problème qui me préoccupe aujourd'hui est totalement différent de tous ceux que nous avons rencontrés jusque-là. Je sais que, quand je vous en aurai parlé, vous allez me répondre : « Cela ne relève pas de ma responsabilité. A vous de décider ! » Cependant, en un sens, vous en êtes quand même responsable. Si vous ne m'aviez pas si bien rééduqué, au lieu d'être confronté à ce dilemme, je ne serais qu'un pauvre infirme terré au fond de son appartement. Alors que maintenant je sors de chez moi et je me retrouve avec le problème que je vais exposer.

« Jusque-là, ça va, dit Horowitz, comme s'il venait de se libérer d'un pesant fardeau.

– Et après ? s'enquit Mme Washington.

– Et...

Il voulut continuer, mais ne trouva pas ses mots.

– Madame Washington, explosa-t-il enfin, je suis très embêté. J'ai fait une demande en mariage... Oui, oui, j'ai demandé une femme en mariage, cette charmante, cette merveilleuse Molly Mendelsohn.

– Où est le problème ? fit Mme Washington.

– Le problème, le voici : et si elle dit oui ? répliqua Samuel Horowitz sans dissimuler son trouble.

– Vous ne voulez pas qu'elle accepte ?

– Eh bien, je ne sais pas ce que je veux exactement, lui expliqua-t-il. Tantôt j'ai envie qu'elle dise oui, tantôt pas. Il y a dilemme et dilemme. A mon avis, celui-là est un vrai casse-tête chinois.

– Évidemment, si elle dit non, votre problème est résolu, fit remarquer Mme Washington.

– Vous rappelez-vous le temps où vous poussiez mon fauteuil roulant pour que je puisse profiter un peu du soleil dans Central Park ? Nous parlions de votre Horace et de mon Hannah. Vous m'avez dit que vous ne vous remarieriez jamais. J'avais le même sentiment. Vous avez tenu parole. Et moi, je suis en train de demander une autre femme en mariage. Mon amour pour Hannah me paraît bien petit à côté du vôtre pour Horace.

– Pas du tout, monsieur Horowitz. Il y a une différence entre nous deux, dit-elle avec insistance. Depuis que le mari d'Elyse a été tué par l'un de ces loubards qui ont pillé le supermarché, j'ai une nouvelle responsabilité : ma fille et ses deux enfants. J'ai une famille qui dépend de moi. On a besoin de moi, du moins pour l'instant. Vous n'avez pas ce réconfort-là.

– Vous avez raison, acquiesça tristement Horowitz. Je peux disparaître ou mourir demain. Je ne manquerai véritablement à personne. Marvin, Mona et mes petits-enfants me pleureront quelque temps, mais je ne leur manquerai pas. Attention, je ne prétends pas qu'ils ne m'aiment pas. Ils m'aiment. Mais comme vous le dites si bien, ils n'ont pas besoin de moi. C'est très différent.

– Molly Mendelsohn se trouve dans la même situation, intervint Mme Washington. Elle est seule. Elle veut que l'on ait besoin d'elle. Elle veut aussi avoir besoin de quelqu'un.

– Mais j'ai toujours le sentiment qu'Hannah pourrait penser que je lui suis infidèle, reconnut Horowitz.

– Je n'ai jamais rencontré votre Hannah bien-aimée. Mais j'ai vécu dans sa maison, cuisiné dans sa cuisine, senti sa présence. J'ai l'impression de la connaître. Je ne crois pas qu'elle vous en voudrait de passer les dernières années de votre vie avec une femme aussi bien que Molly Mendelsohn.

Horowitz hocha pensivement la tête.

– Et puis il y a d'autres problèmes, des questions pratiques, des milliers de petites choses. Par exemple, viendra-t-elle s'installer chez moi ou irai-je chez elle ? Et si elle vient chez moi, que fera-t-elle de son appartement, de ses meubles ? Quel effet cela lui fera-t-il de renoncer à tout cela ? Ce sera un grand pas pour elle. Elle ne voudra peut-être pas le franchir. Et qui pourrait l'en blâmer ? Après tout, elle y a vécu trente ans. Vous voyez bien, madame Washington, que les choses seraient beaucoup plus faciles si elle disait non.

– Si vous le pensez vraiment, appelez-la pour lui dire que vous êtes désolé, que vous avez parlé trop vite et que vous retirez votre demande.

– Elle pourrait m'attaquer en justice pour promesse non tenue, rétorqua Horowitz.

– Légalement, je ne crois pas que l'on puisse encore faire cela dans cet État, répliqua Mme Washington.

– De toute façon, cela me déplairait de la blesser. C'est une femme extraordinaire, madame Washington. Il ne suffit pas de faire du bénévolat avec elle pour savoir ce qu'elle est vraiment. C'est une bonne maîtresse de maison, une pâtissière fabuleuse, une bonne cuisinière, une vraie *ballabusteh*.

– Vraiment ? s'extasia Mme Washington, comme si elle prenait conscience pour la première fois des vertus de Molly Mendelsohn.

– Elle aime les mêmes choses que moi, poursuivit Horowitz. Nous rions aux mêmes blagues quand nous sommes au cinéma. Un jour où j'ai eu une petite dispute au Y, elle a pris ma défense. Elle est petite, mais forte. C'est une femme de caractère. Vous ne la connaissez pas.

Mme Washington ne jugea pas opportun de lui révéler les recherches intensives qu'elle avait menées pour découvrir les divers talents de Molly Mendelsohn.

– De toute évidence, vous lui trouvez un certain nombre de qualités, se contenta-t-elle de constater.

– Sans aucun doute, acquiesça Horowitz. Mais il reste quand même le problème d'Hannah...

– Oui bien sûr, le problème d'Hannah...

Mme Washington arbora une mine pensive.

« C'est du Samuel Horowitz tout craché, pensait-elle pendant ce temps. Impulsif, il a tendance ensuite à se raviser. Pauvre Molly ! Elle a dû être abasourdie par une demande en mariage aussi soudaine et inattendue. Il va falloir beaucoup de délicatesse et de diplomatie pour que cette affaire aboutisse à une conclusion heureuse et bien méritée. Le problème, ce n'est pas Hannah, mais Horowitz lui-même. Enfin, tant qu'il pense... »

– Monsieur Horowitz, déclara-t-elle, je peux comprendre que votre chère Hannah ait... disons... du mal à accepter le brusque tournant qu'ont pris les événements. Il y a de quoi.

– Infidélité ! s'exclama-t-il, devançant son propos. Elle n'aurait jamais pensé que je sois capable d'une chose pareille.

– Pas de l'infidélité, rectifia Mme Washington.

– Quoi alors ?

– Vous êtes en train de commettre l'erreur capitale que font tous les maris, que leur femme soit morte ou vivante.

– C'est-à-dire ?

– Vous ne lui donnez pas le temps de s'habituer à une donnée nouvelle, lui fit remarquer Mme Washington. Quand elle était en vie, votre Hannah était-elle une femme déraisonnable ?

– Non, généralement pas. Parfois, quand il s'agissait des enfants, elle pouvait se montrer très têtue. Sinon, c'était quelqu'un de très raisonnable, de très sensé. D'ailleurs, elle était le plus souvent d'accord avec moi.

– Alors pourquoi voulez-vous qu'elle soit déraisonnable à présent ? Si vous lui donnez le temps de s'habituer à cette idée, bien sûr.

– J'ai encore été trop impulsif, comprit Horowitz. Encore une décision hâtive ! Hannah le disait souvent.

– Donnez-lui donc un peu de temps. Je suis certaine qu'elle ne considérera pas cela comme une infidélité.

– Ce serait peut-être bien que nous ayons *tous* le temps de nous y accoutumer, fit Horowitz d'un air songeur.

– Comme disait Hannah, du bouillon de poulet pour soigner les rhumes, ça ne peut pas faire de mal, fit remarquer Mme Washington. Eh bien pour ça, c'est pareil. Ça ne peut pas faire de mal.

Horowitz opina pensivement du chef.

Le mardi, en fin d'après-midi, Molly Mendelsohn s'occupa activement pour ne plus penser à la brusque demande en mariage de Samuel Horowitz. Elle dispensa ses soins avec dévouement à trois enfants de plus que le contingent qui lui avait été assigné. Elle s'attarda plus que d'ordinaire dans le coin-café, à écouter les potins d'une oreille distraite. Enfin elle se rendit compte qu'elle traînait à l'hôpital pour ne pas être chez elle, au cas où M. Horowitz l'appellerait, exigeant d'elle une réponse qu'elle n'était pas prête à lui donner.

En réalité, plus elle pensait à la situation, plus les questions, les problèmes et les doutes l'assaillaient.

Elle se décida à partir de peur que sa tactique dilatoire ne parût trop évidente aux autres volontaires et à l'équipe de la nursery. Elle attendit impatiemment un ascenseur qui descendit, monta dedans. Quand il s'arrêta au rez-de-chaussée, elle sortit la première et se dirigea aussitôt vers la porte d'entrée. A ce moment-là on appela son nom :

– Madame Mendelsohn !

Molly s'arrêta net, se retourna lentement et aperçut Samuel Horowitz, qui traversait le hall en courant dans sa direction.

Il était à bout de souffle quand il arriva près d'elle.

– J'avais peur de vous manquer, dit-il. Dieu merci, je suis arrivé à temps. Nous avons des choses à nous dire. Tout de suite.

– Je... Je... bégaya-t-elle sans parvenir à lui avouer qu'elle n'avait aucune envie d'en parler, qu'elle n'était pas du tout prête.

Mais il était trop tard.

– J'ai tout arrangé, lui dit-il en lui prenant la main.

– Tout arrangé ? Qu'est-ce qui est arrangé ? demanda Molly, dont la gorge se serra soudain.

Elle aurait voulu lui retirer sa main, mais il la pressait trop fort.

– Un taxi nous attend dehors. Il nous emmène sur la jetée de la 42e Rue, annonça-t-il.

– La jetée de la 42e Rue ? Vous êtes fou, monsieur Horowitz ?

– Je vous avais prévenue. Je suis parfois très impulsif. Mais cette fois, je suis prudemment impulsif. Vous verrez. Ce soir, nous allons faire une promenade en bateau.

– Une promenade en bateau ? fit Molly Mendelsohn en essayant de dégager sa main.

– Une balade autour de l'île de Manhattan, lui expliqua-t-il. Nous dînerons à bord. Nous boirons un peu de vin. Et surtout nous bavarderons.

– Bavarder ? reprit Molly d'un air dubitatif.

– Je vous promets une chose, ma chère, vous n'aurez aucune grande décision à prendre ce soir.

Comme il lui avait assuré qu'elle ne serait pas contrainte de lui donner de réponse, Molly Mendelsohn céda et lui emboîta le pas.

30

Le bateau appartenant à la compagnie qui faisait le tour de l'île s'éloigna lentement de la jetée, puis recula au milieu de l'Hudson et prit élégamment la direction du sud.

Samuel Horowitz et Molly Mendelsohn, accoudés au bastingage de la poupe, contemplaient le soleil printanier, qui se couchait à l'ouest, entre les nouveaux immeubles d'habitation alignés le long des Palissades du New Jersey.

Molly Mendelsohn, qui, ne connaissant toujours pas le but de cette promenade, était un peu crispée, ne disait pas un mot. Samuel Horowitz, qui savait bien qu'il était responsable de son embarras, éprouva le besoin de faire diversion pour la mettre à l'aise.

– Vous vous souvenez du temps où, de l'autre côté de l'Hudson, on ne voyait que les Palissades ? Pas de grands ensembles aux prix exorbitants. Rien que les Palissades, telles que la nature les avait voulues. Je suis pour la nature et contre le progrès, quand il s'agit de détruire un tel panorama.

– Eh bien... hasarda Molly Mendelsohn, qui semblait perdre courage.

– Eh bien... la gronda gentiment Horowitz, ça ne fait pas une phrase.

– Dans mon souvenir il n'y avait pas que les

splendeurs de la nature. On apercevait un grand panneau électrique indiquant : PARC D'ATTRACTIONS DES PALISSADES. Tellement lumineux qu'on pouvait le lire à la nuit tombée. Enfin, il n'était pas tout à fait lisible, mais quand même très brillant, ajouta-t-elle pour tempérer son propos, craignant de s'être montrée excessive.

– Vous avez raison, se rappela-t-il. Il y avait bien ce parc et ce grand panneau. Vous vous souvenez des réclames dans les journaux : le parc d'attractions des Palissades et sa piscine à vagues. Vous vous souvenez ?

– Oui, acquiesça Molly. Je ne crois pas que la nature ait prévu un parc d'attractions en haut des dunes, ajouta-t-elle timidement.

– Non, non, vous avez parfaitement raison, reconnut-il.

Ils contemplèrent le ciel où quelques légers nuages se teintaient du rose du soleil couchant.

– Y êtes-vous allée ? demanda Horowitz.

Comme Molly ne lui répondait pas tout de suite, il précisa sa question :

– Quand vous sortiez avec Phil, vous y a-t-il emmenée ?

– Non, reconnut Molly. A Coney Island, à la plage de Brighton, à Rockaway quelquefois.

– Moi non plus, fit Horowitz. Hannah et moi, nous n'allions jamais au parc des Palissades. Quel besoin a-t-on d'une piscine à vagues quand on peut voir les vraies vagues de l'océan à Coney Island ou à Rockaway ?

Ils se turent quelques instants, les yeux rivés sur les nuages roses qui viraient au gris.

– Vous avez peut-être faim ? s'inquiéta Horowitz.

– Je veux bien grignoter quelque chose, répondit Molly, qui n'était nullement affamée.

Il avait réservé une table près de la fenêtre. Tandis que le bateau poursuivrait sa route, ils apercevraient la partie sud de Manhattan. Il lui proposa un cocktail, qu'elle refusa. Comme toujours avant le dîner, il commanda un whisky-soda, une grande marque pour lui montrer qu'il savait vivre.

Pendant le dîner, au cours duquel Molly picora, on n'entendit que les commentaires de Samuel Horowitz qui s'extasiait sur le paysage défilant sous leurs yeux.

– Ce front de mer, quel paysage féerique !

Molly lui adressa un faible sourire d'approbation, qui l'incita à poursuivre :

– Il n'y a pas une ville au monde qui égale New York. Hannah et moi, nous sommes allés à Londres, à Paris, à Berlin-Ouest. Rien ne vaut New York. Nous avons vu Tel Aviv et Jérusalem. Avec Phil, êtes-vous allée en Israël ?

– Oh oui ! répondit-elle, soulagée qu'il ne lui pose pas une autre question. Phil a gagné un concours organisé par son association professionnelle pour l'achat d'obligations israéliennes. Le premier prix était un voyage en Israël. Quelle aventure ! Voir tous ces lieux dont on avait entendu parler à l'école du dimanche !

– C'était passionnant ! convint Horowitz.

La conversation s'enlisa, faute de sujets suscitant une réaction de sa compagne. Timide et tendue, celle-ci attendait qu'Horowitz lui indique les raisons de cette promenade impromptue.

Ce dernier était tout à fait conscient de la situation difficile dans laquelle elle se trouvait.

« Erreur, Horowitz, erreur. Ta nature impulsive et ta grande gueule t'ont encore joué des tours. Comme tu as hâte de parler de ce qui te préoccupe, tu crois qu'il en va de même pour elle. Cela ne fait que prouver ton absence totale de sensibilité. Pourquoi une femme souhaiterait-elle entretenir une relation avec un homme qui manque à ce point de tact et de considération ? »

Il ne fit aucun effort pour relancer la conversation et se concentra sur son poulet grillé et sur ses pommes au four... à la margarine, cela va sans dire.

– Avez-vous remarqué que nous sommes passés devant les deux tours du World Trade Center ? lui demanda-t-il quand ils en furent au café, alors qu'ils venaient de contourner le sud de Manhattan. Fantastique ! Tout New York est là. Quelques années auparavant, il n'y avait rien et puis brusquement s'élèvent deux gratte-ciel. Et quels gratte-ciel ! On construit, on construit, on construit !

Molly Mendelsohn sourit et approuva d'un signe de tête.

– Pour vous, c'est New York.

– Avez-vous envie de monter sur le pont ?

Elle acquiesça.

Quand ils furent sur le pont supérieur, appuyés au bastingage, le regard tourné vers l'ouest, ils passèrent devant le bâtiment des Nations unies.

– Toutes ces fenêtres, dit-elle enfin sans qu'il l'y eût incitée. Je me demande parfois comment elles restent propres.

– Étant donné ce qui se passe ici, je me demande surtout comment elles ne sont pas toutes brisées. Bien sûr, maintenant qu'il n'y a plus d'Union soviétique, les choses sont un peu plus calmes.

Ils arrivèrent devant le quartier de Manhattan où les gratte-ciel et les bureaux font place aux immeubles d'habitation. Le front de mer s'était assombri, et les bâtiments paraissaient décharnés contre le ciel nocturne. A leurs pieds les lumières du bateau se reflétaient dans les eaux noires de l'East River.

« Est-ce que je laisse la soirée se terminer comme ça ? songeait Horowitz dans le silence. Ou bien est-ce que je lui dis maintenant ce pour quoi je l'ai invitée ce soir ? Elle est tellement nerveuse depuis le début que cela risque de lui déplaire. Comment lui en vouloir ? Une espèce de dingue lui prend la main, la jette dans un taxi et l'embarque tout à coup sur un bateau pour faire le tour de Manhattan. Et ce type, elle ne l'aime pas forcément. C'est peut-être la dernière occasion que j'ai de lui parler. Je prends le risque. Le pire qui puisse arriver, c'est qu'elle me dise non. Elle ne peut pas dire non ! Elle ne doit pas dire non ! Te voilà reparti, Horowitz ! Tu décides encore ce que les autres ont ou n'ont pas le droit de faire. Tu devrais sans doute fermer ta grande gueule ! Non, vas-y ! Sois un homme ! Tu as commis une erreur, fais amende honorable. »

– Chère madame Mendelsohn, je vous dois des excuses.

– Des excuses ? Pourquoi ? répliqua-t-elle, sidérée.

– L'autre jour...

– L'autre jour ? répéta-t-elle, de plus en plus perplexe. Que s'est-il passé l'autre jour ?

– Dans le parc, précisa-t-il, quand nous sommes sortis du cabinet du radiologue, je vous ai demandé de m'épouser.

– Oh ça ! répondit Molly Mendelsohn, de plus en plus tendue.

Samuel Horowitz, qui le remarqua, la rassura très vite.

– Je vous en prie, il est inutile de vous inquiéter. Je ne vais pas vous harceler pour obtenir une réponse.

Elle parut aussitôt beaucoup plus à l'aise.

– Mais il vaudrait mieux que vous sachiez pourquoi je vous ai dit cela, poursuivit-il. Je pense que les bébés ne sont pas étrangers à tout cela.

– Les bébés ? reprit Molly, qui allait d'étonnement en étonnement.

– Après vous avoir fait cette proposition, je n'ai pas dormi de la nuit. Je me tournais et me retournais... Bref, je me tournais dans mon lit. Et je me disais : tu es impulsif, certes, mais jusqu'à quel point ? Demander à une femme de t'épouser sous le coup de l'émotion du moment ? Est-ce bien raisonnable ?

« Et puis j'en ai conclu que tout cela avait malgré tout un sens. Elle se dit peut-être qu'elle n'est pas seule. Mais je ne suis pas dupe. Et pourquoi ? J'ai des enfants. Elle a des enfants. J'ai des petits-enfants. Elle a des petits-enfants. Mais nous sommes quand même seuls. Je le suis sans doute encore plus qu'elle. J'ai remarqué que mes petits-enfants venaient plus souvent quand Hannah était là. Ils étaient plus jeunes, c'est vrai. Et puis ils aimaient bien sa cuisine. Ils l'aimaient, elle. Moi, ils me supportaient. Après tout, qu'ai-je de si aimable ? J'étais le grand-père qui faisait des sermons, qui leur disait de travailler dur, de trouver un petit boulot pour l'été, d'économiser de l'argent. Et puis de temps en temps, pour les inciter à m'écouter, je les corrompais en leur glissant quelques dollars. Parfois davantage. J'imagine que je les ai assommés avec mes conseils, parce qu'ils ne viennent plus très souvent à présent.

– Ils ont leur vie, dit Molly pour les excuser.

– C'est ce que vous vous dites, vous aussi ?

– Oui, murmura-t-elle après un moment de silence.

– Je me demande, chère madame Mendelsohn, si on a déjà dressé la liste de toutes les raisons que s'inventent les grands-parents pour excuser la conduite de leurs petits-enfants. Si on les empilait, cela ferait une colonne plus haute que l'Empire State Building.

– Je crois bien que vous avez raison. Si jamais on faisait une telle liste...

– Quand vous avez eu peur à cause de ce kyste au sein, vous avez voulu appeler votre fils, mais vous avez raccroché avant qu'il ait eu le temps de répondre.

– Je vous ai dit ça ? fit-elle, en cherchant dans son souvenir.

– Oui, mais nul ne vous y obligeait. Nous faisons tous ça. Nous ne voulons pas être un fardeau pour nos enfants. Vous m'entendez ? Nos enfants ! Ils ont plus de trente ans, presque quarante, et nous en parlons encore comme si c'étaient des gamins ! C'est presque par choix que nous sommes tous les deux seuls, voilà la vérité.

« Avec qui rions-nous quand nous voyons quelque chose de drôle à la télévision ? Pas avec nos enfants. A qui donnons-nous un coup de coude au théâtre ou au cinéma, quand une réplique de la pièce ou du film fait mouche ? Pas à nos enfants ! Quand nous nous levons le matin, à qui allons-nous dire : « Tu sais ce que nous devrions faire demain ? Aller voir la nouvelle exposition dont parlait le *Times* d'hier. » Pas à nos enfants. Quand vient le soir et que nous en avons assez de dîner au restaurant, que nous avons envie de rester à la maison et de manger quelque chose de simple, à qui allons-nous proposer : « Et si on se mettait en pyjama et en robe de chambre pour grignoter un sandwich devant la télévision ? » Pas à nos enfants !

« Alors que nous avons une famille et des petits-enfants, nous sommes tout seuls. Et nous ne pouvons compter sur personne.

Molly Mendelsohn avait écouté patiemment son long monologue.

– J'ai bien peur de ne pas avoir compris, dit-elle d'une voix intimidée quand elle crut son discours terminé.

Elle n'en demeurait pas moins troublée par le début de ce soliloque.

– Qu'est-ce que tout cela a à voir avec les bébés ?

– L'autre jour, votre petit ennui de santé et toute cette histoire de radiologue et de mammographie m'ont fait prendre conscience d'une chose, expliqua Horowitz, qui se rappela soudain le point de départ de cette discussion. Sans m'en apercevoir, j'avais vu en vous une personne avec laquelle je pourrais partager le reste de mon existence. Ensemble, aucun de nous deux ne souffrirait plus de la solitude.

« Même si, je vous l'ai dit, je ne suis pas vraiment une affaire, ajouta-t-il aussitôt.

– Je n'ai jamais pensé une chose... protesta Molly.

– Bien sûr que non, l'interrompit-il. Vous avez trop de respect pour autrui. Je le dirai donc pour vous. J'ai fait une attaque cardiaque. Mais depuis lors, pris en main par Mme Washington et le Dr Tannenbaum, je suis en très bonne forme. Je ne bats pas tous les records, mais ce n'est quand même pas mal. Bref, une femme dans votre situation ne doit pas négliger ce détail. Prenez-le en considération. Donnez-moi ma chance, comme on dit.

– Mais les bébés ? demanda une Molly toujours aussi perplexe, après quelques instants d'un silence lourd. En quoi entrent-ils en ligne de compte ?

– J'ai senti que vous et moi, que nous... Vous me comprenez ? Et puis il vous est arrivé cette histoire... de radiologue. Alors j'ai eu le sentiment, non la crainte, que cela se passait comme avec les bébés. Nous nous en occupons, nous apprenons à les connaître, à les aimer. Mais un jour, on arrive à la nursery et ils sont partis. On ne les revoit jamais plus. J'ai eu peur qu'il nous arrive la même chose.

« Voilà une femme que je commence à connaître et... pour qui j'éprouve quelque chose... quelque chose de très profond, me suis-je dit. Et j'ai compris que vous pourriez disparaître du jour au lendemain. Comme les bébés. Avec eux, je n'ai pas le choix. Mais avec vous, je pouvais agir. Mais je m'y suis très mal pris. Trop vite. Je vous ai prise au dépourvu. Je crois même que je vous ai fait peur, n'est-ce pas ?

Son silence vint confirmer ses propos.

– Alors la seule chose que je tenais à vous dire ce soir, c'était de m'accorder une autre chance. Prenez votre temps, tant que vous voulez. Réfléchissez-y. En fait, revenons à ce que j'avais d'abord l'intention de vous demander ce jour-là, dans le parc. Permettez-moi de passer vous prendre le mardi et le jeudi. Allons ensemble à l'hôpital pour que vous ne redoutiez pas de vous faire agresser comme cette pauvre Mme Robbins.

– Tous les mardis et tous les jeudis, fit Molly Mendelsohn d'un air pensif.

– Je viendrai vous chercher chez vous. Puis nous irons à pied jusqu'à Amsterdam Avenue et nous prendrons le bus. S'il pleut, nous hélerons un taxi, bien entendu.

Molly réfléchit à sa proposition sans se départir de sa réserve.

– Vous avez peur de ce que penseront les voisins, hasarda-t-il.

– Eh bien...

La phrase qu'elle venait de commencer, elle ne la termina pas.

– C'est très simple. Au lieu de monter jusqu'à votre appartement, j'attendrai dans le hall. Votre portier sonnera chez vous et vous descendrez. Vos voisins, même cette fouineuse que j'ai croisée, ne s'en formaliseront certainement pas.

– Ce n'était pas à mes voisins que je pensais, répondit Molly.

– Ah ! s'écria Horowitz qui comprit soudain. Les autres bénévoles !

– Oui, reconnut Molly. Vous ne pouvez pas savoir comme elles sont bavardes !

– Une demi-douzaine de femmes autour d'une tasse de café, j'imagine très bien ! dit Horowitz. Nous trouverons le moyen d'éviter ces ragots-là. En attendant, si j'ai un billet de trop pour une exposition, une conférence ou je ne sais quoi, j'espère que cela ne vous ennuiera pas que je vous passe un coup de fil.

– Non... Non, cela ne m'ennuiera pas, fit Molly.

– Bien ! Alors promettez-moi encore une chose. Tous les soirs, avant de vous endormir, exercez-vous.

– M'exercer ?

– Mon nom !

– Votre nom ? demanda Molly.

– Sam. Répétez-le encore et encore. Jusqu'à ce que ce soit facile, que vous le prononciez avec naturel. Vous me le promettez ?

– Je... Je crois que je vais commencer par « Samuel » pour voir ce que ça donne, répondit Molly.

– Bien. Surtout prenez votre temps. Désormais je ne me hâterai plus. Du moment que nous avançons, déclara Samuel Horowitz.

Et cette petite mise au point n'était guère prématurée, puisque le bateau accostait devant la jetée de la 42e Rue.

31

Pendant quelques semaines, Samuel Horowitz et Molly Mendelsohn respectèrent l'accord qu'ils avaient conclu.

Le mardi et le jeudi, Horowitz se rendait au coin de la 82e Rue et de West End Avenue. Il s'annonçait au portier qui prévenait Molly Mendelsohn du hall. Celle-ci descendait et tendait son plateau de *ruggaluch* recouvert de papier d'aluminium à Horowitz. Ils descendaient ensemble vers Amsterdam Avenue où ils prenaient le bus au tarif réservé aux personnes âgées.

Comme ils étaient entourés d'étrangers, leurs échanges de vue se limitaient à des sujets impersonnels, le temps, les nouvelles, quelques potins sans conséquence sur un bénévole.

Quand ils avaient assisté à une conférence, vu un film ou une pièce de théâtre la veille, ils en parlaient parfois. Mais jamais rien de personnel ou d'intime.

Fidèle à sa promesse, Samuel Horowitz ne la harcela pas pour obtenir une réponse à sa demande en mariage.

Le jeudi de la troisième semaine, il se produisit un événement qui fit l'objet de la conversation non seulement de Molly Mendelsohn et de Samuel Horowitz, mais de la plupart des citoyens de la ville de New York.

La veille, le journal télévisé de vingt-trois heures avait relaté une histoire épouvantable, illustrée par un reportage filmé. On venait de découvrir un enfant âgé de quelques heures dans le vide-ordures d'un immeuble d'un lotissement de l'Upper East Side. Il avait atterri dans le broyeur. Si le gardien n'avait pas eu une vue perçante, cette vie nouvelle et fragile aurait été broyée comme un vulgaire déchet.

Le bébé, une petite fille dont le cordon ombilical n'avait pas été coupé, avait été transporté d'urgence à l'hôpital où Molly et Samuel faisaient du bénévolat.

– Comment un être humain peut-il faire une chose pareille ? s'indigna Molly. Surtout une mère.

– Aujourd'hui, on se demande tous les jours comment des choses aussi terribles peuvent se produire. Mais elles se produisent, voilà tout ! répondit tristement Horowitz.

– J'espère que la petite vivra, dit Molly. Et qu'elle sera en bonne santé, ajouta-t-elle après un instant de silence. La santé, c'est très important pour l'adoption.

Incapable de trouver les mots pour qualifier un tel acte, Horowitz soupira.

– Qu'est-ce qui peut bien se passer dans la tête d'une femme... Qu'est-ce...

Mais il ne termina jamais sa phrase.

A présent, ils avaient une technique bien au point. Avant de pénétrer dans les locaux de l'hôpital, Horowitz rendait consciencieusement son plateau de *ruggaluch* à Molly. Pour éviter les ragots, elle entrait la première et prenait l'ascenseur jusqu'à l'étage des nurseries. Horowitz ne prenait pas le suivant, mais celui d'après.

Pendant le temps qu'il faudrait à Molly pour se décider, ils ne tenaient ni à éveiller les soupçons ni à susciter des pronostics. Ils ne voulaient pas non plus déchaîner les rumeurs, si jamais elle choisissait de décliner la proposition d'Horowitz.

Ainsi, pour le service des bénévoles, Molly Mendelsohn et Samuel Horowitz arrivaient chacun de leur côté. Pendant le service, ils étaient courtois l'un envers l'autre, mais réservés. Ils ne laissaient rien transparaître des rapports qu'ils entretenaient en dehors de l'établissement.

Cet après-midi-là, au lieu de découvrir son plateau et de disposer ses pâtisseries sur la table du coin-café, comme elle le faisait à l'accoutumée, Molly Mendelsohn se tenait devant le service des soins intensifs. Elle avait le visage collé à la vitre et fixait un groupe de médecins en blouse blanche et d'infirmières en uniforme agglutinés autour d'un incubateur. Ce groupe compact empêchait Molly de voir l'enfant, qui était étendu dans ce lieu clos.

Quand Catherine Flaherty sortit enfin, elle put la renseigner :

– C'est le bébé dont on a parlé hier aux informations. Celui que l'on a retrouvé dans un broyeur.

– Mon Dieu ! s'écria instinctivement Molly. Comment va-t-il ?

– On n'est pas encore assuré de le sauver, répondit Catherine Flaherty qui se dirigea vers son bureau.

Molly se pressa davantage contre la vitre pour tenter d'apercevoir la toute petite fille. Elle était encore dans cette position quand Horowitz sortit de l'ascenseur.

– Molly ? fit-il, surpris de la trouver là.

– C'est la petite, lui murmura-t-elle pour toute réponse.

– Le bébé du broyeur, dit Horowitz. Elle doit être bien mal en point pour justifier un tel attroupement.

Puis ils vaquèrent à leurs occupations, chacun prenant soin d'enfants affectés à des nurseries différentes. Quand leurs chemins se croisaient par hasard, quand ils allaient chercher des fournitures, des chemises propres, des biberons de lait maternisé, des couches ou des lotions, ils échangeaient un regard furtif. Molly esquissait parfois un sourire un brin espiègle, comme pour éveiller les soupçons. Horowitz répliquait par un léger coup d'œil comme pour lui dire : « Qu'ils l'apprennent donc ! Et alors ? J'en serai très fier. »

Le reste du temps, ils se consacraient à leurs activités habituelles, distribuaient les biberons, caressaient les enfants, les berçaient, leur murmuraient des mots tendres ou leur chantonnaient des berceuses à l'oreille. Ils les vêtaient de brassières douces et propres avant de les envelopper dans des couvertures et de les remettre dans leur berceau.

Molly se penchait toujours vers celui qu'elle allait laisser pour lui chuchoter un dernier mot, pour le rassurer, avant de passer à un autre lit et de prendre un autre petit être affamé.

Horowitz faisait preuve du même soin et de la même affectueuse attention. Quand il se promenait avec un bébé dans les bras, qu'il chantait de sa voix grave pour l'apaiser, il s'interrompait toujours pour lui dire à voix basse.

– Ne t'inquiète pas, petit, dehors il y a des gens très gentils qui n'attendent que toi. Tu auras une famille qui t'aimera. Tu peux me croire sur parole !

Sachant parfaitement que ses petits protégés ne le comprenaient pas, Horowitz tenait néanmoins à leur donner toute l'assurance que pouvait leur communiquer une voix pleine d'entrain, de promesse et d'encouragement.

Comme il tenait à être disponible pour accompagner Molly à l'arrêt du bus, Horowitz ne boudait plus le coin-café. Il en buvait donc une tasse, échangeait quelques points de vue, mais ne touchait pas aux *ruggaluch* de Molly de peur d'éveiller des soupçons.

Cet après-midi-là, au lieu d'aller l'y attendre,

Horowitz se rendit dans le service des soins intensifs pour jeter un coup d'œil à celle que toute l'équipe de pédiatrie appelait désormais le « bébé du broyeur ».

L'essaim de blouses blanches, qui obstruait la vue, avait disparu. Seule une infirmière était penchée sur la petite patiente. Horowitz, qui s'était vigoureusement lavé les mains et qui portait lui-même une blouse aseptisée, ne pensait pas mettre l'enfant en péril. Il se glissa dans la pièce pour la voir de plus près.

Souhaitant être aussi discret que possible, il s'avança en silence vers l'incubateur. Quand il fut à côté de l'infirmière, il baissa les yeux vers le minuscule corps qui avait la couleur un peu rouge des nouveau-nés. L'enfant était endormie, les paupières serrées, les sourcils froncés, les lèvres animées par un mouvement de succion. Pour contrôler l'évolution de son état, on lui avait fixé des capteurs. Une perfusion intraveineuse, posée sur son bras maigre comme un crayon, l'alimentait.

Quand l'infirmière s'aperçut de sa présence, il se sentit autorisé à exprimer un avis médical.

– Étant donné ce qui lui est arrivé, elle semble plutôt en bon état.

L'infirmière le gratifia d'un regard hautain, qui l'incita à se présenter avec une raideur toute militaire.

– Samuel Horowitz, service des bénévoles.

L'infirmière ne se donna même pas la peine de lui répondre.

– Cette petite est plutôt en bonne santé, n'est-ce pas ? insista-t-il.

– Étant donné tout ce qu'elle a subi ! répliqua l'infirmière. Mais elle restera en observation pendant quelques jours.

– Exactement ce que j'aurais moi-même suggéré, déclara Horowitz.

L'infirmière lui jeta un coup d'œil, hocha légèrement la tête pour manifester un mécontentement maîtrisé, puis glissa les mains à travers les ouvertures de l'incubateur pour s'assurer que tous les capteurs étaient bien en place.

– Madame, cela vous ennuierait-il... demanda Horowitz, un peu penaud. Puisque je me suis déjà lavé les mains, pourrais-je aussi les passer à l'intérieur de cet appareil ?

– Et pour quelle raison, si je puis me permettre ?

– Juste pour la toucher. Nous savons bien, nous autres bénévoles, que le contact humain produit des effets bénéfiques, qu'il donne à ces petits le sentiment qu'ils sont aimés.

– Je suis désolée, mais le règlement de l'hôpital... avança l'infirmière, impressionnée non pas tant par la portée médicale de l'argument d'Horowitz que par sa sollicitude.

– Bien sûr, fit-il, soumis. Il faut des règles dans les hôpitaux. Et les règles, il faut leur obéir. Mais je ne ferai aucun mal, si je restais un peu à la regarder ? Je vous promets que je ne toucherai à rien.

L'infirmière, qui était sur le point de refuser, remarqua son regard suppliant et lui donna son accord.

– Vous pouvez rester. Mais si un médecin ou une infirmière-chef passe, ne lui dites pas que je vous en ai donné la permission.

– Même sous la torture, je ne dirai rien, lui promit Horowitz.

L'infirmière s'éclipsa pour s'occuper des autres petits malades. Dans un service de soins intensifs où l'on comptait une douzaine d'enfants atteints de diverses affections plus ou moins graves, on ne chômait pas. Certains prématurés étaient maintenus en permanence sous assistance respiratoire. D'autres luttaient pour se débarrasser d'une accoutumance à la drogue que leur mère leur avait léguée.

Samuel Horowitz resta seul devant la couveuse où se reposait le bébé du broyeur.

« Pauvre petite, si petite qu'il y a à peine assez de place pour l'attirail qu'ils t'ont mis. Entre les capteurs et la perfusion, je ne vois plus que ton minuscule visage fripé. Tu as un peu de mal à respirer, n'est-ce pas ? L'important, c'est de continuer. Ne renonce pas ! Tu as pris un mauvais départ dans l'existence. Un mauvais départ ? C'es un euphémisme. Être jetée comme un sac à ordures. Et par sa propre mère !

« Du moins es-tu encore en vie. Tu as de la chance. Accroche-toi à elle. Continue à te battre, parce qu'il y a d'autres gens en ce monde qui s'inquiètent pour toi, qui veulent que tu vives et que tu grandisses en bonne santé. Comme tous les médecins et les infirmières qui sont ici. Te rends-tu compte de l'attention et des compétences qui sont réunies autour de ton berceau ? Des médecins, des spécialistes, tous présents dans un seul but, s'assurer de ta survie. Maintenant, à toi de jouer ! Si tu te donnes un peu de mal, je te promets que d'autres se soucieront de toi. Si tu te bats aujourd'hui, tu auras une vie longue et heureuse devant toi. Alors respire ! Respire ! »

– Tu vois, tu respires mieux déjà.

Horowitz s'aperçut avec embarras qu'il venait de dire ces mots à voix haute. Il jeta un regard circulaire pour voir si on avait pu l'entendre. Devant un autre incubateur, une infirmière qui remplaçait le flacon d'une perfusion regardait dans sa direction. Mieux valait s'en aller avant qu'on lui pose des questions gênantes.

– Il faut que je parte, murmura-t-il. Mais je veillerai sur toi. Je te le promets.

Puis Horowitz quitta aussi discrètement qu'il était arrivé l'unité des soins intensifs.

Selon leur habitude, Molly Mendelsohn et Samuel Horowitz sortirent de l'hôpital chacun de leur côté et se retrouvèrent au coin de la rue avant de se diriger vers l'arrêt du bus.

– Si je puis exprimer un avis professionnel, son état n'est pas alarmant, déclara-t-il d'un ton provocateur, qui se voulait apparemment détaché. Je ne dirais pas *bon*, mais *assez* bon.

Comme il s'y attendait, Molly Mendelsohn parut aussitôt intriguée.

– Qui ?

– La petite, dit Horowitz pour titiller sa curiosité.

– La petite Velez ou la petite Corry ? demanda Molly.

– Le bébé du broyeur ! s'écria Horowitz, triomphant.

– Le bébé du broyeur ? s'exclama Molly. Comment le savez-vous ? Que s'est-il passé ? Racontez !

Avec une immense fierté, Horowitz lui relata son aventure dans le service des soins intensifs et la relation intime qu'il avait nouée avec ce malheureux bébé qui avait fait couler tant d'encre.

– Vous avez osé pénétrer dans le service des soins intensifs ? fit Molly, mi-admirative, mi-inquiète.

– Après tout, je fais partie du système de santé, comme on dit. Je m'étais bien récuré les mains. Je portais ma blouse.

– Cela faisait des heures que vous vous étiez lavé les mains. Et vous avez tenu des dizaines d'enfants contre cette blouse. Si vous voulez mon avis, vous n'étiez plus du tout stérile, fit-elle remarquer.

– Je le reconnais, dit Horowitz. Mais il fallait que je le fasse, avoua-t-il. Les médecins, c'est très bien, les infirmières aussi. Tout l'attirail qu'ils leur collent sur la peau dans ce service aussi. Une perfusion, ça leur apporte de la nourriture et des médicaments. Et l'espoir ? Et le désir de vivre ? Nulle part je n'ai entendu dire qu'une perfusion vous donnait cela. Il faut autre chose. Le contact d'une autre personne. Des mots. Une voix. Il suffit d'une présence pour leur donner du courage, de l'espoir, la volonté de vivre. Qui a plus besoin de tout cela qu'une petite fille qui a failli mourir à peine née ? me suis-je dit. Personne ne la connaît et le seul être qui la connaisse n'en veut pas. Alors je l'ai veillée un peu. J'ai pensé, prononcé quelques mots. Quel mal y a-t-il à cela ?

A ce moment-là, le bus arriva. Ils montèrent et, comme il était bondé, la discussion fut close.

– Et si Mme Flaherty l'apprend ? dit Molly Mendelsohn, tandis qu'ils quittaient Amsterdam Avenue et se dirigeaient vers West End.

– Et alors ?

– Rappelez-vous Cletus et la dernière fois que vous n'avez pas respecté le règlement, lui fit remarquer Molly. Elle vous a prévenu. Encore une incartade et vous serez renvoyé pour de bon.

– Eh bien on me congédiera. Il fallait que je le fasse, s'entêta Horowitz.

– Ce ne serait plus pareil, dit Molly.

– Qu'est-ce qui ne serait plus pareil ? s'enquit Horowitz.

Molly Mendelsohn ne lui répondit pas tout de suite.

– Avez-vous vu *My Fair Lady* ? fit-elle timidement.

– Bien sûr. Hannah et moi, nous y avions emmené les enfants. Formidable ! Qu'est-ce que cela a à voir avec le règlement ?

– Dans cette comédie musicale, Rex Harrison interprétait un air. « Je me suis habitué à son visage. »

– Oui. Et alors ? demanda Horowitz qui commençait à perdre patience.

– Eh bien...

Molly se risqua à lui expliquer où elle voulait en venir.

– Je me suis habituée à nos trajets entre l'arrêt du bus et la maison. Ils... Ils risqueraient de me manquer. Beaucoup si...

Samuel Horowitz s'arrêta net. Il abaissa le regard et fixa Molly.

« Mon Dieu, elle rougit, songea Horowitz. Elle rougit. Comme Hannah quand nous sortions ensemble. »

Au lieu de proférer des paroles qui auraient peut-être été mal interprétées, Samuel Horowitz se remit à marcher.

– Croyez-moi, dit-il un peu plus tard. Si j'avais pensé que cela pouvait changer quoi que ce soit entre nous, je ne l'aurais pas fait. Non, il faut que je sois honnête, je l'aurais fait quand même. J'espère que Mme Flaherty ne le saura jamais.

Ils arrivèrent à la porte de Molly. Il pensa l'avoir offensée, car elle n'avait pas dit un mot depuis son dernier aveu.

– A mardi ? fit-il, cherchant un signe. Comme d'habitude ?

– A mardi, lui confirma-t-elle.

– Et si une occasion se présente avant mardi ? Il y a une conférence à la Société de culture éthique ce week-end, proposa-t-il d'un ton hésitant.

– Appelez-moi.

Horowitz acquiesça, mais considéra cette réponse comme une fin de non-recevoir. Mais lorsqu'il se retourna, il entendit sa voix.

– Samuel... Sam... Vous avez fait quelque chose de très délicat. Un si petit être... Commencer sa vie comme ça... Tout ce que l'on peut lui apporter, même des paroles qu'il n'entend pas... Nous devons croire que ce n'est pas inutile...

Elle aurait aimé en dire davantage, mais ne trouva pas les mots. Ils savaient tous deux ce qu'elle avait voulu lui faire comprendre. Alors elle disparut.

« D'abord elle m'a appelé Samuel... puis Sam, se remémora Horowitz durant le long et tortueux trajet qui le ramena vers Central Park West et la 84e Rue. Au moins elle s'entraîne. C'est bon signe. Très bon signe. »

Au même instant, Molly Mendelsohn était en train d'ôter sa robe pour enfiler une tenue d'intérieur confortable. Elle s'immobilisa soudain.

« Tout homme aurait éprouvé de la pitié pour ce pauvre bébé abandonné, songea-t-elle. Mais quel autre aurait été jusqu'à agir ? Il est impulsif. Sa brusque demande en mariage m'a effrayée. Mais son impulsivité à l'égard de ce tout-petit, ce genre d'impulsivité, cela me plaît. »

Au bout de trois jours, le bébé du broyeur passa de l'unité de soins intensifs à la nursery. La feuille accrochée au pied de son lit la désignait sous le nom de Baby Jane. C'était l'une des infirmières qui avait eu cette idée.

– Vous vous souvenez de ce film avec Bette Davis ? *Qu'est-il arrivé à Baby Jane* ? Eh bien, ne sommes-nous pas tous dans la même situation, en train de nous demander ce qui est arrivé à ce bout de chou pour qu'elle atterrisse ici ?

C'était ainsi que l'enfant avait été baptisée.

Le premier jour, ce fut à Molly Mendelsohn qu'incomba la tâche d'en prendre soin. Dans l'après-midi, tous les bénévoles défilèrent les uns après les autres pour contempler, observer et câliner la petite fille. Horowitz lutta contre ses impulsions, mais, avant la fin du service de Molly, il n'y tint plus. Celle-ci était assise dans un fauteuil et berçait l'enfant dans ses bras tout en lui introduisant la tétine dans la bouche.

Penché au-dessus d'elles, Horowitz observa avec attention, d'abord sous un angle, puis sous un autre, le petit visage enfoui dans les plis de la couverture blanche.

– Joli bébé, fit-il d'un ton de connaisseur.

– Très joli, répondit Molly qui se préoccupait beaucoup plus de son appétit, de sa voracité.

Horowitz s'avança un peu pour voir l'enfant plus clairement, car elle s'était retournée en lâchant la tétine. C'était sa faute, il s'en excusa.

– Désolé, je suis peut-être gênant. Je vais vous laisser toutes les deux à votre affaire.

– Et puis, souligna Molly, on pourrait remarquer que vous passez trop de temps en ma compagnie.

– Vous avez raison, dit-il aussitôt en se dirigeant vers la porte.

– Ils le sauront bien assez tôt.

Horowitz se retourna lentement et baissa les yeux vers elle. Molly les leva vers lui. Leurs regards se croisèrent.

– Molly ? fit-il, s'enhardissant.

– Pas un mot à quiconque. Les enfants doivent être mis au courant d'abord, murmura-t-elle.

– Les enfants... Bien sûr, répondit Horowitz d'une voix neutre en s'efforçant de contenir sa joie. J'appellerai Mona dès demain matin.

– Très bien. Elle doit être la première à l'apprendre. Après tout, c'est la fille d'Hannah.

« Pauvre Molly ! Elle ne connaît pas Mona. Elle n'a même pas idée de ce qu'est une femme comme Mona. Alors évidemment elle pense qu'elle doit être la première informée. D'autre part, quelle autre possibilité avons-nous ? Nous enfuir ? Comme Roméo et Juliette ? Cette histoire ne s'est pas bien terminée. Naturellement il faut en parler à Mona, aux enfants.

« Et ensuite ?

« Nous avons survécu à des ouragans, à des blizzards, à la guerre de 67 en Israël, à l'opération Tempête du Désert, nous en réchapperons encore une fois. »

Mais dans l'esprit de Samuel Horowitz tout cela était bien peu en comparaison de la nécessité de prévenir les enfants en général, et Mona en particulier.

Cet après-midi-là, à la fin de sa tournée des nurseries, ce fut à Samuel Horowitz de s'occuper de Baby Jane et de lui donner le bibcron. Il prêtait la plus grande attention à tous lcs enfants, mais il se donna encore plus de mal avec elle. Il la câlina plus fort, vérifia qu'elle avait bu son biberon jusqu'à la dernière goutte, ce qui n'était guère aisé car, contrairement aux autres, elle aimait mieux dormir que manger.

Il la promena plus longtemps, faisant les cent pas dans la petite nursery. Quand il se mit à chanter, il trouva sa voix si belle qu'il se voyait déjà remplaçant le chanteur de la synagogue les jours de fête. S'il avait dû apprécier sa prestation, il se serait décerné la mention très bien.

Non seulement cette petite méritait une attention particulière, mais il considérait qu'elle avait servi de catalyseur, en quelque sorte, à la décision de Molly.

Il l'avait nettoyée avec des compresses et s'apprêtait à lui mettre une couche. Mais il prit sa main dans la sienne et contempla ses petits doigts aux formes parfaites. Il examina ses jambes et ses orteils roses, tout aussi bien dessinés.

« Quel miracle en miniature ! pensa-t-il. Quelle petite chose précieuse ! Et pourtant une femme, peu importe qui elle est, l'a jetée au rebut. »

Il lui enduisit les fesses et l'entrejambe de lotion apaisante. Puis il la langea et lui mit une brassière propre et sèche.

« Dieu garde peut-être tout spécialement un œil sur elle, se dit-il en retournant vers le berceau. Comme il ne voulait pas que son miracle soit détruit, il a attiré l'attention de ce gardien avant qu'elle ne soit engloutie dans le broyeur.

« Est-elle pâle ou bien est-ce mon imagination ? songea Horowitz avec anxiété, penché sur son lit. Il y a deux jours, elle semblait avoir meilleure mine. Non, s'il y avait le moindre problème, une infirmière l'aurait remarqué. »

En se dirigeant vers l'arrêt du bus, Samuel Horowitz et Molly Mendelsohn échangeaient idées, projets et suggestions pour leur mariage.

– Ne le dites encore à personne, lui demanda Molly avec fermeté.

– Tant que nos enfants ne se seront pas rencontrés et qu'ils ne nous auront pas donné leur approbation, personne d'autre ne le saura, acquiesça Horowitz.

Et à l'hôpital ? A l'hôpital, ils ne changeraient rien à leurs habitudes. Ils seraient polis, mais distants.

Molly en fut immédiatement d'accord. Pourquoi risquer de mettre en péril le travail qui les avait rapprochés ? Surtout maintenant qu'il y avait Baby Jane. On n'avait toujours pas retrouvé sa mère. Elle resterait donc à la nursery plus longtemps que les autres.

Et pour la cérémonie du mariage, quelle synagogue, quel rabbin allait-on choisir ? Celui de Molly ou celui de Samuel ? Et quand ? Quel jour ? A quelle heure ?

Il y avait tant à prévoir, tant à faire.

Mais d'abord, les enfants. Et entre tous, Mona.

32

Samuel Horowitz était assis à sa place habituelle, dans le fauteuil confortable installé près de la fenêtre qui donnait sur Central Park, et faisait semblant de lire le journal du matin, désagréablement distrait par Bernadine, qui passait l'aspirateur dans le salon. Ce n'était pas le bruit qui le gênait, mais sa présence.

« Quelle barbe ! Pourquoi faut-il toujours que cette femme passe l'aspirateur quand il est onze heures du matin ici et huit heures à San Diego ? Et si c'est absolument nécessaire, pourquoi vient-elle justement dans le salon où elle peut entendre tout ce que je dis ? Pourquoi pas dans la chambre ? Ou dans la salle à manger ? En ce moment, je n'ai vraiment pas besoin d'une autre crise de marmonnements, en plus de l'ouragan que je vais déclencher chez Mona. Surtout que cette Bernadine qui fourre son nez partout savait ce qui allait se produire avant moi. »

– Pour l'amour de Dieu, Bernadine, si cet aspirateur est détraqué, faites-le réparer !

– Cet appareil n'est pas du tout détraqué, répliqua Bernadine.

Elle continua de le tirer et de le pousser avec ardeur sur l'épaisse moquette.

– Fait-il toujours autant de bruit ? demanda Horowitz.

– Il n'a jamais été du genre silencieux.

– Alors allez au moins le passer ailleurs, suggéra Horowitz en espérant qu'elle obtempérerait.

Mais s'il en avait été ainsi, Bernadine n'aurait pas été Bernadine.

Horowitz continua donc de partager son attention entre les pages de son journal et sa montre. Huit heures et quart. Avec son emploi du temps surchargé, Mona était peut-être déjà en route pour l'une de ses réunions. A son grand soulagement, Bernadine débrancha l'appareil, enroula le fil et fit rouler l'aspirateur vers la salle à manger.

« Dieu merci ! Enfin ! » pensa Horowitz en tendant la main vers le téléphone pour composer le numéro vert du bureau du mari de Mona. C'était Mona qui s'était arrangée pour qu'il en dispose. Quand Horowitz appelait le numéro professionnel d'Albert, l'appel était transféré sur leur ligne privée, sans frais.

Il attendit la réponse de l'opératrice et demanda Mme Fields.

– Oh ! Bonjour, monsieur Horowitz. Comment allez-vous ce matin ? lui demanda l'opératrice avec entrain.

« Hélas Bernadine me souffle presque dans le cou. L'opératrice va s'en apercevoir. On devrait sans doute passer cet appel sur le satellite pour que le monde entier soit au courant ! Samuel Horowitz va épouser Molly Mendelsohn. Qu'est-ce qu'on envoie après ? Le journal de CBS ? »

Tandis qu'Horowitz tenait l'appareil dans la main droite (qui avait retrouvé toute son agilité grâce à l'excellence des soins dispensés par Mme Washington), il cherchait encore les mots les mieux adaptés à la circonstance. Depuis qu'il avait quitté Molly la veille au soir, il répétait. Or, au moment crucial, aucun de ces mots ne semblait convenir.

– Mona, ma chérie, ton père a une nouvelle à t'annoncer, une bonne nouvelle...

Il avait écarté cette entrée en matière à une heure du matin.

– Mona, ma chérie, il est arrivé quelque chose à ton père...

« Non, elle va croire que j'ai encore été agressé. »

– Mona, tu ne devineras jamais ce qui m'arrive...

« Non, avec la chance que j'ai, Mona va deviner et pendant une heure et demie je vais lui tenir le crachoir et je ne pourrai pas en placer une. »

« Et si je lui annonçais :

– Mona, il s'est produit une chose extraordinaire dans la vie de ton père...

« Non, elle va tout de suite se méfier. Que peut-il se produire d'extraordinaire dans l'existence d'un septuagénaire ? Elle va se dire qu'il s'est produit une catastrophe et que j'essaie de la lui cacher. Que j'ai été renversé par une voiture, mais que j'ai survécu à l'accident. Que j'ai fait une crise cardiaque, même si je respire encore.

« Le mieux serait peut-être de lui dire d'une voix douce et calme :

– Mona, après avoir vécu seul pendant quelques années, ton père a décidé de se remarier.

« La vérité. Simple et concise. Tout de go.

« Bien sûr, Dieu seul sait ce qui s'ensuivra. Ce sera peut-être comme le Déluge, quarante jours et quarante nuits non pas de pluie, mais de pleurs. Ou pire, un déluge de paroles. Mona est très douée pour les mots. Douée ? Elle n'est que mots. Et elle n'hésite pas à s'en servir. »

Ses tergiversations furent bientôt interrompues par la voix de sa fille à l'autre bout de la ligne.

– Papa ! Cette fois, c'est toi qui m'appelles. Quelle merveilleuse surprise !

« Pour une surprise, pensa Horowitz, ça va être une surprise ! Mais merveilleuse ? C'est une autre paire de manches, comme on dit. »

– Oui, Mona, ma chérie, une merveilleuse surprise. J'ai une merveilleuse nouvelle à t'annoncer.

– J'en étais sûre ! J'en étais sûre ! s'écria une Mona débordante de joie.

« Sûre ? Comment pouvait-elle en être sûre ? se demanda Horowitz. Ah ! Bernadine ! Bernadine s'en doutait bien avant moi. Elle doit l'avoir appelée. »

– Alors tu es enfin revenu à la maison ? l'entendit-il dire avant que ses soupçons se fussent transformés en accusation.

« Cela signifierait-il que Mona ne trouve rien à redire à mon mariage ? Est-ce ma petite fille qui parle ainsi ? Un miracle ! »

Mais tous ses espoirs s'évanouirent.

– Je savais que ce n'était qu'une question de temps, que tu finirais par entendre raison. Tu as enfin compris que le mieux pour toi était de venir t'installer ici, à San Diego.

– Mona, ma chérie, qui parle de déménager...

Parmi ses nombreux talents, Mona ne possédait pas celui d'écouter. Elle balaya d'un revers de main la tentative d'Horowitz pour la détromper.

– Papa, ne te fais pas de souci pour le transport des meubles de maman. D'abord, ça n'irait pas dans le cadre d'une maison de la côte Ouest. Trop lourds. Trop... Comment dire ? « citadins ». Et ne t'inquiète pas non plus de la manière dont nous nous en débarrasserons là-bas. Je trouverai un revendeur d'objets d'occasion... bien que nous ne puissions pas espérer en obtenir le prix que nous en aurions tiré si tu étais venu quand je te l'ai proposé. Cependant...

« Ma Mona ! Ses apartés sont plus longs que les discours des autres. Mais tôt ou tard, il faudra bien qu'elle s'arrête pour reprendre haleine. »

– Mona, tais-toi ! Écoute ton père !

Son ton de commandement lui coupa le sifflet et le souffle.

– Papa ? Qu'est-ce qui ne va pas ?

– Ce n'est pas parce que ton père ose dire deux mots qu'il y a un problème, lui fit-il remarquer. Je t'ai appelée parce que j'ai quelque chose d'important à te dire.

– Oui, je sais. Tu as décidé de venir t'installer...

– Je n'ai rien décidé de tel. *Ma chère Mona, ton père a décidé de se marier.*

Il y eut un instant de silence à l'autre bout de la ligne. Puis vint le flot de paroles auquel il s'attendait. Et une réaction à laquelle il ne s'attendait pas.

– J'en étais sûre ! Ça fait longtemps que je m'en doutais ! C'est cette Mme Washington ! Depuis que cette femme est entrée dans ton existence, tu es devenu son esclave. Alors maintenant elle a décidé de tout avoir. Si elle t'épouse, c'est pour un raison évidente ! Ton argent !

– Mona, Mona, je t'en prie, ne lance pas d'accusations à tort et à travers.

– Ah ! J'accuse à tort et à travers ! Ose me dire qu'il ne t'est jamais venu à l'esprit d'épouser Mme Washington !

– A moi oui, mais pas à *elle* ! rétorqua-t-il pour la provoquer.

– Mais maintenant qu'elle a une petite idée de ta fortune personnelle, elle s'est fait une douce et magnanime violence, fit Mona d'un ton sarcastique.

– Mona, veux-tu cesser de lancer des accusations honteuses contre cette excellente femme ! Écoute plutôt ce que ton père a à te dire. Oui, j'ai décidé de me marier. Non, l'heureuse élue n'est pas Mme Washington. C'est une femme qui se nomme Mme Mendelsohn.

– Mendelsohn ? répéta Mona avec la méfiance et le dédain d'un détective enquêtant sur un meurtre.

– Si son nom ne te plaît pas, ne t'inquiète pas pour ça. Ce sera bientôt Horowitz, répliqua-t-il.

– Qui est-ce ? D'où sort-elle ? Est-elle veuve ? Ou divorcée ? Sinon, pourquoi ne s'est-elle pas mariée avant ? Oh ! Attends une minute ! Je commence à saisir. C'est une jeune femme qui cherche un vieil imbécile à épouser. Comme ça, dans quelques années, elle fera une riche veuve. Oh, papa ! Comment as-tu pu tomber dans un piège aussi grossier ? Mon propre père, mon propre...

Les larmes succédèrent aux mots.

– Ma chère Mona, elle n'a plus vingt ans. Elle est veuve et n'a que trois ans de moins que moi. C'est une petite femme très bien, soignée, réservée. Elle me rappelle ta mère à bien des égards.

Le simple mot de « mère » déclencha un nouveau torrent de larmes.

– Mona, c'est parce que je sais à quel point tu es sensible à tout ce qui touche ta mère que je t'ai appelée avant tout le monde, Marvin y compris. Ce que j'aimerais, c'est que tu viennes à New York. Pour faire sa connaissance. Je suis certain qu'elle te plaira.

– Et si elle ne me plaît pas ? demanda Mona.

« Cela ne m'étonnerait pas », aurait instinctivement répondu Horowitz.

– Ne juge pas, dit-il pour ne pas envenimer les choses. Accepte de la voir. Est-ce trop demander ?

– Eh bien, papa, si tu prends cela au sérieux, le moins que je puisse faire, c'est de venir pour te protéger de tes actes stupides et inconsidérés, déclara Mona. Ne fais rien jusqu'à mon arrivée ! Je ne serai pas là avant lundi.

Quand il raccrocha, Samuel Horowitz était conscient qu'il n'avait pas réussi à maîtriser la situation avec élégance. Poussé par un pressentiment, il composa de nouveau le numéro vert. Ce fut la même opératrice qui lui répondit. Il demanda une nouvelle fois Mme Fields et, comme il s'y attendait, on lui annonça que la ligne était occupée. Il reposa le combiné.

« Il ne me reste plus qu'à attendre, se dit-il. Quelques minutes, à la rigueur une demi-heure. Pas plus. »

S'il n'avait pas su comment s'occuper, ce problème eût été vite résolu. Un bruit familier émanait de la salle à manger, un ronronnement grave qui ne présageait rien de bon.

– Bernadine ! Venez ici !

Elle avança jusqu'à la frontière entre la salle à manger et le salon, puis s'arrêta dans le passage.

– Oui, monsieur Horowitz ? fit-elle en le défiant.

– Vous avez écouté ma conversation avec ma fille ?

– Non, monsieur. J'étais dans la salle à manger et votre voix a porté jusqu'ici. Vous savez, quand vous parlez à Mona, ce n'est jamais une discussion calme. Je n'écoutais donc pas. Mais je n'ai pas pu ne pas entendre.

– Alors ? dit-il, pensant l'attaquer bille en tête.

– Je n'ai rien dit, répliqua-t-elle à son défi. Je n'ai rien à dire. Je ne suis pas du tout surprise. Et si vous me convoquez pour me donner mon congé, ça ne m'étonnera pas non plus. Je suppose que la seule chose qu'il reste à régler, c'est quand et quel sera le montant de mon indemnité.

– Il n'y a pas de quand. Ne me parlez pas de congé. Compris ?

– Ça se passe toujours comme ça, dit Bernadine. Je vous aurai prévenu...

– Oui, oui, je sais, l'interrompit Horowitz. Quand le patron de votre amie s'est marié, il l'a fichue à la porte. Eh bien, cela ne vous arrivera pas. Je vous en donne ma parole.

– Mais oui ! Son patron lui avait aussi donné sa parole, rétorqua Bernadine. C'est toujours comme ça. Nouvelle femme, nouvelle bonne. Il n'y a pas d'exemple du contraire.

– Bernadine, arrêtez ! Et cessez de pleurer ! J'ai eu assez de larmes pour la journée, et il n'est pas encore midi.

Ce qui ne fit qu'accroître les sanglots de la domestique. Elle allait protester une dernière fois quand, grâce au ciel, le téléphone vint au secours d'Horowitz. Après avoir mûrement réfléchi, il décrocha et dit :

– Oui, Marvin ?

– Comment le sais-tu ? demanda Marvin Hammond.

– Élémentaire, mon cher Watson ! répliqua Samuel Horowitz. Je viens d'avoir ta chère sœur.

Elle t'a appelé aussitôt pour te dire : « Il faut que tu parles à papa. Dis-lui qu'il n'est qu'un vieillard branlant qui a perdu la boule. Dis-lui ce que tu voudras, mais dissuade-le ! » C'est bien ça ?

– Eh bien, papa, reconnut Marvin, un peu penaud, tu connais ta fille. Maintenant, raconte-moi.

En s'efforçant de dépassionner les choses, Samuel Horowitz exposa la situation à son fils.

– Marvin, nous nous sommes toujours dit la vérité. Je t'avouerai, en toute honnêteté, que dans ma vie il n'y a jamais eu d'autre femme que ta mère. Personne ne prendra sa place. Mais elle n'est plus là. J'ai l'occasion de refaire ma vie. Avec une femme tout à fait charmante, comme tu le verras.

– Je comprends, papa. Je ferai tout ce qui est en mon pouvoir pour convaincre Mona, mais ne m'en veux pas si je ne fais pas de miracles.

– Tu as cinq jours, mon fils. Fais ce que tu peux, répondit Horowitz avec une appréhension semblable à celle que Marvin venait d'exprimer.

– Juste une question, papa. Si Mona n'est pas d'accord, que feras-tu ?

– Ce que je ferai ? répéta tristement Horowitz. Nous verrons, nous verrons.

« Que ferai-je ? » se demanda-t-il longtemps après avoir raccroché le téléphone.

33

Un peu plus tard dans la journée, alors qu'ils se dirigeaient vers l'arrêt du bus d'Amsterdam Avenue, Samuel Horowitz annonça à Molly Mendelsohn que sa fille viendrait à New York et qu'elle souhaitait faire sa connaissance. Pour ne pas l'alarmer, il ne lui dévoila pas les détails de sa conversation avec Mona.

– Merveilleux ! s'écria Molly avec enthousiasme. J'ai hâte de la rencontrer !

« Ne soyez pas trop impatiente. Vous allez comprendre pourquoi les services de météorologie donnent des noms de femme aux cyclones ! » songea-t-il, mais il garda cette pensée pour lui.

– Ma chère Molly, il faut que vous sachiez que cette nouvelle lui a causé un choc.

– Ma Sybil n'a pas sauté de joie non plus, reconnut cette dernière. Quant à Lawrence, il a toujours eu les nerfs à vif. Mais quand ils vous connaîtront un peu, je suis certaine qu'ils prendront cela beaucoup mieux. Surtout Lawrence.

– Je l'espère, répondit Horowitz, non sans quelque crainte.

– J'ai une idée ! s'exclama soudain Molly. Le dimanche qui suivra l'arrivée de Mona, je les inviterai tous à dîner. Mona, Marvin, Sybil, Lawrence, vous et moi. Une belle famille ! A moins que vous ne pensiez que je doive aussi convier les conjoints ?

– Non, les enfants, ça suffit bien, dit Horowitz qui considérait le terme « suffire » comme un euphémisme en comparaison du cataclysme en perspective.

A ce moment-là, le 11 apparut à l'horizon.

Samuel Horowitz attendit avec impatience que vienne son tour de s'occuper de Baby Jane.

– Bien, bien, bien, lui roucoula-t-il à l'oreille, dès qu'il l'eut dans les bras. Je sens que tu es plus lourde que mardi. Pas beaucoup, mais un peu quand même. Je vais te faire grandir. Et cette fois, ne t'endors pas sur ton biberon. Nous allons nous asseoir et déjeuner copieusement. Ensuite nous bavarderons gentiment et, comme je me sens plutôt en voix aujourd'hui, je te donnerai peut-être un petit concert.

Il venait de glisser la tétine dans la bouche de Baby Jane et l'y maintenait en attendant qu'elle tète, quand une femme en tenue de ville et un homme qui portait un livret à l'aspect officiel pénétrèrent dans la nursery. La femme se dirigea aussitôt vers le berceau de l'enfant, qu'elle trouva vide. Elle regarda autour d'elle d'un air impatient.

– Si vous cherchez le bébé du broyeur, c'est elle, déclara Horowitz, prenant les devants.

La femme et son collègue s'approchèrent d'Horowitz et baissèrent les yeux vers l'enfant. Elle tendit la main pour écarter la couverture et l'examiner de plus près mais suspendit son geste à l'injonction cinglante d'Horowitz.

– Vous ne vous êtes pas lavé les mains ! Et où est votre blouse ? Vous n'appartenez même pas à cet établissement, tous les deux !

– Dites-lui ! ordonna l'homme à la femme.

– Monsieur, nous venons de l'Administration des ressources humaines. Cet enfant relève de notre responsabilité.

– Peut-être, enchaîna Horowitz, mais tant que vos mains ne seront pas impeccables, ne les posez pas sur elle !

La femme était sur le point de lui répondre vertement quand son compagnon l'arrêta.

– Il est bon de voir des volontaires protéger aussi bien les enfants, dit-il doucement.

– Monsieur ! s'écria Horowitz quand il se retourna pour quitter les lieux. Cette petite, que va-t-il advenir d'elle ?

– C'est pour cela que nous sommes ici. Pour voir l'enfant et consulter les médecins. Vous imaginez bien que ce n'est pas un cas banal. Puisqu'il n'y a pas de mère pour signer de décharge, nous avons les mains liées pour le moment.

– Supposez qu'on ne la retrouve jamais ? Que se passera-t-il ? demanda Horowitz.

– Cela dépend... se borna-t-il à répondre avant de disparaître avec sa collègue.

– Ne t'inquiète pas, murmura Samuel à l'enfant, une fois qu'ils eurent fermé la porte. Ça finira par s'arranger. Tout s'arrange toujours.

Il constata que la petite fille ne tétait plus et qu'elle s'était à nouveau assoupie.

Horowitz se leva en la serrant contre lui. Il marcha doucement pour ne pas la réveiller. Mais il était très inquiet du sort qui attendait la pauvre petite. Sa mère s'étant évaporée dans la nature, elle resterait plus longtemps dans ce service que les autres bébés. Mais même cela, non plus, ne pouvait durer éternellement. Et après ? Une famille nourricière ? Ou une institution ? Tant de bébés et de jeunes enfants étaient trimbalés de famille d'accueil en famille d'accueil, déracinés à chaque changement, avant d'être adoptés ou de finir dans un établissement de l'Assistance publique. Autrefois on appelait cela des orphelinats. On les avait rebaptisés. On leur donnait désormais des noms plus attrayants.

Rien que d'y penser, Horowitz la serra plus fort et, malheureusement, la réveilla. Son petit visage contracté dans le sommeil reprit lentement vie. Ses yeux s'ouvrirent, puis se refermèrent. Le mouvement de ses lèvres lui indiqua qu'il pouvait la nourrir. Horowitz prit un nouveau biberon de lait maternisé, s'assit dans le fauteuil et posa la tétine sur sa bouche. L'enfant la repoussa. Quand Horowitz tenta de l'introduire, elle la rejeta et se rendormit.

« Bizarre, se dit Horowitz. C'est la première fois que cette petite a faim et qu'elle refuse de manger. »

– Ma chère, quand vous vous êtes occupée de Jane, avez-vous remarqué quoi que ce soit? demanda Horowitz à Molly en rentrant de l'hôpital.

– Vous voulez dire qu'elle n'a pas pris de poids? hasarda Molly.

– Ah bon? J'ai cru qu'elle avait un peu grossi, répondit Horowitz, perplexe.

– Croyez-moi, je sais très bien évaluer le poids d'un bébé. Elle n'a rien pris, répéta Molly. Alors que vouliez-vous savoir exactement?

– C'est la première fois qu'elle refuse un biberon.

– Cela arrive parfois, le rassura Molly.

– Les autres, oui. Mais celle-ci ne l'avait jamais fait. Elle ne tète jamais longtemps, mais elle n'avait jamais repoussé son biberon. Je me demande bien pourquoi.

– Ne vous inquiétez pas, Sam. Quand elle aura faim, elle mangera.

– C'est peut-être parce que je n'ai pas chanté, fit Horowitz, qui cherchait à comprendre. Elle semble apprécier mes berceuses.

– C'est sûrement ça, dit-elle pour lui complaire.

Samuel Horowitz ne cessa pas pour autant de ruminer... jusqu'à ce que Molly lui demande :

– Vous avez eu des nouvelles de Mona?

– Pas depuis hier. C'est lundi le jour J, l'après-midi, répondit-il.

– Je suis certaine que vous exagérez.

– Je l'espère, dit Horowitz. Je l'espère.

Le lundi, en début de soirée, la sonnette retentit avec une telle détermination que Bernadine sortit en trombe de la cuisine au moment même où Horowitz s'échappait de la chambre.

Un coup de sonnette aussi puissant, ce ne pouvait être que Mona Fields.

Horowitz et Bernadine se dirigèrent de concert vers la porte d'entrée avec une hâte telle qu'ils faillirent se heurter. Par respect pour l'impatience d'un père, Bernadine s'effaça pour lui laisser ouvrir la porte.

Il s'était bien préparé pour la circonstance et l'accueillit par un « Mona chérie ! » des plus chaleureux.

– Papa !

Elle le serra dans ses bras et se mit à pleurer.

– Mona, Mona, s'il te plaît, pas de larmes. Nous avons tout lieu de nous réjouir, lui rappela-t-il.

Mona refoula ses larmes en reniflant et entra dans l'appartement. Ce faisant, elle tendit à Bernadine son sac de voyage et sa veste Chanel avec une telle affectation que Bernadine ne put s'empêcher de lui dire :

– Oui, mam'zelle Scarlett.

Mona pénétra dans le salon non sans avoir jeté un regard ébahi à la femme de ménage. Elle regarda autour d'elle et éclata de nouveau en pleurs.

– Le salon de maman ! s'exclama-t-elle.

Pendant qu'elle enfouissait son visage dans un mouchoir, Horowitz fit signe à Bernadine de les laisser seuls. Celle-ci s'en alla en traînant les pieds vers la cuisine, non sans regarder plusieurs fois derrière elle.

– Ma chère Mona. Je sais que cela t'a causé un choc d'apprendre que ton père avait l'intention de se remarier. Durant toute votre existence, quand vous pensiez à vos parents, à papa et à maman, vous les imaginiez ensemble à jamais. Malheureusement, la vie étant ce qu'elle est, il y en a souvent un des deux qui reste en rade. Et ce n'est pas drôle de vivre seul. On essaie de noyer sa solitude dans toutes sortes d'activités. On se cherche des choses à faire, des endroits où aller, des conférences, des concerts, des cours, tout ce qui vous permet de vous retrouver avec d'autres.

« Mais Mona, c'est se bercer d'illusions. Ce ne sont pas les autres qui vous manquent. C'est d'une autre personne dont vous avez besoin. Es-tu capable de le comprendre ?

Lentement, Mona parut retrouver ses esprits. Elle jeta un nouveau regard circulaire dans la pièce et soupira.

– Quand je pense qu'il y aura une autre femme dans la maison de ma mère ! J'ai choisi avec elle chacun des meubles qui se trouvent ici. Le tissu du sofa, il nous a fallu des jours et des jours pour le trouver. Pour finir par acheter une étoffe importée. Chez Brunschwig. Et c'est une autre qui va en profiter !

– Si tu préfères, je ferai recouvrir le sofa.

– Naturellement ! s'écria Mona qui s'effondra une fois de plus. Pour effacer toute trace de ma pauvre mère ! Il n'y aura bientôt plus que moi pour m'en souvenir !

– Enfin, Mona...

Samuel Horowitz se fit plus sévère.

– Je ne te permettrai pas de dire des choses pareilles. Je n'ai pas caché à Molly les sentiments que j'éprouve pour ta mère. Et elle comprend très bien. Après tout, elle a aussi eu un mari auquel elle entend rester fidèle.

– Molly... Tu l'appelles Molly. Ce n'est plus Mme Mendelsohn comme au téléphone ?

– Mona, ce n'est quand même pas un crime pour un homme que d'appeler par son prénom, la femme qu'il a l'intention d'épouser se défendit Horowitz.

– Bien sûr que non. Et je parie que tu l'appelles aussi « ma chère » ou « chérie », exactement comme ma mère.

– Mona, tu as une manière telle de prononcer « ma mère » qu'on a l'impression que c'était une étrangère pour moi. N'oublie pas qu'avant d'être ta mère, elle a été *ma* femme. Pendant trente-huit ans.

– On voit la fidélité que cela lui a valu ! lui rétorqua Mona d'un ton plein de reproche.

– Mona, je te prie de m'écouter. Dimanche nous sommes invités à dîner chez Molly... chez Mme Mendelsohn. Marvin et toi, Sybil et Lawrence.

– Et qui sont au juste Lawrence et Sybil ?

– Les enfants de Molly, lui expliqua Horowitz.

– Ah, je vois ! C'est une idée à elle, je suppose ? C'est *elle* qui te l'a proposé ?

– Pas « elle » ! Molly. Oui, c'est Molly qui me l'a suggéré, déclara Horowitz.

– Et je suis convaincue qu'elle t'a dit : « Nous formerons tous une grande famille heureuse. »

– Pas en ces termes, répliqua Horowitz. Mais elle espérait que cela nous aiderait à arrondir les angles.

– Eh bien, ne lui donne pas de faux espoirs, le prévint Mona. Je vois ça d'ici, cette femme et ses deux enfants sont déjà en train de se frotter les mains en attendant de se jeter sur la fortune de Samuel Horowitz. Il faudra d'abord me passer sur le corps !

– Mona, Mona, il n'a jamais été question d'argent, lui fit-il remarquer.

– Bien sûr que non. Ils seront doux comme des agneaux jusqu'au mariage. Ensuite elle te réclamera automatiquement la moitié de tout ce que tu possèdes. Si ce n'est plus !

– Mona, je ne crois pas qu'elle ait besoin de mon argent.

– Et ses enfants ? s'enquit Mona.

– Si j'ai bien compris, sa fille est mariée et très à l'aise. Quant à son fils, c'est un grand expert-comptable.

Mona sauta sur l'occasion.

– Un comptable ! Je le savais ! Je suis certaine qu'il a déjà examiné à fond ta situation financière chez Dun et Bradstreet [1], qu'il a fourré son nez dans toutes les banques de la ville, sans parler des agents de change. Un comptable !

Elle prononça ce mot avec le plus grand mépris.

– Allons, Mona, ce long voyage a dû te fatiguer. Après cinq heures d'avion et les embarras divers de l'aéroport Kennedy, tu as sans doute besoin de repos. A moins que tu ne veuilles dîner ? lui proposa Horowitz.

– Comment peut-on manger dans une circonstance pareille ? répliqua Mona avec un air de martyre.

– A dire vrai, j'ai personnellement envie d'un petit en-cas, avoua Horowitz.

– Puisque tu le désires, je vais envoyer mon chauffeur chez Pétrossian pour qu'il nous achète du caviar, dit Mona.

– Ton chauffeur ? Tu as un chauffeur qui t'attend en bas ? demanda Horowitz.

– Albert ne me laisse jamais dans un endroit aussi dangereux que New York sans s'assurer que je dispose d'une limousine et d'un chauffeur.

– Évidemment, fit Horowitz.

« Et Molly et moi, nous prenons le bus ensemble. Je pense, ainsi, la protéger contre d'éventuelles agressions. Nos “ enfants ” savent vivre ! »

– Allons-y pour Pétrossian !

– Pendant qu'il y est, je vais lui demander de nous rapporter du saumon écossais et du champagne, ajouta Mona.

« Ma fille sait très bien consoler les cœurs brisés », songea Horowitz.

1. Agence de renseignements commerciaux, chargée d'établir la situation économique et financière des entreprises et des divers agents économiques.

Une demi-heure plus tard, un chauffeur en livrée déposa chez Horowitz un paquet bien enveloppé de produits extrêmement coûteux, protégés par un pain de glace et tellement froids qu'on ne pouvait même pas les tenir dans les mains.

Ils mangèrent du caviar et du saumon fumé, et burent du champagne. Pendant le repas Mona parla peu. Elle ne cessa, un bref instant, de tartiner les ravissantes perles grises de son caviar que pour lui demander :

– Papa, as-tu bien réfléchi ? Vraiment réfléchi ?

– J'ai abondamment réfléchi, crois-moi, la rassura Horowitz.

Mona s'absorba de nouveau dans la dégustation de son caviar.

– Quand je regarde cette salle à manger et que je pense que bientôt une autre femme sera ici... observa-t-elle.

Elle ne termina pas sa phrase, mais finit son caviar sans en laisser un grain.

« Au moins elle ne pleure plus », se dit Horowitz pour se consoler. Mais cela ne dura pas longtemps. Quand elle eut fini son repas il lui proposa de prendre la chambre, juste pour la nuit et jusqu'à ce qu'elle puisse s'installer dans un hôtel. Quant à lui, il dormirait dans le bureau.

Elle s'avança vers la chambre et s'arrêta brusquement devant la porte.

– La chambre de maman ! s'exclama-t-elle.

Et ce fut de nouveau un torrent de larmes.

Il l'entendit sangloter, tandis qu'elle se déshabillait. Comme elle pleurait de plus en plus bruyamment, il se précipita dans la pièce et la trouva debout à une distance respectable du lit.

– Mona, ma chérie, que se passe-t-il ?

– Le lit de maman. Quand je pense que bientôt il y aura une autre femme dedans !

– Va dormir dans le bureau. Je resterai ici.

Il la guida vers le canapé qu'il avait transformé en lit.

Quand il eut refermé la porte du bureau, Horowitz retourna dans la cuisine. Il composa le numéro de Washington, attendit quelques instants et poussa un soupir de soulagement en entendant la voix attendue.

– Marvin ? Papa.

– Je sais, répondit Marvin. L'aigle s'est posé. Elle est là.

– Est-ce que tu penses pouvoir venir à New York avant dimanche ?

– J'aimerais bien, papa, mais je suis coincé au tribunal jusqu'à la fin de la semaine.

– Marvin, dis-moi une chose : que penses-tu de tout cela ?

– A vrai dire, papa, lui avoua Marvin, ça m'a fait un choc. Je n'aurais pas dû réagir ainsi, mais je n'y peux rien.

– Bien sûr, je comprends, dit Samuel Horowitz avant de raccrocher.

N'ayant pas obtenu la réponse qu'il espérait, il songea à appeler Molly pour lui suggérer d'annuler le dîner prévu pour le dimanche suivant.

« Non, décida-t-il finalement. Non ! Tôt ou tard, nous devrons les affronter. Autant que ce soit dimanche. Dieu merci, demain, c'est mardi. Molly et moi, nous allons à l'hôpital voir la petite Jane et les autres bébés. Là au moins nous n'avons aucun problème. Nous n'avons que la joie de nous occuper de tous ces bambins. »

34

Tandis qu'ils se rendaient ensemble à l'arrêt du bus, Molly remarqua que Samuel Horowitz était particulièrement silencieux. Visiblement absorbé par un problème grave, il esquivait toute discussion. D'ordinaire, Molly l'aurait laissé suivre le cours de ses pensées, comme elle le faisait quand Phil avait des problèmes professionnels dont il n'avait pas envie de parler, mais elle sentait si intimement qu'elle était la cause de ses ennuis qu'elle ne put s'empêcher de lui demander :

– Alors ? Comment cela s'est-il passé ?

– Passé ? fit Horowitz comme s'il n'avait pas entendu sa question.

– Mona, lui rappela Molly.

– Oh, Mona ! reprit-il comme si la mémoire lui revenait soudain.

– Pour être honnête, je pensais à la petite Jane. Je ne suis pas médecin, encore moins pédiatre, mais j'ai l'impression qu'il y a quelque chose qui ne tourne pas rond.

« Vous savez, ajouta-t-il devant sa mine sceptique, si l'on considère la place des Juifs dans l'histoire de la médecine, on constate que, *nous* les médecins des rois et des papes, nous avons été parmi les meilleurs pendant des millénaires. Il me semble que le seul fait d'être juifs nous autorise à avoir un avis sur les questions médicales.

– Ça ne peut quand même pas faire de mal d'avoir un diplôme de médecine, hasarda Molly. Et s'ils ne lui ont rien trouvé...

– Vous avez raison, chère Molly, je me fais trop de souci. Dans tous les domaines.

– Y compris Mona ? demanda Molly.

– Vous avez le même don qu'Hannah. Quand j'essaie de noyer le poisson, vous le voyez immédiatement. D'accord, je le confesse, je m'inquiète vraiment pour Jane et j'ai préféré parler d'elle que de Mona. Mais oui, je me soucie aussi de ma chère fille.

– Ne soyez pas inquiet, le rassura Molly. Je suis certaine que dimanche, tout se passera bien. Il suffira que nous fassions tous connaissance.

– Je l'espère, chère Molly, je l'espère.

Comme convenu, Molly Mendelsohn arriva la première à l'étage des nurseries. Samuel Horowitz la suivit de peu. Avant même de se laver les mains, il se rendit dans la salle où se trouvait la petite Jane. Il fut ravi de constater qu'elle était dans les bras et à la garde de son ami Homer Wesley. Horowitz gesticula derrière la vitre. *Est-ce qu'elle va bien ?* lui fit-il comprendre. Wesley acquiesça d'un signe de tête sans cesser de lui donner le biberon. *Attendez ! J'arrive !* lui indiqua-t-il avec force gestes. Puis il se dirigea vers le vestiaire.

Quand il se fut bien récuré, comme à son habitude, c'est-à-dire bien au-delà de ce qu'exigeaient les règles hospitalières, Horowitz glissa ses mains fraîchement aseptisées dans les manches à élastiques d'une blouse propre. Il pénétra dans la nursery au moment où Wesley changeait la grenouillère trempée du bébé.

– Alors, comment va-t-elle aujourd'hui ?

– Pas mal, dit Wesley.

Horowitz observa que son ami ne faisait nullement preuve de son enthousiasme habituel.

– Pas mal, c'est tout ? insista Horowitz.

– Elle n'a pas très faim, répondit Wesley, mais cela arrive. Pourquoi me demandez-vous cela ?

– J'ai l'impression qu'il y a quelque chose qui cloche, avoua Horowitz.

– Elle n'a pas de fièvre. Elle ne pleure pas. Elle dort bien, souligna Wesley. Qu'est-ce qui vous inquiète ?

– Simple pressentiment. C'est peut-être parce que je suis juif. Un Juif a toujours une raison de s'inquiéter. Quand il n'y en a pas, il s'en invente une, répliqua Horowitz.

– Si vous êtes tellement soucieux, je la surveillerai tout spécialement chaque fois que je viendrai, lui promit Wesley.

– Merci. Si vous remarquez quoi que ce soit, parlez-m'en.

– Bien entendu, dit Wesley. En attendant, que pensez-vous de vos nouveaux horaires ? C'est mieux l'après-midi que le matin ?

– Il y a des compensations, répondit Horowitz d'un air évasif.

– Je veux quand même que vous sachiez que vous me manquez. J'ai eu du mal à accepter la dislocation de la vieille équipe Horowitz-Wesley.

– Wesley, croyez-moi, vous n'y êtes pour rien. Je prenais beaucoup de plaisir à travailler avec vous. Mais il y a des raisons... Un de ces jours, tout sera clair.

– Horowitz, vous qui connaissez si bien les vaudevilles d'autrefois...

De toute évidence, c'était le prélude à une autre question.

– Et comment ! Le souvenir d'un sketch vous a échappé ? Serait-ce Howard, Will et Eugène ? A moins que ce ne soit la scène du beignet et du café de Red Skelton ?

– Ce n'est pas une scène, mais une chanson, précisa Wesley.

– Dites-moi, je parie que je m'en souviens, fanfaronna Horowitz, s'apprêtant à relever le défi.

– Les quatuors de coiffeurs chantaient cela. Ça donnait à peu près ça...

Wesley se mit à chanter.

– Dada, da da dada da, ma bonne vieille bande. Ça vous dit quelque chose ?

– La soupe au canard ! s'écria Horowitz.

Il entonna instantanément d'une voix haut perchée, qui laissait quelque peu à désirer :

– Les carillons du mariage ont brisé notre vieille bande...

Il s'arrêta net et leva les yeux vers le visage souriant de Wesley.

– Vous savez ? demanda Horowitz.

– Je m'en doutais, dit Wesley.

– C'est si évident que cela ? fit Horowitz. Est-ce que les autres sont au courant ?

– Je ne crois pas. Mais comme vous et moi, nous étions bons amis, je me suis dit qu'il fallait quelque chose comme ça pour séparer notre vieux duo de vaudeville.

– Gardez le secret pour l'instant. D'accord ?

– Bien sûr, lui promit Wesley. Puis-je demander qui ?

– Mme Mendelsohn.

– Ah ! Parfait ! Une femme charmante ! dit Wesley. Horowitz, je suis content pour vous.

Wesley tendit la main et Horowitz la serra avec vigueur.

Le jeudi après-midi, Samuel Horowitz reprit ses activités de bénévole, en surveillant sans cesse du coin de l'œil la nursery où dormait la petite Jane. Lorsque vint le moment de son biberon, il se glissa dans la pièce et s'occupa d'elle avant qu'un autre volontaire n'intervienne.

Il tenta de juger de son état en comparant mentalement son poids du jour avec celui du mardi précédent. Il consulta le tableau accroché au pied de son lit. D'après les chiffres que l'on y avait inscrits, elle grossissait, pas autant que les autres, mais elle grossissait. Pourtant une sorte de pressentiment le taraudait.

Il passa plus de temps avec elle que d'habitude, la promena davantage, chantonna plus longtemps, lui murmura des mots tendres plus près de l'oreille. Il essaya de la nourrir une seconde fois, mais elle s'endormit. Il insista jusqu'à ce que, entre ses nombreux assoupissements, elle eût fini son biberon.

Quand il l'eut changée et qu'il l'eut vêtue d'une brassière toute propre, il la déposa dans son berceau, la recouvrit d'une couverture légère et lui caressa la tête. Puis il alla voir Mlle Haworth, l'infirmière responsable du service de jour.

– Des nouvelles ? demanda-t-il.

Il posait cette même question tous les mardis et tous les jeudis depuis que Jane était arrivée à la nursery. Mlle Haworth savait ce que signifiaient ces mots.

– Pas le moindre signe de la mère, l'informa-t-elle.

– Des nouvelles des Ressources humaines ? poursuivit Horowitz.

– Non, répondit Mlle Haworth. Monsieur Horowitz, ajouta-t-elle, dois-je vous rappeler ce qui s'est produit quand vous vous êtes trop attaché à Cletus Simon ? Que cela ne se reproduise pas !

– Moi ? fit Horowitz, plus discutailleur que jamais. Trop m'attacher ? C'est *vous* qui devenez trop méfiante.

Puis il s'éloigna en marmonnant.

– Trop attaché... ridicule !

35

Molly Mendelsohn semblait avoir quatre mains et quatre paires d'yeux quand elle ouvrit la porte du four pour vérifier la cuisson de sa poitrine de veau farcie. Elle souleva le couvercle de la grande casserole dans laquelle mijotait la soupe aux pois, jeta un coup d'œil à celle où frémissaient gentiment les haricots verts et surveilla la galette de pommes de terre.

En même temps, elle faisait quelques suggestions à Sophie, la femme de ménage qui venait deux fois par semaine. En cette grande occasion, Sophie avait accepté de travailler un dimanche, de servir à table et de faire la vaisselle.

– Madame Mendelsohn, ils vont arriver avant que vous ayez eu le temps de dire ouf. Je vous en prie, allez prendre votre bain et habillez-vous.

– Oui, Sophie, bien sûr. Simplement, tout doit être parfait. Surtout pour la fille de M. Horowitz. D'après ce qu'on m'a dit... Peu importe ce qu'on m'a dit. Bref, tout doit être parfait !

– Ne vous inquiétez pas, ça le sera, lui assura Sophie.

C'était une grande femme aux traits slaves, dont les cheveux, jadis blonds, s'étaient striés de mèches grises. Elle inspirait suffisamment confiance pour que Molly lui laisse tenir les rênes du gouvernement domestique. Après une dernière inspection de la table, dressée pour six couverts et ornée de sa plus belle porcelaine et de son argenterie danoise, Molly alla prendre son bain.

Elle tenta de se détendre dans l'eau chaude et parfumée. Dans une heure ils seraient là. Tant de questions, tant de doutes! S'il n'y avait eu que Samuel et elle, à deux êtres englués dans leurs petites habitudes, il aurait été déjà bien assez difficile de s'adapter l'un à l'autre. Mais tenir compte de quatre autres personnes, chacune éprouvant des sentiments propres, c'était multiplier le problème non par quatre, mais par quarante.

« Qu'a donc dit Sybil quand je lui ai annoncé la nouvelle ? » Molly fit un effort pour se le rappeler. « Mère, es-tu sûre que tu as bien réfléchi ? Très solennel de sa part de m'appeler " mère ". Elle qui m'appelle toujours " maman " quand ce n'est pas " 'man ". Mais " mère " ? Et me traiter comme un enfant qui fait des bêtises ! " Mère, es-tu sûre d'y avoir bien réfléchi ? " »

« Sybil, ce n'était déjà pas mal, mais Lawrence ! Il n'y est pas allé par quatre chemins. " Maman, comment peux-tu ? Aller vivre avec un étranger ! Que dirait papa s'il était là ? " »

Elle avait bien essayé de le lui expliquer.

– Lawrence, si nous en sommes là, c'est d'abord parce que ton père n'est plus. D'autre part, M. Horowitz est sans doute un étranger pour toi, mais pas pour moi.

– Depuis combien de temps le connais-tu ? Quelques jours ? Quelques semaines ?

– Presque deux mois.

– Autant dire sept semaines, répliqua son fils. Je comprends tout. Je sais ce qu'il cherche.

Elle avait alors décelé en lui ce malaise psychologique qu'il éprouvait toujours dans les périodes de stress, lors des examens de fin d'année à l'université ou du grand oral, dernière épreuve du cursus qui devait en faire un expert-comptable. Pauvre

Lawrence ! Depuis ses premières années de lycée, ses intestins délicats étaient victimes de sa trop grande émotivité.

Quand Molly sortit de la baignoire, elle était encore plus tendue que lorsqu'elle y était entrée. Une chose la réconforta, tandis qu'elle se séchait avec la grande serviette rouge assortie à sa salle de bains rouge et blanche. Elle se planta, nue, devant la glace et observa son corps. Bien sûr, il n'avait plus sa fermeté d'antan. Mais, pour une femme de soixante-huit ans, c'était plutôt bien. L'exercice physique et une vie active avaient porté leurs fruits. Tant qu'elle se sentirait bien dans sa peau et avec Samuel, elle saurait tenir tête à ses enfants et aux siens.

Molly était en train de mettre ses petites boucles d'oreilles en or quand elle entendit la sonnette. Aussitôt ses mains se mirent à trembler.

– Sophie, s'il vous plaît ! cria-t-elle en manquant de laisser tomber l'une des boucles.

Elle fut grandement soulagée d'entendre la voix enjouée de Samuel Horowitz.

– Ah, Sophie ! s'exclama-t-il. Je suis ravi de vous voir.

Molly Mendelsohn sortit de sa chambre pour lui souhaiter la bienvenue.

– Samuel, je suis bien contente que vous soyez le premier. J'étais inquiète...

Avant qu'elle ait terminé sa phrase, il lui prit les mains en un geste qui commandait le silence.

– Tout d'abord, ma chère, laissez-moi vous regarder. Vous regarder ? Que dis-je ? Vous admirer ! Tournez, s'il vous plaît. Lentement.

Elle tourna sur elle-même avec un sourire timide.

– Chère Molly, si vous présentiez les collections ainsi autrefois, il n'est pas étonnant que Phil soit tombé amoureux de vous.

– Est-ce que je vais leur plaire ? demanda-t-elle.

– Vous allez leur plaire et moi, je vais vous aimer, dit Samuel Horowitz.

Il lui prit la main et l'attira près de lui, puis il pressa sa joue contre la sienne.

– Molly, Molly, je sais que nous sommes tous les deux très nerveux aujourd'hui. Mais si la nervosité vous rend aussi belle, alors restez comme ça, je vous en supplie.

Ils riaient quand la sonnette vint interrompre leur conversation. Molly le regarda et haussa les épaules comme pour dire : « Autant y aller. » Elle se dirigea vers la porte, qu'elle ouvrit toute grande.

– Mère ?

Tel fut l'accueil critique que lui réserva Sybil. Ce n'était ni un salut ni une question, mais un commentaire qui semblait exiger une explication ou une excuse. Au même instant, Lawrence se pencha pour embrasser Molly. Son corps contracté lui indiqua qu'il était en pleine crise de spasmophilie intestinale.

Samuel Horowitz rajusta son blazer bleu marine, remit sa cravate Hermès en place et aplatit le col de la fameuse chemise Charvet, qui lui avait coûté cent soixante-quinze dollars. Il tenait beaucoup à faire bonne impression.

– Les enfants, voici Samuel Horowitz. Samuel, voici Sybil et Lawrence, annonça Molly.

– Comment allez-vous ? répondit Sybil en jetant à Horowitz un regard désapprobateur, qui lui rappela celui de Charles Laughton en capitaine Bligh, dans *Les Révoltés du Bounty*.

– Et vous-même ? s'enquit Horowitz.

Lawrence Mendelsohn lui tendit la main. Horowitz la saisit et la serra de bon cœur. « Comme cette main est contractée ! songea-t-il à cet instant. Molly m'avait prévenu. Il a de drôles de réactions dans ce genre de circonstances. Enfin, ma main n'est pas non plus parfaitement décontractée. »

– Eh bien, dit Molly avec tout l'entrain dont elle fut capable, passons à la salle à manger et faisons connaissance.

Le groupe avait tourné les talons quand la sonnette retentit à nouveau.

– Ma fille Mona, expliqua Samuel Horowitz en entendant ce bruit fort et insistant.

Il avait naturellement raison. Heureusement, Marvin l'accompagnait.

– Papa ! s'écria Mona, qui le prit dans ses bras tout en lançant un regard critique à Molly pardessus son épaule.

Samuel Horowitz se dégagea de l'étreinte de sa fille pour faire les présentations :

– Mona, Marvin, voici Sybil et Lawrence. Et puis mes enfants, voilà Molly !

Molly Mendelsohn tendit la main à Mona pour l'attirer contre elle et l'embrasser sur la joue, mais le geste de recul de celle-ci et sa brusque poignée de main la dissuadèrent de se laisser aller à quelque familiarité que ce fût. Marvin salua Molly d'un signe de tête poli, mais on ne peut plus réservé.

– Pourquoi ne pas... bredouilla Molly, décontenancée par la fraîcheur de cet accueil. Pourquoi... Passons dans la salle à manger et nous apprendrons à mieux nous connaître.

– C'est ça, allons-y ! fit Mona, qui n'en pensait pas moins.

Quand ils eurent pénétré dans la salle à manger, ils restèrent tous debout, raides et coincés.

– Je vous en prie, asseyez-vous. Mettez-vous à l'aise, leur dit Molly en bonne maîtresse de maison.

– Quelqu'un désire-t-il boire quelque chose ? demanda Samuel. Lawrence ? Sybil ? Puis-je vous offrir quelque chose ? Marvin ? Un whisky-soda ? Mona ? Une vodka frappée ? Molly a acheté de l'*Absolut* rien que pour toi.

– De l'*Absolut*, comme c'est gentil ! répondit Mona d'une voix aussi glaciale que la vodka qu'on lui promettait. Eh bien, papa, il semble que tu connaisses bien la maison.

Il hésita un instant à lui voler dans les plumes, mais il se retint, sourit et se dirigea vers la table roulante que Molly avait provisoirement aménagée en bar.

– Sybil ? Lawrence ? proposa-t-il à nouveau, tout en préparant les verres de Mona et de Marvin.

– Non, merci, répondirent-ils en chœur.

Les verres servis, Horowitz resta planté au beau milieu de la pièce.

– Eh bien ? dit-il d'un ton chaleureux, espérant animer un peu la conversation.

Personne ne répondit.

– Vous savez ce qu'il y a de plus drôle... dit enfin Molly, qui se tourna vers Mona et Marvin. La première fois que nous nous sommes vus, votre père et moi, nous ne nous sommes pas du tout bien entendus. En fait, nous nous sommes même disputés sur la manière dont on devait s'occuper des bébés. Vous a-t-il dit où nous nous étions rencontrés ? En faisant du bénévolat ?

– Cela m'a toujours déplu que papa aille dans cet hôpital, déclara Mona d'une voix crispée.

– C'est dans cet hôpital que l'on a le plus besoin de volontaires, reprit Molly, qui n'avait été que brièvement interrompue. De toute façon, c'est là que nous nous sommes rencontrés.

– Très intéressant, dit Mona laconiquement.

La conversation ayant fâcheusement tendance à retomber, Horowitz se dit qu'il était temps de prendre les choses en main.

– En fait, c'était *elle* qui avait raison et moi qui avais tort. Mais vous connaissez votre père ! Je n'abandonne pas la partie aussi facilement que ça. Il a fallu qu'un autre homme, un charmant monsieur nommé Homer Wesley, vienne m'enseigner les ficelles du métier. Détail amusant, je n'ai pas le droit de l'appeler Homer. Encore moins M. Wesley. Il tient absolument à ce que nous nous appelions simplement Wesley et Horowitz. Comme un duo de vaudeville. Ou comme deux associés d'un cabinet d'avocats. Pas mal comme nom de société. Wesley et Horowitz, n'est-ce pas, Marvin ?

Il espérait susciter une réponse de la part de son fils, peut-être même un sourire. Ce fut un échec total.

– Eh bien, poursuivit Horowitz, j'imagine que vous avez tous envie de savoir comment nous sommes devenus plus intimes. C'est arrivé d'une manière très étrange. Appelons cela la main de Dieu.

– Un mariage conçu par la volonté divine, sans aucun doute, intervint Mona.

– Mona, ma chérie ! fit Horowitz sur un ton de reproche. Mme Robbins, l'une de nos bénévoles, a été agressée près de l'hôpital. Je m'inquiétais donc pour Molly.

Il se tourna vers Sybil et Lawrence.

– Votre mère a un bon bout de chemin à faire à pied pour se rendre à l'arrêt du bus qui la conduit jusqu'à l'hôpital.

– Nous le savons, répondit Lawrence. Je lui ai dit maintes fois de prendre un taxi.

– Bon, elle n'aime pas ça. Moi non plus. J'ai donc pensé qu'elle serait plus en sécurité si je passais la prendre ici et si nous faisions le trajet ensemble.

– Délicate attention, fit remarquer Sybil.

– Ensuite je l'ai accompagnée chez le médecin, le jour où elle a dû subir une mammographie.

– Une mammographie ? s'exclamèrent en chœur Sybil et Mona en manifestant toutes deux leur désapprobation.

– Mère, tu ne m'as jamais parlé de cet examen.

Avant que Molly ait pu répondre, Mona se tourna vers son père.

– Tu n'as jamais emmené *ma* mère chez le médecin pour passer une mammographie.

– Ma chérie, ta mère n'en a jamais eu besoin, lui expliqua Horowitz. J'ai attendu les résultats avec elle dans la salle d'attente, puis je suis entré avec elle dans le bureau du médecin...

Lentement, d'un geste impérieux, Mona se tourna, s'apprêtant à affronter son père.

– Tu es vraiment entré dans le cabinet de consultation ?

– Elle était inquiète. Qui ne le serait pas à un moment pareil ? Elle avait besoin d'une présence et je suis très content de m'être trouvé là.

– Tu n'as jamais montré une telle attention à ma mère avant sa mort.

Même Marvin ne put supporter l'attitude de sa sœur.

– Mona ! l'interrompit-il brutalement. Maman a été malade très peu de temps. Papa a eu peu d'occasions de lui montrer un tel dévouement !

– Ce n'est pas vrai ! les démentit Horowitz.

Ses deux enfants se tournèrent vers lui.

– Papa ? demanda Marvin.

– Votre mère était malade bien avant que vous le sachiez, avoua Samuel Horowitz.

– Et tu ne nous l'as jamais dit ? fit Mona d'un ton agressif.

– Vous connaissiez votre mère. « Sam, pourquoi inquiéter les enfants ? Nous les appellerons quand j'irai mieux. » Mais cette fois, elle ne s'est pas remise.

– Tu aurais dû nous prévenir, déclara Marvin.

– J'aurais dû vous prévenir, répéta tristement Horowitz. Les enfants... Les parents... Nous passons la première moitié de notre vie conjugale à nous faire du souci pour nos enfants et la deuxième à essayer de les empêcher de s'en faire pour nous. Mona, tu peux me croire sur parole, ta mère a eu droit à toute mon attention et à tout mon dévouement pendant sa brève maladie. Quand Marvin et toi vous avez été au courant, il était trop tard. Alors n'accuse pas ton père de n'avoir pas aimé ta mère et de ne pas s'en être assez occupé.

Pour une fois, cela lui cloua le bec.

Horowitz reporta son attention sur Sybil et Lawrence en espérant qu'ils se montreraient plus réceptifs au récit des événements qui avaient mené à cette petite réunion.

– Devant la peur de votre mère, je me suis dit que nous avions sans doute besoin l'un de l'autre. Mais nous avions aussi besoin de temps pour nous accoutumer à cette idée. Alors le soir où je l'ai emmenée dîner sur un bateau qui faisait le tour de Manhattan...

Mona fusilla son père du regard. Avant qu'elle ait ouvert la bouche, son père prit les devants.

– Je sais. Je n'ai jamais fait faire cette promenade à ta mère. Il se trouve que *ta mère*, qui d'ailleurs était d'abord *ma femme*, n'aimait pas les bateaux. Quand nous sommes allés en Europe, puis en Israël, nous avons pris l'avion. Elle faisait davantage confiance aux transports aériens. Et surtout aux pilotes israéliens. Alors, Mona, que voulais-tu que je fasse ? Que je la chloroforme pour la traîner à bord d'un navire ?

– Papa ! Fais-moi grâce de tes exagérations habituelles ! s'exclama Mona.

– Il y a une chose pour laquelle tu n'as pas tout à fait tort. Du temps de ta mère, nous avons remis beaucoup de choses, de voyages, de vacances à plus tard. Nous n'avions jamais le temps. Je dirigeais une affaire. Nous avions des enfants à élever. Quand elle est morte, tu n'imagines pas à quel point je me suis senti coupable de n'avoir pas fait tout cela.

– Je sais, intervint Molly. Les regrets ! D'une certaine façon, c'est ce qui m'a incitée à accepter la demande en mariage de Samuel. Toutes ces choses que nous n'avons pas faites plus tôt, nous devons nous dépêcher d'en profiter pendant qu'il est encore temps.

– Comme ça, tout ce dont mon père a privé ma mère... lança Mona.

Heureusement, à ce moment précis Sophie apparut dans l'embrasure de la porte.

– Madame Mendelsohn, c'est prêt ! annonça-t-elle, quoique Molly lui eût bien recommandé de dire : « Le dîner est servi. »

On ne vit paraître sur la table que les plats préférés de Samuel, ce qui n'échappa pas à l'œil critique de sa fille.

« Cette femme essaie manifestement de prouver qu'elle est meilleure cuisinière que ma mère. Bien entendu, c'est un repas spécial. Dieu sait ce qu'elle lui donnera à manger, s'ils se marient. Si toutefois elle lui donne quelque chose. Elle doit être du genre à aimer dîner tous les jours au restaurant. Contrairement à mon père. Comment a-t-elle réussi à l'embobiner comme ça... »

Quand le repas fut terminé, Horowitz se figura que Mona et Marvin allaient s'en aller. Du moins l'espérait-il ardemment. Il fut donc extrêmement surpris d'entendre Mona déclarer sur le ton du commandement :

– Marvin, le moment est venu !

– Le moment ? s'enquit Horowitz. Le moment de quoi ?

– Marvin, dis-lui ! répliqua Mona.

– Dire quoi ? s'étonna Horowitz.

– Papa, nous pensons, et en tant qu'avocat j'insiste, que je dois avoir une petite conversation avec Lawrence. Une conversation franche.

– A quel sujet ? demanda Horowitz. Nous sommes d'accord sur tout. Molly et moi, nous allons nous marier. Dans ma synagogue, mais les deux rabbins concélébreront la cérémonie. De quoi voulez-vous discuter ?

– Monsieur Horowitz... intervint Lawrence Mendelsohn.

– Vous ne pouvez vraiment pas essayer de m'appeler Samuel ?

– Cela viendra peut-être plus tard. Une fois que nous aurons réglé certaines choses.

– Certaines choses ?

Samuel Horowitz aurait insisté s'il n'avait soudain compris ce dont il était question.

– Ah ! Je vois ! Les questions *financières*. N'est-ce pas ?

– Samuel, je vous en prie, dit Molly. Je ne peux pas leur en vouloir de leur curiosité.

– Avons-nous la permission d'y assister ? demanda Horowitz. Ou sommes-nous trop vieux et trop ramollis du cerveau pour comprendre ce dont il s'agit.

– Papa ! le blâma Mona. *Tout de suite*, Marvin ! ordonna-t-elle à son frère selon un scénario qu'elle avait manifestement orchestré à l'avance.

– Lawrence, pourrions-nous nous retirer dans le salon pour avoir un petit tête-à-tête ?

– Bien entendu, répondit Lawrence Mendelsohn.

36

Marvin Hammond s'effaça poliment pour laisser Lawrence Mendelsohn pénétrer le premier dans le salon. Bien qu'elle n'y eût pas été conviée, Mona Fields les suivit et Sybil lui emboîta immédiatement le pas.

Quand ils se retrouvèrent seuls dans la salle à manger, Samuel Horowitz regarda Molly Mendelsohn, assise à la place de l'hôtesse à l'autre extrémité de la longue table.

– Croyez-vous que nous devrions y aller aussi ? demanda-t-elle.

– Pas encore, ma chère, lui conseilla Horowitz. J'ai le sentiment qu'ils auront besoin de nous un peu plus tard.

Molly appela Sophie qui se trouvait dans la cuisine :

– Sophie, reste-t-il du déca ?

Quand ils furent servis, Molly Mendelsohn et Samuel Horowitz échangèrent un regard plein d'amour par-dessus la table.

– Les enfants ! dit-elle avec un sourire indulgent et philosophe.

– Les enfants ! répéta Samuel Horowitz en opinant tristement du chef.

Dans le salon, Mona et Marvin avaient pris place sur le canapé. A l'autre bout de la pièce Lawrence et Sybil s'étaient installés dans deux fauteuils jumeaux. Il y eut un long moment de silence, chacun attendant que l'autre ouvre la discussion.

Comme on pouvait s'y attendre, ce fut Mona qui tira la première salve.

– Comprenez bien que je ne m'intéresse à rien de tout cela pour moi-même. Je ne pense qu'à mes enfants.

– Naturellement, répliqua Sybil d'un ton sarcastique.

Marvin prit les choses en main avant que les deux femmes n'entrent en conflit.

– Mieux vaut que nous ne perdions pas notre calme. Nous nous trouvons dans une situation à laquelle je dois souvent faire face dans mon métier. Je sais donc que, plus il y a d'affectivité en jeu, plus il est nécessaire de s'en tenir à l'aspect pratique des choses.

– D'accord ! dit Lawrence qui avait adopté l'attitude de celui qui attend le premier assaut de l'ennemi pour riposter.

– Bon, il me semble que mon père et votre mère ont l'intention de vivre ensemble le reste de leur existence, déclara Marvin.

– Apparemment, acquiesça Lawrence, qui commençait à ressentir les premières protestations de son côlon.

– Quelles que soient les dispositions sentimentales qu'ils aient prises...

– Qu'entendez-vous par là ? l'interrompit Lawrence nerveusement. Qu'entendez-vous *exactement* par là ?

Il s'était levé de son siège et fondait presque sur Mona et Marvin.

– Je voulais simplement dire que les sentiments, les émotions, sont une chose.

– Ce qui signifie ? insista Lawrence.

Sa sœur elle-même se sentit contrainte d'intervenir.

– Larry, je t'en prie, laisse-le s'expliquer.

– Que vous a dit votre père ? reprit Lawrence, tenaillé par la jalousie.

– A quel sujet ? demanda Marvin.

– Vous le savez très bien ! fit Lawrence d'un ton accusateur.

– Non, je ne le sais pas, rétorqua Marvin avec fermeté.

– Vous a-t-il dit quoi que ce soit sur... bredouilla Lawrence. A-t-il... eu des relations sexuelles avec ma mère ?

– Il ne m'en a jamais parlé, répondit Marvin.

Lawrence Mendelsohn foudroya Marvin Hammond du regard tout en se demandant s'il devait le croire. Il finit par se rasseoir. Mais pour un instant seulement. Brusquement il se leva et se rua vers la porte, puis traversa la salle à manger d'un pas précipité.

– Je vous l'avais dit, fit remarquer Molly. Mon Lawrence a l'intestin très fragile. Il a suivi une psychothérapie, qui lui a été très utile.

– De toute évidence, pas assez, répliqua Horowitz.

– Croyez-vous que nous devrions y aller ? demanda Molly.

– Pas encore, dit Horowitz.

Quand Lawrence revint, la discussion reprit pour de bon.

– Tel que je vois les choses, déclara Marvin Hammond, nous, ma sœur et moi, agissant au nom des petits-enfants, ne voyons aucune objection à ce que notre père subvienne aux besoins de son ménage pendant sa vie.

– C'est très noble de votre part, dit Sybil d'un ton acide.

– Cependant... fit Mona, qui avait décidé de reprendre le commandement des opérations, nous tenons à ce que soit rédigé un accord écrit, clair, avant leur mariage, selon lequel au moment du décès de mon père, tous ces acquêts seront réintégrés à l'ensemble de ses biens, dont ses petits-enfants seront les uniques héritiers.

– Je vois, dit Lawrence Mendelsohn.

– Après tout, insista Mona, mon père n'a pas travaillé toute sa vie, fondé une entreprise et accumulé des biens au bénéfice des enfants et des petits-enfants d'une quelconque étrangère !

– Ne traitez pas ma mère de « quelconque étrangère » ! rétorqua Sybil avec agressivité.

Dans la salle à manger, Molly se leva instinctivement pour intervenir dans le débat. Mais Samuel Horowitz lui fit signe de patienter.

– Plus tard, lui conseilla-t-il.

Puis il hocha la tête.

– Cette Mona ! Marvin n'en sait rien, mais je me glisse parfois au tribunal fédéral de New York quand il plaide. Je m'assieds au fond, juste pour le voir à l'œuvre. Il est fabuleux. Il en impose aux témoins, aux autres avocats, parfois même aux juges. Mais dès qu'il est en face de sa sœur, il n'a pas la moindre chance. Oh, cette Mona !

– Samuel, je n'ai besoin ni d'explications ni d'excuses. Quand vous ferez la connaissance de ma cousine Shirley, vous verrez qu'il y a une Mona dans chaque famille.

Dans le salon, Marvin tenta de calmer sa sœur en lui saisissant fermemement le bras pour l'empêcher de riposter à la dernière attaque de Sybil.

– Je suis certain que vous comprenez fort bien qu'en toute équité, les fruits de son travail appartiennent de plein droit aux êtres de sa chair et de son sang, déclara-t-il calmement, d'un ton on ne peut plus professionnel.

– Écoutez, je suis comptable, répliqua Lawrence pour couper court à toute discussion. Je ne comprends que les chiffres. De combien s'agit-il exactement ?

Marvin jeta un coup d'œil à Mona, Mona à Marvin. « Devons-nous le lui dire ? Et dans ce cas, lui révélerai-je la somme sur laquelle nous nous sommes mis d'accord ? » interrogeait Marvin. « Vois ce que tu peux faire sans citer de chiffres », répondit Mona en cet échange silencieux.

– Pourquoi parler de chiffres ? répliqua Marvin. C'est la notion d'équité qui prévaut ici.

A quoi Lawrence Mendelsohn répondit :

– J'ai remarqué que, chaque fois qu'un avocat veut dissimuler les chiffres, il en appelle à l'équité. Alors je vais vous dire une bonne chose. Occupez-vous de l'équité, je me charge des chiffres. De combien s'agit-il ?

– Vous n'avez aucun droit de poser cette question ! protesta Mona.

– Mona, je t'en prie, fit Marvin d'un ton apaisant avant de se tourner vers Lawrence et Sybil. Si nous parlons de bonne foi, les chiffres n'importent guère.

– D'accord, lui concéda Lawrence. Pas de chiffres.

Mona et Marvin échangèrent un regard discret. Ils venaient de marquer le premier point dans la négociation.

– Pas de chiffres, ajouta alors Lawrence. Ni d'un côté ni de l'autre.

– Ni de l'autre ? s'exclama brusquement Mona.

– C'est très important, intervint Sybil. Après tout, nous ne voulons pas qu'un coureur de dot que nous ne connaissons pas entre dans la vie de notre mère...

– Comment osez-vous ? s'indigna Mona. Mon père a été toute sa vie un homme honorable et travailleur. S'il y a quelqu'un d'intéressé dans cette affaire, c'est *votre* mère. Eh bien, je vous le jure, elle ne mettra pas la main sur un seul centime de la fortune de mon père !

– Mon père a laissé ma mère très à l'aise, merci ! rétorqua Lawrence Mendelsohn en hurlant. Elle n'a pas besoin de l'argent de votre père. Tout ce que nous voulons, c'est protéger ce qui nous appartient !

Samuel Horowitz regarda Molly Mendelsohn et lui dit :

– A nous !

Il longea la table et vint courtoisement l'aider à se lever. Main dans la main, ils se dirigèrent vers le salon.

Au moment où ils y pénétrèrent, quatre voix se renvoyaient accusations, contre-attaques et réfutations.

– Silence ! s'écria Samuel Horowitz, couvrant la voix de tous. *Zull zein sha !* Du calme !

« Bien, poursuivit-il. Nous avons écouté ce que vous aviez à dire tous les quatre. Et savez-vous ce que nous avons entendu ? Vous disputiez-vous à propos de l'équité ? Non ! De notre bien-être ? Pas davantage ! Vous vous êtes seulement inquiétés de ce qui vous resterait après notre mort.

« Eh bien nous, nous nous intéressons à ce qui se passera pendant que nous serons encore en vie. Les questions d'argent, nous en avons abondamment parlé, Molly et moi. Nous nous sommes aperçus que, oui, je suis très à l'aise. Il se trouve qu'elle l'est encore *plus* que moi. Son Phil était un homme d'affaires très avisé. Elle n'a donc pas besoin de ce que je possède. Et je n'ai pas non plus besoin de ce qu'elle a. C'est tout ce que vous devez savoir.

« Maintenant que nous avons réglé cette question, j'aimerais vous dire un mot à tous les quatre. J'espère qu'aucun de vous ne connaîtra les épreuves que nous avons traversées. Passer sa vie avec un être que l'on chérit et se retrouver soudain seul...

« Molly et moi, voyez-vous, nous en avons assez de notre solitude. Nous voulons quelqu'un avec qui partager les bonnes choses et, ce qui est tout aussi important, les mauvaises. La douleur, et si cela doit arriver, la maladie. Alors toutes ces discussions d'argent pour savoir qui aura quoi, ce n'est pas bien. Pas... Comment dire ? C'est indécent, détestable. Ce qui nous intéresse, c'est la vie, le partage des heures et des jours. Nous vous laissons la cupidité et l'égoïsme.

– Papa, c'est injuste ! s'écria aussitôt Mona. Tu sais parfaitement que, depuis la mort de maman, je n'ai de cesse que tu viennes chez nous à San Diego, où tu disposeras de tout le confort que tu peux souhaiter.

– Et de m'envoyer dans une maison pour personnes âgées, quand tu me trouveras trop encombrant, répliqua Horowitz.

– Je n'ai jamais rien dit de tel ! protesta Mona.

– Tu n'as pas eu besoin de le dire, je te connais, Mona. Tu es née pour régenter la vie des autres. Tu aimerais être la présidente de tout et de tous. Je l'ai souvent dit à ta mère, Dieu ait son âme ! « Heureusement que Mona n'est pas catholique, sinon le pape serait au chômage ! »

– Eh bien, si c'est ce que tu penses, je ne t'embêterai pas plus longtemps. Vas-y ! Épouse cette femme ! Mais n'espère pas obtenir mon approbation.

Sur ces bonnes paroles, Mona se dirigea à grands pas vers la porte. Molly lui courut après.

– Mona ! S'il vous plaît ! Ne faites pas ça à votre père !

Le claquement de la porte mit brutalement fin au plaidoyer de Molly, qui se tourna vers Horowitz.

– Je suis désolée, Samuel. Je ne veux surtout pas être la cause d'une brouille entre un père et sa fille. Nous avons peut-être tort de nous obstiner.

– Molly... Chère Molly... Que dites-vous ? fit Horowitz.

– Nous avons sans doute été tous deux trop... impulsifs. Nous devrions prendre le temps de réfléchir.

Ce ne fut pas Horowitz qui lui répondit, mais son fils, Lawrence.

– Une décision très sage, mère.

– Molly, je vous en prie, protesta Horowitz. Nous ne pouvons pas laisser Mona décider à notre place de ce que nous allons faire de ce qui nous reste à vivre.

– Il ne peut pas y avoir de mariage si tous nos enfants ne sont pas là. Ce ne serait pas bien.

Molly Mendelsohn pleurait en silence.

– Papa, dit doucement Marvin, laisse-lui le temps de se remettre. N'exige pas une réponse maintenant.

– Oui, concéda Samuel Horowitz à contrecœur. Tu as raison.

Il s'approcha de Molly et la prit dans ses bras.

– Je vous appellerai demain matin.

Il accompagna Marvin jusqu'à la porte.

– Papa, dit ce dernier, tandis qu'ils attendaient l'ascenseur, je vais voir ce que je peux faire. Mais tu connais Mona.

– Je sais, je sais, fit tristement Horowitz. Pour ce qui est de l'obstination, ta sœur pourrait donner des leçons aux ânes.

Horowitz arriva chez lui. A peine avait-il inséré la clé dans la serrure qu'il entendit la sonnerie du téléphone. Espérant que c'était Mona qui voulait lui présenter des excuses, ou du moins lui dire qu'elle avait changé d'avis, il se précipita vers l'appareil.

– Mona, ma chérie ? fit-il avec anxiété.

Ce n'était pas la voix de Mona, mais celle de Mme Washington.

– Alors ? demanda-t-elle sans détours, comme à son habitude.

Ce qui signifiait : Comment cela s'est-il déroulé ? Le dîner, l'ambiance ? Les jeunes se sont-ils bien entendus ? Molly leur a-t-elle plu ? Et eux, lui ont-ils plu ? Tout cela réuni en deux petites syllabes.

– Un désastre, répondit Horowitz tout aussi laconiquement.

– Mon Dieu, que s'est-il passé ? s'enquit Mme Washington, inquiète à l'idée que le mariage vers lequel elle les avait si consciencieusement guidés ne tombe à l'eau.

Samuel Horowitz lui raconta la soirée par le menu, depuis les premières angoisses jusqu'aux dernières paroles fatales.

– Quel dommage ! Quel dommage ! compatit Mme Washington.

– Molly a peut-être raison, dit Horowitz. Nous n'aurions pas dû aller si vite. Et puis j'aurais pu m'attendre à la réaction de Mona. D'autre part, madame Washington, dites-moi, suis-je trop dur avec elle ? Après tout, c'est quand même un choc affectif que d'imaginer une autre femme dans la maison de sa mère. Tout ce que je sais, c'est que jamais je n'ai autant souhaité que tout se passe bien et que jamais je n'ai échoué aussi lamentablement. Mona ne viendra pas au mariage, et Molly refuse de se marier, si tous nos enfants ne sont pas présents.

Ce fut avec un immense chagrin que Mme Washington raccrocha.

« Demain, quand Mona aura un peu réfléchi, elle changera d'avis, se dit-elle d'abord avec espoir. Je la connais, songea-t-elle ensuite avec plus de réalisme. Trop bien. Donnez-lui la nuit pour méditer et, le lendemain, elle se réveillera doublement convaincue qu'elle a raison.

« Il faut faire quelque chose. Quelque chose. C'est de nouveau l'heure de la citronnade ! »

37

Mme Harriet Washington était assise près de son téléphone, perdue dans ses pensées. Elle tambourinait nerveusement des doigts sur l'appareil, tout en songeant à la triste situation de Samuel Horowitz, qui, de tous ses anciens patients, était celui qui lui était le plus cher.

Mme Washington se demanda dans quel hôtel pouvait bien être Mona, sachant que seul le plus neuf et le plus cher conviendrait à une femme ayant ses goûts et ses moyens. Elle prit le bottin de Manhattan et commença à dresser une liste. Elle commença par le *St. Regis*, qui avait récemment rouvert après trois ans et quelques millions de dollars de restauration, et où la plus petite chambre coûtait trois cent soixante-quinze dollars la nuit. Mais Mona Fields ne se contentait jamais des plus petites choses.

Bien sûr, il y avait aussi la nouvelle *Essex House*, le *Peninsula* et quatre autres hôtels tout aussi coûteux. Comme il était tard, Mme Washington savait qu'elle n'aurait aucun mal à soutirer des renseignements à l'employé de la réception. Elle décrocha donc son téléphone. Son intuition se révéla, comme toujours, sans faille. Elle atteignit sa cible dès le premier appel. Mona Fields était naturellement descendue au *St. Regis*.

Mais Mme Fields avait donné des instructions pour qu'on ne la dérange pas avant le lendemain matin. Mme Washington laissa donc un message : *Avant de faire quoi que ce soit, appelez-moi le matin. Urgent !*, auquel elle ajouta le numéro de téléphone de son premier patient.

Juste avant neuf heures, alors que Mme Washington était en train d'enseigner à son client l'art de passer du déambulateur métallique à la canne, le téléphone sonna.

– Madame Washington, *c'est* Mona Fields. Je vous appelle par pure courtoisie. Je n'ai pas beaucoup de temps devant moi. Ma limousine attend, et je suis sur le point de partir pour l'aéroport. Que vouliez-vous me dire ?

– Premièrement, annulez votre vol !

– Madame Washington, je ne connais que trop votre tendance à tout prendre en charge et à donner des ordres. Il se trouve que j'ai des projets qu'il m'est impossible de modifier.

– Si vous aimez votre père, vous allez les modifier, fit Mme Washington avec insistance.

– Je ne vous ai jamais donné, ni à vous ni à quiconque, de raison de douter de mon amour pour mon père. Ou pour ma mère, répliqua Mona. Mais cela ne signifie pas que je doive me soumettre à tous leurs caprices. Surtout à cet âge avancé où l'on sait bien que les hommes prennent des décisions idiotes.

– Madame Fields, si vous montez dans cet avion et qu'il arrive quelque chose de terrible à votre père, vous ne vous le pardonnerez jamais, la prévint Mme Washington.

– Madame Washington, sauriez-vous quelque chose que j'ignore au sujet de mon père ? demanda Mona, frappée tant par son ton solennel que par la menace contenue dans ses propos.

– Je sais quelque chose que *même lui* ne sait pas, affirma Mme Washington.

– A quoi faites-vous exactement allusion ?

– Annulez votre vol. Venez me retrouver ici mercredi après-midi à deux heures et demie. Mon patient fera sa sieste. Je pourrai vous le révéler en toute liberté.

– Mercredi, deux heures et demie ? fit Mona, songeuse. Ne pourrions-nous nous voir aujourd'hui ?

– Mercredi, décréta Mme Washington.

Il y eut un long moment de silence.

Mais Mme Washington savait bien qu'en dépit de toutes ses excentricités, de son besoin de dominer toutes les situations, Mona aimait son père. Son analyse se révéla tout à fait judicieuse.

– Mercredi, répondit Mona après avoir mûrement réfléchi. Bien, bien, je resterai. A quelle adresse ?

Quand Mme Washington lui eut donné l'adresse, elle raccrocha. « J'ai retardé son départ de deux jours, se dit-elle. Maintenant il faut que je trouve le moyen de la coincer ici jusqu'à dimanche. »

Le mardi matin à dix heures, Samuel Horowitz entra dans l'immeuble de Molly Mendelsohn. Cette fois, le portier n'eut pas besoin de l'appeler, puisque Molly attendait déjà dans le hall. Bien qu'ils se fussent téléphoné à plusieurs reprises depuis ce malheureux dîner, c'était la première fois qu'ils se retrouvaient face à face.

Horowitz vit aussitôt que Molly n'avait pas fermé l'œil depuis ce fameux dimanche. Par habitude, il lui prit son plateau de pâtisseries enveloppé d'aluminium.

Ce paquet était beaucoup plus lourd que celui qu'elle destinait généralement à la pause-café. Bien qu'il n'eût rien dit, son air surpris quémandait une explication.

– L'agacement, avoua tristement Molly. Chaque fois que j'ai des ennuis graves, il faut que je m'occupe dans la cuisine. Alors je fais des petits plats, des gâteaux. J'ai un ragoût de bœuf dans le réfrigérateur, une fricassée de poulet et un *luchen kigel*. Quant aux *ruggaluch* et au gâteau au fromage, j'en ai plein mon freezer.

– Je suis navré, s'excusa Horowitz. Je m'attendais à tout, mais pas à ce que Mona s'en aille en claquant la porte.

– Avez-vous eu de ses nouvelles ?

– Pas un mot. Elle a dû retourner à San Diego, répondit Horowitz. Une fois qu'elle sera là-bas, qu'elle en aura parlé à son mari, qui a beaucoup de bon sens, elle changera peut-être d'avis. Si sensé que soit Albert, ajouta-t-il par souci d'honnêteté envers sa compagne, il n'a jamais eu beaucoup d'influence sur Mona.

Ils poursuivirent en silence leur chemin vers Amsterdam Avenue.

– Si Mona s'obstine dans son refus, est-ce que vous en ferez autant ? demanda-t-il avant d'arriver à l'arrêt du bus.

– Comment ?

– Est-ce que vous accepteriez de vous marier sans que tous les enfants soient présents ?

– Samuel, j'ai très envie de vous épouser, mais je serais mal dans ma peau si j'étais la cause d'une brouille entre un père et sa fille. Je ne me le pardonnerais jamais.

Ils montèrent dans le bus et ne prononcèrent plus un mot jusqu'à l'hôpital.

– Que fêtons-nous aujourd'hui ? demanda Mme Braun, quand Molly Mendelsohn disposa ses friandises sur le comptoir du coin-café. La naissance d'un petit-enfant ? Ou un diplôme ?

– Qu'est-ce qu'on fête ? répéta Molly d'un air morose.

– Il y a tant de *ruggaluch !* insista Mme Braun. Il y en a même assez pour en distribuer à tout le onzième étage.

Molly ne lui donna pas d'explications, mais continua à disposer ses savoureux gâteaux.

Quelques minutes plus tard, Samuel Horowitz arriva au onzième étage et prit aussitôt le chemin du vestiaire, où il se frotta les mains avec moins d'enthousiasme que d'ordinaire. Ayant enfilé sa blouse, il se rendit dans la nursery où l'on gardait Baby Jane. Samuel Horowitz n'éprouvait même plus son impatience coutumière à l'idée de remplir cet agréable devoir.

Il fut soulagé d'apercevoir Homer Wesley dans son fauteuil habituel, avec un paquet enveloppé d'une couverture blanche dans un bras. De l'autre main, il tenait un biberon de lait maternisé, qu'il maintenait dans la bouche de l'enfant, dont le visage était caché.

Horowitz entra et salua Wesley d'un geste las. Wesley connaissait suffisamment bien son collègue pour savoir ce que cela signifiait exactement. Son ami Horowitz était déprimé. Il avait perdu son exubérance du jeudi précédent. Mais Wesley n'insista pas. Il savait aussi que, si Horowitz souhaitait lui parler de ce qui le préoccupait, il le ferait sans qu'il fût nécessaire de le harceler.

Horowitz s'approcha et se pencha vers l'enfant que nourrissait Wesley.

– Ah ! Baby Jane ! dit-il. Comment va-t-elle aujourd'hui ?

– Elle dort de plus en plus, comme si cela l'épuisait de vivre.

– Je sais, soupira Horowitz. Même boire son biberon semble trop dur pour elle. Elle en prend un peu et s'endort. Elle se réveille affamée, boit deux gouttes et se rendort.

– Il faut deux fois plus de temps pour la nourrir, répondit Wesley.

Horowitz l'observa de près.

– La voilà qui recommence ! Elle ne tète plus et s'assoupit.

Il la contempla quelques instants avant de poursuivre :

– Dites-moi, Wesley, avez-vous l'impression qu'elle a du mal à respirer ?

– Elle a le souffle un peu lourd, lui confirma Wesley, mais régulier.

– Il faut que j'aille voir mes autres petits amis, déclara Horowitz. Je reprendrai celle-ci plus tard.

– Horowitz ? Dimanche, comment cela s'est-il passé ? demanda négligemment Wesley, alors que son vieil ami était sur le point de quitter la pièce.

– Pas mal. Pas mal du tout, répondit Horowitz sans s'appesantir davantage.

Wesley résolut de ne pas se montrer indiscret.

Pendant deux heures, Horowitz vaqua à ses occupations habituelles. Bien que ses ennuis personnels lui aient fait perdre sa bonne humeur, il fredonna, chantonna de sa voix grave avec tout l'enthousiasme et toute la chaleur dont il était capable. Il consacra ce qui lui restait d'énergie à Baby Jane, qui dormait maintenant depuis deux heures et aurait dû avoir faim. Il la prit dans son berceau.

– Regarde qui est là, Janie, murmura-t-il. Samuel Horowitz ! Et nous allons faire un délicieux repas ! enchaîna-t-il d'une voix câline, bien qu'il eût goûté le lait en cachette et ne l'eût pas trouvé si délicieux que cela.

La petite Jane dans le bras gauche, il saisit le biberon de la main droite et se dirigea vers le fauteuil. Quand il fut assis, il entrouvrit la couverture pour dégager le visage de l'enfant, puis il l'examina attentivement. Encore un peu fripée par le sommeil, sa peau ne semblait plus aussi rouge que le premier jour. Mais Horowitz était persuadé que sa diligence suffirait à lui redonner des couleurs, dès qu'elle serait complètement réveillée.

– Allez, petite, ouvre le bec ! Le repas est servi ! fit-il d'un ton enjôleur.

Il posa la tétine sur ses lèvres. L'enfant ne réagit

pas. Comme il l'avait fait si souvent déjà, Horowitz introduisit la tétine dans sa bouche, et le bébé se mit à téter.

– On finit par y arriver, dit Horowitz d'un ton qui se voulait enthousiaste.

A présent qu'il avait mis les choses en route, il se contenta de la regarder. Bientôt, plus tôt que prévu, elle se rendormit.

« Je patienterai, se dit Horowitz. Après tout, étant donné la manière dont les choses ont tourné, il ne me reste plus qu'à attendre. Si elle a faim, elle se réveillera. »

L'enfant se réveilla à plusieurs reprises, but deux ou trois gouttes de lait et s'assoupit à nouveau. Deux fois, Horowitz lui chuchota quelques mots à l'oreille. Il lui fredonna l'une des chansons de son enfance dont il était très fier, mais il se tut quand il vit qu'elle s'était endormie dès la première note.

Il était resté une heure de plus. Quand il releva le nez, il aperçut Molly qui le fixait à travers la vitre. Visiblement, elle était sur le point de s'en aller et attendait là depuis un certain temps. Il ramena Jane endormie vers son berceau, lui mit une chemise propre et l'enveloppa bien dans sa couverture avant de la remettre au lit en lui caressant les fesses. Puis il se dirigea vers la porte. A mi-chemin il s'arrêta, se retourna, lui jeta un dernier coup d'œil avant de partir.

– Attendez-moi au coin, murmura-t-il à l'oreille de Molly en sortant de la nursery. Je serai peut-être en retard.

– En retard ? Pourquoi ? Il y a quelque chose qui ne va pas ?

– Il faut que je dise un mot à l'un des médecins, lui expliqua Horowitz.

Molly s'inquiéta aussitôt.

– Samuel, de quoi s'agit-il ? Vous ne vous sentez pas bien ? Ce sont ces derniers jours... c'est ma faute... ce dîner... une grave erreur.

– Molly, je vous en prie, je vais très bien. C'est au

sujet de la petite Jane, je veux lui poser quelques questions.

– Les bénévoles ne sont pas censés ennuyer l'équipe médicale, lui rappela Molly.

– Qu'ils appellent cela une consultation et qu'ils m'envoient la facture ! rétorqua Horowitz. Attendez-moi ! Je serai là sous peu.

Molly fit une dernière tentative.

– Samuel... non...

Mais il longeait déjà l'enfilade des nurseries, qui menait au service des urgences néonatales. Il jeta un coup d'œil à travers la vitre, à la recherche d'un médecin parmi le personnel. Il repéra une grande jeune femme noire, avec un stéthoscope autour du cou et un insigne de plastique épinglé à une blouse blanche différente de celles des infirmières. Horowitz entra. Il attendit à une courte distance du petit groupe d'infirmières, auxquelles elle était en train de donner des instructions.

Quand, ayant terminé, elle tourna les talons, Horowitz se planta entre la porte et la jeune femme. L'esprit préoccupé, elle lui jeta un regard impatient, puis essaya de le contourner. Mais il fit un pas en avant pour l'en empêcher tout en lui présentant ses excuses.

– Docteur...

Il tenta de lire ce qui était inscrit sur son badge.

– Docteur Buford, pourriez-vous m'accorder une minute ? C'est très important.

– Monsieur, je vois à votre blouse que vous êtes l'un de nos volontaires. Et nous apprécions l'excellent travail que vous faites. Mais je suis pédiatre, pas généraliste. Vous feriez mieux de descendre aux urgences.

– Oh ! Ce n'est pas pour moi, expliqua Horowitz. C'est pour l'un des petits.

– Ils sont pesés et surveillés quotidiennement. S'il y avait un problème, je suis certaine que l'un d'entre nous l'aurait relevé. Maintenant on m'attend à la clinique pédiatrique...

Comme elle allait le contourner, Horowitz lui demanda :

– Dites-moi, docteur, qu'est-ce que cela signifie quand un enfant dort au lieu de manger ?

Pour la première fois, le Dr Buford parut plus intriguée par la remarque d'Horowitz que pressée de rejoindre la clinique. Elle lui fit signe de la suivre dans le couloir.

– Qu'entendez-vous exactement par là ? lui demanda-t-elle alors. Il dort au lieu de manger ?

– La plupart des enfants ont faim quand ils se réveillent. Quand je les prends, ils boivent à satiété, puis se rendorment. Celle-ci boit un peu, dort et se réveille affamée. Elle mange un tout petit peu et s'endort à nouveau, lui expliqua Horowitz.

– Dites-moi, comment respire-t-elle ? interrogea le médecin.

– Elle a... un peu de mal, en quelque sorte, répondit Horowitz.

– Je vois, dit la jeune femme, visiblement ennuyée. De quel enfant s'agit-il ?

– Baby Jane.

– Le bébé du broyeur.

– Si vous pouviez prendre une minute pour y jeter un coup d'œil, je vous en serais reconnaissant, ajouta Horowitz.

Sans hésitation, le Dr Buford prit le chemin de la nursery, Horowitz sur les talons.

Elle examina l'enfant avec soin, lui appliqua le stéthoscope sur la poitrine et sur le dos, regarda ses paupières inférieures. Pendant tout ce temps, Horowitz demeura auprès d'elle, posant une question de temps à autre.

– Eh bien, docteur, y a-t-il quelque chose ?

Pour toute réponse, le Dr Buford remit la brassière du bébé et l'enveloppa de nouveau dans sa couverture.

– Eh bien, docteur ?

– Je vais la faire transporter aux urgences. Immédiatement ! déclara-t-elle.

– C'est donc grave, conclut Horowitz d'un air lugubre. Très grave ou juste un peu grave ?

– Nous ne le saurons que quand nous aurons effectué tous les examens nécessaires, répondit le Dr Buford. Flûte ! nous aurions dû le voir quand on l'a amenée ici, reconnut-elle, apparemment très inquiète. Je vais lui prescrire un électrocardiogramme. Sur-le-champ.

– Alors c'est très grave ? insista Horowitz.

– Nous en saurons plus dans un jour ou deux. Maintenant mieux vaut pratiquer ces examens.

– Quand saurai-je ? demanda Horowitz.

Le Dr Buford le regarda. Elle s'était brusquement rendu compte que l'homme qu'elle avait devant elle s'était intéressé à cet enfant comme si c'était le sien. Bien qu'elle ne l'approuvât pas, elle le comprenait.

– Téléphonez-moi dans un jour ou deux.

– Comptez sur moi ! Je vous appellerai dès demain, dit Horowitz.

– Jeudi ou vendredi, ce serait mieux.

– Je serai de service jeudi, lui indiqua Horowitz.

– Parfait. Passez me voir, fit le Dr Buford.

38

Le mercredi, à deux heures et demie pile, Mona Fields sonna à la porte de l'appartement de Matthew Milligan qui, au moment de sa crise cardiaque, était substitut au tribunal de la ville de New York.

Mme Washington l'accueillit en lui déclarant à mi-voix :

– Parlons bas pour ne pas perturber la sieste du juge.

– Personne ne m'a jamais accusée de parler fort ni d'être d'un abord difficile, répondit Mona d'une voix également douce, bien qu'elle n'y fût guère accoutumée.

Mme Washington, qui savait qu'elle était sujette aux explosions spectaculaires, puisque Horowitz la surnommait « la Sarah Bernhardt de San Diego », ne releva donc pas cette remarque.

Ellc l'introduisit dans le salon, où Mona se retrouva face aux instruments et aux divers objets thérapeutiques que Mme Washington avait apportés dans l'appartement de son père convalescent, quelques années auparavant. Le déambulateur métallique, la boîte de boutons et de billes pour retrouver la coordination des mouvements de la main, les journaux froissés, témoins des exercices destinés à redonner leur force aux mains handicapées.

Sur la table basse attendait un plateau sur lequel on avait posé une théière fumante, des tasses, des soucoupes et des petits gâteaux. Mme Washington invita Mona à s'asseoir. Celle-ci adopta une pose rigide au bord du canapé. Sans un mot, Mme Washington lui versa une tasse de thé.

– Eh bien, madame Washington ? demanda Mona avec une impatience manifeste.

– Du sucre ? Une sucrette ? Un peu de crème ? répondit gaiement cette dernière.

– Madame Washington, je ne suis pas venue ici pour prendre le thé, mais pour apprendre ce que vous savez sur mon père et que j'ignore ! déclara Mona d'une voix forte.

– S'il vous plaît, madame Fields, murmura aussitôt Mme Washington en lui faisait signe de baisser le ton. Le juge !

– Oh pardon ! chuchota Mona en retour. Alors, mon père ?

Sans se départir de son calme, Mme Washington finit de remplir les tasses avant d'en venir à l'affaire qui les occupait.

– Madame Fields, comme vous le savez, j'ai une certaine expérience des cardiaques, notamment des hommes. Je les force à retrouver leur mobilité en mettant des obstacles sur leur chemin. Je les défie, je les rudoie. Certains n'ont pas la force intérieure de relever ce défi. Ils abandonnent la partie et demeurent infirmes. D'autres ripostent. Plus je les défie, plus ils se rebiffent. Ils se plaignent, ils rouspètent, mais ils font consciencieusement leurs exercices. Et ils finissent par retrouver toutes leurs facultés ou presque.

– Oui, oui, je sais ce que vous avez fait pour mon père, la coupa Mona avec agacement. J'ai été extrêmement impressionnée. Inutile de me le rappeler. Parlons du présent...

– S'il vous plaît, madame Fields ! Votre voix ! Le juge a besoin de repos l'après-midi, l'interrompit Mme Washington.

– Bien sûr. Désolée, s'excusa Mona dans un murmure.

– Je vous disais donc qu'après avoir supporté les tortures et les souffrances de la thérapie, ces hommes finissent par se rétablir. C'est là que se pose un problème crucial. C'est le cas de votre père.

– Mon père n'avait aucun problème jusqu'à ce qu'il fasse la connaissance de cette Mme Mendelsohn. C'est une veuve en chasse, prête à sauter sur le premier homme vulnérable qu'elle trouvera sur son chemin. Étant veuf, mon père est sans défense. Une proie toute trouvée pour une telle prédatrice.

Mme Washington laissa Mona déverser toute son hostilité.

– Madame Fields, avez-vous déjà entendu parler de *dépression sénile* ?

– Mon père n'est pas sénile ! s'écria Mona, sidérée.

– Madame Fields, si vous êtes incapable de parler moins fort, je vais être obligée de vous demander de partir, déclara Mme Washington d'un air sévère.

– Navrée. Mais ne venez pas me dire que mon père est sénile, répondit Mona d'une voix rauque.

– Apparemment, vous ne connaissez pas le sens du mot *sénile*, dit Mme Washington avec indulgence. Cela signifie seulement *vieux*. Il y a une démence sénile, mais aussi une sagesse sénile. Et malheureusement une dépression sénile. Vous pouvez vérifier dans le dictionnaire.

– Je le ferai certainement, un jour où j'aurai plus de temps, répliqua Mona. Pour l'instant, je veux savoir ce qu'a mon père !

– En ce qui le concerne, l'important n'est pas le terme *sénile*, mais celui de *dépression*.

– Il n'a pas l'air déprimé quand il me téléphone, protesta Mona.

– Bien sûr que non. Il ne veux pas vous inquiéter. Mais j'ai de l'expérience dans ce domaine. J'ai souvent vu ça, des patients qui se battent pour se remettre de leur crise cardiaque, qui réussissent et qui, une fois guéris, dépriment à moins qu'ils n'aient une vie gratifiante. Ils sont même très déprimés. Et pourquoi ne le seraient-ils pas ? A qui cela plairait-il de vivre sans avoir rien à faire ? A vous ?

Mona n'avait nul besoin de répondre à cette question. Son hyperactivité témoignait suffisamment de ses goûts.

– Il y a déjà plusieurs mois que j'ai décelé des signes chez votre père. Je savais que, si je ne parvenais pas à l'inciter à s'engager dans une activité utile, son état se détériorerait lentement.

– C'est donc vous qui lui avez donné cette idée de bénévolat dans cet hôpital de Harlem ! fit Mona, accusatrice.

– Oui. C'est ce qui lui est arrivé de mieux depuis la fin de sa convalescence, et il y fait merveille. C'est un homme très attentionné, parfois un peu trop.

– Comment peut-on être trop attentionné ?

Mme Washington lui relata les événements qui avaient conduit Horowitz à suivre la trace du petit Cletus Simon pour s'assurer qu'il était bien traité.

– C'est mon père tout craché, admit Mona.

– Mais si dévoué soit-on, le bénévolat ne vous occupe que trois heures par semaine. Certes nous dînions ensemble ou nous assistions à un concert de temps en temps. Mais il lui restait quand même cent cinquante heures par mois sans avoir rien à faire. Et surtout sans personne avec qui le faire. C'est ainsi que commence la dépression. Heureusement, je suis intervenue à temps. Heureusement, tout à fait par hasard, il a rencontré Molly Mendelsohn. Ils ont beaucoup de choses en commun.

Mona devint alors méfiante.

– Madame Washington, je me demande si vous n'avez pas un intérêt personnel dans cette affaire ?

– Si par intérêt personnel, vous voulez dire qu'il existe une sorte d'affinité entre votre père et moi, que je connais bien la situation dans laquelle il se trouve et que je compatis, vous avez raison. Conrad partira bientôt pour l'université, Louise dans deux ans, et je me demande comment, étant à la retraite, je vais passer le reste de mon existence, si personne n'a besoin de moi. En ce sens, je suppose que je m'intéresse personnellement à cette affaire. Est-ce que j'ai contribué à arranger tout cela ? Très certainement. Votre père et Molly Mendelsohn s'entendent très bien. Et surtout ils sont parfaitement assortis. Ces deux êtres sont faits l'un pour l'autre.

– Vraiment ? la défia Mona. Eh bien, je vais vous dire que je n'accepterai jamais cette femme dans la maison de *ma* mère !

– Chut ! la gronda Mme Washington. Le juge.

– C'est vrai. Pardon. Mais que je le dise à voix haute ou basse, mes sentiments restent les mêmes ! Je n'accepterai jamais qu'elle soit la femme de mon père ! cria Mona de sorte que Mme Washington dut une fois de plus lui faire signe de baisser le ton.

– Mona, si vous retournez à San Diego avec ce sentiment-là, votre père mourra dans l'année. Peut-être même avant, menaça Mme Washington.

Mona lança un regard interrogateur à Mme Washington qui la fixa intensément de ses yeux noirs et vifs.

– C'était donc cela ce que vous saviez ? Ce que j'ignorais ? Ce qu'il ignorait lui-même ?

– Oui, Mona. C'est une chose que nous avons constatée depuis des années dans notre profession. Mais des statistiques ont été récemment publiées. Les gens âgés qui vivent seuls meurent beaucoup plus tôt que ceux qui ont un compagnon ou une compagne. La solitude est parfois une maladie mortelle. Même un animal domestique n'y change pas grand-chose. Le mieux, c'est d'avoir un conjoint. Dans le cas de votre père, une femme. Et ce ne sera pas possible, si vous refusez d'assister à ce mariage. A vous de choisir ! Retournez-vous à San Diego au risque de mettre en péril l'existence de votre père ? Ou bien resterez-vous jusqu'à dimanche, irez-vous à ce mariage en lui souhaitant une vie longue et heureuse ?

Devant l'hésitation de Mona, Mme Washington se fit plus pressante.

– Appelez le Dr Tannenbaum et demandez-lui son avis. Qui vit le plus vieux, ceux qui vivent seuls ou ceux qui vivent en couple ?

Mona Fields resta longtemps silencieuse, puis elle reconnut d'une voix très douce :

– Je ne m'étais pas rendu compte... Alors pourquoi pas... Non, non, je n'en ai pas le droit.

Mme Washington fit mine de ne pas intervenir dans le débat.

– Qu'alliez-vous me suggérer ? insista Mona, comme elle s'y attendait.

– Ce n'est qu'une intuition mais, connaissant votre père comme je le connais, je parie qu'en ce moment il est en train de ruminer chez lui. Si une fille aimante l'appelait, quel geste merveilleux ce serait pour lui ! Lui dire quelque chose comme : « Papa, j'ai bien réfléchi. Ton bonheur est la chose la plus importante au monde pour moi. J'ai donc changé d'avis. Je viendrai à ton mariage dimanche ! »

Mona Fields sembla tentée par cette proposition, sans paraître convaincue pour autant.

– Vous imaginez sa physionomie quand il entendra ça ? poursuivit Mme Washington. Ce sourire malicieux, cette lueur dans ses yeux, comme quand il prend le *New York Times* en faute ?

– Rien ne lui fait plus plaisir, dut concéder Mona.

– Pas autant que si vous l'appeliez pour lui dire que vous venez au mariage, lui fit remarquer Mme Washington tout en lui désignant le téléphone posé sur une table installée à côté du vieux fauteuil en cuir confortable du juge. Faites-le, insista-t-elle, mais doucement. Nous ne devons pas perturber la sieste du juge.

Mona avança sur la pointe des pieds jusqu'au

téléphone, composa le numéro de son père et attendit. Ravie et soulagée, Mme Washington l'entendit s'exclamer d'une voix étouffée :

– Papa ! Je suis tellement contente que tu sois à la maison !

– Après ce qui s'est passé dimanche, où voulais-tu que je sois ? En train de danser ? répliqua Samuel Horowitz d'un ton las.

Mona se tourna vers Mme Washington et, d'une petite grimace, lui confirma son terrible diagnostic.

– Papa, c'est pour cela que j'appelle. Je crains d'avoir eu un jugement un peu hâtif dimanche soir. Sous le coup de l'émotion. Mais j'ai réfléchi. Et, si cette femme doit te rendre heureux, j'ai décidé d'assister à votre mariage.

– Ma chère Mona, rien au monde ne me ferait plus de plaisir.

Mona lança un coup d'œil à Mme Washington pour lui indiquer qu'elle avait vu juste.

– Papa, sais-tu à quoi j'ai pensé ? Puisque Albert connaît si bien Ivana ?

– Ivana ? Qui est Ivana ?

– Ivana Trump, évidemment. C'est elle qui dirige l'hôtel Plaza. Je vais demander à Albert de l'appeler immédiatement. Et bien que nous n'ayons que peu de temps devant nous, elle pourra certainement nous organiser une réception de mariage dans l'une des petites salles de bal.

– Mona, ma chérie, je ne veux surtout pas ennuyer quiconque.

– C'est idiot, papa ! Sinon à quoi servent les relations ? insista Mona.

« Mon Dieu ! bougonna Mme Washington en son for intérieur. Cette femme ne changera jamais ! »

– Mona, dit Horowitz, nous avons déjà organisé tout cela. La cérémonie aura lieu dans le bureau du rabbin. Ensuite nous donnerons une petite fête à la maison. Juste la famille et quelques amis.

– Pas de grande réception ? Pas de traiteur ? demanda tristement Mona, manifestement très déçue. Une annonce dans le *Times* peut-être ?

– Rien que l'amour et la tendresse de nos enfants.

– Bon, si c'est ce que tu souhaites... murmura Mona à contrecœur.

– Tout à fait, déclara Horowitz. Mona ? Mona, ma chérie, ça va ?

– Oui. Pourquoi ?

– Je ne t'ai jamais entendue parler comme ça. Tu as sans doute un rhume ? A moins que ce ne soit une laryngite ?

– Ni rhume ni laryngite.

– Cette façon que tu as de chuchoter... J'ai cru...

– Oh ça, c'est à cause du juge, lui expliqua Mona.

– Le juge ? fit Horowitz, de plus en plus étonné.

– Il fait la sieste.

– Le juge fait la sieste, répéta Horowitz, puis il raccrocha, heureux mais extrêmement perplexe.

Mona Fields se tourna vers Mme Washington et lui dit d'une voix tonitruante :

– Madame Washington, vous aviez tellement raison ! Entendre sa joie...

Mme Washington l'interrompit d'un grand geste de ses larges mains noires.

Mona se remit aussitôt à chuchoter.

– C'est vrai. Pardon ! Mais mon père avait l'air si heureux ! Je ne vous remercierai jamais assez. Vous viendrez au mariage, n'est-ce pas ?

– C'est une obligation professionnelle. Pour moi, une affaire n'est jamais terminée tant que mon patient ne s'est pas pleinement et parfaitement réadapté à la vie.

– A dimanche. A la synagogue, murmura Mona en prenant la direction de la porte d'entrée.

Quand celle-ci se referma, la porte de la chambre s'entrouvrit. Un homme âgé, aux cheveux gris, jeta un regard furtif dans le couloir.

– Elle est partie, lui assura Mme Washington. Vous pouvez sortir, monsieur le juge. Mais faites attention à votre jambe gauche !

Le juge Matthew Milligan sortit de la chambre en

s'appuyant sur une canne et avança au pas. Quand il eut pris un peu d'assurance, il s'offrit le luxe de parler en marchant.

– Madame Washington, si j'avais les deux mains libres, j'applaudirais. Comme elles ne le sont pas, tout ce que je puis vous dire, c'est bravo ! Quand on s'adresse à une femme, ne devrait-on pas dire brava ?

– Je n'en sais rien, répondit Mme Washington.

– Bravo ou brava, en tout cas, il y a une chose dont je suis certain. Votre stratégie a fonctionné à merveille. Vous m'aviez dit que, si vous parveniez à empêcher cette femme de crier, vous lui feriez entendre raison. C'est une réussite !

– Vous avez écouté notre conversation ? s'enquit Mme Washington, indignée.

– Vous m'avez exilé dans ma chambre. Vous m'avez interdit d'allumer la télévision puisque j'étais censé faire un somme. Que vouliez-vous que je fasse d'autre ? J'ai trouvé cela fascinant, cette manière que vous aviez de la contraindre à chuchoter.

– Si on lui laisse élever la voix, elle prend les choses en main. Tout ce qui se présente. Et surtout la vie des autres, dit Mme Washington.

– Il ne lui a pas fallu longtemps pour essayer d'organiser ce mariage, convint le juge. Maintenant, madame Washington, puisque j'ai joué mon rôle dans votre petit plan, vous ne croyez pas que j'ai acquis le droit de voir les Mets ? Ils jouent contre les Los Angeles Dodgers. Laissez-moi regarder les dernières mises en jeu.

– A condition que vous vous exerciez avec les billes et les boutons en même temps, décréta-t-elle.

– Tyran ! grogna le substitut.

Mais il ramassa consciencieusement les petits boutons avec sa main gauche handicapée, tout en appuyant sur la télécommande de la droite pour allumer la télévision.

A ce moment-là, Samuel Horowitz venait de décrocher son téléphone. Il entendit sonner une fois, deux fois. A la troisième sonnerie il se résigna. Molly n'était pas chez elle. Mais la quatrième sonnerie fut interrompue par un « Allô ? » abattu.

– Molly, ma chère, j'ai le grand plaisir de vous informer que dimanche prochain, dans le bureau du rabbin Ellestein, on célébrera le mariage de Molly Mendelsohn et de Samuel Horowitz.

– Pas si tous les enfants ne sont pas présents. Je ne veux pas diviser une famille, répliqua Molly.

– Mona vient de m'appeler. Elle sera là, lui annonça Horowitz.

– Oh, Samuel ! Sam...

Et Molly éclata en sanglots.

39

Ce jeudi-là, contrairement aux jeudis des semaines précédentes, Samuel Horowitz proposa à Molly de partir un peu plus tôt, car le Dr Buford lui avait promis de l'informer de l'état de santé de Baby Jane.

En se dirigeant vers l'arrêt du bus, Molly et Samuel faisaient et défaisaient des projets, comme tous les futurs mariés.

– On leur dit ou pas ? demanda Horowitz.

– J'ai d'abord pensé que mieux valait l'annoncer lors de la pause-café, fit Molly. S'en débarrasser d'un seul coup !

– Et ensuite ?

– J'ai peur qu'ils ne croient que nous attendons des cadeaux.

– Pour rien au monde, je ne voudrais qu'ils se sentent obligés de nous en faire. Après tout, il y en a très peu qui peuvent se le permettre. Je ne voudrais pas les blesser, fit Horowitz.

– Pensez-vous que nous devrions les inviter ? demanda Molly.

– Les gens de l'hôpital ? Mme Flaherty peut-être. Si elle ne m'avait pas donné une autre chance, tout cela ne serait jamais arrivé.

– Et Mme Washington, proposa Molly.

– Cela va sans dire. Sans elle, cela ferait longtemps que je ne serais plus de ce monde. Et puis c'est elle qui m'a incité à faire du bénévolat.

– Sans elle, je n'aurais jamais eu l'idée de faire ces affiches pour exiger votre réintégration, enchaîna Molly.

– C'est elle qui vous a suggéré ça ? s'exclama Horowitz, qui venait de comprendre. Cette femme, cette femme ! Nous devrions lui demander d'organiser aussi la cérémonie du mariage.

Ils lui rendirent tous deux hommage en silence jusqu'à ce que le bus les dépose devant l'hôpital.

Comme d'habitude, tant que leur relation n'était pas connue des autres, Molly arriva la première dans le service des nurseries. Horowitz la suivit quelques minutes plus tard. Alors que Molly préparait ses *ruggaluch* dans le coin-café, Horowitz se rendit tout de suite au vestiaire. Il se frotta les mains avec une vigueur renouvelée, car il ne voulait pas être rejeté quand il entrerait dans l'unité de soins intensifs néo-natals.

Ce fut donc avec des mains irréprochables et une blouse stérile qu'Horowitz arriva devant la salle des urgences pédiatriques. Il examina toute l'équipe qui se trouvait là, à la recherche du Dr Buford. Ne la trouvant pas, il entra et se dirigea vers l'incubateur où dormait la petite Jane.

Parvenu à quelques mètres, il s'aperçut qu'il était vide, ce qui l'inquiéta vivement. Il s'arrêta net, se blinda pour affronter la vérité, sans se résigner à l'accepter. Puis Samuel Horowitz se rapprocha de la couveuse et regarda. Celle-ci était encombrée de linge usé et fripé. Les capteurs qui étaient attachés au petit corps avaient été jetés là, à l'abandon. Un flacon à moitié vide et une aiguille pendaient à la potence de la perfusion.

« Trop tard, pensa Horowitz, trop tard. Je n'aurais pas dû attendre jusqu'à aujourd'hui. J'aurais dû venir hier. C'était mercredi ? Il n'y a aucune loi qui interdise à un volontaire de passer quand il n'est pas de service. On a toujours besoin de deux mains vaillantes. Mais non, j'étais trop plongé dans mes propres ennuis, trop préoccupé par Mona, par le mariage, par toutes sortes d'affaires personnelles. J'aurais quand même pu appeler le Dr Buford pour demander des nouvelles de la petite. Sinon qui s'en souciera ? La mère qui l'a jetée dans un vide-ordures ?

« Samuel Horowitz, tu as manqué à ton devoir d'être humain. Un homme bien, un Juif par-dessus le marché, doit avoir le plus grand respect pour la vie, et tout particulièrement pour une nouvelle vie. Tu n'aurais pas dû te laisser déborder par tes problèmes.

« Et maintenant ? Que vont-ils faire d'un aussi petit corps ? Personne ne le réclamera. Vont-ils s'en servir pour la recherche ? Ou bien l'enterrer sur cette île au milieu de l'East River ? Dans le champ de Potter ? Eh bien, non, Baby Jane ! Il y a au moins une chose que je peux faire, c'est t'offrir des funérailles décentes. Il faut que je demande, que je me renseigne. Tout de suite.

« La vie est ainsi faite. Elle vous donne un instant de bonheur, Mona vient au mariage, on fait des tas de projets et la question la plus importante est alors celle des invités. Et puis cette nouvelle tragique vient vous affliger.

« Horowitz, fais ce que tu dois ! Tout d'abord, quelles que soient leurs intentions, mets-y le holà ! Immédiatement ! »

Il s'écarta de l'incubateur pour s'adresser à la première infirmière en vue :

– Dites-moi, mademoiselle, la petite, Baby Jane, celle qui était dans l'incubateur, où est son corps ?

– Monsieur, que faites-vous dans le service des soins intensifs ? fit-elle d'un ton abrupt.

– Peu importe. Et la petite ? s'entêta Horowitz.

– Cette couveuse est vide depuis que nous avons pris notre service. A présent, sortez ! Sinon j'appelle la Sécurité !

– D'accord, d'accord !

Horowitz se rendit à ses arguments en rechignant.

Il sortit du service des urgences, passa devant les parois de verre des petites nurseries et arriva devant la salle où Homer Wesley était juste en train de changer un nourrisson avant de le remettre au lit.

Wesley l'aperçut et lui fit signe.

– Partie, dit Horowitz. Baby Jane est partie.

– On l'a transportée aux urgences, rectifia Wesley.

– Elle n'y est plus.

– Oh ! Quel dommage ! le consola Wesley. Bien sûr, elle n'a jamais été bien solide. Parfois je me demande si nous faisons bien d'essayer de les sauver, quand ils n'ont aucune chance d'avoir une belle vie et une bonne santé.

– Qui sait ? Qui sait ? répondit Horowitz. Mais j'ai des choses à faire, des choses tristes.

– Samuel, n'agissez pas par impulsion, lui conseilla Molly, quand il lui eut fait part de ses intentions.

Mais il se mit en quête du corps de Baby Jane, l'enfant non identifiée.

« Par où commencer ? se demanda-t-il, quel est le service qui s'occupe des patients qui meurent et que personne ne vient réclamer ? À qui demander ? Certainement pas à Mme Flaherty. C'est une femme charmante, mais elle me dirait sûrement de me mêler de ce qui me regarde. Peut-être à Mme Haworth, l'infirmière responsable ? Non, elle est encore plus réglo que Flaherty. Évidemment, il y a le Dr Buford, une femme sympathique, pleine de compassion. Elle m'a promis de me donner des nouvelles aujourd'hui. C'est ça, le Dr Buford. Mais où la trouver ? »

En prenant bien garde de ne pas se faire remarquer, Samuel Horowitz s'introduisit dans le vestiaire pour téléphoner.

– Mademoiselle l'opératrice, voulez-vous m'appeler le Dr Buford, dit-il, de ce qu'il considérait comme sa voix la plus solennelle, la plus officielle.

– Puis-je vous demander... commença l'opératrice.

– Chère madame, la coupa-t-il, c'est le Dr Horowitz. Je n'ai pas le temps de discuter. Passez-moi le Dr Buford !

– Le Dr Horowitz ? s'enquit l'opératrice.

– Mademoiselle ! Voulez-vous prévenir le Dr Buford ou dois-je vous coller un rapport pour insubordination ? tonna impérieusement Horowitz.

– Bien, docteur.

– Dites-lui de passer immédiatement au service des soins intensifs néo-natals, lui ordonna Horowitz.

Il raccrocha l'appareil en poussant un soupir de soulagement. Quelles que fussent les règles qu'il venait d'enfreindre, quel que pût être le châtiment, il était prêt à l'endurer pour une telle cause. Il sortit du vestiaire et vint se planter devant la porte des urgences. Le Dr Buford sortit du premier ascenseur qui se présenta. Avant qu'elle ait atteint la porte du service des urgences, Horowitz la héla.

– Docteur !

Le Dr Buford fit volte-face avec impatience. Son long et beau visage semblait inquiet. Elle mit un certain temps à se rappeler qui était Horowitz.

– Ah ! C'est vous, je m'en souviens. Mais j'ai d'abord une urgence.

Elle tourna à nouveau les talons et pénétra dans la salle des urgences.

– Docteur, l'urgence, c'est *moi*, dut reconnaître Horowitz.

– Vous ? Qu'est-ce que vous voulez dire, bon sang ? explosa le jeune médecin.

– Docteur, je ne vous en veux pas de vous mettre en colère. Mais donnez-moi une minute pour vous expliquer. Je vous en prie, c'est très important. Si vous croyez en la dignité humaine, donnez-moi au moins ma chance.

Le Dr Buford s'apprêtait à rejeter sa requête, mais les yeux humides du vieil homme l'en empêchèrent.

– D'accord, mais vite !

A peine se fut-il lancé dans un discours visant à lui expliquer qu'il voulait s'assurer que Baby Jane serait enterrée correctement que le visage de la jeune femme s'épanouit en un large sourire.

– Qu'est-ce qu'il y a ? Vous ne pensez pas que même un si petit être a droit à un adieu décent ?

– Certes, mais attendons d'abord que sa vie soit arrivée à son terme, dit le Dr Buford.

– L'incubateur est vide... Que voulez-vous dire exactement ?

– En ce moment, elle est en train de subir un certain nombre d'examens approfondis, dont une RMN et une échographie. Le Dr Spence, notre cardiologue, pense qu'elle ne survivra pas, si on ne l'opère pas du cœur. Ces différents examens permettront de le déterminer.

– Et si c'est le cas ?

– On l'opérera dimanche matin.

– Ah ! s'exclama Horowitz sans dissimuler son soulagement. Et moi qui pensais au pire ! Dites-moi, docteur, ne vaudrait-il pas mieux... Je veux dire : est-ce que la petite aurait de meilleures chances de s'en tirer si quelqu'un acceptait de payer ?

– Ce ne sera pas nécessaire, dit le Dr Buford. Spence considère ce cas comme un défi lancé à son hôpital. Il a donc demandé une équipe d'anesthésistes, d'infirmières et de chirurgiens du cœur, tous bénévoles, pour l'assister. C'est pour cette raison que cette opération est programmée pour dimanche.

– Du moment qu'on lui offre ce qu'il y a de mieux, répondit Horowitz.

– Elle aura ce qui se fait de mieux. Mais dans un cas comme celui-ci, même le *nec plus ultra* n'est pas une garantie. C'est une opération à haut risque, le prévint le Dr Buford.

– Docteur, serez-vous présente ?
– Oui.
– Cela me suffit, conclut Horowitz.
Rassuré, Samuel Horowitz retourna à la nursery où il reprit ses activités coutumières. En passant devant la première salle, il aperçut Molly qui tapotait le dos d'un enfant qu'elle venait de nourrir. Il lui adressa un grand sourire à travers la vitre et hocha la tête avec assurance.
Quand il pénétra dans la nursery où se trouvait Wesley, il lui annonça aussitôt ce qu'il venait d'apprendre.
– Tout est plus que parfait, comme on dit ! décréta-t-il avant de se lancer dans des explications plus détaillées.
– Eh bien, ça démontre au moins une chose. Comme je dis toujours, attendons-nous au pire et nous ne pourrons avoir que de bonnes surprises, répliqua Wesley.
– Dites-moi, Wesley, vous ne seriez pas à moitié juif, par hasard ? plaisanta Horowitz.
Wesley éclata de rire.
– A propos, êtes-vous libre dimanche ? demanda Horowitz.
– Dimanche ? fit Wesley d'un air pensif. Rien de particulier. Pourquoi ?
– Aimeriez-vous assister à un mariage ?
– A *votre* mariage ?
– Oui, répondit Horowitz.
– Ce sera avec plaisir, Horowitz, déclara Wesley.

40

Samuel Horowitz avait passé une nuit agitée. Il s'était réveillé plusieurs fois, plus que d'ordinaire, avant de s'assoupir à nouveau. Peu après quatre heures du matin il se réveilla en sursaut. « Aujourd'hui, songea-t-il soudain, c'est dimanche. Le jour où l'on opère Baby Jane. Il faut que j'appelle pour savoir comment cela s'est passé. Juste avant le mariage. Le mariage ? Mon mariage !

« Aujourd'hui, dimanche 24 mai 1992, je me marie pour la seconde fois de ma vie ! »

Samuel Horowitz se redressa dans son lit. « Est-ce que j'en ai vraiment envie ? » se demanda-t-il brusquement.

La première fois, lors de son mariage avec Hannah Siegel, il avait éprouvé les mêmes doutes à la dernière minute. A l'époque il avait même été submergé par les doutes, des doutes sur sa maturité face à ce nouvel état, des doutes sur la notion même de mariage. Ne venait-il pas de fonder une entreprise qui ne lui rapportait pas encore autant que celle qu'il avait quittée ? Des doutes quant au mari qu'il ferait. Certains, même au sein de sa famille, le trouvaient trop prompt à s'engager. Il avait des idées bien arrêtées, parfois un peu trop et parfois fausses.

Une femme, même une femme aimante et indulgente comme Hannah, pourrait-elle supporter un homme de cet acabit jour après jour ? Il ne s'était jamais posé de questions sur sa propre capacité à la supporter. Il ne se lassait jamais d'elle, de sa chaleur, de son rire. Dieu qu'elle aimait rire ! Un rire franc, qui partait du cœur. Sa présence illuminait leur foyer. Mais à cette époque-là, c'est de lui-même que doutait Horowitz.

A présent, il allait établir une relation totalement nouvelle. Il serait un *second* mari. Serait-il aussi bien que Phil, le premier époux de Molly ? D'après ce qu'elle lui en avait dit, Phil était un homme bien, bon mari et bon père. Elle l'idolâtrait. Un modèle difficile à égaler.

« Hannah m'aimait et m'idolâtrait, elle aussi, ajouta-t-il. Mais Hannah et Molly avaient-elles les mêmes critères ? »

Enfin, bien que, grâce à Mme Washington, Mona se fût résignée à son mariage après l'avoir accusé d'être infidèle à sa mère, sa réaction première l'avait atteint plus profondément qu'il ne l'avait imaginé.

« Oh, Hannah, Hannah, pourrais-tu me dispenser ta sagesse et tes conseils en ce jour ? »

Il ne s'était pas rendu compte du temps qu'il avait passé à ressasser ce dilemme mais, quand le téléphone sonna, il jeta un coup d'œil à son radio-réveil tout en décrochant. « Sept heures dix un dimanche matin. Qui pouvait bien appeler aussi tôt ? Oh, je sais, le Dr. Buford. Et ce n'est certainement pas pour m'annoncer une bonne nouvelle. Pas si tôt. A moins que ce ne soit Mona. Elle a de nouveau changé d'avis. Non, c'est Molly ! C'est elle qui a changé d'avis. Comme moi, elle a dû tourner et retourner tout ça dans sa tête, et décider au dernier moment que nous étions en train de faire une bêtise.

« Molly, Mona, le Dr Buford, peu importe. Je ferais mieux de répondre. »

– Allô ? dit-il non sans une vive inquiétude.

Il fut alors surpris et presque soulagé d'entendre la voix du bedaud de la synagogue. Sans doute une question à régler avant le mariage, supposa-t-il.

– Monsieur Horowitz, je suis désolé de vous déranger en un jour aussi important, où vous avez tant de choses à faire. Mais je ne m'étais pas rendu compte que c'était la fête des morts au champ d'honneur.

– C'est vrai que le Congrès a décidé que désormais toutes les fêtes devaient tomber en fin de semaine. Dans mon enfance, nous n'étions pas si avisés. Le jour des morts, c'était le jour des morts. Heureusement qu'il y a une séparation de l'Église et de l'État, sinon le Congrès déciderait sans doute que *Yom Kippour* doit aussi être célébré le week-end.

Après avoir patiemment écouté la complainte d'Horowitz, le bedaud poursuivit :

– En général, nous n'avons aucun mal à réunir un *minyan* le dimanche, mais nous avons tant de paroissiens partis pour le week-end qu'il nous manque un homme. Alors, si cela ne vous ennuie pas, je vous serais reconnaissant de vous joindre à nous ce matin.

– Ce matin... fit Horowitz, pensif. Je ne suis encore ni douché ni habillé et j'ai un coup de fil important à donner...

– Nous patienterons un peu, fit le bedaud, accommodant.

– D'accord. J'arriverai dès que possible, déclara Horowitz.

Comme il était très tôt, il décida d'appeler l'hôpital immédiatement. L'opératrice l'informa qu'elle ne pouvait pas déranger le Dr Buford : elle était en salle d'opération.

« L'opération a donc commencé ! J'espère que ça se passe bien. En fait, à la synagogue, je vais prier pour la guérison des malades. Ça ne peut pas faire de mal. »

A huit heures moins le quart, Horowitz se précipita à la synagogue, s'arrêta à l'arrière-banc pour prendre un livre de prière et un *taleth*. En descendant l'allée centrale il récita silencieusement la prière qui accompagnait l'instant où l'on se drapait dans ce châle. Il était prêt à se joindre au *minyan* pour que celui-ci atteigne le chiffre de dix, requis pour la cérémonie.

Il récita les prières, répondit au célébrant. Puis on en arriva à la partie du service qui justifiait la présence de la plupart de ces hommes, l'instant où l'on disait le *kaddish* à la mémoire des parents proches disparus dans l'année ou dont l'anniversaire tombait ce jour-là. Samuel Horowitz n'était pas venu pour cela, mais il se tint au milieu des hommes en deuil et prononça les mots rituels, *yiskadal*, *veyikadash*...

La prière se termina et vint la fin de la cérémonie. Samuel Horowitz ne fit pas comme les autres, qui serraient les mains des hommes qui les entouraient avant de se diriger vers la porte. Il demeura silencieux, face à l'Arche dans laquelle on conservait les rouleaux de la *Torah*.

« C'est sûrement un signe de Dieu que le bedaud ait fait appel à moi justement ce matin. C'est vrai, c'est un dimanche de fête. Mais pourquoi justement ce dimanche-là ? Alors que je vais me marier pour la seconde fois ?

« Ai-je été appelé devant Dieu pour justifier ma conduite ? Ou bien ai-je été appelé pour m'expliquer devant Hannah ? Ou encore pour qu'elle me donne sa permission ? Si seulement je pouvais chasser cette impression que j'ai de lui être infidèle !

« Et puis est-ce loyal envers Molly que d'avoir tous ces doutes et tous ces sentiments le matin même du jour où nous allons nous marier ? Elle mérite mieux que cela. Je devrais peut-être lui téléphoner et lui en parler franchement. Même si, pour cette raison, elle décide de tout annuler. Ou bien est-ce ce que je désire vraiment ? Tout annuler, mais ne pas le faire moi-même ?

« Oh, Hannah, Hannah, dans quoi me suis-je fourré ? C'était dans les moments comme celui-là que je comptais sur toi.

« Je me souviens des premiers temps, quand notre affaire démarrait. Je rentrais à la maison à la fin d'une longue journée, fatigué et découragé. Je te disais : " Hannah, ma chérie, j'ai commis une erreur. Quand on travaille pour quelqu'un d'autre, on croit toujours qu'il est facile comme tout d'être patron. Eh bien, ce n'est pas vrai. C'est plus dur d'être patron. Je devrais fermer boutique, trouver du travail et oublier mes rêves d'entreprise personnelle. " Et c'était toujours toi qui disais : " Samuel, je ne te le permettrai pas ! Ce n'est pas parce que ce n'est pas facile que ce n'est pas bien. "

« Hannah, ce que tu disais alors s'applique à la situation présente. Ce n'est pas parce que ce n'est pas aussi aisé que je le pensais que ce n'est pas bien. Si tu t'y opposais, tu aurais sûrement trouvé le moyen de me le faire savoir. Ce coup de fil du bedaud, c'était ton moyen de m'attirer ici pour me dire que tu étais d'accord. Merci, ma chérie.

« A présent, Hannah, pendant que j'y suis, il y a autre chose. Un petit bébé dont la mère a essayé de se débarrasser à peine était-il né. On l'opère du cœur ce matin. Une opération très délicate, périlleuse. En ce moment, elle est sur la table d'opération. Si tu pouvais intercéder auprès de Dieu et lui demander de venir au secours de cette pauvre petite, je t'en serais très reconnaissant. »

Dans le fond de son cœur, Samuel Horowitz récita la prière des malades, puis il quitta la synagogue, prêt à affronter les événements de la journée.

Le premier d'entre eux serait un coup de téléphone à l'hôpital.

– Désolée, répondit l'opératrice. Je ne peux pas déranger le Dr Buford en salle d'opération.

D'un geste lent, Samuel Horowitz raccrocha l'appareil.

« Encore en salle d'opération ? Ce n'est sûrement pas bon. Neuf heures. Encore trois heures jusqu'au mariage. Je vais y passer ! Comme ça, j'en aurai le cœur net. Et si le pire est arrivé, au moins pourrai-je m'assurer que la petite aura des funérailles décentes.

Il se dirigea vers l'angle de la rue pour attendre le 10. Dans son anxiété, il se dit qu'aujourd'hui, chaque minute comptait. Il héla donc un taxi dans lequel il s'engouffra avec peine.

– A l'hôpital municipal de Harlem !

– Bien, docteur !

Le chauffeur démarra à une telle allure qu'Horowitz fut aplati contre le dossier. « Il m'a appelé docteur, se consola-t-il au lieu de s'irriter. Toutes ces semaines de récurage intensif commencent à porter leurs fruits. »

Contrairement aux jours précédents où Horowitz pénétrait dans une ruche bourdonnante, ce dimanche matin, il y avait très peu de monde dans le hall de l'hôpital. Quelques infirmières arrivaient, dont la blouse blanche dépassait du manteau. Des parents éplorés s'en allaient après une vaine nuit de veille.

Horowitz se précipita dans l'entrée, examina le panneau général, ses multiples indications et ses flèches colorées pointant vers les divers services.

CHIRURGIE, repéra-t-il enfin. Et sous CHIRURGIE, PÉDIATRIE. Il suivit la flèche en direction des ascenseurs.

Il sortit de l'ascenseur à l'étage de la chirurgie et suivit la flèche bleue qui indiquait PÉDIATRIE. Tandis qu'il approchait de la double porte qui donnait accès à l'aile affectée aux salles d'opération, une infirmière sortie on ne sait d'où l'arrêta et lui lança un regard sévère.

– Monsieur, vous cherchez quelqu'un ?

Horowitz, qui n'était pas homme à se laisser

prendre au dépourvu, sortit son laissez-passer de bénévole.

– Le Dr Buford m'a demandé de passer juste au cas où... hasarda-t-il, tandis qu'elle l'examinait d'un air sceptique.

– Juste au cas où quoi ? demanda l'infirmière.

Samuel Horowitz n'était pas non plus homme à reculer devant l'adversité.

– Au cas où une transfusion serait nécessaire, improvisa-t-il.

– Et c'est vous, le donneur ? fit l'infirmière, manifestement dubitative. A votre âge ?

– Groupe sanguin particulier, expliqua laconiquement Horowitz.

L'infirmière prenant le temps de la réflexion, Horowitz souligna l'urgence de la situation.

– Écoutez, si le Dr Buford m'a appelé, je ne vois pas pourquoi je me poserais des questions.

L'infirmière examina son laissez-passer une fois de plus, le fixa du regard et se laissa fléchir.

– Ce doit être un cas exceptionnel.

Soulagé qu'on l'eût laissé pénétrer dans le service de chirurgie, il avança à grands pas en essayant de pénétrer, dans le couloir, la salle où se trouvait la petite Jane. Il aperçut des hommes et des femmes en blouse verte, groupés devant une porte. Quand il leur demanda ce qu'ils faisaient là, il apprit qu'il s'agissait d'internes qui venaient d'assister à la transplantation d'un rein chez un enfant.

Horowitz poursuivit son chemin. Il repéra une silhouette solitaire, assise sur un banc à l'extrémité du couloir. Il se donna un mal de chien pour l'identifier. Ce fut l'un de ces instants où il maudit la vanité qui lui interdisait de porter des lunettes, sauf au cinéma. Plus il s'efforçait de la reconnaître, plus la silhouette devenait floue.

Il s'approcha, s'arrêta et, sidéré, reconnut... *Molly... C'était Molly.*

– Molly ? Molly, que faites-vous ici ? fit-il à voix basse, hors d'haleine. Surtout aujourd'hui !

– La même chose que vous, j'en ai peur.

Horowitz s'écroula sur le banc à côté d'elle et lui prit la main. Froide, aussi froide que la sienne.

– Des nouvelles déjà ? demanda-t-il.

– Il y a sans cesse des médecins et des infirmières qui entrent, qui sortent. Quand je leur demande où ils en sont, ils me répondent qu'il est trop tôt pour affirmer quoi que ce soit. A leurs visages, ça n'a pas l'air très bon.

– On m'a demandé d'aller à la synagogue ce matin, pour un *minyam*.

– Ah ! Vous étiez donc là-bas quand je vous ai appelé, dit Molly.

– J'ai dit un mot pour la petite.

– Bien. Tout le monde, surtout un si petit être, a besoin que l'on intercède en sa faveur, répondit Molly.

– C'est pour cela que vous êtes venue ici ? fit-il, l'air interrogateur.

– Pas exactement.

– Alors pourquoi ?

– Je ne voulais pas que vous attendiez seul.

– Vous saviez que je viendrais ? demanda Horowitz. Comment ?

– Où pourriez-vous donc être à un moment comme celui-ci ?

– En train de me préparer pour le mariage, déclara Horowitz.

– Pas *vous*... répliqua Molly.

« Connaît-elle ou soupçonne-t-elle même les doutes qui m'ont réveillé à l'aube ? » songea Horowitz, abasourdi.

– Comment cela, pas *moi* ? osa-t-il lui demander.

– Quand une si petite vie est en danger, les mariages peuvent attendre. Vous êtes comme ça et je savais que vous viendriez ici. Je ne voulais pas que vous attendiez seul.

Il serra sa main plus fort.

– Nous devrions bientôt avoir des nouvelles, dit-elle au bout de quelques minutes.

– Tant qu'ils ne s'agitent pas à l'intérieur, c'est bon signe, fit-il pour la réconforter.

– Cela me rappelle l'accident de cheval de Sybil, quand elle était en camp de vacances. Ils l'ont transportée à l'hôpital du coin. Phil et moi, nous avons filé à la campagne. Quand nous sommes arrivés, ils étaient en train de l'opérer d'une commotion cérébrale. De nos jours, ce n'est plus grave. Mais à cette époque... Il ne nous restait plus qu'à attendre. Attendre, attendre et attendre encore. Jusqu'à ce qu'enfin le chirurgien sorte. Nous avons bondi en même temps en lui demandant : « Docteur ? »

« Avant de dire quoi que ce soit, il a souri. J'aurais donné un million de dollars pour avoir une photo de ce sourire. Le poids du monde m'est tombé des épaules. Mon estomac s'est dénoué. Je me suis mise à pleurer. A pleurer simplement. Alors je sais ce que c'est que d'attendre, dit Molly.

– L'attente ? répondit Horowitz. Croyez-moi, je suis expert en la matière. Je vous ai déjà parlé du jour où Marvin s'était perdu dans un épais brouillard avec une troupe de scouts qui se baladaient sur le mont Washington. Hannah et moi, nous attendions. Mais vous me connaissez. J'ai loué sur-le-champ un petit avion privé, un vrai coucou, pour survoler les montagnes du New Hampshire. Je voulais grimper là-haut et partir à leur recherche. Mais les gendarmes ne m'ont pas laissé faire. Ils avaient assez de problèmes comme ça, sans que d'autres imprudents aillent se perdre. Alors nous avons patienté, Hannah et moi. Je me faisais sans cesse des reproches pour avoir donné à Marvin la permission de faire de l'escalade. C'était moi qui avais dit qu'un garçon avait besoin d'aventure, de faire l'expérience de la nature. S'il arrivait quelque chose à cet enfant, j'étais persuadé qu'Hannah me le reprocherait toute ma vie. Ce furent les onze heures les plus pénibles de mon existence. Le lendemain matin, les gendarmes sont venus nous annoncer que le brouillard commençait à se lever sur la montagne, qu'ils allaient peut-être parvenir à les repérer. De nouveau nous avons attendu. Quatre heures de plus. Enfin l'un d'eux est venu vers nous avec ce sourire dont vous parliez. Ils les avaient retrouvés. Tous. Sains et saufs. Et moi... cette fois, j'ai pleuré. Alors, pour ce qui est d'attendre, je n'ai pas besoin de leçons.

Puis ils demeurèrent silencieux quelque temps jusqu'à ce que Horowitz, n'en pouvant plus, se lève du banc.

– J'y vais ! Je vais voir ce qui se passe !

– Samuel ! C'est hors de question. Asseyez-vous ! lui ordonna Molly.

Il se tourna vers elle et la fixa.

– La seule personne qui m'ait jamais parlé sur ce ton, c'était Hannah. C'est comme si vous vous étiez connues toutes les deux. Elle avait toujours raison. Et vous aussi. Attendre... Attendons !

Il se rassit et tendit la main vers Molly, qui la prit dans la sienne.

– Que feront-ils si nous sommes en retard ? demanda Molly au bout de quelque temps. Pour le mariage, je veux dire.

– Ce qu'ils feront ? répéta Horowitz. Ils feront comme nous. Ils attendront.

Il regarda sa montre.

– Déjà onze heures moins cinq. Nous avons une heure devant nous. Combien de temps cela peut-il encore durer ?

– Il faut que je rentre me changer. J'ai acheté une robe ravissante rien que pour aujourd'hui.

– Moi aussi... Heu, un nouveau costume de lainage léger, bleu marine, dit Horowitz.

Quelques minutes s'écoulèrent.

– Et si nous n'avons pas le temps de nous changer ? « M'accepterez-vous pour époux légitime », comme on dit dans les films, même avec ce vieux costume ?

– Oui, comme on dit dans les films, répondit Molly.

A ce moment-là, la porte de la salle d'opération s'ouvrit. Un flot de jeunes médecins, hommes et femmes, en sortit en bavardant. Molly et Samuel n'entendirent qu'une seule phrase, qu'un seul mot.

– Quelle technique fantastique... Ça valait la peine de se lever si tôt... Sa réputation n'est pas usurpée.

Enhardi par ces propos, Horowitz se leva pour venir à leur rencontre.

– Dites-moi, la patiente, est-ce qu'elle va bien ?

– Étant donné ce qu'elle a subi, répondit une jeune femme, elle a une chance de s'en tirer, ce qui n'était pas le cas auparavant.

Deux infirmières sortirent un chariot roulant de la salle d'opération. L'une le poussait, l'autre surveillait la potence de la perfusion attachée au bras du tout petit enfant qui disparaissait presque sous les couvertures et les bandages.

Horowitz ne put que l'entr'apercevoir quand elle passa devant lui. Il les suivit, et Molly resta à ses côtés. On poussa le chariot derrière une porte où était inscrit SALLE DE RÉVEIL. Mais celle-ci se referma brutalement devant eux. Ils appuyèrent en vain sur le panneau de verre pour observer les infirmières.

– Pardon ! s'exclama une voix de femme, sévère, derrière eux.

Horowitz fit volte-face, prêt à affronter la terre entière, mais il reconnut le Dr Buford, qui n'avait pas quitté sa blouse verte.

– Docteur, dites-moi, comment cela s'est-il passé et que va-t-il se produire à présent ?

– L'opération a été très ardue. Le Dr Hesseltine a dû remplacer non seulement la valve mitrale, mais une autre.

– Et en conclusion, comme on dit ? demanda anxieusement Horowitz.

– En conclusion, comme on dit, elle a maintenant de très bonnes chances d'avoir une longue vie et une excellente santé !

– Merci, mon Dieu ! Merci, mon Dieu ! murmura Horowitz.

– Docteur, dit Molly, un de ces jours, j'aimerais prendre une photo de vous avec ce sourire-là !

– Bien sûr, répondit le Dr Buford, perplexe mais affable. Quand vous voudrez. A présent, on a besoin de moi à l'intérieur de cette salle.

– Pouvons-nous la voir ? demanda Horowitz avant de lui céder le passage. Rien qu'un tout petit coup d'œil, ajouta-t-il quand il la vit hésiter. C'est tout... Juste pour nous assurer que tout va bien.

Le Dr Buford accéda à sa requête.

– D'accord. Mais un coup d'œil et dehors !

Ils hochèrent tous deux la tête. Le Dr Buford ouvrit la porte, et s'effaça devant eux. Ils entrèrent et se dirigèrent sur la pointe des pieds vers l'incubateur où les deux infirmières étaient encore en train de poser divers appareils sur le petit corps. Horowitz et Molly regardèrent ensemble à l'intérieur de la couveuse en s'efforçant de ne pas gêner leur travail.

Ils observèrent l'enfant, les équipements que l'on avait posés, le bandage qui recouvrait la cicatrice qui courait sur toute la longueur de son torse.

– Elle respire mieux, murmura Horowitz en se tournant vers le Dr Buford.

Celle-ci hocha la tête en silence, autant pour lui manifester son approbation que pour l'inciter à garder le silence.

Horowitz opina du chef à son tour pour lui indiquer qu'il avait compris son message. Il était temps pour eux de partir.

– Elle a bien meilleure mine, dit Molly, quand ils furent sortis de la salle de réveil.

– Dieu merci, l'opération a réussi.

Horowitz lui tendit la main. Molly la saisit.

– Et maintenant, Molly Mendelsohn, je crois que le moment est venu de nous marier.

41

Vêtu de son costume neuf, Samuel Horowitz arriva chez le rabbin en compagnie de sa fille, Mona, de son fils, Marvin, et de la femme de celui-ci. Quelques minutes plus tard, Molly Mendelsohn, parée de sa jolie robe, apparut en compagnie de son fils, Lawrence, de la femme de celui-ci, de sa fille, Sybil, et du mari de celle-ci.

Après les présentations et les salutations, les familles se divisèrent en deux groupes distincts, les Horowitz d'un côté, les Mendelsohn de l'autre. Samuel et Molly se regardaient de temps à autre, s'adressant des signes d'impatience qui exprimaient leurs regrets que la jeune génération n'ait pas encore su combler le fossé qu'ils avaient tous deux franchi depuis longtemps.

Par son seul regard Horowitz s'efforçait de rassurer Molly. *Tout ira bien.* Ce que ses yeux lui renvoyaient était tout aussi encourageant. Ils avaient tous deux hâte d'en avoir terminé avec les formalités.

Les autres participants à cette petite assemblée se joignirent peu à peu aux familles. Catherine Flaherty, l'administratrice du service des bénévoles, arriva la première, suivie d'Homer Wesley.

Comme Horowitz l'avait expliqué à Molly, « après tout, Wesley et moi, nous sommes comme de vieux copains de régiment. Wesley et Horowitz, le duo de vaudeville. L'un ne va pas sans l'autre, comme dit la chanson ».

Il ne confia pas à Molly qu'en plus de leur amitié, il avait en tête une tout autre raison de l'inviter.

Mme Washington apparut la dernière puisque, avant de se libérer, elle avait dû s'assurer que son patient, le juge Milligan, ne manquerait de rien pour le restant de la journée.

La cérémonie put enfin commencer. Le rabbin d'Horowitz invita Marvin et Lawrence, Mona et Sybil à tenir les quatre coins de la *chupah*, le dais rituel sous lequel se célèbre tout mariage juif.

Il fit signe à Molly et à Samuel de s'asseoir l'un à côté de l'autre. Ils se tinrent par la main, tandis qu'il psalmodiait les paroles sacrées. Quand le rite fut achevé, le rabbin de Molly Mendelsohn adressa un bref discours aux nouveaux mariés.

– Au cours d'une année, je célèbre de nombreux mariages. Les mariages de jeunes gens, qui vont fonder une famille, c'est toujours réconfortant. Mais j'aime énormément bénir des couples plus âgés car, ayant connu les problèmes comme les joies de cet état, ils ont encore une fois choisi le mariage comme l'expression la plus belle des liens qui unissent un homme et une femme. Ils y entrent avec des souvenirs, mais sans illusions. La tendresse et l'affection que seule peut apporter l'expérience de la vie remplacent l'amour brûlant de la jeunesse.

Alors il déposa sur le sol la serviette dans laquelle on avait enveloppé les verres à vin rituels. Respectant la tradition, Samuel Horowitz écrasa le verre avec son pied. Et la cérémonie prit fin au cri de *Mazel tov* !

A ce moment-là, Horowitz se retourna pour embrasser sa nouvelle épouse.

Quand ils arrivèrent à l'appartement, Bernadine les attendait. Elle avait dressé un buffet sur la table de la salle à manger, sur lequel se côtoyaient quelques-uns des plats préférés de Samuel Horowitz, du saumon fumé avec des petits pains et du fromage blanc, du bœuf aux épices, du pastrami et du salami avec de la salade de pommes de terre et de chou cru, et des condiments fleurant bon l'ail.

Mona y jeta un coup d'œil et hocha tristement la tête. « Ah ! Si seulement on avait fait appel à l'un de mes traiteurs ! » Mais tous les autres semblaient parfaitement satisfaits.

Horowitz offrit des verres de vin et porta un toast.

– A ma nouvelle épouse, avec laquelle j'ai conclu un accord ! Jamais nous ne ferons de comparaison entre nos petis-enfants. Et nous ne parlerons pas du passé, uniquement de l'avenir.

Lawrence Mendelsohn jugea qu'il était de son devoir de lui répondre de la part de la famille de Molly.

– A Samuel Horowitz et à ma mère ! Qu'ils jouissent ensemble de la vie longue et heureuse qu'ils ont tant méritée !

Tous les invités levèrent leurs verres. Puis ils partagèrent le buffet. Samuel Horowitz s'écarta de Molly et, d'un geste de l'index, fit signe à Mme Washington de le suivre.

Il la conduisit dans le bureau, ferma la porte et l'invita à s'asseoir. Mais elle resta debout.

– Madame Washington, je ne sais pas bien m'exprimer. Je sais, je parle beaucoup, reconnut-il devant son air de reproche amusé. Mais c'est justement parce que j'ai du mal à m'exprimer.

– Monsieur Horowitz, où voulez-vous en venir exactement ?

– Désormais ce ne sera plus comme avant.

– J'espère bien. Je souhaite que ce soit le début d'une vie nouvelle et plus agréable pour tous les deux, dit Mme Washington.

– Et vous ne voyez pas le problème ? demanda Horowitz.

– Il faut toujours un peu de temps à des jeunes mariés pour s'habituer l'un à l'autre.

– Ce n'est pas ce dont je veux parler.

– Alors ? fit-elle de la manière expéditive qu'elle affectionnait, ce qui signifiait. Alors, où est le problème ?

– Voilà, j'aimerais que certaines choses restent telles qu'elles sont. Par exemple, Conrad et Louise, je pourrai continuer à les voir, n'est-ce pas ?

– Évidemment, lui assura Mme Washington.

– Les droits d'inscription... et l'argent pour l'université de Conrad, je pourrai continuer à les verser ?

– Comme vous voudrez.

– Je serais très fier si, un jour, on disait : « Vous voyez ce jeune homme qui est reçu avec les honneurs et qui entre à la faculté de médecine, Samuel Horowitz a contribué à son éducation. » Vous ne me refuserez pas ce plaisir, n'est-ce pas ?

– Vous avez exercé une grande influence sur la vie de Conrad. Je l'ai entendu dire : « Un homme comme Samuel Horowitz ne savait même pas l'anglais quand il est arrivé dans ce pays. S'il a réussi, je peux y arriver moi aussi. »

– Il a dit ça ? demanda Horowitz, dont le visage s'illumina.

– Plus d'une fois, lui assura-t-elle.

– Cela fait plaisir à entendre, très plaisir.

Horowitz savoura un instant, rien qu'un instant, cette impression délicieuse.

Quand viendra l'heure de la remise des diplômes, pourriez-vous demander une place de plus ? Quand Marvin a terminé ses études, je me souviens que nous avons eu droit à quatre places, deux pour les parents, deux pour les grands-parents. Et si les quatre grands-parents avaient été en vie, je vous laisse imaginer les ennuis en perspective... Bref, il y avait toujours au moins deux billets pour les grands-parents.

– Je vous promets que vous assisterez à la cérémonie de remise des diplômes de Conrad. Il y tiendra certainement et moi aussi.

– Merci. Et si ensuite Molly et moi, nous souhaitons fêter ça avec lui ? Nous pourrions tous aller chez Alice. Conrad et Louise aiment bien cet endroit. Il me plaît, il vous plaît et je crois qu'il plaira aussi à Molly.

– J'en suis sûre, approuva Mme Washington.

Horowitz poussa un grand soupir de soulagement.

– Jusque-là tout se passe bien.

Il s'interrompit un instant avant de poursuivre :

– Le plus dur reste à faire.

– C'est-à-dire ?

– Je vous l'ai déjà dit, je ne sais pas bien m'exprimer.

Saisi d'un extrême embarras, il changea de sujet.

– Madame Washington, vous souvenez-vous de nos relations tumultueuses des premiers jours, du temps où je voulais vous mettre à la porte ?

– Je ne l'oublierai jamais, répondit-elle.

– Mais vous étiez une dure à cuire à l'époque. Vous refusiez obstinément de vous en aller. Et moi qui avais hâte que vous me fassiez vos adieux, vous vous rappelez ?

– Et comment ! fit-elle, sidérée que les premiers moments de leur relation lui reviennent en mémoire à cet instant précis.

– Eh bien, aujourd'hui je me trouve dans la même situation. Ce que j'essaie de vous dire, c'est que l'heure est venue de vous faire mes adieux.

– Vos adieux ? répondit-elle d'un air songeur.

– Madame Washington, je ne sais pas comment vous le dire.

– Monsieur Horowitz, quoi que vous ayez à m'annoncer, est-ce vraiment si difficile ?

– Très difficile, mais je vais essayer... Vous... Moi... Nous, bredouilla-t-il. Tous les deux, nous avons eu... ce qu'on appelle aujourd'hui... une relation privilégiée. Nous dînions souvent ensemble.

De temps en temps, nous allions à un spectacle à Broadway, voir un film, écouter une conférence, auxquels nous prenions plaisir. Maintenant qu'il y a Molly, ce sera différent.

– Bien sûr, acquiesça-t-elle aussitôt. Et alors ?

– J'ai quand même l'impression de perdre une amie, une amie très proche, très précieuse. Chère madame Washington, j'essaie de vous faire comprendre que je n'aimerais pas que vous disparaissiez de mon existence.

Cet aveu, cette requête touchante étaient visiblement l'expression d'un sentiment profond.

– Monsieur Horowitz, toute ma vie vous serez non seulement mon patient le plus mémorable, mais aussi mon ami le plus cher.

– Merci, madame Washington. Alors peut-être viendrez-vous dîner à la maison de temps à autre ?

– Je viendrai dîner, promit-elle.

– Et s'il y a un film dont je sais qu'il vous plaira particulièrement, vous nous accompagnerez au cinéma ?

– Si je peux.

– C'est bien, c'est très bien, dit Horowitz.

Elle pensait l'avoir délivré de ses doutes, mais il lui restait une dernière requête à présenter.

– Encore une chose, madame Washington. Juste une fois, j'aimerais vous embrasser. Sur la joue, bien entendu. Cela vous ennuierait-il ?

Elle réfléchit, puis un grand sourire vint illuminer son large visage.

La permission lui ayant été accordée, Samuel Horowitz prit Mme Washington dans ses bras avec beaucoup de tendresse et d'affection, appuya sa joue contre la sienne et l'embrassa.

Elle crut percevoir un léger souffle.

– Monsieur Horowitz ? demanda-t-elle doucement.

Il renifla un peu.

– Vous vous souvenez du jour où je vous ai dit qu'avec l'âge on avait la larme facile... les valves encombrées.

– Les canaux, rectifia-t-elle, comme elle l'avait déjà fait des années auparavant.

– C'est ça, les canaux lacrymaux, convint-il.

Il recula et sécha ses pleurs.

– Maintenant allez-y, ma chère, profitez de notre petite fête.

Mme Washington le regarda droit dans les yeux.

– Je vous l'avais bien dit, avec l'âge on a la larme facile. Allez, allez vous amuser.

Mme Washington se dirigea vers la porte.

– Madame Washington !

Quand elle se retourna, il lui tendit son mouchoir.

– Pour quoi faire ? demanda-t-elle.

– Vous aussi, avec l'âge, vous avez la larme facile, dit-il gentiment.

– Qui ? Moi ? le défia-t-elle d'une voix autoritaire.

– Bien sûr que non. Mais, comme on dit, ça ne peut pas vous faire de mal de vous essuyer les yeux.

Elle lui lança un regard sévère, sourit, prit son mouchoir et se tamponna les paupières. Harriet Washington refoula une larme en reniflant. Puis ayant repris son attitude de tyran dominateur, elle quitta la pièce.

Quand Mme Washington et M. Horowitz regagnèrent le salon, tous les invités s'étaient servis et divisés en petits groupes. Horowitz remarqua que Wesley, son vieux complice, était tout seul dans un coin et il se faufila jusqu'à lui.

– Vous savez, Wesley, lui dit-il en passant, si vous êtes aussi malin que vous le pensez, vous ne laisserez pas passer votre chance. Cette Mme Washington est une femme très bien. Très, très bien.

Quelque temps plus tard, Samuel Horowitz, qui papillonnait d'un invité à l'autre, s'arrêta pour plaisanter gentiment avec Mme Flaherty.

– Je ne vous remercierai jamais assez.

– Moi ? Qu'ai-je donc fait ? demanda l'administratrice, ahurie.

– Si vous ne m'aviez pas renvoyé de l'équipe des bénévoles, Molly et moi, nous ne nous serions jamais rencontrés.

– Oh ! c'est vrai, répliqua Catherine Flaherty avec un sourire entendu, qui rendit Horowitz perplexe.

Comme elle ne lui fournit aucune explication de plus, il s'en alla bavarder avec ses autres invités, manière subtile de se frayer un chemin jusqu'à Mme Washington, qui était en grande conversation avec Mona, avec laquelle elle semblait s'entendre à merveille, ce qui ne laissa pas de l'étonner.

– Mona, ma chérie, les interrompit-il, veux-tu m'excuser un instant ? J'aimerais dire deux mots à Mme Washington.

Mona se dirigea vers Molly.

– Madame Washington, murmura Horowitz, je vais encore vous demander un service.

– Si ça ne prend pas trop de temps, dit Mme Washington.

– Je sais, vous devez être rentrée pour préparer le dîner de Louise et de Conrad. Mais ce ne sera pas long.

Il s'écarta légèrement pour qu'elle puisse apercevoir Homer Wesley à l'autre bout de la pièce.

– Homer Wesley, mon copain de l'hôpital, est tout seul ici. A part Molly, Mme Flaherty et moi, il ne connaît personne. Alors si vous pouviez avoir la gentillesse... de lui tenir compagnie... Je vous le demande comme un service personnel.

Mme Washington détacha son regard de Wesley pour le plonger dans les yeux bleus d'Horowitz, qui jouait les innocents.

– Samuel Horowitz, depuis quand êtes-vous un *shadchen* ?

– Madame Washington, parfois vous profitez un peu trop de votre maigre connaissance du yiddish, la rembarra Horowitz, gêné que son stratagème ait été si aisément découvert. Il ne s'agit pas de jouer les entremetteurs. C'est une simple question de courtoisie. Mais si vous refusez, vous refusez. Qu'y puis-je ?

– Je n'ai pas dit que je refusais. Simplement je ne veux pas que vous croyiez que vous m'avez donné le change, déclara Mme Washington. Cela dit, il n'y a aucune raison que Wesley pâtisse de votre manque de tact.

Avec un sourire elle se dirigea vers Wesley.

Soudain, Samuel Horowitz fut frappé par la similitude existant entre le sourire entendu de Mme Flaherty tout à l'heure, et celui de Mme Washington à l'instant même.

« Mon Dieu, non ! Cette Mme Washington aurait-elle... Non, ce n'est pas possible. C'est vrai, c'est elle qui m'a incité à faire du bénévolat. Et il se trouve que c'est encore elle qui a monté toute cette affaire de protestation. Qu'a-t-elle bien pu manigancer encore pour en arriver là ? Cette femme ! Elle est vraiment capable de tout. Eh bien, je vais lui montrer qu'elle ne m'a pas non plus donné le change. »

Un peu avant le départ de ses hôtes, Samuel Horowitz leva son verre pour porter un toast.

– A ma nouvelle épouse ! Et à tous ceux qui sont venus fêter cet événement avec nous ! Merci à vous tous et tout particulièrement à vous, madame Wahinsgton, bien que, dès le début, j'aie vu clair dans votre jeu.

Il leva son verre en direction de Mme Washington et le vida d'un trait.

– Je vous demande toute votre attention, s'il vous plaît, s'écria Mona Fields. Je veux que vous sachiez tous que je tiens à ce que les mariés passent leur lune de miel à San Diego ! Deux semaines pour admirer les splendeurs de la côte Ouest, avec une visite privée de Disneyland, Albert ayant des relations chez Disney.

– Comme cela m'aurait fait plaisir ! répondit

Molly avec tout le regret qu'elle était capable de feindre. Mais voyez-vous, ma chère Mona, nous avons à l'hôpital une petite patiente qui a besoin de nous. Demain, après-demain et, avec la grâce de Dieu, des jours et des jours encore. Nous aurions adoré passer notre lune de miel avec vous à San Diego, mais je crains fort que ce ne soit impossible.

– Alors dès que vous serez libres, insista Mona.

– Quand il n'y aura plus un bébé à l'hôpital, nous viendrons, je vous le promets, dit Molly.

Samuel Horowitz écouta leur conversation d'un air pensif. « Cette Molly, quelle diplomate née ! Je n'aurais pas fait mieux. »

– Marvin, tu n'accompagnes pas ta sœur à l'aéroport ? demanda-t-il, une fois le danger écarté. Je ne voudrais pas qu'elle rate son avion.

Les autres invités estimèrent alors qu'il était également temps pour eux de partir.

On s'embrassa, on se prit dans les bras, on se fit des tas de prédictions heureuses.

Sur le seuil de leur appartement Samuel et Molly Horowitz regardèrent leurs derniers invités monter dans l'ascenseur. Parmi eux se trouvaient Mme Washington et Homer Wesley.

Quand l'ascenseur se referma, Samuel tira la porte d'entrée.

– Je veux voir ça ! s'écria Horowitz.

– Voir quoi ? demanda Molly.

Il la prit par la main et la conduisit dans le salon qui donnait sur la rue. Il ouvrit la fenêtre pour pouvoir se pencher et observer la marquise de l'immeuble. Leurs amis y apparaîtraient sous peu. Certains hélèrent un taxi, d'autres descendirent Central Park West.

– Samuel, que diable...

– Chut ! Attends voir. Là ! Regarde !

Molly baissa aussi les yeux et aperçut Harriet Washington et Homer Wesley sous la marquise. Ils s'arrêtèrent pour échanger quelques mots. Puis, au lieu de se séparer, ils prirent ensemble la direction du nord.

– Voilà ! s'exclama Samuel Horowitz. Je pourrais donner à cette femme-là des leçons sur l'art de marier les gens !

– Je me le demande, dit Molly Horowitz avec le même sourire entendu.

IMPRIMÉ EN FRANCE PAR BRODARD ET TAUPIN
1452W – La Flèche (Sarthe), le 05-05-1999
Dépôt légal : mai 1999

POCKET – 12, avenue d'Italie - 75627 Paris cedex 13
Tél. : 01.44.16.05.00